中师范大学中国语言文学一流学科建设成果

家社科基金重大项目『易代之际文学思想研究』（14ZDB073）中期成果

育部人文社会科学研究项目『明清之际诗学概念的孳衍与文学思想的转型研究』（20YJA751019）结项成果

集部之转型与中国本土文学统序之建构

王炜 著

中国语言文学

一流学科建设文库

图书在版编目(CIP)数据

集部之转型与中国本土文学统序之建构/王炜著．—武汉：武汉大学出版社,2021.12
ISBN 978-7-307-21441-5

Ⅰ.集…　Ⅱ.王…　Ⅲ.中国文学—古典文学研究　Ⅳ.I206.2

中国版本图书馆 CIP 数据核字(2021)第 050330 号

责任编辑：程牧原　　责任校对:李孟潇　　整体设计:马　佳

出版发行：**武汉大学出版社**　(430072　武昌　珞珈山)
(电子邮箱：cbs22@ whu.edu.cn　网址：www.wdp. com.cn)
印刷：湖北恒泰印务有限公司
开本:720×1000　1/16　印张:23　字数:319 千字　插页:1
版次:2021 年 12 月第 1 版　2021 年 12 月第 1 次印刷
ISBN 978-7-307-21441-5　定价:85.00 元

目　　录

上编　集部之流变与中国文学学科的建构

中编　集部核心要素诗文的赓续与衍生

下编　小说观念的嬗变以及小说与集部关联之形成

上编

集部之流变与中国文学学科的建构

“集部”源流辨析

集部是中国传统四部分类法中的类目，是从七略中的诗赋略衍生而成的。历经两千余年的发展，19 世纪末 20 世纪初，集部转换成为近现代学术体系中的文学学科。

“集部”是书籍归类法，也是建构知识统系的方式。清代的章学诚、阮元，以及近现代的钱基博、朱星元、顾荩丞、骆鸿凯等学者均曾研治“集部之学”①。他们立足于特定的时代，对集部之原始、之生成、之演化进行了深入细致的探讨。目前，近现代学术体系已经定型，集部衍化为文学学科的“前历史”，生成了新的意义与价值。在这种情况下，学界有必要立足于文学学术史的高度，把集部的多种形态、多重功能融于一体，从学理上对集部的源流变迁进行整体性的观照，以系统把握中国文学谱系的基本构成要素和构造形态，梳理中国文学学术史从传统向近现代赓续、转型的内在脉络。

一、集部之原始

集部作为中国传统知识统系中的一个重要的部类，它的萌生与中国古代知识体系的重构、更新有密切的关联。集部是在七略中诗赋略的基

① 钱基博：《钱基博自传》，《江苏研究》1935 年第 8 期。

础上生长而来的。清代，有人谈道，“诗赋略即今集类”①。从涵盖的知识要素来看，集部的核心构成就是诗赋。

在汉代，刘向、刘歆父子有七略。后，班固著《汉书·艺文志》，依仿七略，对书籍加以著录和归类。七略是图书分类法，“所以标别群书之际，其名实砉然”②。它也是建构知识体系的方式。略的本义是“经略土地也”，“从田各声”，意思是“封疆有定分也”③。所谓七略，就是对零散的知识要素进行归类，为不同类型的知识划定各自的疆域，并根据各类知识的实际面貌给予相应的命名。④

在七略分类法下，诗赋略是与六艺略、诸子略等并行的一级类目。《汉书·艺文志》“所以名‘艺文’者，艺谓群经诸子之书，文谓诗赋文辞也”。⑤ 诗赋这套知识统序与六艺/群经、与诸子作为各自独立的、具有平行关系的次系统，共同建构起中国早期的知识体系。汉代人在建构知识体系时，将诗赋统合于一体，作为独立的一级类目，而不是将之置于六艺略的《诗》之下，这有其特定的合理性。有学者谈到这个问题说：

> 七略诗赋不从六艺《诗》部，盖由其书既多，所以别为一略。⑥
>
> 《汉志》分诗赋于《诗》，正也。⑦

---

① (清)施惠等：《宜兴荆溪县志》卷十，光绪八年(1882)刻本。

② 章太炎：《七略别录佚文征序》，见《章太炎全集》，上海人民出版社 1985 年版，第 359 页。本书注释以“见……”格式介绍所引文章的源出处(通常为文集、论著)，如其作者与所引文章的作者为同一人，则不再重复标明。

③ (清)段玉裁：《说文解字注》，上海古籍出版社 1981 年版，第 664 页。

④ 明代人王祎曾谈到《七略》对知识进行分疆定域的功能。他说：“十二所以分天之纲者也，其要在明乎缠度而已；九州所以分地之纪者，其要在明乎疆界而已；《七略》所以分书之次目，自非明其类例，乌能得其要？”(王祎：《汉七略序》，见《王文忠公集》，《景印文渊阁四库全书》本)

⑤ 张舜徽：《汉书艺文志通释》，华中师范大学出版社 2004 年版，第 1 页。

⑥ (南朝梁)阮孝绪：《七录序》，见(唐)释道宣：《广宏明集》卷三，上海古籍出版社 1987 年版，第 260 页。

⑦ 张文澍：《论艺文部署》，《学衡》1923 年第 1 期。

知识要素的数量、规模、形态等决定了它在分类统系中的位置。汉代，诗、赋的数量迅速累积，类型快速增长。诗、赋已经不能仅仅作为知识体系中某一子统序之下的个别要素，而是产生了独立归类的要求。诗、赋在相互的参照，以及与群经、诸子等的对照中，其相关性、相似性被凸显出来。诗、赋的共同特点是“感于哀乐，缘事而发”①，着意于抒发情志。这些知识要素被合并于一体，成为知识统系中独立的次系统，与诸子思想、章程礼仪等分离开来。

魏晋时期，王俭撰《七志》。《七志》大体沿《七略》，但是却将诗赋略这一名称改为“文翰志”。时人谈到王俭弃“诗赋”，改用“文翰”命名的原因说：

> 诗赋之名，不兼余制，故改为文翰。②

随着知识要素在数量、形态、规模上迅速扩充，知识体系需要进行重新调整，碑箴、论传等与诗赋汇聚于一体。七略分类法下的“诗赋”这个概念已无法笼括包括诗赋以及碑箴、论传等在内的多种类型的知识要素，这个新的知识统一体产生了重新命名的要求。这时，人们不再借用具体的知识要素的名称对知识体系进行命名，不是径直把这套知识统序命名为诗赋文，而是对知识的属性特征进行提炼和归纳，并加以重新命名。“文翰”一词强调的正是诗赋文等在形式层面、内容层面所蕴含的美感特征。“文”“翰”二词的意义存在重合之处：一是，这两个词都与文字有关联；二是，这两个词都可以用来指称美。“文者，会集众采，以成锦绣”，由此引申出“合集众字，以成辞义，如文绣然也”③。翰，

① （汉）班固：《汉书》，中华书局1962年版，第1744页。

② （南朝）阮孝绪：《七录序》，第260页。本书同一篇文章内，征引同一文献的注释重复出现时，从第二次出现开始，省略版本信息，仅注作者、书名、卷页。

③ （清）王筠：《说文解字句读》，清刻本。

“天鸡赤羽也”①；此外，“凡称书翰者，以为羽为笔以书”②。王俭从诗赋、传序等的总体特征出发，将这类知识要素等命名为“文翰”。这正突出强调了诗赋、传序、碑箴的特质：从存在形态上看，诗赋等是借助于语言文字的形式表达出来的；从功能属性上看，诗赋、碑箴这类知识要素能给人带来美感，“论内容，则情感丰富，而或不必合义理；论形式，则音韵铿锵，而或出于整比，可以被弦诵，可以动欣赏”③。诗、赋、文作为特定的知识统序，与“文翰”这一概念建立起了内在的、稳定的对应关系。

诗赋、序论这类知识与“文”“文翰”的关联得以凸显之时，它们与“文集”“集”等词语之间也逐渐建立起了紧密的关联，“‘文’之一名词渐为集所专有”④。从诗、赋这类知识在书籍中的存在形态来看，在汉代，“文人撰作，以篇计，不以集名”⑤。诗、赋是以单篇或者十篇组成一什的形式而存在，汉代人往往把“篇”“什”作为计量诗赋的基本单位。魏晋时期，这些知识要素被大规模地汇聚于一体，逐渐突破了篇、什的限制，“集部之渐日开”⑥。有学者谈到知识要素的规模不断扩充的态势说：

> 属文之士日多，后之君子……乃汇萃成编，颜曰文集。⑦

编、集代替了篇、什，成为诗赋、传序等基本的存在形态。随着诗赋、传序等持续地聚拢、组合，它们的命名方式也逐渐发生了变化。阮孝绪

---

① (清)郝懿行：《尔雅义疏》，同治五年(1866)郝氏家刻本。

② (明)顾充：《古隽考略》，万历二十七年(1599)李桢等刻本。

③ 钱基博：《中国文学史》，华中师范大学出版社 2011 年版，第 3 页。

④ 钱基博：《〈古书治要〉之教材举例》，《新教育》1925 年第 3 期。

⑤ 刘师培：《论文杂记》，《国粹学报》1905 年第 5 期。

⑥ (清)章学诚著、叶瑛校注：《文史通义校注》，中华书局 1985 年版，第 233 页。

⑦ 刘师培：《论文杂记》。

著《七录》，一改王俭《七志》中的"文翰"，将诗赋、传序等组成的知识聚合体称为"文集"。他说：

> 窃以为倾世文词，总谓之集，变翰为集，于名犹显。①

阮孝绪"变翰为集"，正突出强调了多篇诗赋、辞章汇聚于一体的状态。集，"杂也""众也"，"文集也，文所聚也"。② 从"文集"这一名称来看，"集"指的是零散的辞章、文章被汇聚于一体的状态；从文集包含的具体知识要素来看，文集中收录的就是诗赋、碑铭等。

从《七略》《汉书·艺文志》中的诗赋略，到《七志》中的文翰志，再到《七录》中的文集录，这套知识统序保持着内在的稳定性，它始终以诗赋为根本的核心构成。但是，它自身的建构模式更加复杂化、多元化、动态化。在《汉书·艺文志》中，班固以生产知识的人为基本维度，直接对诗、赋等知识要素进行再次分类。他在诗赋略这一套知识体系之下，分出屈原赋、陆贾赋、荀卿赋、杂赋、歌诗五个次系统。在《七录》中，阮孝绪设置的"文集录"，则是以知识自身为中心，对知识体系进行重构和命名。"文"强调的是诗赋、论传这类知识要素的总体特质，"集"凸显了这类知识要素的存在方式。《七录》对知识体系的建构方法、命名方式进行了重要的调整，诗、赋等要素在知识体系中的定位也随之发生了变化。文集录是知识体系的一级类目，阮孝绪进而在一级类目下建构了二级类目，二级类目包括别集、总集、楚辞、杂文四个类型。这四个类型之间具有内在的关联性，也存在丰富的差异性。诗赋、碑箴等作为知识要素以多种编排方式存在于不同的书籍之中，这些书籍则被分门别类，各自归入别集、总集、楚辞、杂文之中。这样，从诗赋略到文集录的调整，不仅

---

① (南朝梁)阮孝绪：《七录序》，第261页。

② (清)张自烈：《正字通》，康熙二十四年(1685)清畏堂刻本。

仅是碑箴、传序与诗赋的整合，而且意味着知识体系的建构和命名不再是对知识要素的简单归类，是在归纳、总结知识要素的内在特质、存在形态等多重属性的基础上，建构成为一套复杂的且富于条理性的系统。

二、集部之形成

隋唐之时，四部分类法正式定型，“唐人撰《隋书·经籍志》……题为经史子集，至清不改”①。集部作为四部分类法下的一个类目，其实质是，以诗赋为核心，以碑诔箴铭等为诗赋的对应物、参照物和共生物，建构而成的一套复杂的、动态的知识统系。

集部的生成具有历史的合理性，同时也具有自我建构的合逻辑性。集部中的各类知识要素之间、各部书籍之间具有内在的、多重的相关性；同时，这些知识要素通过相互的关联，形成了稳定的建构法则以及构型逻辑。

从集部的知识构成上来看，集部所包含的核心知识是诗、赋、碑、箴。这些知识要素被汇聚为一类，并非随机的、任意安排的，而是自有一套内在的连接逻辑。诗赋、序论等知识要素具有内在的相似性、相关性，并进而建构起同一性。诗赋、箴铭等的总体特点是，“气之动物，物之感人，故摇荡性情，形诸舞咏”②。据《隋书·经籍志》：

> 文者，所以明言也。古者登高能赋，山川能祭，师旅能誓，丧祭能诔，作器能铭，则可以为大夫，言其因物骋辞，情灵无拥者也。唐歌虞咏，商颂周雅，叙事缘物，纷纶相袭。③

---

① 张文澍：《论艺文部署》。

② （南朝）钟嵘：《诗品》，中华书局1998年版，第15页。

③ （唐）魏征：《隋书》，第1090页。

它们的首要功能都是表达情感，“本质在美，其大用在感兴”①。这些知识要素还具有外在形态上的同质性：

> 诗赋则各自为篇，篇自为旨。自楚辞而外，单钞丛录，两者无伤。东京而后，铭诔论辩日益繁滋，亦每章自为起讫，意不他顾，与诗赋虽异体而群篇，独立则彼此同揆。②

诗赋这类知识要素自产生之时起，就渐渐累积着自身的特质。从存在的形态上看，诗赋的特质是，可以“各自为篇”“随意离合”③。每篇诗赋都是一个完全独立的知识要素；各篇诗赋的主题、主旨等既存在相异之处，也具有相关性、相似性；这些知识要素可以单独成篇，也可以根据需要任意组合于一体。相较之下，在子、史等部类下，书籍中的知识要素秩序井然，篇与篇之间有着内在的、稳定不变的关联逻辑，是不能随意颠倒、任意组合的。前代有学者谈到这个问题说，“六艺诸子之作，篇题虽分，条贯则一。譬如耳目手足具而后形体成，门庭堂塾备而后宫室立，非可以任情颠倒，随意离合”④。汉代以后，在诗、赋以外，出现了大量的铭诔、论辩等。从体式、风格上来看，论辩、铭诔与诗赋存在着明显的差异。但是，从存在的形态来看，论辩、铭诔等与诗赋具有同质性，也是“每章自为起讫”，每一篇都是独立的，不依赖于其他的篇章而存在。因此，在魏晋时期，人们重构知识体系时，铭诔论辩与诗赋被归于一类。到了唐代修《隋书·经籍志》时，人们用“集部”统称这类知识。原因正在于，集，本作“雧。群鸟在木上也”⑤。“集”正从外

① 钱基博：《江苏省立第三师范学校国文科教授进程之说明书》，《无锡县教育会年刊》1922年版。

② 黄占梅、程大璋：《桂平县志》，1920年铅印本。

③ 黄占梅、程大璋：《桂平县志》。

④ 黄占梅、程大璋：《桂平县志》。

⑤ （清）段玉裁：《说文解字注》，第667页。

在形态上凸显了诗赋、铭诔的特点——“可以任情颠倒，随意离合”。任何一篇诗赋、铭诔、序论等都如同鸟一样，各自是完全独立的；同时，又可以像“群鸟在木上”一样，与其他的诗赋、碑箴等组合起来，形成一个整体。

从集部的内在间架结构来看，诗赋、论辩等并不是随意地、零散地并置于一处，而是基于相似性、相关性以及相异性，被分成文、笔两类。自集部萌芽之时起，论辩序跋等就一直作为诗赋的参照系和对应物而存在，“不便为诗如阎纂，善为章奏如伯松，若此之流，泛谓之笔；吟咏风谣，流连哀思者，谓之文”①。文与笔在相互参较中，见出各自的特点和内在规律性。一方面，文与笔之间具有对立的关系。在刘勰的《文心雕龙》中，“自《明诗》讫《谐隐》十篇，大抵有韵之文；《史传》讫《书记》十篇，大抵无韵之笔。篇次秩然，界画不紊”②。文、笔作为两套子系统，在参互对照的过程中，不断发现、建构着自身的特点：

> 无韵者笔也，有韵者文也。③
>
> 汉魏以来，恒以综缉词采者为文，质实无华者为笔。④

另一方面，文和笔之间又是对应的关系，它们之间是共生、并存的，也存在着相互转换、衍生的可能性。近代以来，学人论及文与笔的共生关系说：

> 六朝的文笔，合之都算是文，分之始曰文笔。⑤

---

① (南朝梁)萧绎：《金楼子》，知不足斋本。

② 王肇祥：《文笔说》，《国故》1919年第1期。

③ (南朝梁)刘勰著，周振甫注：《文心雕龙注释》，人民文学出版社1981年版，第469页。

④ 王肇祥：《文笔说》。

⑤ 逯钦立：《汉魏六朝文学论集》，陕西人民出版社1984年版，第320页。

文笔之名，总言则别，散言则笔亦称文。①

文可兼笔，笔亦可兼文。②

自晋以后，始有文笔之分，《文心雕龙》云：今之常言，有文有笔。无韵者文也，有韵者笔也。然《雕龙》所论列者，艺文之属，一切并包。是则文笔分科，只存时论，固未尝以此为限界也。③

在集部生成、延续、发展的过程中，有韵之文、无韵之笔作为两套子系统，既相互对照，又相互融会，共同建构起了“集部”这一复杂的知识体系。

从隋唐到明清，集部的整体建构形态大体是稳定的。但是，随着知识要素的发展、演化，集部的内在结构也在不断进行着调整。集部最初涵盖的是诗赋、序论等知识要素，随着知识要素在数量上的累积、在类型上的增长，集部也处于变动之中。清人修《明史·艺文志》，将词纳入集部之中，在集部别集类中收入了《杨夫人词曲》；在集部总集类下，收录了沈际飞的《草堂诗余》、卓人月的《古今词统》、毛晋的《宋六十家词》等。这表明，时人认为，词的内在特质、外在状态等均与诗赋具有同质性。清代编修《四库全书》，在集部的别集、总集、诗文评类之外，另立词曲类，收录了朱彝尊的《词综》以及沈德符的《顾曲杂言》、周德清的《中原音韵》等书。他们还在词曲类这个二级类目下增设第三个层级的类目，并参仿集部的原初建构，将词曲类中的书籍分为五个子类：词集之属、词选之属、词话之属、词谱词韵之属、南北曲之属。这表明，到了清代中期以后，词、曲被视为重要的、与诗赋并行的类别，正式纳入主流的知识体系架构之中。

当清人以诗、文为基本的参照物，将词、曲纳入集部之后，集部内

① 王肇祥：《文笔说》。

② 黄侃：《文心雕龙札记》，上海古籍出版社 2000 年版，第 209 页。

③ 章太炎：《国故论衡·文学总论》，见《章太炎全集》，第 166 页。

各子系统、各个知识要素之间的关联逻辑发生了变化，集部建构的层次更加丰富、更加多元化。更重要的是，当词、曲进入集部后，诗、文的核心地位并没有被弱化，而是得到了进一步的强化。集部在特定的历史语境中不断地进行着调整，但却始终把诗、赋、文作为恒定的、核心的要素，建构了稳定且具有动态性的文学谱系。总体来看，在中国的学术传统中，从七略中的诗赋略到四部分类法中的集部，诗歌始终是根本的，也是"稳定的研究对象"，这表明中国的文学谱系"拥有足够清楚、自律和坚固的历史逻辑"①。

三、集部之流变

到了19世纪末20世纪初，集部已经无法适应知识要素的积累和扩张。有学者提出，"集部之名可不立也"②。于是，"集部之名，今多改为文学部"③。在近现代学人建构全新的学术体系时，集部的内在结构、外在范型等形塑了中国文学谱系的概念范畴、逻辑内核、知识构成、结构模式、审美品格、表述范式等。近代有学者说，"今之研究旧文学者，莫不借重集部"④。

首先，集部的存在为近现代文学学科的生成搭建了稳定的平台。集部在近两千年延续、发展的过程中，以诗、赋为核心，聚拢了碑、箴，又融会了词、曲等知识要素。集部包含的知识要素被分成文、笔两类，文和笔构成的统系划定了"文学封域"⑤，界画出文学的范围：

---

① 程光炜：《文学史研究的兴起》，福建教育出版社2009年版，第5页。

② 马一浮：《论六艺该摄一切学术》，见《马一浮集》，浙江古籍出版社、浙江教育出版社1995年版，第16页。

③ 朱星元：《集部概论》，《工商学志》1937年第1期。

④ 朱星元：《集部概论》。

⑤ 刘永济：《文心雕龙校释》，中华书局1962年版，第1页。

> 古代无文学之界说，故亦无文学与非文学之别。自汉而降以至六朝，有文笔之分，而渐有文学界说之观念。①

什么是文学，哪些知识要素可以纳入文学的领域，不是天然生成的，也不是由作品自身划定的，而是经由与文学相关的批评框定，继而被建构起来的。集部这套知识体系通过对知识要素的聚拢和分类，建构了一套隐性框架，区划出特定的文学"封域"，使"文学与非文学之间，界限极严而隐"②。从集部知识构成之"实"来看，集部笼括的是诗赋、碑箴、词曲等类型的知识；从集部的知识构成之"名"来看，集部以及集部中的诗赋、碑铭等，与"文"这个词形成了内在的、稳定的对应关系。到了近现代，传统的"集部"之学自然地转换成为近现代意义上的"文"之学，生发出现代学术体系中的文学学科。

其次，集部在形成、发展的过程中，累积了一套独有的研究方法，这为近现代确定文学学科的核心建构理念提供了学术史上的依据。当诗赋、碑箴等知识要素被聚拢于一体时，集部渐渐形成了与经、史、子各部不同的研究方法。近代有学者指出，"集部之学"的根本在于，"学文之道，首在辨体"③。从体类的角度展开研究，成为集部之学核心的也是独有的研究方法。在集部中，多种类型、多重层级的知识要素"仍其义，变其例；仍其例，变其义。……其体为骈散文、为赋、为古今诗、为词、为曲子"④。集部类的书籍，从刘勰的《文心雕龙》、萧统的《文选》一直到明代许学夷的《诗源辨体》、清代姚鼐的《古文辞类纂》等建构了中国文学研究传统中的定体、辨体意识。在新的文学学科建构的过程

① 龚启昌：《中国文学史读本》，华乐图书公司1936年版，第4页。

② 郑振铎：《整理中国文学的提议》，见钱基博编著：《国学必读》，广西师范大学出版社2010年版，第253页。

③ 钱基博：《〈古文辞类纂〉解题及其读法》，见钱基博著、傅宏星主编：《集部论稿初编》，华中师范大学出版社2012年版，第210页。

④ 金一：《文学观》，《国粹学报》1907年第32期。

中，集部累积、建构的理念、方法既是被改造的对象，也是近现代学人理解“当下”、对传统进行重构的条件和基础。中国古代的主流文学观念一般将赋、诗、文视为核心文体。近现代学人则从“辨体”这一核心理念着手，融会中西文学观念，对传统的文体划分方式进行了调整，确定了“今之所谓文学者”所包含的基本类例——“有重于发智者，如论辩、序跋、传记等是也……有重于抒情者，如诗歌、戏曲、小说等是也”①。集部在千余年延续的过程中形成的“定体”“辨体”意识，为近现代确定文学研究本体的典范形态奠定了坚实的基础。

最后，近现代学人在建构文学统序、书写文学史时采用的作家、空间、时间等基本维度，是在中国传统的学术语境中经由集部的书籍逐步得到确认的。集部别集类的书籍中留存了大量的诗赋、序论等；集部总集类、诗文评类的书籍则围绕着这些作品或进行阐释，或展开批评，建构了文学批评中的作家、时间、空间等维度。从唐代到宋元，总集类书籍在编选、排列诗赋文时，累积了根本的评价尺度。这些书籍或以作家为本，或以文体为据，或以主题为归，或以风格为宗，或以时间为经，或以地域为界。到了明代，总集、诗文评等对既有的评价标准进行整合，进而辨析文章的体格，强调诗文的题材、内容与风格、体裁、体制之间动态的关联关系。明代中晚期以后，这些书籍关注的重心转向了辨时间。如王夫之的《古诗评选》《唐诗评选》《明诗评选》等，以系列选本的形式鲜明地标划出诗的时代特征。诗歌总集在编撰中凸显并强化了“时间”这一要素，依据“知识(横向)”与“历史(纵向)”的双重维度构建谱系。清代自康、乾两朝始，诗歌总集又进而引入空间的维度，涌现出大量以地域为维度编订的诗文选本，如胡文学的《甬上耆旧诗》，阮元等的《两浙輶轩录》及续录、补遗，邓显鹤的《沅湘耆旧集》等。20世纪初期，学人在建构文学统序时，把集部累积的作家、文体、时代、地域等维度融于一体，在多维框架中探讨文学文本与文学事件、文学活动、

① 钱基博：《中国文学史》，第5页。

文学现象之间的内在关联，并寻找文学与政治、教育、文化等之间的因果关系。总体来看，近现代学人在建构文学谱系时，融会了集部类各书籍确定的“文”的范畴、“史”的逻辑以及“时间”“空间”等研究维度，参会西学，在中国本土的学术资源内部对集部进行了激活和重构。近现代的文学学科在建构基点、构型逻辑、知识构成等方面实现了对集部的根本性变革。但是，集部在千余年的发展、演化过程中，形成了稳定的概念范畴、表达范式，建构了系统、完备的结构体制，这为文学学科的生成奠定了坚实的基础。

结　语

从集部的发展、流变来看，集部与诗赋略、与文学学科，并非简单的替换、取代关系，同时也具有同构、衍生、整合等多重关联关系。集部由七略中的诗赋略衍生而来，到了 20 世纪，集部的存在、发展又为近现代文学学科的生成提供了基本的建构平台和学术史的依据。这表明，学术体系的转型绝不意味着学脉的断裂。中国文学谱系的建构、近现代文学学科的生成，不乏西学的影响，但更多的是在本土学术传统的基础上发展而来的。

不必“执古”，不可“骛外”

——从钱基博论“集部之学”到文学学科的赓续与转型

19、20世纪之交，中国的学术体系由“四部之学”转型成为“七科之学”①。如何贯通传统与现代，融会国故与西学，建构全新的知识统序，是学人纷纷探求的重要问题。钱基博的态度是：学者应该立足于特定的时间、空间交汇之处“切己体察”，不必“执古”，不可“骛外”②。他说，学者在治学时，须晓得“有空间之己，有时间之己”。这个己是身处20世纪之己，“不是唐虞三代之己，也不是汉唐宋元明清之己”；这个己“是东洋大海中国之己，不是西洋之己”③。

由不执古、不骛外出发，钱基博治学“务为浩博无涯涘。诂经谭史，旁涉百家。抉摘利病，发其阃奥。自谓集部之学，海内罕对”④。集部是中国传统四部分类法中的类目，20世纪前期，集部逐步衍生、转换成为近现代学术体系中的文学学科。钱基博研治“集部之学”，就是深入到中国本土的学术统系内部，厘清集部的源流变迁，探寻文学学科与集部之间的赓续、同构关系，同时参会西方的学术观念，推动中国文学谱系由传统向近现代转型。

---

① 参见左玉河：《从四部之学到七科之学》，上海书店出版社2004年版。

② 钱基博：《现代中国文学史》，华中师范大学出版社2011年版，第6页。

③ 钱基博：《治国学之意义及治国学方法之评判》，《清华周刊》1926年第25卷第7期。

④ 钱基博：《钱基博自传》，《江苏研究》1935年第1卷第8期。

一、“辨章集部之源流”

20世纪初期，“上自国家，下及社会，无事无物，不呈新、旧之二象”①，其中，“最大者为孔教与文学问题”②。近现代有学者提出，“集部之名可不立也”③，他们开始使用文学一词指称集部涵盖的知识要素。近现代的文学学科与传统的集部之间并非简单的替换、取代关系，而是包括转换、偏离，也包括同构、循环、衍生、整合等多重关联。钱基博在参与文学学科的建构时，从“辨章集部之源流”入手④，阐明了中国本土知识体系由集部到文学学科赓续的必然性以及转型的可能性。

钱基博深入到中国学术统序的内部，梳理了文学之“名”、文学之“实”与集部出现、演变之间的内在关联。他说：

> 世益进化，学益分科。……吾则谓文、学分而文集之名起。两汉以前，文学者，学术之总称。……逮两汉以后，文与学始歧。……文章流别分于诸子，而文集兴矣。经史子集，既分部居，而“文”之一名词渐为集所专有。⑤

文学、“文”等概念的内涵以及外延是随世变迁的。钱基博从辨析“集部之所自起”着手⑥，阐明了“文”、文学等概念之间丰富的差异性以及内在的相关性，梳理了“‘文’之一名词渐为集所专有”的过程。

---

① 汪叔潜：《新旧问题》，《新青年》1915年第1卷第1期。

② 隐尘：《新旧思想冲突平议》，《每周评论》1919年第17期。

③ 马一浮：《论六艺该摄一切学术》，见《马一浮集》，浙江古籍出版社、浙江教育出版社1995年版，第17页。

④ 钱基博：《〈古书治要〉之教材举例》，《新教育》1925年第10卷第3期。

⑤ 钱基博：《〈古书治要〉之教材举例》。

⑥ 钱基博：《〈古书治要〉之教材举例》。

在集部出现之前，文学、“文”就已经发展成为专有名词。钱基博考察了文学、“文”这两个词的源起以及发展流变。

钱基博谈道，“‘文学’二字始见《论语》，子曰：博学于文”①。文学作为专有名词，至迟在孔子时期就已经定型。孔子开设私学，文学与德行、言语、政事共同构成了孔门四科。钱基博还辨析了文学这个“名”所指向的“实”——“文学者，述作之总称耳”②。文学“指《诗》《书》六艺而言，不限于韵文也。孔门四科，文学子游、子夏，不闻游、夏能韵文也”③。文学作为孔门四科之一，它指称的是包括《诗经》《尚书》等在内的，以文字的形式记录、留存的一切知识。④ 钱基博指出，文学这种名与实的对应关系一直延续到战国、秦汉时期，凡是以文字的形式留存的知识，无论是儒家，还是兵家、法家的著作，乃至“律令、军法、章程、礼仪，皆归于文学”⑤。

随着时间的流逝，书籍数量的日渐加增，以文字留存的知识在规模、类型等方面不断扩充，自然就生出对这些知识进行分类的要求。钱基博指出，在汉代，刘向、刘歆父子对“现存”的知识进行了一次全面的整理，他们“总括群篇，撮其指要，著为《七略》。……书籍之部次条别始有法纪”⑥。《七略》中有诗赋略，诗、赋等的共同特点是“感于哀乐，缘事而发”⑦，这些着意于抒情发志的知识要素被归于一类。到了魏晋南北朝时期，知识的数量、形态进一步扩展，“诗赋”这个词语已无法笼括包括诗赋以及论传等在内的、多种类型的知识要素。时人开始使用“文”这个词来指称诗赋、论传等。钱基博谈到，王俭《七志》标出

---

① 钱基博：《现代中国文学史》，第3页。

② 钱基博：《现代中国文学史》，第3页。

③ 钱基博：《现代中国文学史》，第3页。

④ 相较之下，一个人要获得德行、言语、政事等方面的知识，主要通过在日常践履、人际交往的过程中完成的，不需要依凭文字。

⑤ 钱基博：《现代中国文学史》，第3页。

⑥ 钱基博：《〈古书治要〉之教材举例》。

⑦ (汉)班固：《汉书》，中华书局1962年版，第1744页。

“文翰志，纪诗赋”①，阮孝绪《七录》载有“文集录，纪诗赋”②。到了唐代，四部分类法得以定型，“文”与“学”分部而居：“学”——那些着意于思考军国大事、宇宙人生的知识分别被归于子部、史部；“文”——“因物骋辞，情灵无拥”的辞章③，汇聚于一体，形成“文”集，被纳入集部。自此，“文”作为特定的专用名词，“为集所专有”，用来指称诗赋碑箴这类知识。

到了近代，集部已经存在、发展了近两千年之久。钱基博研治“集部之学”“辨章集部之源流”的终极目的，不是要回到古代，而是要“执古之道，以御今之有”④。他进一步深入地梳理了集部之流变，剖析了集部转型成为文学学科的合逻辑性。

从学科的命名上看，近代学界用文学一词替换“集部”，自有其内在的合理性。在四部分类法出现之前，“文”、文学这两个概念是对等的、可以互换的。在集部生成、延续的过程中，这两个概念的指向开始偏离：文学依然保持着最初的含义，用来泛指以文字的形式留存的一切知识；“文”的所指则发生了转变，“文”用来特指诗赋、碑箴等类型的知识，这个概念与集部形成了内在的、稳定的对应关系。经过近两千年的发展，到了19世纪末20世纪初，在新的学术统序建基、构型之时，钱基博所说的“集部之学”，自然地转换成为“文”之学。文学一词在近现代的历史语境中生成了全新的意义，用来指称以诗、文为核心，融会小说、戏曲等建构而成的知识统系。

从学科的建构之“实”来看，文学学科与集部之间具有复杂的、多元化的关联关系。首先，集部各类书籍划定了“文”与“非文”的界限，这为近现代确定文学研究的本体奠定了坚实的基础。谈到这个问题，钱

① 钱基博：《〈古书治要〉之教材举例》。

② 钱基博：《〈古书治要〉之教材举例》。

③ （唐）魏征等：《隋书·经籍志》，中华书局1973年版，第1090页。

④ 钱基博引《道德经》语。见钱基博：《中国古代学者治学的方法》，《南通报·文艺附刊》1925年3月。

基博引阮元语，并作了进一步的阐发。他说：

> 昭明所选，名曰《文选》，盖必文而后选，非文则不选也。其曰“老庄之作，管孟之流，盖以立意为宗，不以能文为本”，斯所以立文与非文之畦封。①

在传统的知识体系中，《文选》等集部总集类的书籍作为“文章之衡鉴”②，具有双重功能：一是衡定是非，判定某些知识要素是不是“文”，能不能纳入“文”的范畴；二是品鉴优劣，评定哪些文章、作家可以归于经典之列。在近现代文学学科生成之际，这些书籍构建的隐性框架，区划出特定的文学“封域”③，使“文学与非文学之间，界限极严而隐”④。其次，集部笼括了以诗赋为核心的众多知识要素，并形成了严密的知识统系，这为近现代学人建构新的文学统序搭建了稳定的平台。近现代文学研究关注的作家和作品，以及文学活动、文学事件、文学现象、文学观念等，都是借助集部类各书籍逐渐积累起来的。钱基博谈到，集部中的总集所重者“在文学作品之集录”⑤，诗文评“重文学作品之讥评”⑥，学者在建构中国文学谱系、书写中国文学史时，可以将总集、别集和诗文评等作为“文学史编纂之材料”⑦，从中提取合理的、

① 钱基博：《〈文心雕龙〉校读记》，见钱基博著、傅宏星校订：《集部论稿初编》，华中师范大学出版社 2012 年版，第 245 页。阮元在《书梁昭明太子〈文选序〉后》一文中说，“昭明所选，名之曰文，盖必文而后选也，非文则不选也”。

② 钱基博引用《四库全书总目提要》语，见钱基博：《现代中国文学史》，第 5 页。

③ 谈到辞章、谈到文学，近现代学人多用“畦封”“封域”等词语。参见鲁迅的《汉文学史纲要》、黄侃的《〈国故论衡〉赞》、刘永济的《文心雕龙校释》等。

④ 郑振铎：《整理中国文学的提议》，见钱基博编著：《国学必读》，华中师范大学出版社 2012 年版，第 236 页。

⑤ 钱基博：《现代中国文学史》，第 3 页。

⑥ 钱基博：《现代中国文学史》，第 3 页。

⑦ 钱基博：《现代中国文学史》，第 5 页。

有效的成分。此外，近现代学人建构文学统序时采用的体类、时间、空间等基本维度，也是在中国传统的学术语境中经由集部类各书籍得以确认的。

20世纪前期，学人普遍认同文学学科与集部之间存在着微妙且复杂的关系。朱星元说，"集部之名，今多改为文学部"，"今之研究旧文学者，莫不借重集部"。① 胡适也坦率地承认，自己的《白话文学史》"每讨论一人或一派的文学，一定要举出这人或这派的作品作为例子。故这部书不但是文学史，还可算是一部中国文学名著选本"②。胡适所说的"选本"，正是中国传统学术体系中集部总集类的书籍。但是，胡适等在参与文学学科建构时，凭着大勇力，试图一举"推翻向来的正统"③，热切地"建设新文学"④。钱基博则因了"大智慧"⑤，既"知国性之有不尽适"，又"知国性之有不可蔑"⑥。他深入到中国传统知识统序的内部，由"辨章集部之源流"入手治"集部之学""文"之学，循其名，责诸实，梳理了近现代文学学科与传统集部之间多重的、动态的关联关系。

通过钱基博对集部之源、之流的梳理，我们可以看到，近现代文学学科的"名"与"实"均是从中国本土的学术传统中延伸、生长出来的。在近现代学人建构全新的学术体系之时，传统的集部并非是一个单纯的被批评、被摒弃的对象。20世纪之初，集部在渐渐成为历史的过程中，同时也产生了转义："集部"之学转型为"文"之学，集部的基本内核、建构逻辑等为近现代文学学科的生成搭建了稳定的平台。

---

① 朱星元：《集部概论》，《工商学志》1937年第1期。

② 胡适：《白话文学史》，见《胡适文集》第8册，北京大学出版社1998年版，第147页．

③ 胡适：《中国新文学运动小史》，见《胡适文集》第1册，第126页。

④ 胡适：《建设的文学革命论》，见《胡适文集》第2册，第45页。

⑤ 钱基博在《从读书方法以勘朱陆异同而折衷于孔子为大学读者进一解》一文中说"大智慧无不大勇猛"，见《孔学》1944年第2期。

⑥ 钱基博：《今日之国学论》，《国光》1929年第1期。

二、“今之所谓文学者”

20世纪前期，中国文学统序的建构处于“词融古今，理通欧亚”之际①。彼时，“适会多途……事无常准……义既不定于一方，学故难求其条贯”②，关于怎样重新界定文学的概念、区划文学的范畴，学人正在协商、讨论之中。钱基博谈到关于文学的问题时说：

> 今之所谓文学者，……用以会通众心，互纳群想，兼发情智。其中有重于发智者，如论辩、序跋、传记等是也，而智中含情；有重于抒情者，如诗歌、戏曲、小说等是也。③

钱基博立足于特定的“时间之己”和“空间之己”，关注中国传统学术自身发展的渐变性，同时参会西方学术体系的结构范式，建构具有中国本土色彩的文学统序。

首先，钱基博在历时态的框架中从理论上厘清并整合了中国本土的、关于文学的认知和观念。

在中国学术史上，人们对于“何谓文学”的理解④，是动态的、过程性的，处于不断演变之中。钱基博总结了历代关于文学的界定，他说，“大抵六朝以前，所谓文学者，著述之总称，所包者广。六朝以下，则文学者，有韵之殊名，立界也严”⑤。在中国传统学术史上，围绕文学这个概念，已经累积了广义、狭义这两个维度。六朝以前，人们是从广义上认知文学；六朝以后，“文”渐渐衍生出狭义的观察视角和

① 钱基博：《现代文学史》，第5页。

② 钱基博：《古籍举要》，世界书局1935年版，第1页。

③ 钱基博：《中国文学史》，华中师范大学出版社2011年版，第3页。

④ 钱基博：《现代中国文学史》，第6页。

⑤ 钱基博：《现代中国文学史》，第3页。

维度。到了近现代，学者从广义、狭义两个层面着手探讨文学的性质，这是非常普遍的做法。如，刘麟生提出，广义的文学指“一切文字上的著述”，狭义的文学指“有美感的重情绪的纯文学”①。刘麟生等指出文学广义、狭义之间的差别后，大多学者就此止步。钱基博则深入到中国学术统序的内部，在历时态的架构中，既关注各代文学观念之间丰富的差异性，也深入地体察这些观念之间内在的连续性。他说，在20世纪初期，文学的内涵发生了重要转变——“今之所谓文学者，既不同于述作之总称，亦异于以韵文为文”。同时，他也谈到，中国的文学观念于“代变之中，亦有其不变者存”，那些“积久而著”的“不变者”保持着内在的延续性②，最终成为文学研究最基本的、核心的要素，为20世纪文学观念的生成、定型奠定了坚实的基础。

六朝以前，人们认为，文学是“著述之总称”。这一界定明确了文学的外在形式特征：文学是以文字的方式留存、传播的知识。到了近现代，这一界定产生的衍生义，确定了文学的基本内核，标明了文学与语言文字之间本质的关联关系：近现代文学学科的研究本体——文学作品——能而且只能以语言文字的形式而存在。钱基博根据“以新例证原义，而理益明；以新例证古义，而法益备”的原则③，把西方学界的文学建构作为“新例”。他指出，在特定的时代里，文学是“著述之总称”这一看法具有内在的合理性。西方学界也曾一度认同这种广义的文学观念——“在十八世纪的英国，文学的概念……表示社会上有价值的写作的总和：哲学、历史、杂文、书信以及诗歌等等”④；到了19世纪初，斯达尔夫人仍说，“我所指的文学包括诗歌、雄辩术、历史及哲学”⑤。

---

① 刘麟生：《中国文学史》，世界书局1932年版，第1页。

② 钱基博：《现代中国文学史》，第8页。

③ 钱基博：《孙子章句训义》，华中师范大学出版社2011年版，第2页。

④ ［英］伊格尔顿：《文学原理引论》，刘峰译，文化艺术出版社1987年版，第21页。

⑤ ［法］斯达尔夫人：《论文学》，徐继曾译，人民文学出版社1986年版，第37页。

综观中西学术史，在特定时间段内，学界都曾把用文字记载的知识统称为文学。到了近现代，钱基博等学人参会中国古代的文学观念以及西方学者对于文学的认知，最终认定文学是用语言文字的形式表达的艺术。

六朝之后，中国主流的文学观念是“无韵者笔也，有韵者文也”①。这意味着，魏晋以后，人们进一步探寻“文”在语言层面上的特殊属性。“有韵者文”标明“文”具有“美”的特质，“所谓美的文学者，论内容，则情感丰富，而或不必合义理；论形式，则音韵铿锵，而或出于整比，可以被弦诵，可以动欣赏”②。钱基博指出，魏晋以后的文学观念延续到近现代，凸显出“文”在功能层面上的本质特征——“文学之本质在美，其大用在感兴”③；“文学之大用在表情”④。19世纪末期以后，西方学界也普遍认定，“诗的主旨确定无疑地在于对感情起作用”⑤。钱基博将中西学界的文学观念整合、封装于一体。他提出，到了20世纪，在讨论“何谓文学”时，不仅要关注文学基本的存在形式——语言文字，关注文学在语言层面上的特质——音韵铿锵，而且要将功能问题纳入“何谓文学”的界定之中，他归纳出文学的核心功能——“用以会通众心，互纳群想，兼发情智”⑥。

其次，钱基博从事实的层面上对“今之所谓文学者”进行了描述和总结。

钱基博谈到理论与事实之间的关系时说，“人谓理论为事实之母，不知事实乃理论之母。无事实，无理论”⑦。他阅读了集部的大量文献

① 钱基博引《文心雕龙》语，见钱基博：《中国文学史》，第4页。

② 钱基博：《现代中国文学史》，第3页。

③ 钱基博：《江苏省立第三师范学校国文科教授进程之说明书》，见《无锡县教育会年刊》1922年版。

④ 钱基博：《现代中国文学史》，第14页。

⑤ ［英］穆勒：《论诗及其变体》，盛宁等译，见人民文学出版社编：《十九世纪英国文论选》，人民文学出版社1986年版，第218页。

⑥ 钱基博：《中国文学史》，第3页。

⑦ 钱基博：《孙子章句训义》，第1页。

材料，"读古今人诗文集最夥，何啻数千家"①。在归纳、总结"事实"的基础上，钱基博把握住了"集部之学"的要义——"学文之道，首在辨体"②。从体类的角度展开研究，是集部之学核心的，也是独有的研究方法。如，《文心雕龙》以体类为基本的论述维度，这是"定体"的观念。到了明代，吴讷的《文章辨体》、徐师曾的《文体明辨》等又进而确认了"辨体"的意识。在文学学科建构的过程中，集部积累的治学理念、研究方法以及学术命题等既是被改造的对象，也是近现代学人理解"当下"、对传统进行重构的条件和基础。

钱基博依照"首在辨体"的原则，依循中国本土学术体系确认的体类意识，同时也立足于特定的时代，对旧有的、关于文体类型的认定和命题进行了调整。他立足于"当下"的文学存在的"事实"情况，重新确认了近现代文学学科包含的核心文体。在集部发展、延续的近两千年里，中国主流的文学观念一般将诗、赋、文视为重要的文体。钱基博则申明，"今之所谓文学者"所包含的基本类例"有重于发智者，如论辨、序跋、传记等是也……有重于抒情者，如诗歌、戏曲、小说等是也"。他的《中国文学史》描述了"以诗文为主，包括赋和词的文学史"，也梳理了中国小说的发展历程，"在明代文学里更谈到南曲，谈到高则诚的《琵琶记》、徐渭的《四声猿》"。③

钱基博将诗歌作为文学统序中核心的子系统。他说："诗歌者，一切文学最初之方式也。无论何国，皇古第一部流传之文学作品，必为诗歌集。证诸周作人《欧洲文学史》、郑振铎《俄国的诗歌》、瞿世英《希腊

① 钱基博：《〈读清人集别录〉序》，《光华大学半月刊》1926年第4卷第6期。

② 钱基博：《〈古文辞类纂〉解题及其读法》，见钱基博著、傅宏星校订：《集部论稿初编》，第210页。

③ 周振甫：《对钱子泉师〈中国文学史〉的审读意见》，《中国出版》1987年第1期。

文学研究》而可知也。”①诗歌是文学的根本构成要素，这是中西学界的共识。在中国的学术传统中，从七略中的诗赋略到四部分类法中的集部，诗歌始终是根本的，也是“稳定的研究对象”，这表明中国文学“拥有足够清楚、自律和坚固的历史逻辑”②。在英国，伊格尔顿也谈到，诗歌可以作为文学的替代物和象征物，“‘文学’已经在不知不觉中变成了‘诗歌’”③。基于中西文学发展的共同之处，钱基博在确定近现代文学学科所包含的类例时，把诗歌作为核心的要素。

钱基博从集部的内在建构出发，将论辩、传记等也纳入近现代文学研究的范畴之中。自集部生成之时起，论、传等一直作为诗赋的参照系和对应物而存在。六朝之时，人们认为，有韵为文，无韵为笔。但是，《文选》《文心雕龙》等均将文、笔一同纳入讨论的范畴之内。从这个意义上看，“六朝的文笔，合之都算是文，分之始曰文笔”④。在集部生成、发展的过程中，有韵之文、无韵之笔作为两套子系统，共同建构起了集部这一体系。在集部中，文和笔是对立的关系，文、笔在相互的参照中，见出各自的特点和内在规律性；同时，文和笔又是一种对应的关系，它们之间是共生、并存的，也存在着相互转换、衍生的可能性。钱基博指出，在传统知识统序建构的过程中，诗、文形成了“中土文学之秩序”⑤。为此，他依照中国本土的学术传统，将“偏于发智”“智中含情”的论、辩等，与诗歌一同作为新的“文学之秩序”的子系统。

钱基博也认同，戏曲、小说是20世纪文学学科研究中的重要文体。钱基博说，“剧本诚亦文学之一种”⑥。宋元以后，戏曲大兴。到了清

---

① 钱基博：《我之中国文学的观察》，见钱基博编著：《国学必读》，第243页。

② 程光炜：《文学史研究的兴起》，福建教育出版社2009年版，第5页。

③ ［英］伊格尔顿：《文学原理引论》，第63页。

④ 逯钦立：《说文笔》，见《汉魏六朝文学论集》，陕西人民出版社1984年版，第320页。

⑤ 钱基博引刘师培语。见钱基博：《现代中国文学史》，第106页。

⑥ 钱基博：《国文》，中华书局1929年版，第2页。

代，戏曲逐渐被纳入主流的学术架构之中。如，《四库全书》在集部之下设立词曲类，收录了周德清的《中原音韵》等书。小说也是中国传统知识体系的重要组成部分。自《隋书·经籍志》始，刘义庆的《世说新语》、殷芸的《小说》等被归入子部小说类。到了明代，各官私书目大体沿《隋书·经籍志》的归类方法；但是，一些学者开始将小说与集部的诗、文等并列。如，王士贞的《弇州四部稿》分为赋部、诗部、文部、说部，将小说与诗、文纳入共同的架构之中。稍后，陈继儒将说部视为与经史子集并行的、独立的类目。① 说部成为一个专用词语，用来指称文言小说。到了 19 世纪中后期，《三国演义》等白话小说归于说部之中。② 钱基博在从事学术研究时，自言"子部钩稽，亦多匡发"③。他尊重主流的学术建构，也认同传统学术体系中包含的隐性的学术观念，果断地将原本居于子部的小说类纳入文学的统序之中。在西方，小说、戏曲被归入文学的范畴，也经历了演变的过程。伊格尔顿在谈到这个问题时说，"十八世纪对于新出现的小说这一形式是否可以算是文学，是非常怀疑的。……而街头小调、通俗传奇乃至戏剧，则没有资格称为文学"④。到了 19 世纪末 20 世纪初，小说、戏曲才成为西方文学构架中的核心要素。钱基博在思考文学包含的基本类例时，与诸多学人一同参会中西，确定了文学中"有重于抒情者，如诗歌、戏曲、小说等是也"。

20 世纪初期，钱基博在参与文学学科的建构时，清醒地认识到，"用西洋的科学方法，来研究国学，自然给我们许多便利"⑤，但是，"要想把西洋的一切制度文物，硬搬来中国做，就不成功了"⑥。钱基

---

① 参见陈继儒：《藏说小萃序》，见《陈眉公集》卷五，万历四十三年(1615)史兆斗刻本。

② 参见黎汝谦：《遣子祭次女兰姑文》，见《夷牢溪庐文钞》卷五，光绪二十七年(1901)羊城刻本。

③ 钱基博：《钱基博自传》。

④ [英]伊格尔顿：《文学原理引论》，第 35 页。

⑤ 钱基博：《中国古代学者治学的方法》。

⑥ 钱基博：《治国学之意义及治国学方法之评判》。

博由中国学术传统自身的发展理路入手，“按照传统文学概念”①，参会西方的学术观念，从理论和事实等层面思考了“今之所谓文学者”的问题，对20世纪初期“集旧文学之大成而要其归，蜕新文学之化机而开其先”的情势进行了深入的分析②。经由钱基博的相关论述，我们可以看到，在近现代，中国文学学科合理性与合法性的确定，既不乏西学的佐证，更能够在中国本土学术史上寻找到坚实的依据。

三、“古今学术升降一大转机”

20世纪初期，“新”文学已初具规模，“旧”集部还未完全消退。学界面临的状况是：“百度草创，未有纲纪”③，“国人日益动荡摇摆于新旧间与诸新间……此乃中国文化从古至今未有之变局”④。这一“变局”包含着危机，也蕴藏着“古今学术升降一大转机”⑤。钱基博谈到，“民国肇造，国体更新；而文学亦言革命，与之俱新”⑥。文学的革命，文学的“新”，并非仅仅是概念的更替或命题的修正，同时也包含着文学观念和范畴的调整、转换，更意味着知识统序根本的、结构性的变革。

中国学术体系面临着“新”的“变局”和“转机”，主要体现是：传统的集部是对书籍进行归类；近现代的文学学科则转而对“文”这类知识自身进行归类，把“文”的属性特征作为建构文学统序的核心依据。

传统的四部分类法主要是对知识的载体——书籍进行归类。钱基博

---

① 周振甫：《对钱子泉师〈中国文学史〉的审读意见》。
② 钱基博：《现代中国文学史》，第9页。
③ 钱基博：《钱基博自传》。
④ 唐君毅：《中国文化之精神价值》，江苏教育出版社2006年版，第51页。
⑤ 钱基博：《今日之国学论》。
⑥ 钱基博：《现代中国文学史》，第6页。

谈到中国传统的知识体系建构说，“中国之书，总以四部”①。在四部分类法下，某一部书籍以及与这部书籍相对应的知识，能而且只能被归于一个部类，知识的定位是稳定的，甚至是唯一的。在特定时代里，这种知识体系的建构方式自有其合理性、合逻辑性。但是，在19、20世纪之交，四部分类法已经无法适应知识要素的积累和扩张。

钱基博治“集部之学”，坚持“变而从时”的原则。② 他结合传统学者对集部的特质的总结，提炼出集部诸要素整体的功能属性——“文章之用有三：曰叙事，曰发论，曰抒情”③。他继而将“文”的功能属性作建构文学统序的基本依据，对集部和经、史、子等部类进行精细的拆解，提取与“文”相关的成分，建构全新的文学统系。钱基博说：

> 经子史中之文，凡寓情而有形象者，皆可归于文学。则今之所谓文学，兼包经子史中寓情而有形象者。④

如，在四部分类法中，《史记》被置于史部。到了近现代，学人普遍认为，《史记》是“无韵之《离骚》”⑤。钱基博也谈道，“太史公《史记》不纯为史。何也？盖发愤之所为作，工于抒慨而疏于记事。其文则史，其情则骚也”⑥。《史记》中既包含着叙事的要素，也蕴藏着非常浓厚的抒情色彩。钱基博将《史记》从史部中提取出来，作为独立的、具有抒情功能的知识要素，与传统集部的楚辞类纳入共同的构架之中参互对照。

---

① 钱基博：《〈文史通义〉解题及其读法》，见《国学要籍解题及其读法》，上海古籍出版社2012年版，第186页。

② 钱基博：《读〈礼运〉卷头解题记》，见钱基博著、宏星主编：《经学论稿》，华中师范大学出版社2011年版，第62页。

③ 钱基博：《〈论语〉文学示例》，《清华周刊》1926年纪念号增刊。

④ 钱基博：《中国文学史》，第5页。

⑤ 鲁迅：《汉文学史纲要》，见《鲁迅全集》第九卷，人民文学出版社2005年版，第435页。

⑥ 钱基博：《现代中国文学史》，第4页。

这样，《史记》就不再仅仅作为一部书籍被固定于史部，而是成为功能性的要素，在不同的情境下有着多种归类方式。钱基博说，“余读《史记》有三法，曰就研究义例读，曰就研究文化读，曰就研究文学读是也”①。在近现代的学术体系架构中，《史记》可以视为历史著作的基本范式，也可以看成是记录历史事实的重要文献，同时还可以纳入文学的范畴。钱基博指出，在近现代的学术体系中，经部的《尚书》、史部的《史记》、子部的《世说新语》等就像“制药冶金”的材料一样，可以“随其熔范，形依手变，性与物从，神明变化”②，与集部原有的知识要素一同纳入文学学科的研究统系之中。

以知识自身为中心重构知识体系，是近现代学界的共同诉求。在这个问题上，钱基博并非超出同时代的其他人之上。处于特定时间、空间交汇之处，学人的问题意识大体相同，只是解决的路径自有异趋。如，马一浮谈到集部的重构时，他主张退回到更久远的学术传统中，以“六艺该摄一切学术”③。马一浮提出，取消集部，回归于中国知识体系最初的建构逻辑和构型方式，以《诗经》《尚书》总括集部所包含的知识要素。也有学者完全依据近现代的学科建制，规范甚至切割中国学术传统中固有的知识要素，如唐文治在讲解《诗经》时，分成《诗经》伦理学、《诗经》政治学、《诗经》社会学等。④ 在建构新的知识体系时，钱基博则坚持不必“执古”，不可“骛外”。他不是亦步亦趋地根据传统的建构或者西方的成规，对中国学术体系中的知识要素进行简单的堆积、排列，而是在传统与现代、国故与西学的交汇之处，以叙事、抒情等功能性要素为依据，以集部为根基，进而从经史子集各部类中提取与“文”

---

① 钱基博：《〈史记〉之分析与综合》，《光华大学半月刊》1935 年第 4 卷第 3 期。

② 钱基博：《韩愈志》，华中师范大学出版社 2012 年版，第 5 页。

③ 马一浮：《论六艺该摄一切学术》，第 16 页。

④ 参见唐文治著，陆远编：《大家国学·唐文治卷》，天津人民出版社 2008 年版。

相关的知识要素，重新发现、建构“文”在“当下”的特质和意义。

中国知识体系的“变局”与“转机”还体现在：传统学界在梳理学术发展的源流脉络时，往往以生产知识的人为中心；钱基博等则采用“科学之法”，以知识的属性为依据，建构文学统序，力求凸显出文学存在、发展的动态性、非线性以及多重的属性特征。

钱基博谈到近现代文学学科的建构时说：“事事物物壹以科学之法治之，……即国文亦其一也。”①所谓“科学之法”，就是从诗、文自身的属性着手，区划相关的知识要素，建构文学的统序，将“片面不全破碎无系统之咫闻尺见而整正之，使成系统，即所谓整理秩序其思想观念者”②。这些知识要素、思想观念经过“整理秩序”后，要“有分科有系统”③，能够展现文学存在的动态性，以及文学统序内部各要素之间复杂的、多重的关联关系。

传统知识体系的建构多注重探究人与人之间的师承渊源，钱基博则深入到知识体系内部，发现知识自身复杂的建构逻辑。在千余年的演化过程中，集部的诗、赋、文等知识要素共同累积了多重的、稳定的属性。这包括语言属性、体类属性、功能属性以及时间属性、价值属性、效用属性、社会属性等。钱基博首先依据诗、文等抒情、叙事的功能属性，确定文学核心的知识构成是诗、文、小说、戏曲。他继而从时间属性、语体属性的双重维度着手，勾勒文学作为独立的知识体系，自身特有的演变、发展进程。例如，钱基博指出，《诗经》《楚辞》以及六朝的骈文、唐代以后的古文等共同构成了文学统序。这个统序并非是静态的，而是常常会发生“革命”：

中国最浓郁最古老的一种革命韵文，要算《楚词》。……因为

① 钱基博：《中学校国文科教授文法之商榷》，《教育杂志》1916年第8卷第12期。

② 钱基博：《中学校国文科教授文法之商榷》。

③ 钱基博：《中学校国文科教授文法之商榷》。

> 中国古而又古的第一种韵文，是《诗》三百篇，句多四言，现在屈原变以长短句，解除了句格的束缚，化典重为激扬。……中国的第二次文学革命，要算唐朝的古文，就是把六朝骈文的韵律句格，种种拘束，一切解放。①

钱基博指出，“文学革命是自古到今发生的事”②。到20世纪初期，中国文学经历的第三次革命，既有其特定的合理性、必要性，又包含着历史的必然性以及合逻辑性。但是，“文学革命”并不意味着彻底否弃既有的知识要素，钱基博进而在价值属性、效用属性的构架下，考察文学存在的多重形态以及多元化的价值与意义。如，《诗经》《尚书》曾是经部之下的知识要素，在新的文学学科的构架下，这两部著作并没有因为时间的久远而丧失存在的合理性，而是与集部中的知识要素建构起全新的关联关系，衍生出新的功能：

> 总集之作，导源《诗》《书》。《诗三百》，周诗之总集也；《书》百篇，周以前文之总集也。……《诗》者，风、雅、颂以类分，而《书》则虞、夏、商、周以代次。盖《诗》者，开后世总集类编之先河，而《书》则后世总集代次之权舆者也。③

《诗经》《尚书》可以视作总集的源头。在集部生成、发展、延续的近两千年中，《诗》《书》的编选方法形塑了集部总集类书籍的基本编撰义例。到了近现代，这些文类、代次的维度推促着学人以时间为经、以文体为纬，建构起全新的文学谱序。这样，钱基博在参与文学学科建构时，在文学的各重属性交汇而成的、多元化的关系架构中，考察了文学存在、

---

① 钱基博：《依据湘学先辈之治学方法以说明本院之一年级国文教学》，《国师季刊》1941年第9期。

② 钱基博：《依据湘学先辈之治学方法以说明本院之一年级国文教学》。

③ 钱基博：《〈古文辞类纂〉解题及其读法》。

发展的多样形态，建构了具有开放性的、动态的文学统序。

钱基博以知识的属性为中心，重构文学的统序，这种治学路向与胡适大体是一致的。钱基博、胡适二人“于中国学术界摧陷廓清之功，信不可没”①。但是，在具体操作过程中，钱基博与胡适则有着重要的差异。钱基博构建文学统序的目的，是发现知识内在的、复杂的存在、发展逻辑。他不是把时间属性作为唯一的基准，更不是简单地用文学的时间属性替代、推导或者涵盖文学的其他属性。在钱基博的《中国文学史》《现代中国文学史》等各部论著中，建构文学统序的关系架构是多元化的，可能是时间、空间上的，也可能是逻辑、现象上的；文学统序内部诸要素之间的关联方式也是多质态的，可能是承续的、平行的，也可能是重叠的、交错的，抑或是转移的、替代的。胡适等则以文学的时间属性、语体属性为要件，建构文学统序。他们提出，“新文学就是白话文学”②。胡适等还以文学的时间属性为标尺，直接推导出文学的价值属性、效用属性。他们认定，白话文学是“平民的文学”，文言文学是“贵族的文学”③，“我们必须推倒那僵死的古文学，建立那有生命有价值的白话文学”④。胡适的《白话文学史》试图确立一条明晰的“可以贯穿二千年中国文学发展的基本线索”⑤，但实质上却是把文学的发展、演变化约为线性的、单向度的，忽视了“今之所谓文学者”与传统之间复杂的、微妙的、动态的关联关系。为此，钱基博批评胡适“过重知识论”⑥。钱基博在参与建构近现代的文学学科时，坚持传统治学“辨章学术，条析流派……观其会通，明其关系”的原则和方法⑦，既指出了

---

① 钱基博：《文学通论·作者录》，见钱基博编著：《国学必读》，第8页。

② 傅斯年：《怎样做白话文》，《新潮》1919年第1卷第2号。

③ 胡适：《白话文学史》，见《胡适文集》第8册，第131页。

④ 胡适：《中国新文学运动小史》，见《胡适文集》第1册，第120页。

⑤ 陈平原：《中国现代学术之建立——以章太炎、胡适之为中心》，北京大学出版社2010年版，第165页。

⑥ 钱基博：《文学通论》，见钱基博编著：《国学必读》，第8页。

⑦ 钱基博：《〈古书治要〉之教材举例》。

文学统序中各个要素之间的联系，也阐明了新的文学统序与传统的知识体系之间内在的、根本的勾连。他的《中国文学史》等论著在多层级的、多类型的关系构架下，呈现了“今之所谓文学者”生发、形成、演化的全部面貌。钱基博与刘永济等诸多近现代学人一道，融会折中于“新旧间与诸新间”①，推动了集部向文学学科结构性的转型和变革。

结　语

20世纪前期，钱基博本着不必“执古”、不可“骛外”的治学态度，从“辨章集部之源流”入手，思考了近现代文学学科生发、演化的过程；立足于探讨“今之所谓文学者”，确定了文学学科基本的知识构成；基于“古今学术升降一大转机”的情势，建构了区别于传统集部的、新的文学统序，凸显了文学存在、发展的非线性、动态性等特点。通过钱基博对“集部之学”的研究，我们可以看到，近现代的文学学科是从集部衍生而来的，但是却在构型基点、建构逻辑、知识构成等方面实现了对集部的根本性变革。钱基博围绕“集部之学”展开的阐释和建构，昭显了中国学术自身的发展统序及生命活力。

① 唐君毅：《中国文化之精神价值》，第51页。

从“文苑传”到“文学史”

——钱基博与近现代文学学科的生成

钱基博治学兼涉四部，其中，《中国文学史》《明代文学》《读清人集别录》《〈文心雕龙〉校读记》《现代中国文学史》《国文研究法》是论及文学的著述。在这些著作中，钱基博参照传统的学术体系和规范，对近现代出现的文学学科、文学史的书写范式等进行了深入的思考，讨论了文学研究及文学的本体问题，对近现代文学学科的衍化、生成和定型起到了推动作用。

一

“文学”一词最早见于《论语》①。后，二十五史中也常出现“文学”一词。如，《北齐书》说元弼“有文学”②；《旧唐书》载，“玄宗开元十二年，文武百僚、朝集使、皇亲及四方文学之士，皆以理化升平，时谷屡稔，上书请修封禅之礼并献赋颂者，前后千有余篇”③。在二十五史等官方文献中，“文学”只是普通的词语，并非学术领域的专用术语。

---

① 《论语·先进》载孔子言：“从我于陈蔡者，皆不及门也。德行：颜渊、闵子骞，冉伯牛，仲弓。言语：宰我，子贡。政事：冉有，季路。文学：子游，子夏。”

② （唐）李百药等：《北齐书》，中华书局1972年版，第387页。

③ （五代）刘煦等：《旧唐书》，中华书局1975年版，第908页。

在传统的目录学分类中，各官私书目也未将“文学”作为标划知识类目的特定词语。① 直到光绪二十八年(1902)七月，清廷颁布《钦定学堂章程》，建立京师大学堂。京师大学堂分大学院、大学专门分科、大学预备科。其中，“专门分科凡七：曰政治科，曰文学科，曰格致科，曰农业科，曰工艺科，曰商务科，曰医术科”②。自此，“文学”由普通的词语转换成为某个学科的命名方式。文学正式作为专业术语，用来标划、指称特定的知识统序。

近现代学科体系中的文学在传统学术体系中有一个直接的对应物和参照物，那就是四部分类法下的集部。《清史稿》卷一〇七载，张百熙、荣庆、张之洞会奏《重订学堂章程》：

> 现拟章程，于中学尤为注重。凡中国向有之经学、史学、文学、理学，无不包举靡遗。③

这里，张百熙等沿袭了四部分类法，并沿用经、史等部类的命名方式，但是，涉及子、集这两个部类，他将“子部”置换成“理学”，将“集部”置换成文学。钱基博在《国学文选类纂序》中也说：

> 以诵览所及，写著其文，以当明述，辑为六类：曰小学之部，曰经学之部，曰子学之部，曰史学之部，曰文学之部，曰校雠目录之部。④

---

① 《后汉书》《晋书》《魏书》等，及后来的《明史》《清史》有“文苑传”，《南齐书》《陈书》《梁书》作“文学传”。但是，这里的文学不是专有的概念，只是一个普泛的词语。“文学传”指为“有文学者”“涉文学者”所做的传。

② (清)赵尔巽等：《清史稿》，中华书局1976年版，第3123页。

③ (清)赵尔巽等：《清史稿》，第3126页。

④ 钱基博：《国学文选类纂》，商务印书馆1931年版，第1页。

钱基博所说的“文学之部”也大体相当于传统学术分类法中的“集部”。

在传统集部的参照下，我们可以清晰地考见文学学科的研究本体的基本情况：从“集部”出发进行系统研究，相应的书写方式是文苑传；从文学这一学科定位出发，系统的研究成果呈现为文学史。谈到文苑传与文学史，钱基博说：

> 自范晔《后汉书》创《文苑传》之例，后世诸史因焉；此可谓之文学史乎？然以余所睹记，一代文宗，往往不厕于文苑之列。①

钱基博认为，传统的文苑传不能等同于文学史，这是因为，被后世认定的文章大家，如班固、潘岳、陆机、陆云、谢朓、谢灵运，乃至韩愈、柳宗元、欧阳修、苏轼等，往往不入各代的文苑传。

从文学作为一个学科的立场出发，钱基博对文苑传的书写体例也极其不满。他说，文苑传“作传之旨，在于铺叙履历，其简略者仅以记姓名而已，于文章之兴废得失不赞一辞焉。呜呼！此所以谓之文苑传，而不得谓之文学史也”②。文苑传和文学史的书写目的一致，都是为了推扬某代文章之盛，但为什么书写的结果却有如此巨大的差异呢？关于这个问题，清人章学诚的一段话对我们启发甚多。他说：“东京以还，文胜篇富，史臣不能概见于纪传，则汇次为《文苑》之篇。文人行业不多，但著官阶贯系，略如《文选》人名之注，试榜履历之书，本为丽藻篇名，转觉风华消索。”③传统的官修史书以“史”为中心，以“人”的活动、“事”的发展为书写的逻辑脉络。如，在汉代，班固、蔡邕、孔融等人不仅长于“文”，而且参与了其他许多重要的社会、政治、文化活动，《后汉书》将班固等人于列传。《文苑传》如再次收录这些人，难免有重

① 钱基博：《中国文学史》，华中师范大学出版社 2011 年版，第 3 页。

② 钱基博：《中国文学史》，第 3 页。

③ （清）章学诚著、叶瑛校注：《文史通义校注》，中华书局 1985 年版，第 40~41 页。

复之嫌。杜笃、王隆、夏恭、赵壹、祢衡等以诗、赋、颂、论而名，别无所长，“不能概见于纪传”，被归入文苑传。但是，这些作家“行业不多”，即文学作品不够丰富，文学活动也缺乏代表性，因此，“文苑传”大多只铺叙作家的履历。《后汉书·文苑传》等的书写方式，在知识的数量、规模有限的情况下，自有其合理性。但随着知识的迅猛增长，学科的分类和细化成为必然趋势。19、20世纪之交，学术转型的核心问题之一，是如何处理知识以建立知识统系。也就是，在划定学科的范畴、确定学科研究的本体时，应该以某类知识为中心，还是以生产这类知识的人为中心。钱基博明确将“文苑传”与“文学史”区别开来，正道出现代文学学科研究的本体是“文章之兴废得失”，也就是关于文章的“知识”，而非生产文章的“人”。

在中国学术传统中，也存在以知识为研究中心的倾向，如史志中的“艺文志”。钱基博指出，中国古代史书中“艺文志”的“文史”类与近代出现的“文学史”有可以接通之处：

> 中国无文学史之目。而“文史”之名，始著于唐吴兢《西斋书目》，宋欧阳修《唐书·艺文志》因之；凡《文心雕龙》《诗品》之属，皆入焉。后世史家乃以诗话文评别于总集后出一文史类。①

在官修史书的《艺文志》中，有“文史”一类。如，《新唐书》卷五十七至卷六十系《艺文志》，著录了经、史、子、集等部的书目。其中，集部又细分为三类，“一曰《楚辞》类，二曰别集类，三曰总集类”，总集中有“文史类四家，四部，十八卷”②。到了《宋史·艺文志》，“文史类”独立出来，成为与别集、总集并行的类目，“集类四：一曰楚辞类，二曰别集类，三曰总集类，四曰文史类”③，“文史类”收录了任昉的《文

---

① 钱基博：《中国文学史》，第3页。

② （宋）欧阳修、（宋）宋祁撰：《新唐书》，中华书局1975年版，第1625页。

③ （元）脱脱等：《宋史》，中华书局1977年版，第5327页。

章缘起》等。

但是，在中国学术传统中出现的“文史”不能等同于“文学史”。钱基博指出，“文史”与“文学史”的根本区别在于，“文史”的特点是：

> 重文学作品之讥评，而不重文学作业之记载者也，有史之名而亡其实矣。①

钱基博认为，文学作为一门学科，其研究内容应该细化，至少可以分为两类：文学史、文学批评。传统的“文史”大体相当于“文学作品之讥评”。的确，“文学批评”与“文学史”虽然相生相成，但却存在很大的差异。现代学者认为，“史是收缩性的，它的任务是将文学(创作和评论)总结出规律加以说明……述评则是开拓性的，它只是提出问题，介绍经过”②。从根本上看，“文学史”着眼于对知识进行系统的整理与重构，建立起关于文学作品、作家、文学创作活动等的知识谱系，这就需要有宏阔的统系意识，在写作过程要略去许多不相关的因素；“文学批评”则可以只关注文学的个别知识要素，如某部、某类作品，某个、某些作家等，“文学批评”的写作相对自由，既可以将相关的知识要素融入特定的体系框架，也可以将看似不相关的内容以随笔的形式散漫地表达出来。

钱基博从传统的学术体系中寻找资源并对之进行反思，在深入探析了“文苑传”“文史”与“文学史”的区别后，确定了文学学科的研究本体及研究方法。他吸取了“艺文志”以知识为中心的倾向，并融以“文苑传”系统性、历史化的写作方法，采取了“以文体为纲，以作家为目”的书写方式。③ 这样，钱基博在对文学研究的本体进行深入思考的基础上，完成了系列“文学史”著述。钱氏的《中国文学史》等著作以特定的

① 钱基博：《中国文学史》，第5页。

② 唐弢：《当代文学不宜写史》，见《唐弢文集》第9卷，社会科学文献出版社1995年版，第494页。

③ 姜晓云：《谈钱基博〈现代中国文学史〉的书写方式》，《南京师范大学文学院学报》2010年第3期。

学科知识为研究中心，实现了从“文苑传”到“文学史”的转变，治学范式从传统到现代的转型。

二

传统的“文苑传”与现代学科中的“文学史”关注的重心不同，但二者有精义相通之处：无论是“文苑传”还是“文学史”，都以“文”为建构的根基；“文”是零散的、个别的知识要素，但“文苑传”或“文学史”并不是“文”的简单堆积。要将知识要素整合为知识谱系，必须确定某种组织原则或者结构逻辑，对零散的知识进行归类。正如前文所述，“文苑传”的建构逻辑是：“文”—作家(生产文的“人”)—文苑传。那么，由“文”到“文学史”，中间的连接基点是什么？如何在这个基点上，建立一个较为完善的框架，将关于“文”的知识系统化？如果现代文学学科研究的本体，是关于文章的“知识”，那么这些“知识”具有什么样的总体特征？究竟有哪些“知识”可以被纳入这一领域和范畴？对今人来说，这些问题的答案不言自明。但从钱基博等人所处的历史语境来看，20世纪二三十年代，正是现代学科、学术范畴的生成与定型期，现代各个学科的基本概念、根本框架正处于建构阶段，钱基博对这个问题的深思就具有极其重要的意义。

谈到“文”与“文学史”的贯通，钱基博说：“治文学史，不可不知何谓文学；而欲知何谓文学，不可不先知何谓文。”①在此，钱基博参照传统学术体系中的相关概念、词汇，选择了文学作为“文”的统系归类方式②，最终确定的逻辑构架是：文—文学(“文”的汇总和归类)—文学史。

20世纪初叶，参照传统学术的基本范式考察相关概念的根本内涵，

① 钱基博：《中国文学史》，第1页。

② 这里的文学是“文”的总称，是“文”这一类知识的类属名称，与文学学科有根本的区别。

是学者的共同追求。如王国维在《国学丛刊序》中就谈到什么是文学。他说：“凡记述事物，而求其原因，定其理法者，谓之科学；求事物变迁之迹，而明其因果者，谓之史学；至出入二者间，而兼有玩物适情之效者，谓之文学。……若夫知识、道理之不能表以议论，而但可表以情感者，与夫不能求诸实地，而但可求诸想象者，此则文学之所有事。”①钱基博对什么是文学这一问题进行了更为深入的思考和探析。钱基博指出，文学是“文”的总称，那文学的本体就是“文”。他指出：

> 文之涵义既明，乃可与论文学。②

钱基博先对“文”这一概念进行了辨析，讨论了“文”的源起、流变。钱基博说，在传统学术史中，“文有二义焉”：

> （甲）文者述作之总称，凡可写录箸为文字，皆此类也。是谓广义。但在成章，靡不为文矣。（乙）以文为述作之殊名，非可漫喻，惟当宗主情感，以娱志为归，而其行文尤贵奇偶相生，音韵相和，如青白之成文，如咸韶之合节，非清言质说者比也，非振笔纵书者比也，非佶屈涩语者比也。③

从广义的层面来看，所有用文字写成的篇章，都可以称作“文”。但在中国学术传统中，“文”也是一个专门的术语。“文”有特定的范畴，其特点是以情感为宗，而不是如史那般着意于事实，经、史、子各部的文章或是“清言质说”、或系“振笔纵书”、或为“佶屈涩语”，是不可以入“文”一类的。钱基博指出，“所谓文者，盖复杂而有组织，美丽而适娱

① 王国维：《王国维论学集》，中国社会科学出版社1997年版，第404页。

② 钱基博：《中国文学史》，第1页。

③ 钱基博：《国文研究法序》，见《戊午暑期国文讲义汇刊》，广西师范大学出版社2010年版，第3页。

悦者也。复杂，乃言之有物。组织，斯言之有序。然言之无文，行之不远，故美丽为文之止境焉”①。“文”的根本特征是有物、有序且有美。

钱基博从“文”的特点出发，归纳了文学的本质特征。这主要有二。其一，文学的范畴处于不断变动之中。“文”有广义、狭义的所指，由此，文学这一概念所涵盖的内容自然有所变化。六朝以前，文学指“述作之总称”。如在《史记》中，“举凡律令、军法、章程、礼仪，皆归于文学”②。六朝以后，关于“文”的定义不一。有“狭义的文学，专指‘美的文学’而言”③，如萧统的《文选》以“事出于沉思，义归乎翰藻”为标准，“姬公之籍，孔父之书……老庄之作，管孟之流，盖以立意为宗，不以能文为本”④，不收入《文选》。也有文论家仍持广义的文学观念，如“刘勰著《文心雕龙》，则经子史皆称为文，又同于六朝以前”⑤。在辨析前人文学观念的基础上，钱基博指出，“今之所谓文学者，既不同于述作之总称，亦异于以韵文为文”。文不是述作之总称，但以有韵或无韵作为判定文学标准也再不适用，因此，必须重新厘定“文”的范畴和概念。其二，文学的根本作用在于激发读者的情感，使读者有所感悟。钱基博指出，与狭义的文学只重“情感丰富，而或不必合义理”不同⑥，现代的文学概念有独特的内涵和范畴。他说：“所谓文学者，用以会通众心，互纳群想，而兼发智情；其中有重于发智者，如论辨、序跋、传记等是也，而智中含情；有重于抒情者，如诗歌、戏曲、小说等是也。大抵智在启悟，情主感兴。”⑦也就是说，文学既能启智，也能抒情。

如何将关于“文”的知识系统化，将之结构成为“文学史”呢？钱基

---

① 钱基博：《中国文学史》，第3页。
② 钱基博：《中国文学史》，第4页。
③ 钱基博：《中国文学史》，第4页。
④ 钱基博：《中国文学史》，第2页。
⑤ 钱基博：《中国文学史》，第4页。
⑥ 钱基博：《现代中国文学史》，华中师范大学出版社2011年版，第3页。
⑦ 钱基博：《中国文学史》，第2页。

博首先辨析了“文学史”与“文学”的根本区别。他说：“盖文学者，文学也；文学史者，科学也。文学之职志，在抒情达意；而文学史之职志，则在纪实传信。文学史之异于文学者，文学史用纪述之事，论证之事，而非描写创作之事；以文学为记载之对象，如动物学家之记载动物，植物学家之记载植物，理化学家之记载理化自然现象，诉诸智力而为客观之学，科学之范畴也。”①“文学史”属“科学之范畴”，“文学史”将文学作为自己的研究对象，记述与文学有关的人物、事件、活动，论证文学的发展规律，从而构建起关于文学作品、作家、文学创作活动等的知识谱系。在书写方法上，文学通过对场景、感情等的描写，以“抒情达意”，而“文学史”则叙述事实，以“纪实传信”。进行文学创作可以无所依傍，而书写“文学史”“不可不先考证文学家之履历也”。只不过文学史家关注的核心是文学，“所以考证文学家之履历者，其主旨在说明文学著作”②。在“文苑传”中，作家的生平活动等是核心要素，而在“文学史”中，作家的履历只能作为作品研究的背景材料。由此，“文学史”就有着自己独特的书写原则：

> 作史有三要：曰事，曰文，曰义。孟子谓“其事则齐桓晋文，其文则史，其义则丘窃取之”者也。夫文学史之事，捃采诸史；文学史之文，滂沛寸心；而义则或于文史之属有取焉。……余以为作中国文学史者，莫如义折衷于《周易》，文裁则于马、班。③

钱基博指出，“文学史”的“事”，就是文学作品、文学活动、作家的基本情况等。这些内容可以从史书的列传、文苑传、艺文志及其他私家目录著述中搜寻到。“文学史”的“文”，就是对搜求到的文献资料进行排序，这涉及写作的规范、类例等问题。如，钱基博的《中国文学

① 钱基博：《中国文学史》，第3页。

② 钱基博：《中国文学史》，第7页。

③ 钱基博：《中国文学史》，第3页。

史》采取了“以文体为纲，以作家为目”的书写方式，做到以“文”、文学为中心，兼顾作家。“义”是写作的根本原则，研究“文学史”的根本目的是“见历代文学之动，而通其变，观其会通”①，就是要探寻文学发展流变的内在脉络。

这样，在钱基博建构的理论框架中，文学作为一个学科，其研究的内容包含如下三个层面：文——零散的知识；文学——关于“文”的知识的谱系归属；“文学史”——“文”及文学等构建起的知识统系。

建立了关于文学学科的相关理论后，钱基博在写作《中国文学史》《现代中国文学史》《明代文学》的过程中，要确定哪些体裁应该纳入“文学史”的研究范畴内。钱基博非常清楚当时西洋文学的分类方法，但他认为，那套分类体系不完全适于中国的文学发展状况。他说，“民国肇造，国体更新，而文学亦言革命，与之俱新。……西洋文学，诗歌、小说、戏剧而已。唐宋八家，自古称文宗焉，倘准则于欧美，当摈不与斯文”②。按照西方文学批评界划定的范畴，《论语》《史记》、唐宋八大家的文等是不能纳入文学史的，但很明显，文是中国文学史不可或缺的重要部分。如，《史记》虽系史书，但“读《史记》有三法，曰就研究义例读，曰就研究文化读，曰就研究文学读是也”③。因此，钱基博在系列文学史著作中，不仅探讨了诗、词等文体，而且细致地考察了文，包括古文与时文等的发展流变过程。总体来看，钱基博的系列文学史著作关注传统的主流文学样式，这正提醒学界，由传统的“辞章”到现代的文学这种概念与观念的转变，由“文苑传”到“文学史”这种书写方式的调整，并不意味着学术研究进程的断裂。

20 世纪二三十年代，探讨文学学科的独立性，推进文学学科的生成与定型是中西学者的共同追求。韦勒克和沃伦在《文学原理》中说：

---

① 钱基博：《现代中国文学史》，第 2 页。

② 钱基博：《中国文学史》，第 6 页。

③ 钱基博：《〈史记〉之分析与综合》，见曹毓英选编：《钱基博学术论著选》，华中师范大学出版社 1997 年版，第 448 页。

“大部分的文学史著作确实讨论了哲学家、历史学家、神学家、道德家、政治家甚至一些科学家的事迹和著作。例如，很难设想一本18世纪的英国文学史不用另外一些篇幅去讨论贝克莱和休谟(D. Hume)、巴特勒(J. Butle)主教和吉本(E. Gibbon)、伯克(E. Burke)以至亚当·斯密(Adam Smith)。文学史在讨论这样一些著作家时，虽然通常较之讨论诗人、剧作家和小说家远为简单，却很少讨论这些著作家在纯美学上的贡献。”①韦勒克等学者的目的与钱基博等中国学者一样，要清楚地厘定文学学科的研究本体和主体。韦勒克和沃伦还说，“远在现代科学发展之前，哲学、历史、法学、神学，甚至语言学，都已经找到各种有效的致知方法”②。他们创作《文学原理》与钱基博完成系列“文学史”、思考“文学史”的书写方法一样，也是要寻找并建立一套关于文学研究的行之有效的、独特的方法。从这个角度来看，中国近现代文学学科的生成与定型并非简单的西学移植的结果，当我们考察文学学科的定型，乃至近现代学术的转型时，不能仅仅强调西方的影响，而应该充分考虑中国学术思想衍变的内部力量。深入到由传统向现代的发展进程中，我们可以看到钱基博、鲁迅等学者从不同向度上共同推进了近现代文学学科的生成：鲁迅主要是在现代“学科”的框架下拓展并框定文学研究的疆域，钱基博则是在传统“学术”的宏阔背景下思考与文学学科相关的理论问题。钱基博力图在近代出现的文学学科与古代学术传统之间建立一种对话关系，这种对话关系包括对传统知识累积、知识立场、知识谱系的清理，对文学、“文学史”等概念形成、演变的反思，也包括对古代学术传统、现代文学学科的整体性的全新认识。

① [美]韦勒克、[美]沃伦：《文学原理》，刘象愚译，三联书店1984年版，第10页。

② [美]韦勒克、[美]沃伦：《文学原理》，第10页。

从集部到文学学科的延续、对接和转型
——钱基博与中国文学知识谱系的建构

钱基博在《潜庐自传》中谈到，他本人的治学情况是，“集部之学，海内罕对”①。1905年，他在《国粹学报》上发表《说文》。此后，他围绕“集部之学”撰写了大量论著、论文，代表性成果有《中国文学史》《现代中国文学史》《〈文心雕龙〉校读记》《韩愈志》等。②

1902年，清廷颁布《钦定学堂章程》，规定京师大学堂“专门分科凡七”③。这标志着中国的学术体系由“四部之学”向“七科之学”转型④。京师大学堂所设的七科中有“文学科”，四部分类法中集部的书籍和相

① 钱基博：《潜庐自传》，见傅宏星：《钱基博年谱》，华中师范大学出版社2007年版，第259页。

② 据傅宏星《钱基博先生著作编年》，在钱基博的学术论著中，涉及“集部之学”的包括：《戊午暑期国文讲义汇刊·国文研究法》(1918)、《国学必读·文学通论》(1924)、《国文》(1925)、《国学文选类纂》(1931)、《〈文心雕龙〉校读记》(1931)、《现代中国文学史长编》(1932)、《明代文学》(1933)、《〈古文辞类纂〉解题及其读法》(1933)、《骈文通义》(1933)、《韩愈文读》(1934)、《韩愈志》(1935)、《模范文选》(1935)、《中国文学史(上古至隋唐之部)》(1939)、《中国文学史(宋辽金之部)》(1942)、《中国文学史(元之部)》(1943)。其中，《现代中国文学史长编》经修订，1933年出版时，定名为《现代中国文学史》；《中国文学史》上古至隋唐之部、宋辽金之部、元之部，以及《明代文学》《读清人文集别录》等合并为《中国文学史》。

③ 赵尔巽：《清史稿》，中华书局1976年版，第3123页。

④ 参见左玉河：《从四部之学到七科之学——学术分科与近代中国知识系统之创建》，上海书店出版社2004年版。

关知识，被融括于“文学科”之中。钱基博把近现代的文学学科与传统学术体系中的集部纳入共同的构架之中，阐明文学学科与集部之间多元化的关联关系。他由“辨章集部之源流”入手①，在承续并调整集部演进逻辑的基础上，探寻文学生发的原点，阐明文学的功能，划定文学的范畴，梳理文学发展的统序。他力图建构中国的、本土化的文学知识谱系，稳健地推动集部向文学学科的转型和变革。

一、由集部入手，追溯源流，确定文学之根基

20世纪初期，当集部转化为“文学科”时，学科之名虽已立，但学科之实仍未备。近现代学人纷纷书写文学史著述、撰写理论著作，确证“文学之定义”②。钱基博清楚地看到，文学这一概念的内涵处于不断地延续、生长以及调整、演化的进程之中，要确定近现代学科架构下文学的性质、范畴等，必须首先深入到中国学术传统之中，剖析前代学人对文学、文的认知和理解，探究近现代文学学科生发的根基。

钱基博谈到，关于文学的定义可以分为广义、狭义两种。广义的文学，是“著述之总称”③，凡用文字写成的，均可归于文学的范畴之中；狭义的文学“专指美的文学而言”④，如，刘勰说，“无韵者笔，有韵者

① 钱基博：《〈古书治要〉之教材举例》，《新教育》1925年第10卷第3期。

② 谢无量的《中国大文学史》（1918年初版）、凌独见的《新著国语文学史》（1923年初版）、谭正璧的《中国文学进化史》（1929年初版）等在绪言部分或书首均谈到要探究“文学之定义”。

③ 钱基博：《中国文学史论略》，见钱基博编：《国文》下册，中华书局1925年版，第81页。

④ 钱基博：《中国文学史论略》，见钱基博编：《国文》下册，第79页。文学广义、狭义的界定，既有历时态性，也有共时态性。近现代学人在思考文学学科的基本理念时，就文学是什么或者什么是文学，意见纷繁，总体来看，也可分为广义、狭义两种。如章太炎在《国故论衡·文学总论》中说，“文学者，以其有文字著于竹帛，故谓之文；论其法式，谓之文学，凡文理文字文辞皆称文”。鲁迅等则对这种广义的文学的界定持有异议。据许寿裳《亡友鲁迅印象记·从章先生学》一文，鲁迅认为，章太炎“诠释文学，范围过于宽泛，把有句读的和无句读的悉数归入文学”。

文”①。在近现代，从广义、狭义两个层面着手探讨文学的性质，是学界的普遍做法。如黄人说，“以广义言，则能以言语表现思想感情者，皆为文学。然注重在动读者之感情，必当使寻常皆可会解，是名纯文学”②。刘麟生提出，广义的文学指“一切文字上的著述”，狭义的文学指“有美感的重情绪的纯文学”③。黄人、刘麟生等在共时态的框架中，探讨了文学广义、狭义的界定之后，就此止步。钱基博则进而在历时态的流程中，结合集部的生成情况，深入地思考了“文学之定义”“不一”的原因④。

钱基博还谈到，文学的广狭义之分与时间的流转之间具有某种对应关系。他说：

> 大抵六朝以前，所谓“文学”者，著述之总称，所包者广。六朝以下，则“文学”者，有韵之殊名，立界也严。⑤

钱基博把文学的各重定义置于时间轴上，他指出，广义的文学主要应用于六朝以前，狭义的文学出现于六朝。借助这个时间轴，钱基博阐明了文学观念的变迁与集部生成、演变之间内在的对应关系：

> 世益进化，学益分科。章实斋言“子史衰而文集之体盛”，吾则谓文、学分而文集之名起。两汉以前，文学者，学术之总称。……逮两汉以后，文与学始歧。……文章流别分于诸子，而文集兴矣。经史子集既分部居，而文之一名词渐为集所专有。然治集

---

① 钱基博引刘勰《文心雕龙》语，见钱基博编：《国文》下册，第79页。

② 黄人著、杨旭辉点校：《中国文学史》，苏州大学出版社2015年版，第15页。

③ 刘麟生：《中国文学史》，世界书局1932年版，第1页。

④ 钱基博：《中国文学史论略》，见钱基博编：《国文》下册，第79页。

⑤ 钱基博：《现代中国文学史》，华中师范大学出版社2011年版，第3页。

部不可不知集部之所自起。①

钱基博将文学、文等概念的变迁置于集部生成、建构的动态流程中，进而“推阐大义，条别学术异同，使人由委溯源，以想见于坟籍之初”②，从学理上阐明了文学的界定随世迁移的内在逻辑理路。

钱基博从考察“集部之所自起”入手，剖析了在集部生成之前、生成之后，文学、文等概念的不同内涵。在集部出现之前，人们使用的是广义的文学概念，文学是“学术之总称”③，也是书籍的总称。文学这个名所对应的实，是以文字的形式记录、留存的一切知识。文学中的文主要指文字，这凸显了知识留存、传播的方式。汉代前后，无论是儒家，还是兵家、法家的著作，甚至是军法、律令等，这些以文字的形式留存的知识，都可以称为文学。钱基博说：

> 文学二字，始见《论语》，子曰：“博学于文”。文指《诗》《书》六艺而言，不限于韵文也。孔门四科，文学子游子夏，不闻游夏能韵文也。④
>
> 《韩非子·五蠹篇》力攻文学，而指斥及藏管、商、孙、吴之书者；管、商之书，法家言也；孙、吴之书，兵家言也；而亦谓之文学。⑤

他还指出，在司马迁的《史记》中，“举凡律令、军法、章程、礼仪，皆归于文学”⑥。但是，“世益进化，学益分科”，随着书籍数量的迅速增

① 钱基博：《〈古书治要〉之教材举例》。
② 钱基博引章学诚《文史通义》语。见钱基博《〈古书治要〉之教材举例》。
③ 钱基博：《〈古书治要〉之教材举例》。
④ 钱基博：《现代中国文学史》，第1页。
⑤ 钱基博：《中国文学史》，华中师范大学出版社2011年版，第4页。
⑥ 钱基博：《现代中国文学史》，第1页。

多，知识的规模、类型不断扩充，到了魏晋南北朝之时，知识统序的建构方式由七略转而为四部。在四部中的集部生成的过程中，“文”这个词衍生出其他的内涵：“文”成为一个专有名词，用来特指诗、赋这类知识，并逐渐与集部形成了内在的对应关系。如范晔的《后汉书》设立文苑传，谈到相关的传主，“皆云所著诗赋碑箴颂诔若干卷”①，这明确了文与诗赋碑箴等的关联关系。挚虞的《文章流别》指明了文与集部的内在联系，“挚虞创为《文章流别》……别聚古人之作，标为‘别集’，则文集之名，实昉于晋代”②。四部定型后，“文”与“学”分部而居。“文”——文人撰写的辞章，如诗、赋等汇聚成文集或别集，被纳入集部；“学”——与学术研究相关的内容分别被归于经部、子部、史部。六朝以后，“文之一名词”“为集所专有”③。

钱基博还阐明了文学、文等概念的调整对集部定型产生的影响。他谈到昭明《文选》不录“姬公之籍”“老庄之作”“记史之史”的问题时说：

> 昭明所选，名曰《文选》。盖必文而后选，非文则不选也。其曰“老庄之作，管孟之流，盖以立意为宗，不以能文为本”，斯所以立文与非文之畦封。④

《文选》不录《庄子》《史记》，这种观念与近现代学人的看法不大吻合。但是，立足于集部生成之时，可以看到，萧统的目的是“立文与非文之

---

① 章学诚著、叶瑛校注：《文史通义校注》，中华书局1985年版，第254页。

② 章学诚著、叶瑛校注：《文史通义校注》，第254页。

③ 钱基博：《〈古书治要〉之教材举例》。

④ 钱基博：《〈文心雕龙〉校读记》，民生印书馆1935年版，第1页。在近现代，有学者立足于“当下”，对文学的广义、狭义的界定作出是非对错的判断。如胡云翼（1906—1965）在《新著中国文学史》中说，广义的文学概念是古人于文学创作、学术研究不加区分的结果；狭义的文学“专指诉之于情绪而能起美感的作品”，这才是“现代的进化的正确的文学观念”。面对文学广义的、狭义的界定，钱基博则不作简单的价值评判。

畦封”，确定哪些知识要素与诗、赋有着同样的质态，可以而且也必须收入文集，进而被纳入集部的范畴。深入到“集部之学”的发展进程中，我们可以看到，在近现代学人建构文学学科之前，集部的诗文评类、总集类书籍，如刘勰的《文心雕龙》、萧统的《文选》，一直到清代叶燮的《原诗》、沈德潜的《清诗别裁集》，围绕着赋、诗、文等构成了一套隐性的框架，确定了什么是文，哪些知识要素可以纳入文学的范畴。这些书籍区划出特定的文学“封域”①，标明了稳定的文学观念，使“文学与非文学之间，界限极严而隐”②。

20世纪前期，面对着中国本土的学术资源，有些学者，如胡适等在建构文学学科时，努力地“推翻向来的正统”③，热切地“建设新文学”④。钱基博则选择了不同的向度，他冷静地回观中国传统学术发展、演化的历程，在认同、承续传统知识体系内在发展理路的基础上，参会西学，展开文学学科的建设。钱基博力图为近现代文学学科的生成、建构找到稳固的历史根基和逻辑依据，稳健地推进集部与文学学科对接和转型。

二、立足于当下，融会中西，探究文学之内涵

在集部生成、发展的过程中，文学的界定不断地演化、调整。到了近现代，当中国知识体系由“四部”向“七科”转型时，文学这一概念的内涵又经历了重要的转变：文学成为命名某一特定学科的术语。

钱基博在探究近现代学科体系中文学的内涵时，清醒地意识到，对

---

① 谈到辞章、谈到文学，近现代学人多用“封域”一词。参见黄侃的《〈国故论衡〉赞》、鲁迅的《汉文学史纲要》、刘永济的《文心雕龙校释》等。

② 郑振铎：《整理中国文学的提议》，见钱基博编著：《国学必读》，广西师范大学出版社2010年版，第253页。

③ 胡适：《〈中国新文学大系·建设理论集〉导言》，见胡适编选：《中国新文学大系·建设理论集》，良友图书印刷公司1935年版，第20页。

④ 胡适：《建设的文学革命论》，《新青年》1918年第4卷第4期。

文学的理解和判定既有时间上的流动性、延展性，又有空间上的差异性和相互渗透性。时人"有言俄罗斯文学者，有言爱尔兰文学者，有言英德法美各国文学者"①，这些观念、看法无疑也深深地影响了中国学界对文学的认知。钱基博在探讨"何谓文学"时②，对相关的学术资源进行了历时性的追溯和共时性的比较，立足于特定的"时间之己"和"空间之己"，在多个、多重文学原点构成的综合体中，对文学进行了"切己体察"③。他从学理上系统地阐明了在近现代学科体系中文学特有的性质、范畴、功能等：

> 文学者，述作之总称，用以会通众心，互纳群想，而表诸文章，兼发智情。其中有偏于发智者，如论辨、序跋、传记等是也；有偏于抒情者，如诗歌、戏曲、小说等是也。大抵智在启悟，情主感兴。④

钱基博关于文学的这一界定，承续了前代关于文学、文的种种质的规定性。同时，这一界定也对前代的文学观念进行了调整、重构，是近现代学人确定的、全新的文学观念。⑤

---

① 钱基博：《我之中国文学的观察》，见钱基博编著：《国学必读》，第260页。

② 钱基博：《现代中国文学史》，第3页。在古代汉语中，"何谓"一词有多重含义：什么是，什么叫做；为什么；所指的是什么；干什么。在钱基博的"何谓文学"之问中，"何谓"一词无疑包含了什么是、为什么、所指的是什么、干什么等多重含义。

③ 钱基博：《国学之意义及治国学之方法评判》，《清华周刊》1926年第25卷第7期。

④ 钱基博：《现代中国文学史》，第5页。

⑤ 在此，要补充的是：(1)在近现代，对文学做出这种界定的，并非只有钱基博一人。其他学者，如刘永济在《文学论》一书中也提出了类似的观点。(2)钱基博、刘永济等学者在20世纪前期提出的一家之说，到了20世纪中后期，已演变成为文学的基本定律。(3)钱基博、刘永济等的文学观念并非一经提出，就成为定律，而是经历了不断确证的过程。(4)如同前代确认的原点会调整变化一样，我们当下公认的、关于文学的界定同样会随着时间的流转而变化、调整。

第一，这个新的界定明确了文学本体的基本质态——文学用美的语言，“会通众心，互纳群想”。

钱基博在考察“何谓文学”时，融会了中国学术传统中关于文学、文的多重界定。六朝以前，文学是“著述之总称”，这规定了文学的外在形式特征：文学是以文字的方式留存、传播的知识。六朝之时，学界论定“有韵者文”，这一规定虽然把部分著述排除在文的范畴之外，但是，从概念的内涵上看，它与六朝之前人们对文学的理解并非是毫不相融、互相矛盾的。“有韵者文”，并不否定文——诗赋碑箴是由语言文字组构而成的，而是将语言文字构成作为文的基本属性，进一步探寻和确证文的专有属性。与其他部类相比，集部含纳的知识要素在语言层面上“论形式，则音韵铿锵，而或出以整比”①。铿锵的韵调、对偶的形式能带来美的效果，带来动人心神的力量。钱基博等认同文学是“述作之总称”这一说法，这表明，近现代学人意识到，文学与语言文字之间具有本质的关联关系：近现代文学学科的研究本体——文学作品——能而且只能以语言文字的形式而存在。钱基博还进一步融会并发展了“有韵者文”的观念。魏晋之时，人们明确了诗赋在语言层面上的专有属性是“美”，钱基博指出，正是因为这种美感，文学能产生动人心神的力量，可以“会通众心，互纳群想”。这样，近现代学人在思考“何谓文学”时，把传统学术体系中对文学的语言特质的认知和理解，转化为对文学本体基本质态的界定。在近现代学人接纳、包容传统的基础上，20世纪中期以后，学界普遍认定，文学是语言文字的艺术。

第二，这个新的界定明确了在近现代学术体系中文学指涉的根本对象和基本范畴。

从中国文学学术史的发展来看，文学的范畴经历了两次重大的调整。一次是由七略中的诗赋略到集部包含的诗、文、词，另一次是由集部到近现代的文学学科。钱基博指出，在近现代学科体系中，文学的研

① 钱基博：《现代中国文学史》，第3页。

究本体是散文、诗歌、小说、戏曲等文学作品。钱基博的《中国文学史》书写了“以诗文为主，包括赋和词的文学史”；他在“《中国文学史》里对小说并非完全不谈，如在晋代文学里谈到干宝的《搜神记》，在唐代文学里谈到张说的《虬髯客》，谈到段成式《酉阳杂俎》中的小说”；他“在明代文学里更谈到南曲，谈到高则诚的《琵琶记》、徐渭的《四声猿》”。①

当钱基博在全新的学科构架下思考文学的范畴时，同时代其他学人也多就这一问题展开探讨。如，陈彬龢将文学分为诗、楚辞、骈文、曲、小说五种文类。② 陈彬龢弃散文而只录有韵之骈文，这参照了中国学术传统中狭义的文学观念。钱基博指出，“有韵者文”在特定时代自有其合理性，但是，如果据此确定近现代文学的基本范畴，“虽唐宋韩柳欧苏曾王八家之文，亦不得以厕于文学之林”③。也有学者“衡政论学，必准诸欧；文学有作，势亦从同”④。如，沈雁冰等将文学分为说部、诗、剧本三类。⑤ 这样划分的依据是，“西洋文学，诗歌、小说、戏剧而已”⑥。这种做法的特点是“欧美文学之稗贩甚盛，颇掇拾其说”⑦，这些学者过分地倚重西方的文学观念，显然无助于构画具有本土特色的文学范畴。还有学者无所依傍，自立门户，如郑振铎将文学“分为九类”：诗歌、杂剧传奇、长篇小说、短篇小说、笔记小说、史

① 周振甫：《对钱子泉师〈中国文学史〉的审读意见》，《中国出版》1987年第1期，第45页。

② 陈彬龢：《中国文学论略》，商务印书馆1931年版，第3页。

③ 钱基博：《现代中国文学史》，第2页。

④ 钱基博：《现代中国文学史》，第6页。

⑤ 沈雁冰：《近代文学体系的研究》，见刘贞晦、沈雁冰合编：《中国文学变迁史》，新文学研究会1921年版，第45页。另，曹聚仁的《中国平民文学概论》出版于1926年，全书分为诗歌、戏曲、小说三篇。

⑥ 钱基博：《现代中国文学史》，第6页。

⑦ 曾毅：《订正中国文学史》，泰东书局1930年版，第20页。

书传记、论文、文学批评、杂著①。郑振铎将文学批评、杂著等纳入文学的范畴，这实际上是把文学的本体构成与文学的研究体系混同为一体。钱基博指出，在建构近现代文学学科时，学者不能“执古”，也不可“骛外”②：不必亦步亦趋地沿袭传统，也不宜依样画葫芦似的照搬西学，当然，更不应毫无拣择地一概否弃中西既有的文学观念。

钱基博在集部与文学学科的同构关系中，融会中西文学观念，确定文学的基本范畴。他从中西古今的贯通着手，将诗歌纳入文学的范畴。诗歌，无论是在中国还是在西方，无论是在集部出现之前还是之后，都是文学知识构成的核心成分。在中国学术传统中，从七略到四部，再到近现代的文学学科，诗歌始终是“稳定的研究对象”，这表明中国文学“拥有足够清楚、自律和坚固的历史逻辑”③。20世纪前后，英国学界也把诗歌作为主要的研究对象，甚至在某种程度上，“‘文学’已经在不知不觉中变成了‘诗歌’”④。诗歌是文学的根本构成要素，可以说是中西学界的共识。钱基博继而将序跋、策论等散文也置于文学的范畴之中。这一做法显然与当时英人的文学观念不大吻合。在20世纪的英国学者看来，“英语研究中至关重要的……是我们伟大的‘民族诗人’莎士比亚和弥尔顿”⑤，而不是一些散文家。钱基博从尊重中国自身的学术传统出发，将论辨、序跋等散文作为文学本体的重要知识构成。他的《中国文学史》“按照传统文学概念”⑥，主要论及诗、文，在涉及南宋、元、明等时代的文学时，钱基博更是先梳理散文史，再阐发诗歌史。这是因为，在集部生成之时，虽然人们普遍认定“有韵者文”，但是，在

① 郑振铎：《整理中国文学的提议》，见钱基博编著：《国学必读》，第253页。

② 钱基博：《现代中国文学史》，第6页。

③ 程光炜：《文学史研究的兴起》，福建教育出版社2009年版，第5页。

④ [英]伊格尔顿：《文学原理引论》，刘峰译，文化艺术出版社1987年版，第63页。

⑤ [英]伊格尔顿：《文学原理引论》，第35页。

⑥ 周振甫：《对钱子泉师〈中国文学史〉的审读意见》。

建构知识统系的实践中，学界仍将序跋、传记等收入集部的别集、总集之中，如《文选》不仅收录赋、诗、骚，而且收入了序、论等。在集部定型之后，特别是南宋以后，序论、传记等逐渐成为集部总集类和诗文评类关注的核心内容，如宋代楼昉的《崇古文诀》，元代苏天爵的《元文类》、明代程敏政的《明文衡》，一直到清代黄宗羲的《明文海》、姚鼐的《古文辞类纂》等书籍专收序跋、碑志、杂记等。因此，钱基博将散文作为重要的知识构成，纳入文学的范畴。从中西的融会入手，钱基博看到，小说、戏曲是西方学界主要的研究对象；在中国的学术传统中，长篇小说、戏曲等后起的文学样式，虽然还未及被纳入四部，但是，明清以来，已经积累了极其丰富的文本以及学术资源。因此，小说、戏曲也应该被归入文学的范畴。钱基博立足于古今、中西的交汇之处，根据知识的"现存"状态，确定了文学研究的本体是诗歌、小说、散文、戏曲等文学作品，清晰而简要地划定了文学的范畴。

第三，这个新的界定明确了在近现代知识体系中文学的基本功能——"兼发智情"①。

六朝前后，当集部处于生成、定型期时，时人的文学观念是"有韵者文"。钱基博指出，"有韵者文"阐明了文学的特点是"论内容，则情感丰富，而不必合义理"②。这说明，文学具有表"情"的功能，文学使用美的语言，其目的是表达作者的情感、情志、心绪、意趣。在魏晋南北朝关注文学表"情"作用的基础上，后代学人进一步探讨了文学说"理"发"智"的功能。钱基博极为推重曾国藩，曾国藩曾说："人心各具自然之文，约有二端，曰理曰情"；理与情一样，也可以发诸文章，"就吾所知之理，以笔诸书而传诸世；称吾爱恶悲愉之情，而缀辞以达之，若剖肺肝而陈诸简策，斯皆自然之文"③。钱基博在剖析"何谓文

① 钱基博：《中国文学史》，第 5 页。

② 钱基博：《现代中国文学史》，第 2 页。

③ 曾国藩：《湖南文征序》，见罗汝怀：《湖南文征》，岳麓书社 2008 年版，第 1 页。

学”时，立足于全新的知识架构，把传统以及西方学界关于文学的多重认知融会于一体，由前代学人关注文学的外在语言形式特征，进而将文学的内在性质、基本功能等纳入文学的界定之中，确定了文学的根本功能是抒情发智。

20世纪前期，在近现代学人建构文学学科时，关于“文学”这一术语的来源、内涵等问题，学者意见不一。有学者认为，“文学”这个概念取自西方或日本。如鲁迅说，古代人“用那么艰难的文字写出来的古语摘要，我们先前也叫‘文’，现在新派一点的叫‘文学’，这不是从‘文学子游子夏’上割下来的，是从日本输入，他们的对于英文 literature 的译名”①。钱基博在探讨“何谓文学”时，一方面，他不否认西方文学观念自有其特定的合理性、有效性；另一方面，他更重视考察文、文学等概念在中国本土学术体系内的演化进程。钱基博深入到中国自身的学术架构之中，立足于“集部之所自起”、文学学科之所自起这两个关键的时间点，厘清了文学、文作为特定的术语，其内涵、指涉对象在不同时代的演化、变迁。经由钱基博对“何谓文学”的回答，我们可以看到，在近现代，“文学”一词成为特定学科的命名方式，文学功能、范畴的确定，虽不能排除西学的影响，但同时更有其本土化的演进逻辑。

三、拆分四部，革新观念，建构全新的文学统序

20世纪初期，正值中国的政体国体、文化结构以及知识体系全面转型的时期，“上自国家，下及社会，无事无物，不呈新、旧之二象”②，其中，“最大者为孔教与文学问题”③。钱基博也谈道，“民国

① 鲁迅：《门外文谈》，见《鲁迅全集》第六卷，人民文学出版社1973年版，第99页。

② 汪叔潜：《新旧问题》，《新青年》1915年第1卷第1期。

③ 隐尘：《新旧思想冲突平议》，《每周评论》1919年第17期。

肇造，国体更新；而文学亦言革命，与之俱新”。① 钱基博与诸多近现代学人意识到，必须要进行文学革命，推动集部转型、转换成为“新”的文学学科。这里的“新”并非仅仅是概念的更替，观念和范畴的调整、转换，更是知识统序根本的、结构性的变革。

首先，钱基博等学人从全新的建构逻辑出发，确定近现代学术体系下文学的基本知识构架。传统学术体系建构的方式主要有二：或以生产知识的人为中心，或以知识的载体——书籍为中心。近现代学人则转而从知识的多重属性入手，确定文学的整体架构。

文学这类知识有语言属性、体类属性、功能属性以及时间属性、价值属性、效用属性、社会属性等。近现代学人从不同的属性着手，确定文学学科区别于集部的基本构架。如，胡适、傅斯年等以语言属性为基准，根据语体的演变情况，提出“新文学就是白话文学”②，这对“新”文学和“旧”集部进行了清晰地切割。钱基博也关注文学的属性，这与胡适等的治学理路相似。但是，钱基博的治学向度与胡适等存在不同：钱基博由文学的功能属性入手，对集部和经、史、子等部类进行精细地拆解，从中提取与文学相关的基本要素，建构了全新的知识统系。

钱基博在深谙集部内在建构逻辑的基础上，参会西学，确定了文学的基本功能是“兼发情智”。他继而深入到中国传统的学术资源中，把集部以及经、史、子各部的整体分解为基本要素，根据各个要素的性质和功能，厘剔出与文学相关的成分。如，钱基博将《史记》从史部中提取出来，作为独立的、功能性的元素，他说：“余读《史记》有三法，曰就研究义例读，曰就研究文化读，曰就研究文学读是也。”③《史记》确定了史家著述的基本体例，也是展开历史研究的重要文献，在近现代的学术体系架构中，《史记》还可以被纳入文学的范畴。这是因为，《史

① 钱基博：《现代中国文学史》，第 6 页。

② 傅斯年：《怎样做白话文》，《新潮》1919 年第 1 卷第 2 期。

③ 钱基博：《〈史记〉之分析与综合》，《光华大学半月刊》第 4 卷第 3 期。

记》不仅记叙了历史事实，而且具有强烈的抒情色彩：

> 太史公《史记》不纯为史。何也？盖发愤之所为作，工于抒慨而疏于记事。其文则史，其情则骚也。①

《史记》可以作为动态的、具有抒情功能的知识要素，与集部的诗、词等纳入同一个系统，成为近现代文学学科的研究对象。当《史记》被归于文学的范畴之后，《史记》既延续了它隶属于史部时的状态、性质与基本功能，同时，也与集部其他相关要素，如文，甚至诗、词等建构起了全新的关联关系，衍生出新的、多元化的意义与价值。《史记》以及集部原有的要素均获得了挣脱传统知识架构的力量。除《史记》外，"《易》《老》阐道而文间韵语，《左》《史》记事而辞多诡诞，此发智之文而以感兴之体为之者也"②，因此，经、史、子等部类的相关要素都可以纳入文学的架构之中。

钱基博由文学的功能属性入手，对四部中的知识要素进行拆分和重组，突破了传统的集部，乃至经、史、子、集四部的内在构架，从学理上重新划定了文学与非文学的界限，建构了区别于传统集部的、新的知识统系。通过钱基博建构的关于文学的知识框架，我们可以看到：近现代文学学科是从集部衍生而来的，但是却在建构基点、建构逻辑、知识构成等方面实现了对集部的根本性变革；文学学科与集部并非是对立的、互不相融的，也并非简单的替换、取代关系，而是包括转换、偏离，也包括衍生、整合、同构、循环等多重关联关系。

其次，钱基博等治学由传统向近现代转型的重要标志还在于，他们力图发现、建构知识自身内在的、复杂的秩序和统系。传统学术体系以四部分类法建构知识统序，在这种分类逻辑下，某一部书籍以及与这部

① 钱基博：《中国文学史》，第5页。

② 钱基博：《中国文学史》，第3页。

书籍相对应的知识，能而且只能被归于一个部类，知识的定位是稳定的，甚至是唯一的。近现代学者则在全新的学科体系的架构下，将文学的属性组合成各种关系构架，在不同的关系构架下，某一知识要素的位置，甚至形态、性质等也处于动态的变化之中。在知识要素精微莫测的变化中，学者探寻、梳理文学存在、发展、演化的内在秩序。

近现代诸多学人书写的文学史著述，就是由文学的时间属性着手，从时序、世序的角度对文学进行归类，探寻文学在时间轴上发展、演变的内在逻辑理路。如钱基博的《现代中国文学史》论及 19 世纪末 20 世纪初文学创作的情况，其中的“诗文，代表作品，非有关国家之掌故，即以验若人之身世”①。虽然《现代中国文学史》只写了王闿运、章太炎、梁启超等人，但钱基博的目的却是将“中国四千年文学之演变……缩影到此二三十人身上”②，“所以见历代文学之动，通其变，观其会通”③。胡适的《白话文学史》也与钱基博的文学史书写有相通之处。胡适在文学的时间属性、语体属性构成的坐标系中，认定“新文学就是白话文学”④，进而引入文学的社会属性，认定白话文学是“平民的文学”，文言文学是“贵族的文学”。⑤ 胡适在文学不同属性的交叉关联中，以语体为核心，确立了“可以贯穿二千年中国文学发展的基本线索”。⑥ 钱基博说，胡适“于中国学术界摧陷廓清之功，信不可没”⑦，大约正是因为，胡适致力于从知识要素的属性特征着手建构文学发展的统序，这与钱基博的治学理路存在吻合之处。

① 钱基博：《现代中国文学史长编·四版增订版识语》，见钱基博：《现代中国文学史》，第 441 页。

② 钱基博：《自我检讨书》，见傅宏星：《钱基博年谱》，第 271 页。

③ 钱基博：《现代中国文学史》，第 6 页。

④ 傅斯年：《怎样做白话文》。

⑤ 胡适：《白话文学史》，见《胡适文集》第 8 卷，北京大学出版社 1998 年版，第 22 页。

⑥ 陈平原：《中国现代学术之建立——以章太炎、胡适之为中心》，北京大学出版社 2010 年版，第 165 页。

⑦ 钱基博：《文学通论·序言》，见钱基博编著：《国学必读》，第 8 页。

但是，钱基博与胡适的区别在于，钱基博认为，知识要素的状态、性质、功能等处于不断变化之中，就像“制药冶金”的材料一样，可以“随其熔范，形依手变，性与物从，神明变化”①，因此，学者建构的文学统序不应该是线性的、单向度的。文学具体的属性特征并非是恒定的、一成不变的。比如，涉及文学的时间属性，白话并不是永远意味着“新”，文言也并不绝对等同于“旧”。他认为，“新知识者，从旧知识中融化而来”②，“古就是一时一日一月一岁的今慢慢儿积起来。没有今，那有什么古可稽”③，学者应该在新旧的动态转换中考察文言与白话的关系。钱基博谈到白话、文言在时间上的新旧问题时说，孔子定制了文言，“自孔子作《文言》以昭模式，于是孔门著书，皆用文言”④。立足于孔子的“今”，文言是“新”，而不是“旧”。又如，虽然时间属性是文学存在、发展的重要维度，但是，在建构文学统序时，不能把时间属性作为唯一的基准，更不能简单地用文学的时间属性替代、推导或者涵盖文学的其他属性。钱基博谈到，从中国文学的演化、变迁来看，“自孔子作《文言》，而后中国文章之规模具也”⑤。文言发展到唐宋元明清，已成为旧的，但文言仍然被广泛使用。这是因为，抛开文学在时间上的新旧属性，在语体属性和效用属性组成的架构中来看，与口语相比，文言具有极强的稳定性，“是从古到今通用；而不似古人的话受时间的制限”；对于唐宋元明清的人来说，用文言写成《论语》显然比《尚书》这些“白话文书”“读之易晓”。⑥ 钱基博认为，学者应该在各类属性交汇而

① 钱基博：《韩愈志》，华夏出版社2010年版，第5页。

② 钱基博：《纪念之意义——本校十一周纪念教务主任钱子泉先生演说》，转引自傅宏星：《钱基博年谱》，第60页。

③ 钱基博：《中国古代学者治学的方法》，《南通报·文艺附刊》1925年3月3日刊。

④ 钱基博：《中国文学史》，第25页。

⑤ 钱基博：《中国文学史》，第25页。

⑥ 钱基博：《我之中国文学的观察》，见钱基博编著：《国学必读》，第267页。

成的、多元化的关系架构中，考察文学存在、发展的多重形态，建构动态的、具有开放性的文学统序。他在《中国文学史》《现代中国文学史》中，从多重维度、多个向度入手，建构文学统序，凸显了文学存在、发展的非线性、动态性等特点。通过这些论著，我们可以看到，建构文学统序的关系架构是多元化的，可能是时间上的、空间上的，也可能是逻辑上的、现象上的；文学统序内部各要素之间的关联方式也是多质态的，可能是承续的、平行的，也可能是重叠的、交错的，抑或是转移的、替代的。

钱基博等近现代学人在建构文学学科时，以文学这类知识自身的时间属性、体类属性、功能属性等为根本维度，确定了文学基本的知识构架，他们还进而融会文学的效用属性、价值属性等，梳理了文学发展、演化的统序。钱基博与诸多近现代学人一道，从根本上改变了传统学术体系以书籍为中心对知识进行归类的建构逻辑，推动了集部向文学学科结构性的转型和变革。

20世纪初期，在知识体系由传统向近现代转型之际，钱基博力图建构中国的、本土化的文学知识谱系，他承续“集部之学”的内在逻辑，并对之进行调整，推衍出全新的文学原点，描述了全新的文学统序。钱基博谈到自己的治学时说：“吾知百年以后，世移势变，是非经久而论定，意气阅世而平心，事过境迁，痛定思痛，必沉吟反复于吾书，而致戒于天下神器之不可为，国于天地之必有与立者。”①以清廷1902年设立“文学科”为起点，到21世纪前期，文学学科历经百余年之后完全定型。当我们回观、体察近现代学人的治学理路时，可以看到，钱基博围绕文学而展开的阐释和建构，清楚地表明近现代学术体系的转型绝不意味着学脉的断裂。钱基博在认同、接纳传统知识统系建构逻辑的基础上，从学术观念、知识架构、统序建构等各个层面上稳健地推进集部向

① 钱基博：《现代中国文学史长编·四版增订版识语》，见钱基博：《现代中国文学史》，第441页。

文学学科的根本性变革。钱基博治学的历史视野、思维模式、学术理路，对我们理解文学谱系的历史建构过程、把握文学学科的理念，进而探寻新的文学研究方法、建构本土化的文学研究体系，具有极其重要的启示意义。

刘永济《十四朝文学要略》的学科理念述论

刘永济的《十四朝文学要略》作于1928年，初次出版于1945年，“这是一部在结构和见解上都有特点的文学史”①。在《十四朝文学要略》中，刘永济围绕着文学之名、之实，辨析概念、推求义理、建构统序、创制义例。这部书将文学的理论阐释与文学发展的状貌融贯于一体，确定了近现代文学学科建构的根本理念。

一、文学的概念辨析

20世纪初，正值中国知识体系、学术体系由传统向近现代转型之际，文学学科也处于初创阶段，关于文学的本体、性质等问题，学界正处于协商、讨论之中。辨析文学之名，思考“文章之道”，是当时学人的共同追求②。

在对文学这个概念进行辨析时，刘永济的治学方法和诸家学者多有不同。近现代文学史家多谈文学的“定义”。如谢无量的《中国大文学史》、凌独见的《新著国语文学史》、谭正璧的《中国文学进化史》等均谈到“文学的定义”。1919年，刘永济的《文学论》印行。在这部书中，刘

① 程千帆：《刘永济传略》，《晋阳学刊》1982年第2期。

② 刘永济：《十四朝文学要略》，中华书局2007年版，第15页。本篇中引文出自《十四朝文学要略》者，均不再出注。

永济也曾对文学进行“定义”。他说：

> 文学者，乃作者具先觉之才，慨然于人类之幸福有所供献，而以精妙之法表现之，使人类自入于温柔敦厚之域之事也。①

20世纪初，刘永济谈道，“学术渐有受世界影响之势”②。在这种影响下，人们“莫不以科学方法相号召，故其治文哲学也，一若治科学者。先搜集物类，从而归纳之，论断之焉”③。但是，他很快意识到，“定义”之法以及西方其他的治学方法固然有其合理之处，在文学研究中，如果简单地、武断地得出“定义”，容易对中国的学术发展进行生硬的切割。到了1928年，刘永济在写作《十四朝文学要略》时，他不再试图对文学下“定义”，而是借鉴中国传统的名实论，对文学进行“正名定义”，从“名义”“名谊”入手展开文学研究。名义与定义，虽然只是一字之别，但是两者却存在很大的差异。“定义”包含着确定性、稳定性，定义项与被定义项之间是静态的对应关系。在名义、名谊中，谊、义有正当、合理之意。在“名义”这个词中，名与实不再是简单的对应关系：

> 名无固宜，约之以命，约定俗成谓之宜，异于约则谓之不宜。名无固实，约之以命实，约定俗成谓之实名。④

名谊、名义隐含着诸多问题。如，名与哪些“实”具有对应关系？在特定的场景下，名对应哪一类“实”才是正当的？“实”的性质特征、外在形貌如何？刘永济在治文学史时，从名义出发，对“文”这个名的多重

① 刘永济：《文学论》，见《文学论 默识录 附翻译小说 论文拾遗》，中华书局2010年版，第20页。

② 刘永济：《文学论》，见《文学论 默识录 附翻译小说 论文拾遗》，第89页。

③ 刘永济：《迂阔之言》，见《文学论 默识录 附翻译小说 论文拾遗》，第493页。

④ (战国)荀子著、杨倞注：《荀子》，上海古籍出版社2010年版，第235页。

含义进行了深入的辨析，并借鉴中国传统哲学的体用论，从不同层次、不同向度将文的多重内涵融到“文学”这个概念之内。

在中国的文化传统中，“文”这个名累积了重重的含义，指称的对象也非常复杂。文学、文的名与实之间的关系不是恒定的，这个“名”对应的“实”的体与用之间也存在着多元的、动态的关联。刘永济本着“既长于考据，又长于持论”的治学方法①，从《尚书》《礼记》《文心雕龙》等大量文献典籍入手，在事实、实证、考据的基础上，对文的内涵进行归纳、清理，厘定文这个名所指向的实。他说，“文之一名，含义至广。昔贤诠释，约有六端”。“文”这个名的第一层含义是“经纬天地”。据《说文解字注》，文，“错画也”②。刘永济也说，“文之为训，本于交错，故有经纬之义焉”。刘永济谈到文的含义，首列“经纬天地”之义，这是对《文心雕龙》以来中国传统文学观念的承续。刘勰说，文无所不在，无所不有。“玄黄色杂，方圆体分”，“日月叠璧”“山川焕绮”是“道之文”③；“云霞雕色”“草木贲华”“林籁结响”“泉石激韵”是“自然”之文④；“唐虞文章”等是“言之文”⑤。文的第二层意思是“国之礼法”。刘永济引《礼记·大传》及郑玄的注，另外，还引《国语·周语》，指出“文”这个词在先秦时期指向的是“国之礼法”“典法”等。文的第三层指向是“古之遗文”，即“《诗》《书》《礼》《乐》《易》《春秋》六经是也”。文的第四层意义是“文德”。“文德”与“武功”是异质同构的关系。唐代的李翱说，“非武功不能以定祸乱，非文德不能以致太平”。⑥

---

① 吴志达：《两代大师的风范——刘永济、程千帆两先生的学术与人格》，《武汉大学学报》2003年第6期。

② （清）段玉裁：《说文解字注》，上海古籍出版社1981年版，第287页。

③ （南朝）刘勰著、詹锳义证：《文心雕龙义证》，上海古籍出版社1989年版，第2页。

④ （南朝）刘勰著、詹锳义证：《文心雕龙义证》，第10页。

⑤ （南朝）刘勰著、詹锳义证：《文心雕龙义证》，第12页。

⑥ （唐）李翱：《论事疏表》，见《李文公集》，影印文渊阁四库全书本，第1078册，台湾“商务印书馆”1983年版，第314页。

白居易也说，“国家以文德应天，以文教牧人，以文行选贤，以文学取士”①。文的第五层意思是“华饰也”。刘永济说，“文之为物，又涵华采，故有修饰之说焉”。文经纬天地，无所不在，是天地万物、自然山川的客观呈现，也是它们的美和华采的呈现。文的第六层意思是“书名也，文辞也”，即通过语言、文字的形式留存下来的作品。

刘永济在对“文”这个名进行辨析的基础上，进而提出，在近现代的学科架构下，文学之实——文学学科的研究对象是：

要以第六为体，以前五为用。

从文学学科的研究本体上看，文的第六层含义，即文辞、文章，是文学最核心的要素。到了20世纪初期，中国的知识体系正处于重构之中。刘永济谈道，在这个过程中，如果依照文的六个层面的含义，不加辨析地确定文学的研究对象，“举凡天文地理，物曲人官，胥应涵盖无遗，遑论体例太宽，亦非理势所许”。文学学科要确认自身的独立性，就必须以文的第六层含义为根本，把文辞、辞章、文章作为研究的本体。文学学科的这一特定本体是在其他学科的参照下显现并逐步确认的。在近现代学术架构下，其他学科的研究成果虽然需要借助语言文字表述出来，但这些学科的研究本体可以与语言文字无关。如，历史学科的研究本体，可以是用文字的形式记载的知识，也可以是其他类型的载体，如金石或断井残垣等承载的信息。相较之下，文学研究的本体是而且只能是，以语言文字的形式表达的文辞、辞章。刘永济还谈道，文学研究也不能摒弃“文”这个名指向的其他五重含义。从“用”、从功能上看，文“在国则为文明，在政则为礼法，在人则为文德，在书则为书辞，在口则为词辩”。刘永济认为，“一民族、一国家已往文化所托命，未来文

① （唐）白居易：《六十八议文章》，见《白氏长庆集》，文学古籍刊行社1955年版，第453页。

化所孳育，端赖文学。然则识鉴之精粗，赏会之深浅，所关于作者一身者少，而系于民族国家者多矣"①。《十四朝文学要略》从名实、体用等层面着手，辨析了文、文学的概念、本体及功用，指明了文学与邦国的文明、礼仪、法度，与国家社会乃至天地宇宙等多重的、多形态的复杂的关联关系。

刘永济在辨析文、文学的名与实、体与用时，"从不作缺乏过硬文献资料的空疏之论，也不作缺乏理论深度的烦琐考证，没有套话、空话，力求陈言之务去"②。他始终从中国固有的语汇体系入手，坚持传统"正名定义"的学术方法，将"文献考据与理论批评相结合"③，对相关的概念进行区辨分析。他的《屈赋通笺》叙论部分有"正名定义第一"，从名与实的对应关系入手对"楚辞"展开讨论；他的《词论》也有"名谊"一节。"这种自觉的治学方法，使他的学术成果具有极强的说服力和创新精神。他的论著中既具有翔实的文献资料和缜密的考据之功，又有着鲜活的理论深度，善于从不同的侧面、新的角度找准新的切入点。"④借助于名实、体用这样的切入点，《十四朝文学要略》明确地标画出近现代文学学科研究的本体及其内在的功能。

二、文学的理论建构

刘永济在对文学的名实进行辨析的基础上，进而从理论的层面上阐明文学本体的基本状貌。他从中国传统的学术统系提炼出核心的概念，并将这些概念重新组合，生成了全新的意义，为近现代文学学科的建构确立了严密的理论框架。

刘永济从文学本体入手，提出了"文学封域"这一概念。"封域"是

① 刘永济：《文心雕龙校释：附征引文录》，中华书局2010年版，第169页。
② 吴志达：《两代大师的风范——刘永济、程千帆两先生的学术与人格》。
③ 吴志达：《两代大师的风范——刘永济、程千帆两先生的学术与人格》。
④ 吴志达：《两代大师的风范——刘永济、程千帆两先生的学术与人格》。

中国文献典籍中常见的词语，是一个与空间、地理相关的概念。刘永济将“封域”一词引入文学学科的架构之内，他说：

> 文家或写人情，或摹物态，或析义理，或记古今。凡具伦次，或次加藻饰。阅之动情，诵之益智。亦皆自然之文也。文学封域，此为最大。①

文学的本体是辞章，但是，文学研究的对象并不是纯粹的、静态的文本，而是由这些辞章、文本构成的“文学封域”。刘永济谈道，建构文学封域的意义在于：

> 文章之道，散为万殊，执要御繁，当有总术，必使杂而有统，约而不孤，庶几可以裁量大雅，研阅精微矣。②

在文学封域内，辞章“散为万殊”，在数量上是无穷无尽的，存在状态是零散的。但是，文学封域也具有整体性、自足性，以及内在的规律性。我们可以从“总术”着手，把握文学封域。刘永济释“总术”说：

> 术有二义：一为道理，一指技艺。本篇之术属前一义，犹今言文学之原理也。③

---

① 刘永济：《文心雕龙校释：附征引文录》，第 2 页。20 世纪前期，刘永济的《文心雕龙校释：附征引文录》、鲁迅的《汉文学史纲要》、黄侃的《〈国故论衡〉赞》等谈到文学、谈到辞章，均使用了“畦封”“封域”等词语。20 世纪中期以后，“场域”一词也成为西方社会学、文化学研究领域中的重要概念，参见法国社会学家布迪厄《论知识分子场及其创造性规划》(1966)一文。

② 刘永济释《文心雕龙》中“总术”一词说，“术有二义：一为道理，一指技艺。本篇之术属前一义，犹今言文学之原理也”，“文体虽众，文术虽广，一理足以贯通”(刘永济：《文心雕龙校释：附征引文录》，第 166~167 页)。

③ 刘永济：《文心雕龙校释：附征引文录》，第 166 页。

文学自有其特定的“原理”，“文体虽众，文术虽广，一理足以贯通”①。掌握了“总术”，“散为万殊”的文章就变得“杂而有统”，无论在数量上怎样繁多，在性质上如何繁杂，都可以统括于一体，并构建起特定的秩序或谱系。把握了“原理”，我们也可以清楚地看到文章“约而不孤”的状态。“约”，据《说文解字注》，“缠束也”②。任何一篇文章都是独立的，但是，它并非处于孤立的状态，而是在相互之间的缠束中构成“文学封域”。经由“总术”，学者可以“裁量大雅，研阅精微”，洞悉文学封域的根本，掌握文学封域内部各要素之间、文学封域与宇宙自然和社会人生之间的微妙联系。

在《十四朝文学要略》中，刘永济搭设了文学封域内在的、多向度、多层级的架构，建构了具有思辨性的以及浓厚本土化色彩的理论体系。他谈到“总术”、谈到文学封域的状貌时说：

> 恢之以四纲，以统其纪；错之以经纬，以究其变；建之以三准，以立其极；约之以三训，以总其要；辅之以二义，以释其惑。文学之道，不中不远矣。

刘永济接续中国传统的宇宙观、统序观，由文学的整体性存在出发，“举一切文体而并论之”③，从本土的诗学理论中提取核心要素，提炼、总结出四纲、经纬、三准、三训、二义等概念，并将之结构于一体，从语汇统系、理论统系等层面上明确了文学封域核心的建构原则。

“四纲”，就是“名义”“体类”“断限”“宗派”。“四纲”是“文学封

① 刘永济：《文心雕龙校释：附征引文录》，第167页。

② (清)段玉裁：《说文解字注》，第287页。

③ 刘永济：《文心雕龙校释：附征引文录》，第2页。刘永济此语本是论刘勰《文心雕龙》。刘永济说：“舍人上篇举一切文体而并论之。此亦其识度通圆，无畸轻畸重之失。”此语以评刘永济本人，也极为恰切。20世纪初期，刘永济立足于知识的“现存”状态，笼括“一切文体”，论文学之本质，无疑深得刘勰要义。

域”的四个维度，经由“四纲”，文学封域明确了自身所具有的自足性、有机性、动态性。“名义”就是名称。在“文学封域”内，散为万殊的文构成了不同的层次、断面、序列，每一层序均有对应的、特定的名称。“体类”，即文体、文类。刘永济谈到体类时说：

类可旁通，故转注而转新；体由孳乳，故迭传而迭远。

文体、文类之间的关系非常复杂。从静态的层级来看，类下有体，体之下还含更多的体；从动态的演变来看，体可能会演为类，类可能会转为体。“断限”即文章的时间维度。文是在时间中的连续性存在，文学与特定时代的风会具有内在的对应关系。“宗派”着眼于从事文学生产的人。某些作家的作品在风格、立意等方面具有相似性，这些作家可以跨越时空、体类的限制，建构起特定的派别。刘永济谈到“四纲”与“文学封域”的关系时说，“恢之以四纲，以统其纪”。所谓纲、纪，据段玉裁《说文解字注》释“纲纪四言”：

以罔罟喻之。张之为纲，理之为纪。①

文学类似于网。刘永济借罔罟的纲、纪喻文学存在的状貌、体态。罔罟有一根总绳，“张之”就是中空的，可以包纳各种物品。文学封域由文学这一概念总揽，其中包藏着无限数量、无穷形态、无尽范式的辞章。文学封域的“四纲”，即四维的交互。借助于四纲，“散为万殊”的文章得以进行定位，因名义、体类、断限、宗派的会合点不同，每篇文章在文学封域内各有其特定的位置。

确定了文学封域内在维度之后，刘永济进而还剖析了文，即每一个单篇的辞章的内在结构。他说，“错之以经纬，以究其变”。刘永济以

① （清）段玉裁：《说文解字注》，第352页。

“经”喻赋比兴，以“纬”喻真善美。他指出，赋比兴、真善美作为基本的要素，交织、融会于一体，构成了辞章。赋比兴、真善美各自是三位一体的，“用之名三而实则一贯”。赋比兴，或者真善美的细微变化，引起文章的千变万化：

> 一体之内，或比兴互陈；一篇之中，或赋比兼备。或以赋而包比兴；或本比而用敷陈。参伍错综，神变靡常，理固宜也。然而法有工拙，用有隐显，势有从违，体有大小。

经纬本义是指布的经线和纬线。经线、纬线色彩各有不同，布的花色就出现了差异；即令经纬的颜色不变，如果编织方法不同，织出的花样也迥然相异。文章中真善美、赋比兴正如布的经纬一样，各自变化万端。在不同的文章中，赋比兴、真善美交错的方法各有差异，随体、随用、随法、随势变化自如，从而文章也气象万千。

在刘永济的理论建构中，“经纬”和“四纲”还具有相互依存、相互参照的性质。刘永济说：

> 经纬者……所以系纲维，贯纲目，纪理文心。

因经线、纬线或编结方法的相类，不同的文章与特定的名义、体类、断限、宗派等构成对应关系。但是，“经纬”与“四纲”又存在着根本的区别，在“文学封域”内，经纬与四纲形成了异质同构的关系。“经纬者，取譬于组织”，对于文章来说，赋比兴、真善美是每一篇文章的肌质，是文学最本质、最核心的要素。它们就像布的经线、纬线，经、纬细密交错，与布是浑然一体的，赋比兴、真善美无法与文章切分开来，它们在本质上就是文章的“组织”。相比之下，“四纲”则是辞章在“文学封域”中的定位方式，用来确定某篇或某些文章在文学这个统系中的位置。名义、体类、断限、宗派等都不是恒定的，名义是什么、体类如何、怎样断限、归于哪个宗派等都可以重新建构、约定。一个作家，也可以抛开旧有的名义、体类、断限、宗派等，自创新体、自辟新局。这样，由赋比兴、真善美“组织”而成的文学作品是静态的存在，但是，这些作品在“四纲”组构的封域中则时时进行着移动，从而使文学封域具有了动态性。

三准是情、事、辞。刘永济所说的“三准”，源于刘勰在《文心雕龙》中提出的“设情以位体”“酌事以取类”“撮辞以举要”①。刘永济谈道，在《文心雕龙》中，“三准”指向的是文与作者之间的关系。他说：

> 第一项系指作者有什么思想感情要发表成作品；第二项则是作品中要说些什么事实或道理，才能表达出作者的思想感情；第三项则是要用怎样的体裁、怎样的词句去描写这些事实或道理，才能使作者的思想感情表达得分明易晓。②

刘永济在《文心雕龙》的基础上，立足于近现代的学科构架，发现并阐明了“三准”全新的意义与价值。刘永济不再从作者的角度讨论“三准”，而是从文、文本、文学的立场上考察“三准”。他指出，“三准”与文学封域之间的关系，是“建之以三准，以立其极”。情、事、辞三端共同标画出文学封域的边界，划定了文学这类知识区别于人类生产的其他知识的特定疆域。情，是作家的情绪、情感、情思、意绪等。事，是有形有貌的存在。刘永济说，“诗人之所咏歌，文家之所论列，史氏之所传述，必有事焉”。事，在诗中是物象、意象，在散文中是具体事件，在小说中是故事情节。辞，就是文字、文辞。文学是情、事、辞的统一。相较之下，历史、哲学著作有事、有辞，但排斥情；音乐、美术作品有事、有情，但无辞。这样，“三准”——情、事、辞的统一，划定了“文

① （南朝）刘勰著，詹锳义证：《文心雕龙义证》，第182页。

② 刘永济：《释刘勰的“三准”论》，见《文心雕龙校释：附征引文录》，第167页。

学封域”与历史、哲学、宗教，或与美术、音乐等区隔开来的界限。

三训即承、志、持。在中国的学术传统中，“三训”是一以贯之的重要概念，它关注的是文学的功能，文学在社会、人生中起到的作用。孔颖达《毛诗正义》释“三训”说：

> 作者承君政之善恶，述己志而作诗，为诗所以持人之行。①

孔颖达立足于作者的角度，确定作者的创作目的。刘永济则在接续承、志、持的基础上，进而转换视角。他不再以作者为中心，而是以知识本体为中心，阐发了“文学封域”与人类社会、现实世界之间的联系。他说：

> 诗必有关于一代政教之得失也。
> 诗必有关于作者情思邪正也。
> 诗必有感化之力也。

也就是说，从文学与风会的关系看，文学承担着社会教化的功能；从文学与作家的关系看，文学表达了作者的志趣；从文学与读者的关系看，文学能调动读者的情绪，进而潜移默化地影响读者的行为。“三训”标明了文学封域与社会、作者、读者之间的关联状态和关联方式。刘永济还对“三训”做了补充。他说，“诗必有追琢之美也”。文的根本功能是审美，审美是“文学封域”与外在世界建立联系的根基。

最后，刘永济谈道，要更清晰地把握“文学封域”，必须辅之以二义。第一义，是我们要把握“情，公也。事，私也”，“作者之本事虽不可知，而文中之公情，自不难见矣”。“文学封域”中的作品可以因时、

---

① 毛亨传、郑玄笺、孔颖达疏：《十三经注疏·毛诗正义》，中华书局 1979 年版，第 2 页。

因势触动读者。第二义，是孔子所言"多闻阙疑，慎言其余，则寡尤"，"君子于其所不知，盖阙如也"。刘永济申明，要葆有开放、包容的心态研读作品，把握"文学封域"，展开文学研究。

20世纪前中期，针对具体的文学学科建设的问题，刘永济指出，"今人之习西方文哲学者，每喜以之拟我国语言哲学，而其不相类"①。他认为，"中国是个文明古国，学术方面我们有一套，并不需要什么帮助"②。吴芳吉谈到刘永济的治学路向时也说，"诵帚教于长沙，时北大方骛革新，举世趋之，诵帚若无睹也。数年，东南倡言笃旧，举世又复趋之，诵帚若无闻也"③。刘永济在建构关于文学的理论体系时，正是本着既不趋新也不笃旧的态度，对中国传统学术体系中的词汇、概念、理论、统系进行清理，并提取核心的要素，阐明了"文学封域"的内在结构及其与世界的关联方式，为近现代文学学科建构了坚实的理论体系。

三、文学的统序架构

刘永济在《十四朝文学要略》一书中，明确了文学的本体，建构了关于文学的理论，同时，他还围绕着具体的文本，建构了关于文学的统序，梳理了文学的"史"的流变。

涉及文学史的书写，刘永济的态度是关注"文学之事"，而不执着于文学之"时"。他说：

---

① 刘永济：《今日治学易犯之过失》，见《文学论 默识录 附翻译小说 论文拾遗》，第512页。

② 徐正榜、李中华、罗立乾编著：《刘永济年谱》，见刘永济：《诵帚词集 云巢诗存 附年谱 传略》，中华书局2010年版，第568页。

③ 吴芳吉：《三论吾人眼中之新旧文学观》，见《吴芳吉集》，巴蜀书社1994年版，第428页。

> 文学之事，流动不居，作者随手之变，世风习尚之殊，息息与体制攸关。

“史”的核心是“事”，“史字之义，本为记事，初以名掌书之职，后仍被于记事之籍”①。书写文学史的目的是要梳理“文学之事”。《十四朝文学要略》与诸多近现代文学史著述的根本不同是：近现代其他各家大多关注文学的本体——文学作品之间的承递，重点在于审文学之“美”，而刘永济关注的则是文学本体构成的“文学封域”，其特点是叙“文学之事”。《十四朝文学要略》将文学作为特定的、动态的“事”，呈现了“文学封域”多层级、多序列、多样态的统序架构。

刘永济梳理了文学文体、文学流派的发展，也剖析了文学作为特定的“封域”，其内部诸要素的交错、重叠、替代、转换、迁移，以及文学封域与自然、社会、人生之间的联结关系。在《十四朝文学要略》中，我们可以看到文学封域以及“文学之事”的多重形态、多个层级。

“文学封域”中的作品既是静态的，同时也具有动态性，是“现时”存在性与历史延展性的综合体。刘永济在《十四朝文学要略》中论及某家、某体或某派时，往往融会诸多要素，交互旁通，全面勾画出文学存在的状态。如在《诗经为感化文学之祖》一节中，刘永济论析了《诗经》的艺术特色。他进而谈到《诗经》作者身份的复杂性，“贵自邦君卿士，贱至匹夫匹妇，莫不有作”；《诗经》的内容与社会各个阶层之间的关联，《诗经》所述“上自王朝政典，下逮闺门委曲”。他还谈到《诗经》反映了特定地域的民风民俗。《十四朝文学要略》详录班固《汉书·地理志》中相关的条目：

> 郑国……土狭而险，山居谷汲，男女亟聚会，故其俗淫。郑诗曰：“出其东门，有女如云。”

① 金毓黻：《中国史学史》，商务印书馆2010年版，第2页。

> 陈国……其俗好巫鬼。陈诗曰："坎其击鼓，宛丘之下。亡冬亡夏，值其鹭羽。"

《十四朝文学要略》标明了诗风与时风、世风、民风之间的内在关系，还原了文学在特定时间、空间中存在的鲜活性。刘永济还引入类型、文体等维度考察《诗经》。他说，《诗经》"蕃衍滋益，独冠群经，而为后世感化文学之祖"，这是文学在类型上的延续。《诗经》"下及汉庭之赋，唐代之诗、两宋之词、金元之曲，莫不由此斟酌挹注焉"，这是文学文体的衍生、替代、转换。《诗经》"犹足资策士之游谈，助楚臣之讽谕"，这是文学对稍后时代的文化、政治产生的实际功效。

"文学封域"内的作品是被生产出来的，并由一个生产主体移交给另一个生产主体。如，诗最早即源于日常生活中的歌谣，进而转移到廊庙之中。刘永济说：

> 诗体之源为歌谣，已成文学演进之公例。故东汉以后，五言体诗，其先皆民间歌谣。及采之乐府，歌之廊庙。文人才士，习其本辞，率相拟作。①
>
> 在昔里巷流传之体，一转移间，已成廊庙酬唱之用矣。

刘永济还谈道，"语体行文，虽盛于元世，实无代无之。宋人填词者，如柳耆卿、黄山谷、程正伯等，皆好以俚语入词，遂开元曲之端。白话

---

① 胡适有《白话文学史》，是1921年他在国语讲习所的讲义，1922年进行修改，1927年出版《国语文学史》，1928年出版《白话文学史》。胡适谈到自己的文学史研究说"我把汉朝以后，一直到现在的中国文学的发展，分为并行不悖的两条线……一个由民间兴起的生动的活文学，和一个僵化了的死文学，双线平行发展，这一点在文学史上有其革命性的理论实在是我首先倡导的；也是我个人的新贡献"（胡适口述、唐德刚整理：《胡适口述自传》，北京大学出版社1998年版，第289页）。参照刘永济的《文学论》《十四朝文学要略》中"诗体之源为歌谣，已成文学演进之公例"等论述可以看到，胡适自言"首先倡导""新贡献"，实是高自标置。

小说，则起于宋代之平话”①。经由这些论述，我们可以看到，文学是在日常生活中被生产出来的。乡间闾里、市井巷陌是文学的发源地。之后，文学从民间流向文人，乃至廊庙，成为士人官吏日常生活以及非日常生活的重要组成部分。日常的娱乐形式和语言要素与文学构成相互映照、相互确证、相互转化的关系。

在“文学封域”内部，各要素之间的关系精微莫测，变化万状。从名实之辨来看，在文学发展、演进的过程中，可能出现同名异实或同实异名等情况，名实的对应甚至可能是名在不同维度上产生位移的结果。如，“论”作为一种写作方法，原本涵括极广，诸子皆可入“论”。但是，“丙部寖微，文集承燮。论名既专，其义始隘”。“论”不仅在维度上发生了转移，而且它所对应的实在规模上也逐渐减缩，“论”变为一种文体。刘永济紧接着拎出文学史上同类的现象，以确证这种变化。“赋”由“赋比兴”之一义，转化为“赋”这种文体：

> 赋之为用，广被众制。而屈、宋之作，乃擅赋名，所谓以貌取人，失之子羽者也。

在文学发展史上，赋是一种普遍使用的写作手法，但它却产生了位移，而成为文体的名称。刘永济将“论”和“赋”的名实之变并置一处，这也让我们看到，在文学封域内，“论”和“赋”这两种相错但并不相交的要素，有时竟在相同的轨道上运行。

文学是独立的“封域”，但文学并不是孤立的存在。从文学与世界的关系来看，文学与其他统序之间具有多重关联性。如，文学、学术、地域文化、朝政之间就存在着互为因果的多重循环关系。刘永济谈道：

① 刘永济：《文学论》，见《文学论 默识录 附翻译小说 论文拾遗》，第36页。

> 战国晚季，学术宗主，大别之有三。而文学风气亦同其涂轨焉。(一)曰齐风。以理智为主，长于辨析推衍，而失则骛于虚，以浮夸谲诞相尚，国卒不竞。(二)曰楚风。屈、荀词赋，其最著也。……以情感为主，长于敷陈讽谕，……能感人之情，而不能强人之志，而楚亦衰矣。(三)曰秦风。……政务实利，学主调和，商鞅、吕不韦，其最盛也。……以志意为主，长于指陈利害，……其失则刻酷寡恩，所谓政无膏润，形于篇章也。……宜其享国之不永也。

刘永济在《词论》中也谈到这种多重因果关系。他说，“自来论者未能通明，故多偏主，或依时序为分别，或以地域为区画，或据作家为权衡”①。他提出，“言风会，则国运之隆替、人才之高下、体制之因革，皆与有关焉”②，应该在时代、地域、作家才情、文学传统等共同构建的合力场中考察文学的发展流变。

刘永济认为，文学史以呈现“文学之事”为目标，但是，他并不否认在“史”的架构下，文学之“事”与“时”的关联关系。他书写的文学史也从未剥离“时间”这个维度。《十四朝文学要略》书写的文学史不是时间维度中直线性的发展。“时”不是核心的要素，更不是建构文学史的唯一方式，“时”只是为文学史的书写提供了稳定的平台。如刘永济谈道，体类在时间维度上的变迁是文学变化的组成部分，但不是文学演化的唯一轨迹。他说：

> 常人见骈体至唐变成散体，古诗至唐变成今体，至宋变成词，词至元变成曲，遂以为此即文学之变迁。……文学之变迁，不可据外形为准的。③

---

① 刘永济：《词论》，见《词论　宋词声律大纲》，中华书局2010年版，第49页。

② 刘永济：《词论》，见《词论　宋词声律大纲》，第49页。

③ 刘永济：《文学论》，见《文学论 默识录 附翻译小说 论文拾遗》，第30页。

刘永济认为，在讨论文学流变时，不能过分地倚重体类、时代，严整地排列各时代、各体类的文学作品。

《十四朝文学要略》意在阐明“文学之道”、呈现“文学之事”，实涵括了文学之精深微妙。以上论列的内容，只是从《十四朝文学要略》中抽取数条，仅见一端，而未得窥其全貌。但是，我们从中可以看到，刘永济把文学本体与文学事件、文学现象、文学活动、文学规律融会于一体。《十四朝文学要略》突破了线性的时间之维，还原了文学封域复杂的、动态的平衡状态，勾画了文学封域与世界之间多元的连接方式。

刘永济的《十四朝文学要略》以“认识文学之全体”为终极目的①，他在辨析文学的概念、建构文学的理论、呈现文学的统序之时，将文学本体以及与本体相关的文学观念、文学流派、文学体类、文学断限、文学事件、文学活动、文学现象等均纳入研究的视域内，从文学之名、之实、之事等层面系统地勾画了文学封域的基本状貌。在文学学科已经定型的今天，《十四朝文学要略》的思维模式、理论建构、学术理路、治学理念，对我们探寻新的文学研究方法仍具有重要的典范性意义。

---

① 刘永济：《文学论》，见《文学论 默识录 附翻译小说 论文拾遗》，第21页。

《十四朝文学要略》的学科理念及其典范意义

刘永济的《十四朝文学要略》分绪论、主体两部分：绪论部分系统地构建了本土化的理论框架，分析了“文章之道”①；主体部分多维度地论述了从上古至隋代的文学统序，还原了文学存在、变迁的整体性及动态性，意在剖析“文学之道”。

刘永济治学承续传统，融会时贤，又自创新局。在《十四朝文学要略》中，刘永济从非常明晰的文学学科理念出发，辨析名实、推求义理、建构统序、创制义例，确定文学学科的研究本体，剖析文学本体的本质属性，总结文学的演进规律，探寻文学研究的方法。《十四朝文学要略》观念宏通，将文学的理论阐释、文学的状貌还原融贯于一体。无论是在20世纪前期文学学科创生之际，还是在文学学科定型后的今天，《十四朝文学要略》的思维模式、理论建构、学术理路、治学方法都具有典范意义。

一

刘永济从名实之辨出发，确定文学学科的研究本体。

《十四朝文学要略》写于1928年。彼时，正值中国知识体系、学术

① 刘永济：《十四朝文学要略》，中华书局2010年版，第20页。本篇引文出自《十四朝文学要略》者，均不再出注。

体系由传统向近现代转型之际。在这个转型时期，包括“文学科”在内的近现代学科体系刚刚确立①。学科之名虽已立，学科之实仍未备。各个学科具体应该包含哪些知识，围绕着学科之名，各个学科要建构什么样的知识体系，都处于悬而未决的状态。对于刘永济等一代学者来说，确定“文学科”根本的研究对象、确立文学的本体，是展开学术研究的根基。他们清楚地意识到，“治文学史，不可不知何谓文学；而欲知何谓文学，不可不先知何谓文”②。20 世纪前期，在刘永济刊行《十四朝文学要略》讨论“文章之道”的同时，黄人的《中国文学史》（约刊行于 1905 年）以及葛存悆的《中国文学史略》（1948 年出版）等都在卷首对文学进行定义，讨论文学的源起、性质等问题，判定哪些类型的知识可以纳入文学的范畴。③ 但是，刘永济的治学理路与诸家学者不同：刘永济重视名实之辨，从考察“名义”入手探究文学的本体④；其他文学史家

---

① 隋唐以来，中国传统的知识体系分为经史子集四部。进入 20 世纪，清廷在 1902 年 7 月颁布了《钦定学堂章程》，建立京师大学堂，京师大学堂分大学院、大学专门分科、大学预备科，其中，“专门分科凡七：曰政治科，曰文学科，曰格致科，曰农业科，曰工艺科，曰商务科，曰医术科”（赵尔巽：《清史稿》，中华书局 1976 年版，第 3123 页）。这意味着知识统系的分类由四部转为七科，学界需要重新划定知识统系。

② 钱基博：《现代中国文学史》，中华书局 1993 年版，第 2 页。

③ 曾毅的《中国文学史》（1915 年初版）探讨了文学的种类。钱基厚的《中国文学史纲》（1917 年出版）有正名、原始两节。赵祖抃的《中国文学沿革一瞥》（1928 年初版）论及文学原义。胡怀琛的《中国文学史概要》（1931 年初版）有“何谓文学”一节。张希之的《中国文学流变史论》（1935 年初版）论及文学一词在中国历史上的演变、究竟什么是文学等问题。近现代学者在其他各类学术书籍中对“文学是什么”也多有讨论，如章太炎的《国故论衡 · 文章总略》（1910）、黄人的《普通百科新大辞典 · 文学条》（1911）、陈独秀的《〈红楼梦〉新叙》（1921）等。20 世纪上半期，就文学的本体、性质等问题，学界处于协商、讨论之中。在近现代学术体系生成、建构的过程中，刘永济等近现代学人书写的文学史著作，不仅梳理了文学的发展、流变过程，而且是确立文学学科研究本体的根本推动力。

④ 在《十四朝文学要略》中，刘永济讨论“文”的名与实时，标题是“名义”。林传甲《中国文学史》第 14 篇第 1 节是“总论古文之体裁名义”。但林传甲重在论古文这一体裁，并未深入地辨析古文之名义。

多自言是下"定义"①。

名义与定义虽然仅仅一字之差，但二者之间却存在很大的差别。"定义"包含着确定性、稳定性，定义项与被定义项之间是静态的对应关系。"名义"，刘永济有时也用作"名谊"②。谊、义有正当、合理之意。名谊、名义隐含着一个判断：名具有正当性、合理性。这个命题暗藏着诸多问题。如，名与哪些"实"具有对应关系？名对应哪一类"实"才是正当的？"实"的性质、外在形貌如何？在名义这个词中，名与实不再是简单的对应关系。它们之间的关联是，"名无固宜，约之以命，约定俗成谓之宜，异于约则谓之不宜。名无固实，约之以命实，约定俗成谓之实名"③。名与实的对应并不具有天然的正当性、合理性；名与实之间的关系不是恒定的；名与实不是一一对应的关系，可能一名多实，也可能一实多名。

"文"作为一个词，含义至广。刘永济根据《尚书・尧典》以来文献典籍的记载，将"文"的含义归纳为六点：(1)经纬天地；(2)国之礼法；(3)古之遗文；(4)文德；(5)华饰；(6)文辞。从"文"这个字的起源来看，文可以笼括宇宙间的一切。从"文"对应的实来看，"文之为物，又涵华采"，因此，文或指邦国的文明，或指引人向善的礼仪法度，或指人端肃且宽容的品质，或指富于文采的辞章。

刘永济指出，书写文学史，确定文学的本体，如果尽行依照文的这

---

① 例如，谢无量的《中国大文学史》(1918年初版)绪论部分为文学之定义、中国古来文学之定义、外国学者论文之定义；凌独见的《新著国语文学史》(1923年初版)第一章有"文学的定义"；谭正璧的《中国文学进化史》(1929年初版)有"文学的定义"一节。"定义"一词约始见于清代，是指确定的意义或内涵。如《大义觉迷录・曾静供词二条》"吕留良之文评盛行，文章举子家，多以伊所论之文为程法，所说之义为定义"。但清人认为，"字无定义"(周悦让《与张皋文论文质第一书》，见《皇朝经世文续编》)。"名义"与"名谊"通。"名谊"一词应始于明代。"名谊"更多强调名和实是否统一。刘永济《文学论》第一章第八节是"近世文学之定义"。由《文学论》中的"定义"一词，再到《十四朝文学要略》中"名义"一词，可见出刘永济涵濡于中西之学，重又回归本土的治学历程。

② 参见刘永济：《词论》，见《词论　宋词声律大纲》，中华书局2010年版。

③ (唐)杨倞注：《荀子》，上海古籍出版社2010年版，第235页。

些含义而不加辨析，结果会是“举凡天文地理，物曲人官，胥应涵盖无遗，遑论体例太宽，亦非理势所许”。为此，他对文进行“正名定义”。他认为，“文”在“文学”这个词语中的意义是，“要以第六为体，以前五为用”。刘永济从名实之辨出发，他认定第六种含义“文辞”是文最基本、最核心的要素。但是，文学中的文也并不排斥其他五种含义。文章的内容可以经天纬地，文章与文明、风会、礼法等紧密相关。只是，另外五种要素均依附于“文辞”，围绕着“文辞”而存在。

通过名实之辨，刘永济指出，在文学学科体系中，文这一名称对应的实，与文在其他语境中对应的实，是有区别的。在文学学科体系中，文特指“文辞”。文学之实、之本体就是文章。文章具备美的特性，它们与自然宇宙紧密关联。

二

刘永济创制书写义例，确立了文学史著述独特的书写模式。

“文学史”之名出现于近代，① 但在中国传统学术体系中，前代学者就文学发展、演进等问题已展开充分的探讨。近现代学人在探寻文学

① 20世纪初期，有些学者拘于名称，提出中国无“文学史”。20世纪以前，的确没有关于文学的历史。这是因为，在传统学术体系中，文学始终是一个普通的词语。直到1902年，文学一词才作为知识统系的命名方式，作为专业术语，用来标划一个独立的学科。从名称上来看，中国传统的学术体系当然无文学史。事实上，文学史观的生发、演进，关于“文”、文学发展的描述、总结，实则早已在中国传统学术体系展开。各家在撰写文学史时，多批评传统学术体系中无文学史，但近现代文学史著述的内容、要素、体例等均源于传统的学术资源。如，黄人说，“然文学虽如是其重，而独无文学史。所以考文学之源流、种类、正变、沿革者，惟有文学家列传（如文苑传，而稍讲考据、性理者，尚入别传），及目录（如艺文志类）、选本（如以时、地、流派选合者）、批评（如《文心雕龙》《诗品》、诗话之类）而已。而所持者又甚狭，既失先河后海之旨，更多朝三暮四之弊，故虽终身隶属于文学界者，亦各守畛域而不能交通”（黄人：《黄人集》，上海文化出版社2001年版）。黄人说，中国“无文学史”，文苑传、目录、选本、批评等“不能交通”。但是，黄人《中国文学史》中的大部分内容都摘录自史书的文苑传、选本、诗学批评著作。

史的写作模式时，并不是一空依傍，而是从经史子集等部类书籍的体例中汲取有效的因质，再根据近现代学科的逻辑架构、学术理路，创设新的书写体例。① 正是在书写义例承继的统序上，刘永济的《十四朝文学要略》卓然异于诸家：在书写文学史时，诸多学者依照的是集部总集类的义例；刘永济则独创一格，取法于史部正史类。

当近代学人思考如何书写文学史时，多有对体例的探讨。如，1919年，刘师培提出，可参照挚虞的《文章志》《文章流别》，以作家、文体为维度结构文学史。他说："文学史者，所以考历代文学之变迁也。古代之书，莫备于晋之挚虞。虞之所作，一曰文章志，一曰文章流别。志者，以人为纲也；流别者，以文体为纲者也。今挚虞之书久亡，而文学史又无完善之课本，似宜仿挚氏之例，编纂文章志、文章流别二书，以为全国文学史课本，兼为通史文学传之资。"②挚虞的《文章流别集》就是总集。③

总集是汇集多家作品而成的文集总钞，明清以来，总集也称为选本。到了清代，诗文选本的基本模式是：以时代为经，以作家或文体为纬排列作品。作家名下列有小传，作品附有评析。近现代文学史著述的体例是，以时代为经，以作家或文体为纬，梳理文学发展，评析文学作品的艺术特色。柳存仁谈到文学史写作的基本框架时说："第一，文学史宜特别注意各时代文学演变或交替之痕迹、原因及其影响；第二，文学史宜详叙作家之个性、环境及生活全貌与其作品成就之关系；第三，

① 近现代学科体系的建立，标志着学术体系的转型。但学术体系的转型并不意味着学脉的断裂。

② 刘师培：《搜集文章志材料方法》，见《中国中古文学史讲义》，上海古籍出版社2000年版，第100页。

③ 挚虞的《文章志》《文章流别集》均已佚。《文章流别集》系总集，"自诗赋下，合为条贯，合而编之"(《隋书·经籍志》)。挚虞的《文章志》著录于《隋书·经籍志二》"簿录篇"，有学者认为，《文章志》系书籍目录。但在清代，章学诚等人认为，《文章志》系作家传。他说，"晋挚虞创为《文章志》，叙文士之生平，论辞之端委，范史《文苑列传》所由仿也。自是文士记传，代有缀笔，而文苑入史，亦遂奉为成轨"(章学诚《和州志前志列传序例》)。

文学史宜研究文学作品之本身，并介绍优美作品，以供学者之欣赏与参考。”①从根本上看，近现代诸多文学史著述的书写模式与清代诗文选本的内在体例结构是一致的，都是从时间、作家、作品三个要素着手，建构书写体例。如，胡适谈到《白话文学史》时，就明确地说，自己“每讨论一人或一派的文学，一定要举出这人或这派的作品为例子。故这部书不但是文学史，还可算是一部中国文学名著选本”②。

在诸多文学史家仿照总集类书籍的构架之时，刘永济则有意识地借鉴史部正史类的书写义例③。刘永济的《十四朝文学要略》以本文、证例、按、注、表、录等方式组织、结构材料。他说，“本文，若史之有本纪”，“证例，若史之有列传”，“按，若史之有论赞”，“注，若史之有注”，“表，若史之有表”，“录，若史之有志”。

《十四朝文学要略》不仅圆融地师法正史的体例，④ 而且融会了史传的根本精神。史传体的根本特点有二：叙事、征实。《十四朝文学要略》所叙之事即文学。文学作为一个四维的知识场域，具有内部的动态

① 柳存仁：《上古秦汉文学史·绪论》，见柳存仁等：《中国大文学史》，上海书店出版社2001年版，第6页。

② 胡适：《白话文学史自序》，见《胡适文集》第8册，北京大学出版社1998年版，第147页。

③ 林传甲著《中国文学史》谈道，“右目次凡十六篇，每篇十八章总二百八十八章。每篇自具首尾，用纪事本末之体也；每章必列题目，用通鉴纲目之体也”。考林传甲《中国文学史》第7至16篇，分别是群经文体、周秦传记杂史文体、周秦诸子文体、史汉三国四史文体、诸史文体、汉魏文体、南北朝至隋文体、唐宋至今文体、骈散古合今分之渐、骈文又分汉魏六朝唐宋四体之别。林传甲《中国文学史》撰述的体例，实仿刘勰的《文心雕龙》的“分体”意识。林传甲的《中国文学史》仍采用集部之义例。

④ 在纪传体史书中，本纪专叙帝王。在《十四朝文学要略》中，“本文”居主位，统摄全篇。“本文”剖析体类的本末，体性之异同，作家之高下。“列传者，谓列叙人臣事迹，令可传于后世。”（司马贞《史记索隐》）在《十四朝文学要略》中，“证例”居于臣位。“证例”条列前人之说，置于“本文”之后，作为“本文”观点的佐证。“本文”用以论事，“证例”“按”用以征实。“证例”“按”无“本文”则繁杂散乱，无处立足；“本文”无“证例”“按”则凌空蹈虚，无可倚立。

性，它与宇宙自然、社会人生息息相关。刘永济在《十四朝文学要略》中梳理了文学文体、文学流派的发展，也剖析了文学作为一种结构系统，其内部各要素的交错、重叠、替代、转换、转移，以及文学统系与自然、社会等其他统系的联结关系。所谓征实，“征事得实”①。这里的事，是指整个知识统系中与文、文学相关的文学流派、体类，以及文学事件、活动、现象等。因此，《十四朝文学要略》不录文学文本，在对文学作品的美学风格、作家创作的精神品格做出精妙的评析后，条下往往有目无篇。② 在《十四朝文学要略》中，刘永济征引的是前代学者对具体文本、作家、文体以及文学整体的论析、评述，③ 引文涉及经史子集各部类的书籍。《十四朝文学要略》能够还原文学的多元性、动态性、整体性，与这种书写义例有非常密切的关系。

《十四朝文学要略》这种书写体例，也使文学史的义例突破了传统集部总集类的逻辑建构，确立了文学研究“辨时代”的模式。

总集从《文选》《玉台新咏》发展到清代，编撰范式经历了几次转型：辨类型—定体制—辨体格—定时代。唐以前以及唐代，总集类各书籍的着眼点各异，关注的或是作品的风格类型，或是主题类型，或是题材类型，或是体裁类型，或是作家类型。如，萧统的《文选》以文体分类，徐陵的《玉台新咏序》“选录艳歌”。辨类型，是这一时期的主要特点。

① （清）章学诚著、叶瑛校注：《文史通义校注》，中华书局 1985 年版，第 545 页。

② 《十四朝文学要略》偶有引录作品处，均将之视为事实性的要素。如，第 35 页引杜甫《江上值水如海势聊短述》“为人性僻耽佳句，语不惊人死不休”，目的是证明前文所论，诗必“情致幽深，……语必惊人”。刘永济将这句诗视为作家的创作论，是作家对个人创作动机的陈述。刘永济重视的是作品所记的“事”，而不是所抒之“情”。如，第 156 页谈及建安文学，“当时文制，五言一体，实多杰构，推其原故：邺下诸子，陪游东阁，从容文酒，酬答往复，辄以吟咏相高”，下引魏文帝《与吴质书》，这是因为，文中有“每至觞酌流行，丝竹并奏，酒酣耳热，仰而赋诗”之句。

③ 从这个角度来看，现代诸多文学著述以文本为中心，其重点是审“美”；刘永济的《十四朝文学要略》则将“文”学作为客观存在，其特点是审“物”。

宋元时期，《文选》之义例，成为诸家之通例。总集类书籍多关注体制的裁定，确定各类文体所对应的性质、特点。这是定体制。到了明代，明人标举“体格”。他们探寻作品的题材、内容与风格、体裁、体制之间的动态联系。在前人所定体制的基础上，明人区分出正体、变体、别体等。这是辨体格。明代中晚期以后，总集在编纂中凸显并强化了与“文章”相剥离的要素——时间，转而依据“知识(横向)”与“历史(纵向)”的双重维度构建谱系。① 如，沈德潜有《古诗源》《唐诗别裁集》《宋金三家诗选》《明诗别裁集》《清诗别裁集》等系列选本。② 选本由一家一部演为一家多部，并系列化、规模化、整体化，这不仅仅是选本编选体例的演变，也反映了文学观念的根本变迁。沈德潜的这几部选本既是连续的、系列的，也在时间的流程中对诗进行了分割。这种编选形式鲜明地标画出，诗是在各个朝代，也就是在不同的“时间”点上存在着。明代中晚期以来的诗歌选本主要是定时代。

在总集与近现代学人书写的文学史共同构成的学术框架中，我们可以看到，《十四朝文学要略》最重要的意义在于：它确立了文学研究“辨时代”的模式。《十四朝文学要略》不否认文学与时间、文学与断限之间的关系，但是，刘永济进而在文学史著述中引入了与文学本体相关的各类要素。他以文学本体为中心，重新搜寻、提取并重构传统学术体系中经、史、子、集各部类的与文学相关的史料。在写作中，他把文学本体

① 从这个角度观照近现代学人书写的中国文学史著述，可以看到，近现代诸家学者是从总集确定的文学范畴、“史”的逻辑以及“时间”维度出发，对传统学术的资源进行重构。近现代文学史著述与总集既有内在的联系，也有对总集的突破。近现代文学史著述与总集的一致性主要有两点：第一，文学史著述关注的核心文体以及作家、作品，是经由总集，在中国传统文化语境中得以确认；第二，总集的编撰范式决定了中国文学史的书写模式，即以时代为经，以作家或文体为纬建构知识统系的方式。近现代文学史著作对总集类书籍的突破在于：在明清总集重视“时间”维度的基础上，近现代学人在书写文学史时，开始寻找文章/文学与“时间”之中发展的其他知识类型，如政治、教育等之间的因果关系。

② 另外，钟惺的《诗归》分《古诗归》《唐诗归》，王夫之有《古诗评选》《唐诗评选》《明诗评选》等系列选本。

与文学事件、文学现象、文学活动、文学规律融于一体。《十四朝文学要略》勾勒了文学演进的流程，同时，也突破了时间的线性发展。《十四朝文学要略》讨论了文学统系内部复杂交互的关系，也勾画了文学与世界之间多元连接统序。① 这些联系可能是时间上的、空间上的，也可能是逻辑上的、现象上的。这些关联关系也是多元化的：可能是承续的、平行的，也可能是重叠的、交错的，抑或转移的、替代的。由此，《十四朝文学要略》还原了名义、体类、断限、宗派“四纲”形构而成的、动态的文学场域。

三

在20世纪文学学科创生之际，《十四朝文学要略》确定的文学研究本体、文学本体的本质属性，到现在已经成为文学学科的根本规范。

对今天的学人来说，《十四朝文学要略》具有更重要的典范意义。

(1)刘永济建构了本土化的理论框架，确定了文学是动态的四维知识场域，这极具理论的前瞻性。

刘永济熟谙中国传统学术体系中经、史、子、集各部文献，且洞观西学精要。他融贯中西之后，回归本土。《十四朝文学要略·绪论》建构了关于中国文学的理论框架，是对中国古代诗学理论的全面总结和系统提升。

在《十四朝文学要略》中，经由名实之辨，刘永济确定了文学研究的本体。他也清楚地认识到，文学学科研究的本体是文学作品，但是，本体并不能等同于，更不能替代、涵盖文学学科研究的全部。在《十四朝文学要略》中，刘永济明确地提出“文章之道”“文学之道”这两个概念。其中，“文章之道”一词用于讨论文的经纬，“文学之道”用于讨论

① 如谈到文学需具真善美的特质时，刘永济在《十四朝文学要略》中谈到了与这些概念形成相关的历史事件，“明末利玛窦，传教至中土，初译彼宗之书，始有至美好之名，即真善美也”。

四纲、经纬、三准、三训、二义构成的体系。文学与文章是“道”与万物的关系，是抽象的整体与具体的个体的关系。刘永济围绕着“文章之道”“文学之道”建构了本土化、思辨性的理论框架。

以西方的理论批评为参照，我们可以清楚地看到刘永济文学理论建构的特点。

如英美新批评派。新批评主要活动于20世纪20年代至50年代。新批评派将“本体”这一术语用于文学研究，并将文学本体作为研究对象，探讨文学作品的肌质、文本内部的张力等。如，美国学者M. H. 艾布拉姆斯。1953年，M. H. 艾布拉姆斯的《镜与灯》一书问世。艾布拉姆斯提出文学批评的四大要素：作品（work）、宇宙（universe）、作家（artist）、读者（audience）。围绕这四个要素，可以建构起作品与宇宙、作品与作家、作品与读者的关系。但总体来看，无论是新批评派，还是M. H. 艾布拉姆斯，都是将文学本体作为建构理论体系的出发点。肌质说与刘永济提出的“经纬”相对应，文学的四个要素与刘永济阐释的“三训”则有着内在的相类性。

刘永济从文学整体出发，他进行理论建构的目的是“认识文学之全体”①。刘永济从“文学之全体”中提取基本的要素，将之分归于四纲、经纬、三准、三训、二义。他继而将“四纲”等统于严密的理论构架之中，确定了文学本体存在于“四纲”构成的知识场域中，文学本体的内在机制是赋比兴、真善美的融会。这个四维知识场域与天地、人、社会贯通，并形成了一个更大的整体。在这个更为宏大的整体中，刘永济勾勒了文学场域内部各要素之间，以及文学场域与宇宙自然、人类社会之间相依相存的动态关系。由此，我们可以看到，文学本体存在于一个自足的、独立的场域之中。这个场域的内部是动态的、多维度的，有着极其复杂的层级和断面；这个场域与外部世界的关联也是多层面、多形

---

① 刘永济：《文学论》，见《文学论 默识录 附翻译小说 论文拾遗》，中华书局2010年版，第21页。

态的。

的确，文学作品与文学是重叠但并不重合的关系。文学是什么，文学作品是什么，这两个问题的指向和答案是不同的。文学研究以文学作品为本体，但本体并不等于研究的唯一对象。在文学研究中，与文学本体相关的文学观念、文学流派、文学体类、文学断限、文学事件、文学活动、文学现象等，都应该成为，并且早已成为文学研究的一部分。

从这个角度来看，刘永济的《十四朝文学要略》极大地推动了中国文学观念的调整与转换。下一阶段，要构建系统的、本土化的关于文学的理论，刘永济《十四朝文学要略·绪论》中的理论要素以及理论框架，是我们展开研究的基础。

(2)《十四朝文学要略》将文学的理论阐释、文学的状貌还原融会于一体，这为我们确定新的学科研究理念开启了方向。

《十四朝文学要略》将关于文学的理论、对文学发展状貌的描述融为一体，其方式主要有两种：第一，绪论部分的理论建构与主体部分对文学史变迁的梳理，形成了一个严密的整体。如果没有理论框架，就无法妥善地统括材料；如果仅有理论框架，文学就只剩空洞的、刻板的面貌。第二，在《十四朝文学要略》的主体部分中，刘永济在梳理文学发展、变迁的历史时，融会了大量经史子集各部关于文学的史料，这些史料涉及文学理论、文学批评以及对文学事件、活动等的记录和评论。在《十四朝文学要略》中，史料、对文学史的梳理等内容之间形成了有机的联系。

在《十四朝文学要略》中，我们可以看到，文学作品是由作家生产的，经由作家，文学的本体与政治、经济、技术、地域等要素之间形成了内在的、根本的关联。但什么是文学，哪些知识要素可以纳入文学的领域，不是由政治、技术等划定的。文学是由与自身相关的批评框定，继而被建构起来的。对文学的批评是文学生成的根本力量。这些批评将某些具有相同性质但却零散的知识归为一类，并将这类知识建构成为具有特定内在逻辑结构的统系。

近年来，就文学本体的生产主体——作家，学界的研究已经取得长足的进展；就文学文体、文学流派等，学界也展开了理论思考；就文学本体与政治、地域等外在要素之间的关系，学术界进行了深入的研究；就建构文学本体的根本推动要素——中国古代文论，学者也一直在做系统的梳理。但就文学演进与文论发展之间的纠合，文学与文论的同构关系，学界目前尚未展开相关的研究。“长期以来，学界对中国古代文坛的研究分为‘文学’、‘文论’两大块……这种学科分类的优点是脉络清晰。但从古代文坛的实践来看，‘文学’——作品的创作与‘文论’——对作品的评价是共生、并存的关系”，因此，我们应该将“创作诗歌、评价诗歌纳入共时态的结构体系中进行研究”①。刘永济的《十四朝文学要略》在梳理文学的发展流变时，将文学、文论融于一书。这种思路和方法，为文学学科探寻更多的研究方向，从内在逻辑上把握文学与文论复杂的同构关系，进而深入地认识文学是什么，具有重要的借鉴意义。

在文学学科定型后的今天，《十四朝文学要略》的思维模式、理论建构、学术理路、治学方法，对我们确定文学理念、文学学科理念，探寻新的文学研究方法，仍具有重要的典范性意义。

---

① 陈文新：《〈清诗别裁集〉研究·序》，见王炜：《〈清诗别裁集〉研究》，上海古籍出版社2010年版，第1页。

知识的留存与知识谱系的建构

——从《清人笔记条辨》看张舜徽的治学路向

1974年，张舜徽完成了《清人笔记条辨》(以下简称《条辨》)。《条辨》一书择清人笔记中“义可采者”，“分条件系，加以考辨”①，但它并非简单、随机地摘抄清人的言论，而是系统地总结清人笔记之“得失利弊”。“《条辨》主旨明确，体例清晰，是研究清代学术史，了解清人学术动向的重要书籍”，② 也是把握张舜徽治学路径的最佳切入点。总体来看，《条辨》一书既注重知识的留存，又重视知识谱系的建立，上承传统治学方法，下启现代学术路径。

一

学术统系的构建包含两个层面：一是留存知识，二是建立知识谱系。所谓留存知识，就是保持各个知识要素的独立性，尽可能客观、全面地记录知识；所谓建立知识谱系，就是探寻知识之间的因果联系、逻辑关系，将相关的知识纳入某个结构统系之中，略去其他不相关的知识要素。在中国古代学术传统中，因受到知识的数量与规模、教育的普及程度、印刷技术等影响，留存知识是治学的根本目标。传统学术的整体

① 张舜徽：《清人笔记条辨·自序》，见《清人笔记条辨》，华中师范大学出版社2004年版，第2页。本篇引文出自《清人笔记条辨》者，均不再出注。

② 戴建业：《别忘了老祖宗的药方》，《读书》2006年第1期。

特点是，以留存知识为中心，建立知识谱系。如，中国古代学术传统中主要的治学方法——目录学、考辨、点评等，大多围绕典籍展开，以全面地留存知识为目标。随着科学、教育、技术等的发展以及知识的迅猛增长等，现代学术著作大多以建构知识谱系为目标，对知识进行归类成为现当代学术研究的重心。张舜徽等近代学者处于传统向现代的转型期，他们的治学路向是，留存知识与建构知识谱系二者兼重。张舜徽的《清人笔记条辨》一书采用的"条辨"体，就充分展示了这一特点。

所谓"条辨"，即逐条辨别、随条分析。"条辨"一词较早见于南朝，梁陶弘景《真灵位业图序》说，"事事条辨，略宣后章"①。《宋书·志序》谈到校辨古今地理的差异时说，"今以班固、马彪二志，晋、宋《起居》，凡诸记注，悉加推讨，随条辨析，使悉该详"②。在《宋书》中，"条辨"尚未组合成为词组，但是，这已经含藏着后世条辨体综合他人的言论、观点，"随条辨析"的方法。到了明代，"条辨"一词常出现于官方处理公务、辨正事理的公文中。《明史》载，弘治二年(1489)，姜绾参劾蒋琮不遵诏旨，与民争利，"琮条辨琯疏"③，蒋琮对姜绾的疏奏逐条加以反驳。《明实录·大明世宗肃皇帝实录》载，嘉靖三年(1524)，吏部左侍郎何孟春上疏说，张璁等上大礼议十三条皆邪僻不经之言，"臣请案其欺妄，逐条辨之"④。这里，"条辨""逐条辨之"强调论者鲜明、有力地批驳他人观点，表达个人的态度、看法。到了清代，"条辨"成为固定的词汇，并被广泛运用于治学领域。《皇朝续文献通考》载邹伯奇著《周髀算经考证》说，《周髀算经》"自荣方问于陈子以下，学者误解相传，又窜以他术，致为浑天家所讥。……是书详为条

---

① 陶弘景：《真灵位业图序》，见《道藏》第3册，文物出版社、上海书店、天津古籍出版社1988年版，第272页。

② (南朝)沈约等：《宋书》，中华书局1974年版，第97页。

③ (清)张廷玉等：《明史》，中华书局1974年版，第1557页。

④ 《明实录·大明世宗肃皇帝实录》第1册，台湾"中央研究院历史语言研究所"1962年影印版，第278页。

辨，以解学者之惑"①。清代还出现了许多以"条辨"命名的著作，如张惠言的《易图条辨》，李沛霖、李桢的《四书朱子异同条辨》等。清代医家类书籍中有更多"条辨"之体，如程应旄的《伤寒后条辨》、方有执的《伤寒论条辨》、吴瑭的《温病条辨》、吕田的《温疫条辨摘要》等。

由"条辨"一词的源流可以看到，"条辨"体的特点是：围绕某一具体问题，引录他人的观点，对之进行辨析、辨正，同时，作者明确地表达自己的立场、态度。一部优秀的"条辨"之作，既能见出前人的材料、观点，又能反映作者对材料的理解、把握与取舍，更包含着作者个人独到的识见。与现代学术著作有意识地凸显作者的观点，将他人对相关问题的思考作为佐证不同，"条辨"体既重视表达作者的态度，又注重作者个人观点与其他学者观念之间的互动，作者和其他学者的观点交汇在一起，形成了和声。"条辨"体看似散漫，但读者深入理解了作者的学术思想，把握住相关学者的治学观念，具备了较强的逻辑建构能力，就能将散见于书中相关的内容贯穿起来，形成对某一问题的宏观把握。

张舜徽所著《清人笔记条辨》一书正是如此。《条辨》一书的基本体例是，叙录某部笔记的作者的行事，之后，摘引笔记中的某段话，随条辨析，就相关问题进行阐发，表达个人的见解和主张。这样，《条辨》一书既留存了知识——融会了清代学人关于治学，关于经、史、子、集各部具体问题的看法，又注重对知识进行整理与评价——反映出张舜徽本人的学术观点，以及最终的学术追求。

如，在《条辨》一书中，张舜徽通过引申、阐发、驳正清人的观点，讨论了治学方法、学术路径等问题。在"《日知录》"条中，张舜徽引顾炎武"天下无无书不读之人，而有不必读之书"之说，并发表自己的观点：

亭林此言，真不刊之弘教也。……大抵从事问学，必有宗旨，

① 刘锦藻：《皇朝续文献通考》，乌程刘氏坚匏庵刻本。

> 有别择，始可语乎精深博大。否则泛滥而无归宿，凌乱而乏统纪，只得谓之杂，不得谓之博。博杂之辨，尤不可不审。

张舜徽此处谈到如何治学、如何读书这一基本问题。古人谈读书说开卷有益，谈创作说读书破万卷，下笔如有神。这些主张固然有其道理，但读书、治学到了一定境界，到了“从事学问”的阶段，学者必须分辨“博”与“杂”的区别，必须明确治学的方向、目标，对所读的内容进行取舍裁择。如果仍亦步亦趋地遵循有卷必开的原则，不仅无益，反而有害。张舜徽进而引录章学诚《丙辰劄记》之语，“《学记》谓学有四失：或失则多，或失则寡，或失则易，或失则止。寡与易、止之失，人所知也。多之为失，今人所不知也”。就“《学记》谓学有四失”条，张舜徽驳正道：“泛言一个多字，殊嫌不明。盖多之中又有博与杂之辨。学贵博，不贵杂。博者以一为主，凡与此相关联者，皆遍习之也。杂者中无所主，滥观广取而无归宿也。学不博则陋。然博之中又必有别择去取，故博观贵能约取焉。至于杂之为害，人尽知之，固治学之士，所当痛绝。”这样，张舜徽从顾炎武、章学诚等人谈读书生发开去，论及具体的读书方法，对“多”读书中的“博”“杂”等问题进行辨析，有意识地引导读者由注重读书方法转向思考治学路径，向后学揭明，治学必须由博返约，读书要有宗旨，泛滥百家之后必须能别择去取。

谈到读书、治学，张舜徽并不仅仅停留在具体的方法、路径上，他还非常关注时代风会对治学的影响。章学诚在《丙辰劄记》中谈到读书贪多的风气时说：“自四库馆开，寒士多以校书谋生。而学问之途，乃出一种贪多务博而胸次无伦者，于一切撰述，不求宗旨而务为无理之繁富。动引刘子骏言：‘与其过废，无宁过存。’即明知其载非伦类，辄以有益后人考订为辞，真孽海也。”张舜徽在此基础上，进而探寻“贪多务博”之风兴起的动因、渊源、始作俑者以及后续的影响等：

> 贪多务博之风气，实起于搜辑佚书。始乾隆三十八年，朱筠奏

> 请开四库馆，即以辑录《永乐大典》中佚书为言，馆既开，先后从《大典》辑出之书，著录及存目合计凡三百七十五种，四千九百二十六卷，可谓夥矣。当时入馆修书者，大半瘁心力于此。朝夕检书，宁存无废。而贪多务博之习，遂牢固不可破矣。流弊所致，固非始事者之所及料也。

乾嘉时期，学人贪多务博，无所约取，沦于杂而无章，许多学人腹中有史料，胸中却无史识，“两脚书橱”就是对这类人的讥讽。某些学人提出，读书治学“与其过废，无宁过存”。面对大量史料，与“过废”相比，“过存”看似有其合理性，有助后世留存史料，有资于后人，但却会在不知不觉中对一代学风造成不良影响。乾嘉年间诸多学者拘于故纸堆、囿于管见的治学风气，正是只知贪多务博，不知别择去取、不知表达创见的结果。张舜徽对章学诚的看法表示了认同，并敏锐地指出乾嘉年间，贪多务博并非只是某时某地出现的个别现象，而是一种潮流。

在《条辨》一书中，张舜徽对贪多务博的不良学风提出了中肯批评，同时也指出了具体的校正方法。张舜徽引清代大儒章学诚《知非日札》的观点：“著述多，则必不精；精则必不能多。前明如新都杨氏、郁仪朱氏，近代如西河毛氏、渔洋王氏，著述动盈箱箧，安在其有功于学术哉？但用功纂录劄记，以为有备之无患，斯则王伯厚辈，本以备应制之用，而转有资粮于后学。然则《玉海》《诗考》《绀珠》《汉制》诸编，谓之用功有益相耳。安可遽命为著作哉？”张舜徽承续章学诚的看法，进一步指出，“功力与学问有别，而著述与钞纂复殊。后世每以功力当学问，目钞纂为著述。于是鱼目混珠，真伪莫辨，此学者之大患也”。所谓“功力”就是指下了多少苦功夫认真读书，但下了苦功却有可能陷于杂而不通；所谓“学问”就是遍览群书后，贯通各家看法形成的个人见解。“学问”建立在“功力”的基础之上，但有“功力”并非意味着有“学问”，学人不能“以功力当学问，目钞纂为著述”。在《条辨》中，张舜徽也谈到了“著述”与“纂钞”的区别：

> 载籍极博，无踰三门。盖有著作，有编述，有钞纂，三者体制不同，而高下自异。余早岁著《广校雠略》论之详矣。试循时代以求之，则汉以上之书，著作为多；由汉至隋，则编述胜；唐以下雕板之术兴，朝成一书，夕登诸板，于是类书说部，充栋汗牛，尽天下皆钞纂之编矣。学者于群书诚能区为三门而知其高下浅深，则用力之际，自有轻重缓急，而不致茫无别择也。

从时代来看，汉代以前盛“著述”，唐以后盛“纂钞”。从性质、特点来看，“著述”多为独创，表达作者个人的识见；“纂钞”多为抄袭，只是材料的堆积，缺乏创造性。从价值上看，两者有“高下深浅”之别。由此，张舜徽提醒后学，读书、著书一定要重“著述”而不能流于“纂钞”。张舜徽引述清代学者的观点，并加以阐发，由读书谈及治学，进而论及学风，继而转入著书，并将相关问题置于宏阔的历史背景下梳理其源流脉络，简明扼要并清晰畅达地清理了先秦两汉以来著书方式的变化。张舜徽还不动声色地将个人的价值评判融入其中，严肃、严厉且不失宽厚，对后学起到积极的警示、激励作用。

《条辨》一书，类皆如此。《条辨》从经、史、子、集等部各个细小问题入手，条目繁多，内容“有辨章学术者，有考论经籍者，有证说名物制度者，有订正文字音义者，有品定文艺高下者，有阐述养生方术者”。“这种写法难以凸显大家和名家，初看似乎有点‘重点不突出’，但它让读者更易于从整体上把握一代学术的兴替和特点，更易于了解某历史时期学风的变化。”①张舜徽以宏阔的视野，轻松地驾驭繁富杂多的历史材料，《条辨》较为全面地展示了有清一代学者对经、史、子、集各部相关问题的看法。在此基础上，张舜徽“平亭是非。凡遇精义美言，则为之引申发明；或值谬说曲解，则为之考定驳正”，对清代学

① 戴建业：《别忘了老祖宗的药方》。

人、学界、学术进行评判，标明自己的治学态度、治学方式。《条辨》一书展示了清代学人的治学路径、学术取向、学术思想，我们能看到清代学人众声喧哗的热闹场景，同时，张舜徽也表达了个人的独到识见，我们也能看到张氏的宏论博识处处皆在。张舜徽有意识地采纳“条辨”这种著书体例，将清代学者对相关问题的看法及张氏本人的观点融于一体，在这种对话的关系中，展示了从清代到近代学术思想、学术观点的衍发、推进过程。

《条辨》一书累积知识、建构知识谱系并重，还表现在，张舜徽在《条辨》一书中，坚持表达个人的思想、观点，但决不囿于自己的价值判断，决不任意地抹杀清代学术史上的重要人物及相关观点。传统治学重知识留存，强调知识存在的客观性，学者有意隐去自己的观点、看法，不做或尽量少做价值评判，“述而不作”即是此义；现代治学重知识谱系的构建，往往忽略了知识的留存，现当代学人在论述、阐发观点的过程中，会有意略去那些与自己的观点不一致的声音，以突出重点，彰显学者个人的意见。《条辨》一书重价值判断但并不囿于其中，正彰显了学术由传统向现代转型过程中的变化与特点。“条辨”体中各个条目自成统系，因此，《条辨》一书不强调系统性、完整性，张舜徽常常将某些存在偏差，甚至可能是相反、相悖的观点融入《条辨》一书之中。如，张舜徽对乾嘉诸儒热衷于考据、孳孳于故纸堆的风气极其不满。他批评说，乾嘉诸儒的“研究风尚，主要集中在经学、小学方面。门庭渐褊，没有清初诸大儒的博大气象了”①。但在《条辨》一书的很多条目中，张舜徽指出，乾嘉时期仍有一些超越时流、有个人创见的学者，如戴震、章学诚等；从整体上看，乾嘉人的学术贡献也不可低估。乾嘉诸儒专注于考证，并非一无是处，经乾嘉学人校勘的书籍较为精审，无太多疵漏，远胜于宋元刊本。张舜徽谈到这个问题时说，“经历乾、嘉以降诸儒之校勘，则四部常见之书，大抵理董可观。故在今日而言读书，

① 张舜徽：《清儒学记》，华中师范大学出版社 2005 年版，第 18 页。

但得清儒及近人精校本，固胜于古本远甚。古本如宋、元旧椠，亦不免伪、衍、缺、夺杂其间也”。谈到清代的学者，张舜徽对阎若璩颇多不满，在《条辨》中，他屡屡批评阎若璩，指出阎氏“其志不在经世，故未能以箴肓起废自任”，但张舜徽仍本着客观、公正的治学态度，将阎若璩及其《潜邱劄记》收入《条辨》。由此，读《条辨》一书，我们可以听到清代学术史上各种声音汇集，也可以感受到张舜徽博览百家之后，和平、畅达、融通的治学态度，以及留存知识、建构知识谱系并重的治学路向。

二

构建知识谱系，对知识进行归类，其方法不外乎两种：一是以“书”为中心，从体例、内容上对知识进行归类；二是以“人”为中心，以人的观念、思想为归类的标准。前者可归为目录学，在传统学术中称为“校雠学”。到了现代，学者完成的单篇论文、单部论著大多以人、以思想观念为核心展开论述。但目录学并未退出学术研究的范畴，而是由治学方法之一种转变为学术的根基，成为建构知识谱系的核心要素：“书”是知识的基本载体，现代学科分类以及图书分类法对论文、论著进行归类时均从目录学着手，这表明，现代知识谱系的整体建构仍是以“书”，而不是以“人”为中心的。

张舜徽的《条辨》就坚持传统的以“书”为中心的构建方式。《条辨》一书从形式上看，属叙录解题，但张舜徽并非随机、任意地选择清人的笔记作品，而是将现代学科分类的思想融入《条辨》之中。这样，《条辨》一书从目录学着手，确定了“笔记”类例，为“笔记”划定了界线，构建起与“笔记”这一类目相对应的知识谱系。

笔记的特点是零散、驳杂。笔记着眼于各种思想、看法、观念的表达，疏于形式的完善，不强调内容的系统性、完整性。据二十六史，较早以“笔记”命名著作出现于宋代。《宋史》载王炎《笔记》、赵师懿《柳文笔记》、刘敞《宋景文公笔记》、陆游《老学庵笔记》、钱时《两汉笔记》、马廷鸾《读庄笔记》6部作品。《元史》所载以笔记命名的著作仅有苏天爵《春风亭笔记》1部，《明史》载王樵《笔记》、祝允明《读书笔记》、戴冠《笔记》、李日华《六研斋笔记》、彭时《可斋笔记》、王鏊《守溪笔记》6部。到了清代，笔记的数量迅猛增长，以笔记命名的著作也层出不穷，《清史稿》载张履祥《读易笔记》、李光地《周官笔记》、赵慎畛《惜日笔记》、刘毓崧《通义堂笔记》等以笔记命名的著作58部。

清代以前，笔记数量相对较少，二十五史的《艺文志》以及《郡斋读书志》《直斋书录解题》等公私书目都未设置专门的"笔记"类，笔记分别被置于经、史、子等部。清代，笔记大量涌现，《清史稿》依然沿袭二十五史的做法。如《清史稿》所载58种以笔记命名的著作，除15种见于列传，未分类外，其余43种，有30种被置于《艺文志》的子部，7种见于史部，6种列于经部。在经、史、子各部下，也未有专门的"笔记"类目，笔记与其他类型的作品混杂在一起，如李光地《经书笔记》被置于子部儒家类，汪士铎《悔翁笔记》被置于子部杂家类，纪昀《阅微草堂笔记》被置于子部小说类。笔记没有独立的统系归属。清代，有人甚至说"日录笔记，随手纪载，乃无义例"①。人们认为每天随手写下、随笔记下的这些内容形式散漫，在体例上没有特定的要求和规范，当然也就难以确定类属的划分。

传统的四部分类法将笔记散置于经、史、子各部，自有其合理性。但随着书籍数量的迅速增加，对扩增后的知识重新划定类例，成为必然要求。面对清人留下的数量庞大的笔记著作，对"笔记"这一门类进行系统清理和科学归类成为目录学的重要任务。

张舜徽谈到清人笔记时说，"我曾经看过的，便有三四百家"②。面对数量庞大的清人笔记，张舜徽打破传统目录学的分类框架，将笔记

---

① 皮锡瑞：《经学通论》，中华书局1954年版，第227页。

② 张舜徽：《自强不息 壮心未已——略谈我在长期治学过程中的几点体会》，见《浙江日报》编辑部编：《学人谈治学》，浙江人民出版社1982年版，第137页。

从经、史、子各部中清理出来，作为独立的类目。身为文献学家、目录学家，张舜徽著《条辨》一书时，也清楚地意识到，总结清人笔记之“利弊得失”，“若无别择去取，则榛芜不翦，靡所取材”。在广搜博览的基础上，张舜徽对笔记进行分类，确定哪些书可入《条辨》，哪些书不可入《条辨》。结合《清史稿·艺文志》《四库全书》《续修四库全书》等的分类方式，我们来考察张氏著《条辨》时的取舍原则，并进一步考察张舜徽对笔记义例的确定。

张舜徽在《条辨·自序》中谈道，有些著作“学涉专门，宜有专书以集其成，今亦不取与百家笔记并列焉”。如，李群《群经识小》、邵晋涵《南江札记》、陈鳣《简庄疏记》、严元照《娱亲雅言》、郑献甫《愚一录》、邹汉勋《读书偶识》等书具有“专”的特点，张舜徽拟将之辑入《群经汇解》，不纳入《条辨》。李群《群经识小》、严元照《娱亲雅言》、郑甫《愚一录》等书“专”注于对经部各类书籍的思考，《清史稿·艺文志》也将这三部书归入经部经总义类。但在《清史稿·艺文志》等传统目录分类中，邵晋涵的《南江札记》、邹汉勋的《读书偶识》等书却被归入子部杂家类杂考之属。从编著手法看，《南江札记》《读书偶识》主要采用了考证、辨析的方法，从内容看，这些书主要涉及了经部的有关问题。《南江札记》涉及对经部典籍的辨识、考证等，《读书偶识》是对《易》《书》《诗》《春秋》《三礼》及先秦众多典籍的诠释、考证，如对《周易》卦主说的总结，对《诗经》各篇诗旨的论述，对《尚书·禹贡》山名水名、对《考工记》夏室及周明堂的考释。因此，《清史稿》等从著述方式着眼，将《南江札记》等归于子部杂家类杂考之属。这种传统分类方法自有其逻辑：宋元明之时，笔记数量较少，公私书目在著录笔记时，不需要也无法过多关注笔记分类的精确性、统一性。但到了清代，笔记数量迅猛增长，如果仍在传统学术范式的框架内对笔记进行归类，其结果是：有些笔记被置于经部经总义类，这关注的是著作涉及的内容；有些笔记被置于子部儒家类，这关注的是作笔记者的思想、态度；有些作品被置于子部杂家类杂考之属、子部杂家类杂说之属，这关注的是著述方式。这种时而着眼于内容、时而着眼于作者的态度、时而着眼于著述方式的分类方法，难免会造成概念不明、分类混乱的情况。张舜徽在梳理清人笔记时，校正了《清史稿·艺文志》等的偏差和不足，既尊重传统目录学对经、史、子、集各部的划分，又将现代学术谱系重统一、精确的特点引入传统的目录学之中。在对《南江札记》《读书偶识》等书进行目录学上的归类时，张舜徽均从书籍所涉及的内容着眼，敏锐地发现这些书"学涉专门"——都专注于对经部相关问题的考察，因此，他将这些书全部纳入《群经汇解》。

在处理清人的其他笔记时，张舜徽也始终坚持从书籍内容出发划定其类属。在《条辨·自序》中，张舜徽还谈道，卢文弨《群书拾补》、王念孙《读书杂志》、姚范《援鹑堂笔记》①、《义门读书记》、张文虎《舒艺室随笔》、孙诒让《札迻》等书也不入《条辨》。在《清史稿·艺文志》《四库全书》中，这几部书入子部杂家类杂考之属。细考这几部书的内容，何焯《义门读书记》是何焯"没后，其从子堂裒其点校诸书之语，为六卷。维钧益为搜辑，编为此书。凡《四书》六卷，《诗》二卷，《左传》二卷，《公羊》《穀梁》各一卷，《史记》二卷，《汉书》六卷，《后汉书》五卷，《三国志》二卷，《五代史》一卷，《韩愈集》五卷，《柳宗元集》三卷，《欧阳修集》二卷，《曾巩集》五卷，萧统《文选》五卷，陶潜诗一卷，《杜甫集》六卷，《李商隐集》二卷，考证皆极精密"②。孙诒让的《札迻》校勘订正了秦、汉至齐、梁间 78 种古书中的讹误、衍脱千余条。《群书拾补》《读书杂志》等也是对古书的校订、勘误。《群书拾补》《义门读书记》等"博涉子史，校勘精审"，其内容具有"专"的特点，专注于对经、史、子、集等部各书的订证、校勘，因此，张舜徽拟将之纳入《群书集校》。

张舜徽在《条辨·自序》中谈道，还有些书为《条辨》所不取：

---

① 《清人笔记条辨》载姚范著《援鹑堂笔记》，《清史稿》为《援鹑堂随笔》。

② （清）永瑢等：《四库全书总目提要》，商务印书馆 1933 年版，第 589 页。

专载朝章礼制，如王夫之《识小录》之类是也；有但记掌故旧闻，如昭梿《啸亭杂录》之类是也；有讲求身心修养者，如魏禧《日录》之类是也；有阐扬男女德行者，如吴德旋《初月楼闻见录》之类是也；有谈说狐怪者，如纪昀《阅微草堂笔记》之类是也；有称述因果者，如俞樾《右仙台馆笔记》之类是也；有录奇闻异事者，如焦循《忆书》之类是也；有纪诗歌倡和者，如阮元《小沧浪笔谈》《定香亭笔记》之类是也；有载国恩家庆者，如潘世恩《退补斋笔记》①之类是也；有记读书日程者，如叶昌炽《缘督庐日记》之类是也；有叙友朋酬酢者，如金武祥《粟香随笔》之类是也。

在《清史稿·艺文志》《四库全书》《续修四库全书》中，王夫之《识小录》等书的分类情况更为复杂。王夫之《识小录》、焦循《忆书》、阮元《小沧浪笔谈》、阮元《定香亭笔记》、潘世恩《思补斋笔记》、金武祥《粟香随笔》等入子部杂家类；昭梿《啸亭杂录》入史部杂史类，吴德旋《初月楼闻见录》、叶昌炽《缘督庐日记》入史部传记类；纪昀《阅微草堂笔记》、俞樾《右台仙馆笔记》入子部小说类。这些书驳杂散漫，或是记载相关的史料，如王夫之《识小录》；或是关于历史、社会问题的思考议论，如叶昌炽《缘督庐日记》；或是对日常琐事的记录、评价，如金武祥《粟香随笔》；甚至是闲暇时的不经之谈，如纪昀《阅微草堂笔记》等。张舜徽为什么不将这些书纳入《条辨》呢？细读这类著作可以发现，这些书虽然从形式上看具有笔记零散的特点，但在驳杂之中又显出“专”的一面，这些书的内容往往只关注某一问题，而不及其他。如昭梿《啸亭杂录》所记事件涵盖政治、军事、经济、科举、文化、文学、书法等各方面，涉及人物有皇帝、大臣、道士、青楼女子等，总体来看，这部书“专”注于清代政治经济、社会民生等各类事件；纪昀《阅微草堂笔记》各篇之间虽然没有统一的主题，但从内容上看，这部书记载的是世间闲

① 据《清史稿·艺文志》，潘世恩所著为《思补斋笔记》，潘世恩另有《思补斋奏稿偶存》。

谈、鬼狐因果等，基本不涉及真实的历史事件，作者也无意在这部书中直接表达对历史、社会的评价。《啸亭杂录》《阅微草堂笔记》等虽不能归为一类，但各部书仍表现出“专”的特点，与笔记的驳杂不完全一致。

那么，什么样的书可以入《条辨》呢？仔细考校，可以看到，入《条辨》的清人笔记，其内容均博涉经、史、子、集四部。如顾炎武的《日知录》“大抵前七卷皆论经义，八卷至十二卷皆论政事，十三卷论世风，十四卷、十五卷论礼制，十六卷、十七卷皆论科举，十八卷至二十一卷皆论艺文，二十二卷至二十四卷杂论名义，二十五卷论古事真妄，二十六卷论史法，二十七卷论注书，二十八卷论杂事，二十九卷论兵及外国事，三十卷论天象术数，三十一卷论地理，三十二卷为杂考证”①。《日知录》前七卷主要涉及经部的有关内容，八至十七卷主要涉及史部，十八至二十一卷与集部相关，二十二至三十二卷则偏于子部。阎若璩的《潜邱劄记》更为驳杂，不仅有对政治、礼制、民风等问题的考、论，而且有文章、诗赋等，卷一、卷二为杂考，卷三详释禹贡山川及《四书》中的地名，卷四上为杂文序跋，卷四下为《丧服翼注》，卷五为与人谈论经史的书牍，卷六为杂体诗。臧琳《经义杂记》在《清史稿·艺文志》中入经部经总义类，但“此书标题‘经义’，而所言遍及四部”。王鸣盛《蛾术编》“原稿九十五卷，分《说录》《说字》《说地》《说人》《说物》《说制》《说刻》《说集》《说系》《说通》十门。……《说刻》十卷详载历代金石……《说系》三卷，备列先世旧闻”。与《群经识小》《义门读书记》等“专”涉一门不同，《日知录》《经义杂记》《蛾术编》等内容涵盖经、史、子、集各部，鲜明地体现了笔记以阐明思想、见解、事理为宗，无所不包、无所不纳，驳杂繁富的特点。在此，张舜徽提醒我们，形式的散漫、随意还不足以构成严格意义上的“笔记”。根据笔记博杂的特点，只有那些内容博涉经史子集四部的著作，才是完全意义上的、典型的“笔记”体，只有这样的书籍才收入《条辨》之中。由此，张舜徽在著《条辨》时，注重介绍清代重要的笔记，对相关问题进行总结、辨析，但他

① （清）永瑢等：《四库全书总目提要》，第573页。

并非简单地著录作品，而是有意识地担负起为“笔记”划定范畴、进行分类的任务。

现代学者对笔记的分类大体可以归纳为三种类型：一是既涵括现代图书分类法的范式，又尊重中国传统的目录学，折中于二者之间；二是完全参照中国传统目录学分类法来规范笔记；三是用现代分类法为标准衡估中国古代的笔记。如，谢国桢的《明清笔记谈丛》以现代分类法为参照，将明清笔记分为10大类：记述农业生产，记手工业、商业的发达，记社会经济和风俗，记明清二代政治制度、朝章典制等，记载明代农民起义，记载少数民族情况，记载历史地理及自然地理，记载对外关系和对外贸易，通记历史文献和人物传记，记科学技术及工艺美术、人物传等。张舜徽在对笔记进行分类时，既重视现代观念，又尊重中国古代传统的治学方式。他在传统目录学“辨章学术，考镜源流”的宗旨下，承继传统意义上笔记的概念，并融会现代学科的分类方法，将顾炎武《日知录》一类内容博涉四部、最具典型性的笔记著作纳入《条辨》，将李群《群经识小》等归于《群经汇解》，将何焯《义门读书记》归于《群书集校》，将王夫之《识小录》、纪昀《阅微草堂笔记》等书籍分别归类，从统系上对笔记作了准确而明晰的划分。①

总体来看，《条辨》一书绝非随机地、漫无目的地取舍。张舜徽力

① 将张舜徽的《清人笔记条辨》与鲁迅的《中国小说史略》相比较，可以更清晰地看出张舜徽的治学路向。鲁迅的《中国小说史略》担负起将小说从经、史、子、集各部中独立出来，划定小说类例的任务，但在表达观点时，鲁迅采用了以“思想内容”为中心的结构方式：《中国小说史略》将中国古代小说的发展流变作为独立自足的体系，对相关问题进行系统的理论阐述，而抛开与小说发展无关的其他要素；另外，《中国小说史略》只提及或涉及小说史上的重要书目。相比之下，张舜徽的《清人笔记条辨》划定笔记的类例时，则以“书”为中心，知识的留存与建构并重。张舜徽关注的不仅仅是“笔记”类例的划定，通过《条辨》一书，张舜徽既着眼于归纳笔记的特点，同时，也着眼于辨析清人在笔记中表达的重要学术观点，梳理清代学术的发展流变。因此，张舜徽并未采用系统阐述的方式划分笔记的类型、确定相关标准，而是将理论思考融会在书目的整理之中。张氏博涉四部，并广泛地阅读了清人笔记，对笔记的源流发展了然于心，在确定笔记的义例时自然驾轻就熟，对笔记所做的目录分类也脉络清晰。

图在《条辨》一书中，对传统中的某一类知识进行重新整理。张舜徽融会现代的治学理念，但也不拒绝经、史、子、集等传统的分类模式，不拒绝传统校雠学留存知识、建立知识谱系并重的方式。张氏集平生之功力，细致地阅读了三四百部清人笔记之后，察内容，明类例，选取了149种典型的清人笔记，并结合《条辨·自序》对笔记进行系统的归纳与分类。《条辨》一书清晰地展现了传统经、史、子、集四部分类法转变为现代图书分类法，其内在的合理性及合逻辑性，展示出目录学以及知识谱系构建方法由传统向现代转型的必然性。

三

《条辨》一书以传统“条辨”体的形式，从目录学着手划定笔记的类例，但同时，《条辨》也开启了现代治学的路向。谈到学术由传统向现代的转型，梁启超说：“前者史家不过记载事实，近世史家必说明事实之关系，与其原因结果。”①《条辨》一书非常重视“事实之关系，与其原因结果”，张舜徽的《条辨》既要对笔记条分部类，又要“阐述有清一代学术的兴替与学风的嬗变”②，建构关于清代学术史的知识谱系。

谈到《条辨》，张舜徽说：“余既刊布《清人文集别录》之明年，友朋相续来书，谓清人文集之利弊得失，此书已总结之矣。如能推其法以及清人笔记，则为用益弘。”《清人文集别录》的创作目的则是“记书中要旨，究其论证之得失，核其学识之浅深，各为叙录一篇，妄欲附于校雠流别之义，以推见一代学术兴替”③。“推见一代学术兴替”也正是《条

① 梁启超：《中国史叙论》，见梁启超：《饮冰室合集·文集六》，中华书局影印本1986年版，第53页。从根本上看，传统治学并不忽略“事实之关系，与其原因结果”，传统治学方法与现代学术路径的不同在于：前者涵括因果关系，但学者有意隐去对“事实之关系”的发现；而后者则有意强化事实之间的因果关系。

② 戴建业：《别忘了老祖宗的药方》。

③ 张舜徽：《清人文集别录·自序》，见《清人文集别录》卷首。

辨》一书的创作宗旨。《条辨》一书通过叙录、摘引、随条辨析等方法，全面反映、清晰归纳并合理评价有清一代的学术思想、学术理念。张舜徽沿着"条辨"这一传统路径前行，但由于引入因果关系这一新的视角，《条辨》一书开拓了学术研究的新视域、新境界。

近代其他学者的著作，如梁启超的《中国近三百年学术史》《清代学术概论》等也重因果关系的建构，相比之下，张舜徽《条辨》一书的特点是，重事实之间的联系，但却并不有意强化因果关系，不将因果关系作为全书的基本构架。张舜徽这种著述方式的优长有二：

其一，便于将清代不同的甚至对立的学术流派及其观点、言论纳入书中。《条辨》一书收录清代学人100家，既有被推尊为大家的顾炎武、惠栋、章学诚、焦循等，又有在后世以诗词名世的王士禛、纳兰性德、袁枚、洪亮吉，以史著称的王鸣盛，以经学扬名的皮锡瑞，以及近代政治史上的著名人物谭嗣同等。王士禛等不以学术见长，却被纳入《条辨》一书中，这样，正可见出清人普遍重视读书问学的时代风会。《条辨》一书将"众多的学术思想、学术理路、学术个性、学术风格交织在一起，于同中见异，在异中显同，使清代学术史多彩多姿"①。

其二，《条辨》可以不拘于清代学术本身。《条辨》一书将清代学术史置于整个中国古代文化、思想发展历程之中，察其源，辨其流，在宏阔的历史背景下凸显清人治学的特点，并兼及其他时代相关的学术问题，构建起一部完整、全面的清代学术史。兹试举几例。

谈到清代学术，无法绕开朴学。在《条辨》中，张舜徽对桂馥《札朴》"小学"条等的辨析，讨论了"小学"这一概念的演变，梳理了清代朴学的源流。

桂馥说："古人于小学，童而习之。两汉经师之训诂，相如、子云之辞赋，皆出于此。今以小学、经学、辞章之学判为三途。经学不辨名物，辞章不识古字，或不知其可也。然其弊不自今始，义疏起而训诂

① 戴建业：《别忘了祖传秘方》。

废，议论开而辞章亡，尽破古人之藩蓠者，其在赵宋乎！”桂馥认为，自古就有“小学”这一概念，司马相如、扬雄的赋凌驾千古，其根柢就源于“小学”，即训诂之学。有宋一代，宋儒只重义理，不习训诂，后世治学也流于游谈无根；到清代，学术研究分为小学、经学、辞章三途，学者各主其说，偏于一隅，流弊百出，作文、治学皆未能臻于至境。究其源，清代学术的弊病正肇始于宋人。桂馥试图从学理上考察“小学”这一词汇的源流，但桂馥囿于汉宋之争，在对“小学”进行辨析时，没有去除个人意气。桂馥将“小学”的源头追溯至汉代，其目的是推扬汉学，鄙薄宋学。面对学术现象、学术问题，学者可以做出自己的价值评价，但评判的结果应该建立在对基本概念的精准辨析、对某个问题的源流脉络客观梳理的基础上。桂馥不是在材料中发现问题，而是凭个人私见去搜寻、处理材料，他对“小学”一词的阐释自然不够客观冷静。

桂馥这种轻议宋人的态度并不是个别现象，而与乾嘉之时的学术风气相应。张舜徽对桂馥等人阳攻宋儒而阴袭之的现象提出批评说，“大抵清儒治学，名虽鄙薄宋人，实则多所剿袭。戴东原说《诗》即多本朱传，其明征也。他如段若膺注《说文》，多阴本小徐《系传》之言，掠为己有”。在此基础上，张舜徽排除意气之争，对桂馥的说法进行考定驳正。张舜徽指出宋学“未可轻议”，并以理性的态度梳理“小学”一词内涵的演变。张舜徽的辨析切实精准、极具说服力：

> “小学”一目，以时代言，各有其不同之含义。盖有周末之所谓小学，有汉世之所谓小学，有宋人之所谓小学，有清儒之所谓小学，不可不辨也。大氐古初小学，幼仪、内则而已。所谓八岁出就外傅，学小艺，履小节，此周末之所谓小学也。刘歆《七略》，以史籀、仓颉、凡将、急就诸篇列为小学，不与尔雅、小雅、古今字相杂。寻其遗文，则皆系联一切常用之字，以四言七言编为韵语，便于幼童记诵，犹今日通行之《千字文》《百家姓》之类，此汉世之

> 所谓小学也。迨朱熹辑录古人嘉言懿行，启诱童蒙，名曰小学，其后《文献通考》《经籍考》列之经部小学类，此宋人之所谓小学也。清乾隆中，修四库全书，以《尔雅》之属归诸训诂，《说文》之属归诸文字，《广韵》之属归诸声音，而总题曰小学。此清儒之所谓小学也。清人以训诂、文字、音韵为小学，其例亦实创自宋人。晁公武《读书志》已谓文字之学有三：说文为体制之书，尔雅、方言为训诂之书，沈约四声谱及西域反切之学为音韵之书，然则以彼三者当小学之目，乃宋人旧说，不自清儒始矣。况如徐锴之为《说文解字》作传，徐铉之校定《说文》，欧阳修之考证金石，王圣美之昌言右文，邢炳之疏尔雅，吴棫之论古韵，举凡有关文字、训诂、音韵之学，皆宋人为之于前，而清儒继之于后。孰谓清儒所治小学，何一不自宋人导其先路乎！

张舜徽指出，“小学”这一概念的内涵随时代的变化不断演变，周世、汉代、宋人、清儒所说的“小学”各有不同指向。古初的“小学”是指儿童道德、能力等方面的启蒙之学。到了汉代，刘歆《七略》谈到的“小学”是指孩童读书识字用的通俗文章。宋代，朱熹沿古人之法，录名言警句以教育童蒙，仍称“小学”。清人所说的“小学”已与童蒙教育无关了，而是以训诂、文字、音韵为“小学”。文字、音韵、训诂是治学的根柢，从这个层面上看，清人所说的“小学”沿袭了前世“小学”中的启蒙之意。张舜徽还指出清人的“小学”，其源始出于宋人，宋代晁公武《读书志》谈及文字、训诂、音韵等问题，只不过晁公武将之命名为“文字之学”。更重要的是，宋人虽未将文字、音韵、训诂总命为“小学”，但宋时已出现了很多相关著作，如徐锴的《说文解字传》、欧阳修关于金石的考证、邢炳为《尔雅》所做的疏，等等。因此，无论从概念所涉及的范畴来看，还是从具体的治学路径来看，清代的“小学”皆由“宋人导其先路”。

张舜徽在《条辨》等书中还指出，乾嘉年间，清代朴学虽将自己的学术源渊接搭至汉代，但朴学实是在宋代学术的基础上，对宋学加以开拓，宏而广之。他说，“大抵一代宗风，自必前有所承，非宋、明诸儒为之于前，亦莫由以臻清学之盛”，“有清一代学术无不赖宋贤开其先，乾嘉诸师承其遗绪而恢宏之耳”①。张舜徽认为，从汉代郑玄等人至宋代朱熹，再到清代诸儒，其治学的脉络是一贯的。他说，“宋儒之学，集大成者为朱熹，然熹推服汉儒及郑学甚至”。张舜徽还指出，朱熹也严厉批评了宋人治学中只讲义理的不良习气：“讲说义理而流于支离，此乃宋人通病。朱熹尝斥其失。”“朱熹尝云：‘后世之解经者有三：一，儒者之经；一，文人之经，东坡、陈少南辈是也；一，禅者之经，张子韶辈是也。’(《朱子语类》卷十一)此亦当日实情矣。文人、禅者相与解经，则臆说之多，自无足怪。”的确，宋代，朱熹虽谈性理，但他并不完全排斥考证，朱熹明确地表示：“读书玩理外，考证又是一种功夫。所得无几，而费力不少。向来偶好之，固是一病，然亦不可谓无助也。”②

在平亭汉宋，沟通清代朴学与宋学之时，张舜徽在《条辨》等书中又进一步阐明，清代学人对宋学的看法并非一成不变，而是处于动态的发展之中。康熙年间，虽有个别人倡汉学，但从整体来看，学者并不排斥唐以后的相关论著：“康熙间，学者惟能旁涉唐以下书，于两宋考证家言深造有得，一代宗风，胚胎于此，虽二三经生高树汉帜，而其从入之途，致力之法，无不发自宋人。”到了乾隆中后期，汉学、宋学之争逐渐萌芽。“自纪昀撰《四库总目提要》，阮元辑《皇清经解》，有所偏主，门户渐成。迨江藩《汉学师承记》出，壁垒益固，势同雠怨矣。沿其波者，弥复加厉，因轻蔑宋人说经之书，遂一概抹杀，以谓宋代无学术，岂不过哉！”汉学、宋学的争端始于纪昀、阮元，至江藩拘习渐深，《汉学师承记》一出，清人宗汉学、贬宋学的风气盛极一时。但“汉学、

① 张舜徽：《广校雠略》，华中师范大学出版社2004年版，第132页。

② 朱熹：《答孙季和》，见《朱子文集》，商务印书馆1919年版，第211页。

宋学之名，不经甚矣。当江郑堂《汉学师承记》始成，龚定庵即遗书规之，斥其立名有十不安，江氏不之省也”。在江藩严汉宋之别的同时，也存在不同意见，龚自珍就著文指斥《汉学师承记》立规模，严门户。张舜徽全面论及清人的学术渊源、清代的学风兴替等问题，这些论点虽分散于不同的条目下，但处处可见张舜徽的通达之见。读者如能贯通《条辨》一书的逻辑脉络，对清代学术的流变等自可了然于心。①

张舜徽还谈到学术领域的诸多问题。如，关于伪书的问题。很多学者都对伪书表示不满，认为作伪意味着学人的治学品格方面存在问题。但张舜徽则以通达的心态对待伪书，他有意弱化伪书关涉的道德问题，提出将伪书视为学术书籍。他说：

> 学者如遇伪书而能降低其时代，平心静气以察其得失利病，虽晚出赝品，犹有可观。东晋所出古文《尚书》及孔安国《传》，固全伪矣，姑作魏、晋人书读，必有可取者，又不容一概鄙弃也。

只要能平心静气、不存偏见、不以道德标准代替学术标准，伪书皆自有其价值。古文《尚书》、孔安国的《传》确系后人作伪，如果干脆将之作为魏晋时期的书读，其中不乏真知灼见。再如，涉及“节钞”的问题。张舜徽说：

---

① 关于清代朴学与宋学的关系，冯友兰、钱穆等持论与张舜徽大体相似。冯友兰在《中国哲学史》一书中谈到，清代朴学从表面上看反对宋明理学，但从根本上看却是理学的发展和延续，清代义理之学所讨论内容、依据的经典并未超出宋明理学的范畴(参见冯友兰：《中国哲学史》，中华书局 1961 年版)。钱穆在《清儒学案序》中也指出，清代三百年学术之精神，实延续宋明理学一派(参见钱穆：《清儒学案序》，见《中国学术思想史论丛》，东林图书有限公司 1980 年版)。张舜徽在《条辨》一书中，揭示了清人对宋儒的继承，指明清代朴学对宋学的发展，并深入到清代朴学内部，对清代朴学的源流、脉络及自身发展变动做了详细梳理，这种注重动态呈现的治学路径正展现了张舜徽不同于他人的宏博融通之处。

节钞不足病，但问其义例何如耳。

司马原书，亦何尝不自《十七史》以及杂书小记节钞而来。上溯《太史公书》，乃亦节钞群经诸子以及故书雅记而成。

治学，特别是治史，必须熟悉史料并熟练地运用史料，但往往有人将史料的运用当作节钞。张舜徽根据自己所读、所学、所思提出，“节钞不足病”，关键在于运用史料时，是否有明确的义例，将史料归于统一的宗旨之下。如果以卓越的识见统汇史料，这些史料自然会构成新的系统。如司马光《资治通鉴》中很多资料都来源于《十七史》及其他书籍，甚至司马迁的《史记》——这部“成一家之言，通古今之变”的宏伟巨著，也是从群经诸子中节抄而来的，但司光迁、司马光等人以宏博的气度对史料进行归纳总结，见他人所未见，展自己之所长，《史记》《资治通鉴》因此成为无法超越的史籍。又如，关于学术史的发展，学科的分类及命名等问题，张舜徽所思、所言皆有理、有据。在《条辨》中，他谈到《宋史》于“儒林传”外另设“道学传”：“《宋史》别道学于儒林，最为后世所嗤。若钱谦益、毛奇龄、朱彝尊、钱大昕诸家及《四库提要》，诋斥不遗余力。独章学诚称其合于史法，据事直书，未可轻议。《宋史》道学诸传人物，实与儒林诸公迥然有别，自不得不如当日途辙分歧之实迹以载之。阮元亦谓《周礼》司徒联师儒，师以德行教民，儒以六艺教民。《宋史》道学、儒林分为二传，即《周礼》师儒之异。由两家之论观之，则二传分立，要自有故，非徒不可毁之而已。”张舜徽指出，《宋史》分立“儒林”“道学”二传，符合宋代学术发展的实际情况，自有其合理性。《道学传》中诸人注重德行、伦理的教化，《儒林传》中之儒注重实际技能等的培育，师、儒各司其职，不相混淆。这些条目对我们理解清代学术的兴替、学风的变迁、学人的思想轨迹等都有重要启发。

《条辨》一书“在内容上不外乎‘叙录’群书，在体式上也仍属校雠学范畴，但张氏在‘远绍前规’的同时”①，着眼于梳理清代学术流派的兴替，探寻并标明知识、事实之间的因果联系及逻辑关系，这使《条辨》一书具有了鲜明的现代因质。

张舜徽说：“人事有迁移，学术有升降耳。不明乎斯义而欲考论得失，则鲜有能持是非之公者。此读书稽古所以贵乎有识也。”张舜徽正是在洞察人事迁移、明了学术升降之后，写下《条辨》一书。在这部书中，他对“条辨”体的采纳、借鉴和发展，对笔记的义例、类型所做的划分，对清代学术史乃至中国学术史的梳理，充分展示了一个史学家、文献学家重视知识累积，构建学术统系，会通传统与现代的卓越识见。

① 戴建业：《别忘了祖传秘方》。

中编

集部核心要素诗文的赓续与衍生

明代乡会试录选评经义程文及其中的辞章观念

明代，在乡试、会试结束后，考官往往刊刻、颁行小录，公布考试的结果。这些小录称为乡试录或会试录。乡会试录包括五个部分：考官所作的序、考官及监事人员的姓氏和职官、考试题目、中式士子的姓氏和名次、选录的答题佳作。明人将这些答题佳作称为“程文”。一般情况下，明代各科乡会试录选程文 20 篇。其中，经义 13 篇，论 1 篇，表 1 篇，策 5 道。① 经义是明代科举制度下第一场的考试内容，“流俗谓之八股”②。在明代，各科乡会试录的编撰者都会对选录的 13 篇经义进行细致的品评，表达自己对于经义的理解与认知。透过乡会试录中的经义程文，我们可以考见八股文体式、风貌的演化，了解明人辞章观念的转变情况。

---

① 参见屈万里主编：《明代登科录汇编》，学生书局 1969 年版。另，弘治十七年(1504)，罗玘在《拟河南乡试录序》说，“文取可试者二十篇”。嘉靖十九年(1540)，杨慎在《贵州乡试录序》中说，“梓其善文二十篇为录以献”。万历七年(1579)，汪道昆在《山西乡试录序》中说，“文二十首，将籍以献”。万历十六年(1588)，杨起元在《福建乡试录序》中说，“录其文之合式者二十篇以献”。天启七年(1627)，倪元璐在《江西乡试录序》中说，“镂文二十篇以献”。

② 顾炎武《日知录》“试文格式”条，见(清)黄汝成：《日知录集释》卷一六，上海古籍出版社 1985 年版，第 210 页。

一

明代甫一建朝，官方就确定了义、论、策三场取士的考试制度。他们还在唐宋登科记的基础上，创制了乡会试录。登科记始于唐代，“写及第人姓名及所试诗赋题目”①。宋代，洪适辑《大宋登科记》，“有小录，悉书进士乡贯”②。到了明代，乡会试录对前代的登科记进行了改造。官方围绕科举考试的基本科目，在乡会试录中增入了义、论、表、策等程文。乡会试录作为官方文件，它的体例是稳固的、刻板的，具有程式化、程序化的特点。但是，在选录、评定经义程文时，乡会试录却呈现出动态性。梳理乡会试录选评经义程文的情况，我们可以看到，在明代，科举考试第一场经义始终处于嬗变的进程之中：成化年间，经义由考试工具演化成为特定的文体；之后，在体式保持稳定的基础上，经义的风貌品格、取法路径又不断地发生着变化。经义在演化的过程中，也对官方的乡会试录进行了改造。因为收入了程文，乡会试录在质态、作用、功能等层面上发生了根本性的变化，乡会试录这种看似刻板的官方文件也具有了活力和生命力。

首先，经义之文的体式品格、审美风貌、批评范式并非是一成不变的。从明初到天顺、成化年间，在科举制度稳步运行之时，第一场经义完成了定型、定体的过程，经义由官方的取士工具逐渐发展成为具有独立性的、特定的文体。

明代初年，科举考试第一场经义只是与论、策并行的考试方式。经义尚未成为具有固定体式的、独立的文体，它在国家考试制度的实施过程中也仅仅具有工具性的作用。乡会试录中收入的程文往往谨守着经部

① （唐）郑处诲、（唐）裴庭裕：《明皇杂录　东观奏记》，中华书局1994年版，第94页。

② （宋）周必大：《题盛京登科小录》，见《庐陵周益国文忠公集》卷四四，道光二十八年（1848）刊本。

的书籍，“敷演传注，或对或散，初无定式”①。如，建文二年(1400)庚辰科会试录收入了五经义春秋房吴溥的程文。吴溥围绕考题中罗列的庄公十四年、十五年于鄄，庄公十六年、二十七年于幽诸侯会盟的问题，从史事、史实、史料入手，剖析了鲁庄公在会盟时的立场与态度。吴溥在破题时用偶句立论，他说：

> 礼讲于图伯，故内臣既合而复离；信讲于尊王，故望国始疑而终信。②

他围绕论点展开论述则多用散体。吴溥分析庄公十四年、十五年在鄄地会盟的情况时说：

> 于鄄之会，齐桓正欲假鲁以率诸侯而成己之伯业。而我公则进退唯谷，将行乎未可也，将辞乎亦未可也。单伯之往，吾知其有所受命矣。踰年春，再会鄄。地犹前日之地也，诸侯犹前日之诸侯也，而三恪之。陈且复至矣，使鲁而一再至，则焉知齐之伯业不由是而遂成乎？而鲁则曰：未也。一王之灵，如日在天。我为周之懿亲，周礼犹在，讵忍裂冠毁冕而甘心謟事于创伯之齐哉。是以前日之集虽闻命而既往，今兹之会辞命而弗行，兹非“礼讲于图伯，故内臣既合而复离”乎？③

吴溥进而辨析了庄公十六年会盟于幽“我公虽在，《春秋》则没而不书”，庄公二十七年会盟于幽“我公既与，《春秋》则书而不讳”的原因。从语言表达上看，这篇经义散对无定式，并多次重复完全相同的语句。从内

① (清)黄汝成：《日知录集释》，第210页。

② 屈万里主编：《明代登科录汇编》，学生书局1969年版，第162页。以下引文出自《明代登科录汇编》者，均只标注页码。

③ 屈万里主编：《明代登科录汇编》，第162页。

容上看，吴溥的这篇程文分为两个平行的部分。他首先论事，围绕齐桓公、鲁庄公等的几次会盟，深入地剖析了史实、史势；继而论书，阐明了《春秋》的章法、理法、义法。乡会试录的编纂者评这篇程文说：“此卷经义发齐桓创伯之说，及堕郈堕费之事，以见圣化行王，制定了无余蕴，非深于《春秋》者不能及此。”①明代前期，士子写作的经义大多像吴溥的程文，围绕着经部的典籍展开阐发，随文直解，不假旁引，散偶无定格，大体上相当于“一博士之疏义”②。他们专注于表达个人对经部义理的理解，不重辞采，更不会旁逸斜出于集部或子部。

这一时期，乡会试录的编纂者也只是把经义作为考试的方式，用来查验士子对于经部各书籍的了解与掌握情况。考官在对士子的程文给予整体性的评价时，他们经常使用“纯”“粹”等词语。如，天顺元年(1457)，薛瑄说：“得文之中程式者若干名，并择其文之尤粹者汇而成录。”③“粹”指的是专一于一家之说，思想、观念醇良无疵。“纯”有“精”“不杂”等含义，指的是文章析理精微。“纯”“粹”只是对举业程文的思想、内容等的考量。

到了成化年间，首先，科举考试第一场经义的质态发生了显著的变化。王鏊是成化十一年(1475)进士。他的经义立论正大，说理精微。在写作中，他还着意于从文章的篇法、章法、句法入手，改变了“前人语句多对而不对，参差洒落”的写作模式，转而追求“裁对整齐”的效果④。王鏊的经义“标志着八股文文体真正臻于成熟”⑤。王鏊在写作经

---

① 屈万里主编：《明代登科录汇编》，第162页。

② (明)祝以豳：《国朝制义极则序》，见《诒美堂集》卷一二，《四库禁毁书丛刊》集部第101册，北京出版社2000年版，第571页。

③ (明)薛瑄：《会试录序》，见《敬轩文集》卷一七，《景印文渊阁四库全书》第1243册，台湾“商务印书馆”1986年版，第311页。

④ (清)李光地：《榕村语录》卷二九，中华书局1995年版，第528页。李光地谈到王鏊的经义时说，“某少时颇怪守溪文无甚拔出者，近乃知其体制朴实，书理纯密。以前人语句多对而不对，参差洒落，虽颇近古，终不如守溪裁对整齐，是制义正法”。

⑤ 吴承学、李光摩：《八股四题》，《文学评论》2004年第2期。

义时，着意于篇章技巧、修辞炼句，这得到了考官的充分肯定。成化十一年(1475)会试录收入了王鏊的四书义 1 篇，诗义 1 篇。考官评王鏊的诗义说：

> 题本明白，但才短者漫不成章，好异者琢句纤巧。唯是得周人忠爱□君之心而措辞雅健，略不受窘。①

考官肯定王鏊的经义“措辞雅健”，这种品评路径与明代前期的乡会试录有着显著的区别。这时，考官品评经义的基本范式发生了变化。他们不仅着意于经义析理是否透彻精微、表达是否清晰明了，同时，也非常关注经义的美学品格或者写作技法。成化年间，丘浚任国子监祭酒，他谈到经义写作时说：

> 明经者潜心玩理，无穿凿空疏之失；修辞者顺理达意，无险怪新奇之作；命题者随文取义，无偏主立异之非。②

阐发义理仍是经义的核心，但是，已经不再是唯一的要素。考官及乡会试录的编纂者不再经义把仅仅作为纯粹的官方考试工具，他们还有意识地将集部的要素引入经义的写作之中，着意于在篇章方法、用词炼句、审美风貌等方面下功夫。经义在注重实用性的基础上融入了审美性，由考试工具转而发展成为特定的文学文体，成为具有独立性的知识要素。

其次，天顺、成化年间，第一场经义还重新确认了自身在科举考试构架下的定位。科举考试由明初的义、论、策三场兼重，转而变为偏重第一场经义。经义这种文体甚至进而发展成为科举制度的象征物。

---

① 《成化十一年会试录》，见《北京图书馆古籍珍本丛刊》，北京图书馆出版社 1998 年版，第 447 页。

② (明)丘浚：《大学私试策问》，见《重编琼台稿》卷八，《景印文渊阁四库全书》第 1248 册，第 166 页。

明代科举制度的基本设计理念是，“以科目取士”①。所谓科目，即考试时设立义、论、策三个科目，以查验士子的能力和品行。明代前期，科举考试的三场义、论、策并重。在科举制度稳步实施的过程中，士子对第一场经义给予了更多的关注，他们甚至渐渐忽视了第二、第三场的论、策。黎淳于成化十年(1475)任顺天府乡试考官，他在《顺天府乡试录序》中说：

> 士流学文，唯初试是详，而余试或略。主司亦因而俯就焉。②

杨守陈于成化二十年(1485)任会试考官，他也曾谈到时人重第一场的风气：

> 国家试士之文三：曰义、曰论、曰策。近岁有司唯较义之工不工以黜陟。士义苟工矣，论策虽不工，犹陟之；论策虽工，义不工，则黜之矣。③

黎淳、杨守陈对第一场经义渐重的趋势表示了担心和忧虑。但是，更多的官员对经义发展过程中出现的这种趋向给予了认同，甚至是支持。黎淳、杨守陈等人的批评没有能够改变科举考试“唯较义之工不工”的局面，第一场经义渐重成为定局。

第一场经义的重要性日渐增强，“通经”成为科举考试中的核心词语。正统十年(1445)，钱习礼在《会试录序》中谈道，“天下之通经博士

① (明)徐一夔：《乡试程文序》，见《始丰稿》卷五，《景印文渊阁四库全书》第1229册，第209页。

② (明)黎淳：《顺天府乡试录序》，见《黎文僖公集》卷十，《续修四库全书》第1330册，上海古籍出版社2003年版，第87页。

③ (明)杨守陈：《送陈士贤诗序》，见《杨文懿公文集》卷六，《四库未收书辑刊》第5辑第17册，北京出版社2000年版，第451页。

者孰不欲擢科取仕”①。成化二十年(1485)，杨守陈也说，“国朝太祖高皇帝兴学树师，俾士各通一经”②。人们在论及科举考试时，“以经学取士”这样的表述甚至取代了“以科目取士”的说法，第一场经义在一定程度上获得了与科举考试制度的对等性。丘浚谈到科举考试从宋代到明代的变化，他说：

> 宋科目取士，有进士、有明经二途。……我祖宗准则古制，立进士科，以五经四书取士。③

丘浚明确地指出，宋代是“科目取士”，而明代则是“以四书五经取士”。这说明，第一场经义已经发展成为科举考试核心的、根本的要素。之后，王鏊、蔡清等人也说，“国家以经学取士，其名最正，其途最专”④，“国家以经术造士，其法正矣”⑤。到了弘治六年(1493)，陆简在《会试录序》中谈到科举取士的问题，也直接忽略了第二、第三场的论、策，只提及经义。他说，明王朝“首建学校以育才，而取之于科目，纯用经术”⑥。他还说，自己与其他的考官在评卷时，“选其经学优长，若可器使者”⑦。这表明，成化以后，在时人的观念中，科举制度的内核已经发生了转变：科举考试由重视科目的多样性，转为重视第

① (明)钱习礼：《会试录序》，见屈万里主编：《明代登科录汇编》，第321页。

② (明)杨守陈：《会试录序》，见《杨文懿公文集》卷二七，《四库未收书辑刊》第5辑第18册，第231页。

③ (明)丘浚：《大学私试策问》。

④ (明)王鏊：《时事疏》，见《震泽集》卷一九，《景印文渊阁四库全书》第1256册，第329页。

⑤ (明)蔡清：《题蒙引初稿序》，见《虚斋集》卷三，《景印文渊阁四库全书》第1257册，第843页。

⑥ (明)陆简：《会试录序》，见《龙皋文稿》卷九，《四库全书存目丛书》集部第39册，齐鲁书社1997年版，第204页。

⑦ (明)陆简：《会试录序》。

一场经义，八股文渐渐衍生成为科举考试制度的标志。

最后，经义的嬗变与乡会试录这种官方文件功能的调整始终裹挟于一体，形成了同步，甚至是同构的关系。

明代初年，乡会试录承续唐宋的登科记，它的主要功能是“献上”“传远”。献上的功能指向着皇帝。唐大中十年(856)，“郑颢知举后，上宣索《科名记》。颢……撰成十三卷，自武德元年至于圣朝，谨专上进”①。到了明代，乡会试录进一步确认了自身“献诸宸御”的功能。②在乡会试录中，编刻者多有“选其文若干篇以献”这样程式化的表述，③他们还在乡会试录的序中向皇帝表明自己兢兢业业、恪尽职责的态度。如，洪武三年(1370)，宋濂表白说，他和监临、执事“交相戒饬，期有以副上旨……昼尽其力，夜向午，烛影荧荧，于帘几间不敢自宁”④。传远的功能则指向着中式的士子。乡会试录序前半部分的言说对象是皇帝，后半部分的言说对象是士子，考官往往对士子给予谆谆告诫。如，宋濂在《会试纪录序》中训诫士子说：“当思以前修自勗，以忠贞佐国家……不然，则是录之行，他日将有指其名而议之者矣。可不慎欤！可不慎欤!”⑤洪武二十六年(1393)，方孝孺任金陵乡试考官，他也谈到乡会试录对于中式士子的意义。他说：

---

① (唐)郑处诲、(唐)裴庭裕：《明皇杂录　东观奏记》，第94~95页。

② (明)徐溥：《会试录序》，见《谦斋文录》卷二，《景印文渊阁四库全书》第1248册，第571页。

③ (明)李舜臣：《江西乡试录序 代作》，见《愚谷集》卷一，《景印文渊阁四库全书》第1273册，第693页。有明一代，乡会试录始终保持着“献上”的功能。如，成化二十三年(1487)，吴宽在《丁未会试录后序》中说“将献诸朝”。正德九年(1514)，梁储在《会试录序》中说，自己编纂乡会试录的直接目的是“进呈乙览”。嘉靖三十一年(1552)，茅坤在《广西乡试录序》中说，“所简之士一千二百有奇，三校之，而得五十有五人，录其文之尤者以献”。嘉靖四十四年(1565)，高拱在《会试录序》中说，“遵宸断，取中式者四百人，以其名氏及文之纯者，为录以献”。嘉靖三十七年(1558)，宗臣在《福建乡试录序》中也说，“录其文之可传者以献”。

④ (明)宋濂：《会试纪录序》，见(明)宋濂著、罗月霞主编：《宋濂全集》，浙江古籍出版社1999年版，第557页。

⑤ (明)宋濂：《会试纪录序》。

得士八十八人，既揭其名，以示观者，复将传于四方，垂于后世。①

乡会试录的“传远”具有双重的维度：它可能“传于四方”，这是基于空间维度的“远”；也可能“垂于后世”，这是在时间维度上的“远”。借助于时间、空间中的双重传播路径，这种官方文件因为“揭其名”，可以有效地传播中式士子的声名，给他们和其家族带来荣耀。在“献上”“传远”的功能属性下，经义程文只是乡会试录的构成要素，是可有可无的存在。也就是说，删去经义程文这个部分，乡会试录依然可以有效地发挥“献上”“传远”的功能。

到了正统、景泰年间，随着第一场经义在体式上日渐定型，在科举考试中的重要性不断加强，经义程文在乡会试录中的意义与价值也逐渐凸显出来。乡会试录中的程文成为未中式士子了解官方的考试理念、考试动向的重要途径。这些士子在准备科举考试时，他们一方面阅读四书、五经；另一方面，也有意识地将乡会试录中甄选的程文作为写作的范本。周忱谈到时人阅读程文的情况，他说：

友人查济海为礼部郎中，于尘牍中得予旧日会试朱卷，取以见遗，因录乡举公据及登科录所纪程文，通为一编，而题之曰《偶中录》。欲藏之箧笥以备遗忘耳，而从游之士施槃宗铭持去，数日，遂为梓刻于姑苏。②

① （明）方孝孺：《应天府乡试小录序》，见《逊志斋集》卷一二，《景印文渊阁四库全书》第1235册，第379页。正德九年（1514），梁储在《会试录序》中也说，“传之于四方远迩，以昭科目盛事，凡姓名之见录于此者亦云荣且遇矣”。

② （明）周忱：《偶中录序》，见《双崖文集》卷二，《四库未收书辑刊》第6辑第30册，第296页。

成化朝以后，一些官员还有意识地对乡会试录进行改造，他们从中挑选出第一场经义的程文，刊印传播。如，蔡清在指导门生研习举业时，从永乐十年(1412)到弘治三年(1490)的会试程文中“选取四书程文中之优等者数十篇，略加指点”①，成《精选程文》。后，林希元接续蔡清，选弘治六年(1493)到嘉靖三十二年(1553)会试中的四书程文，成《批点四书程文》。另外，项乔“取本朝会试及两京十三省乡试诸录四书程式之义，择其文词之美而义不诡于传注者，凡数十篇，评而著之”②，成《义则》。这样，在科举考试第一场经义不断嬗变的过程中，乡会试录中选评的程文在时间、空间内的“传远”也生成了双重的意义与价值：这种官方文件不仅指向中式的士子，传播他们的名氏与文章以荣耀于乡里；而且指向了未中式的士子，经义程文为这些士子提供了写作的范本。

乡会试录对于未中式士子的意义与价值，渐渐大于它在官方行政体系中起到的作用。对于官方来说，编选乡会试录并不是科举考试中的核心环节，与考试过程中的弥封、糊名、誊录，以及考试结束后的校阅、发榜等活动相比，乡会试录并不影响，更不会决定考试的结果。但是，对未中式士子来说，在他们参与举业的过程，乡会试录中的程文，特别是新生的文体——经义的程文则是非常重要的范本，对日常写作起到了直接的、重要的指导作用。官方认同了乡会试录中程文的重要性。成化二十三年(1487)，丘濬谈到乡会试录中的程文对于士子写作的指导、规范意义。他说：

> 小录所刻之文，谓之程文，特录出为士子程式也，非用是以献上也。③

---

① (明)蔡清：《刊精选程文序》，见《虚斋集》卷三，第844页。

② (明)王慎中：《义则序》，见《遵岩集》卷九，上海古籍出版社1993年版，第387页。

③ (明)丘濬：《大学衍义补》卷九，《景印文渊阁四库全书》第712册，第131页。

丘浚有意凸显了程文“为士子程式”的性质。这样，虽然皇帝和中式的士子依然是乡会试录的潜在读者，但是，在编纂者心目中，他们的位置已经逐渐后移，未中式的士子成为乡会试录最重要的读者。弘治九年(1496)，王鏊任会试考官。他申明会试录的特质说：

会试录者，录会试之程文，士之中式、洎百执事之姓名登诸天府。①

王鏊谈到会试录的作用时，将“录会试之程文”排在首位，这种安排并非是随机的。这说明，程文不再是可有可无的，而是成为乡会试录核心的构型要素。选评程文成为官方与士子、国家的选官制度与文人的写作实践进行沟通的重要中介，乡会试录这种上行性的官方文件也兼具了下行的性质。因为收入了程文，明代的乡会试录形成了区别于唐宋登科记的特有的体例形态和意义结构，强化了自身在整个社会层面以及在时间、空间中的影响力，避免成为纯粹形式化的、无足轻重的官方文件。

在明代，官方颁行乡会试录的初衷只是公布科举考试的结果。随着第一场经义在体式、作用、功能等层面上逐步地变化，选评程文演化成为乡会试录的核心要素。经义程文对乡会试录这种官方文件的功能进行了改造，对它的意义与价值进行了重构。程文也不再纯粹地依附于乡会试录，而是具备了独立性，可以从官方文件中提取出来，与士子的写作实践、与明人的辞章观念形成对话性的关系。

二

有明三百年间，经义的演变、调整是多层次、多向度的。经义作为考试工具、作为特定的文体，它并不是孤立的，而是携带着自身特有的

① (明)王鏊：《会试录后序　丙辰》，见《震泽集》卷一一，第255页。

评价体系。在明代，与八股文共生、并存的一整套批评理念、批评范式处于动态的演化过程中。乡会试录对经义程文的批评，从特定的角度反映并推动了明人辞章观念的转变。

在科举考试延续的过程中，明人推生出“以古文为时文”这一命题①。这一命题包含着两重含义：一是指明代的经义在写作技法、审美品格上借鉴、仿效古文；二是指明人在对经义进行批评时，吸收、借鉴了古文以及诗赋的批评概念、批评方法。

时文与古文的融会是过程性的。景泰、天顺年间，科举考试在明代已经平稳运行了近百年。士子在写作中，开始借鉴古文的方法，暗中推动经义的写作理路、体式风貌的转变。何乔新是景泰五年(1454)的进士。他在研习举业时，从欧阳修、苏轼入手，参会宋人的文章写作技法。这种做法引发了其他士子的惊骇和嘲笑。他说：

> 予少时从事举子业……取欧、苏诸论熟读之，间仿其体，拟作一二，出示同舍生，莫不骇且笑之。②

这一方面说明，当时，士子写作经义普遍以四书五经为根柢，参会史部，何乔新效仿欧苏是悖逆常规、有违“常识”的，是具有突破性的、颠覆惯例的尝试。另一方面，这也表明，在景泰、天顺年间，整个社会的认知框架已经有所松动，士子在参与举业时，不再完全拘囿于经部和史部，而是开始借鉴集部辞章的写作方法。

---

① 关于时文与古文的关系问题，明人多有论及。曾异在《复潘昭度师书》中说，“某窃谓今日制义之途有二。其一以古文为时文，其一以时文为时文。……其以古文为时文者，如归震川、汤义仍、郝楚望、孙洪澳、王季重诸公是也”。陈仁锡在《韩文序》中也说，“宋人以时文为古文，其体弱；今人以古文为时文，其体伪”。陈际泰在《复刘孝若》中说，“天下之以古文为时文者何限”。郑以伟在《丰城双剑行余符之、袖永丰二生文见示》中说，“以古文行时文中，时亦见收时见放”。

② (明)何乔新：《〈论学绳尺〉序》，见《椒邱文集》卷七，《景印文渊阁四库全书》第1249册，第141页。

到了成化年间，古文、时文完成了相互之间的对接。科举考试第一场经义由重经部进而兼重集部的知识要素，经义渐渐地被纳入辞章的范畴之内。这时，人们虽然很少将八股文置于个人的文集之中，但是，在日常写作中，他们认为，经义这种新的文体可以与古文并置于一体，相互参照、相互依存，建构起全新的统系。吴宽于成化八年(1472)中状元，于成化二十三年(1487)任会试考官。他谈到时文与古文之间的关系时说：

> 乡校间士人以举业为事，或为古文词，众辄非笑之，曰是妨举业矣。噫！彼盖不知其资于场屋者多也。故为古文词而不治经学，于理也必阂；为举子业而不习古作，于文也不扬。①

弘治五年(1492)，王鏊任应天府乡试考官。他认为，经义的写作不仅要以经部、史部的知识要素为依托，同时，也必须注重集部诸要素的知识累积和构型逻辑。他在《应天府乡试录序》中，罗列了汉唐宋诸大家，鼓励士子在写作举业之文时，融会各家的文章、各部类的知识，最终“成一家之言，耸一代之盛”。他说：

> 汉之文盛于武宣之世，唐盛于元和，宋盛于嘉祐、治平间。盖皆立国百年，海寓宁谧，人兴于文，则有若董仲舒、司马迁、相如、韩愈、柳宗元、欧阳修、苏轼、曾巩，异人间出，虽不能无高下纯驳，而能各成一家之言，耸一代之盛。②

王鏊在此拎出董仲舒，是因为董仲舒曾经讲授《公羊春秋》，撰有《春秋繁露》，这与经部之学有关；王鏊拎出司马迁，是因为司马迁及《史记》

---

① (明)吴宽：《容阉集序》，见《家藏集》卷四〇，《景印文渊阁四库全书》第1255册，第381页。

② (明)王鏊：《应天府乡试录序》，见《震泽集》卷一〇，第250页。

被置于史部之首。王鏊将司马相如、韩愈、苏轼等人与董仲舒、司马迁并提，这表明，集部中的文辞、辞章对举业之文的影响越来越大。张邦奇于弘治十八年(1505)中进士，历任湖广提学副使、四川提学、南京国子监祭酒。他在四川提学任上，指导士子写作举业之文说：

> 作文之法，本之五经四书，参之《左氏》《公》《谷》、先秦两汉、《文章正宗》、韩柳欧苏集，及取弘治初年以来会试两畿程文之佳者为法。①

张邦奇认为，士子在准备科举考试时，不仅要关注义理的纯正，而且要注重“作文之法”。举业程文应该以经部类的四书五经为根基，融会史部类诸书籍，同时，也需要参会集部中的《文章正宗》等总集类书籍，以及韩柳欧苏等人的文章。王鏊、张邦奇着意拎出韩愈、柳宗元、欧阳修、苏轼、曾巩，这意味着，明代科举考试的风向发生了重大的变化：明人的经义写作由着眼于义理的阐发到兼重辞章的技法，由谨守着经部的矩矱到参会集部的要素，甚至是倚重于集部辞章的写作方法。到了正德、嘉靖年间，士子在准备举业之文时，往往融贯古文的写作方法，“或效唐而专于韩柳，或效宋则亦专于欧苏”成为一时的风潮②。

八股文的转型也体现在与它相对应的批评体系的转型上。在乡会试录中，官员开始借用古文的批评方法、批评术语品评程文，与八股文相关联的常用术语发生了显著变化。

科举考试第一场经义的目的是考察士子对四书五经的理解。明代前期，人们多关注经义对理的阐发，多用“典”“正”“纯”等词语评价经义。到了嘉靖年间，时文的批评方式发生了显著的变化。嘉靖元年(1522)，张羽任河南乡试考官。他在《拟河南乡试录前序》中谈到，八

① (明)张邦奇：《四川学政》，见《张文定公环碧堂集》卷一八，《续修四库全书》第1337册，第271页。

② (明)韩邦奇：《论式序》，见《苑洛集》卷一，《景印文渊阁四库全书》第1269册，第344页。

股文与古文的共同特质是“变”。他说：“文章必屡变而益盛，自昔已然，非由今日也。然昔之文，其变也以时；今之文，其变也以地。”①张羽进而借用古文的批评术语、批评视角，细致地分析了明代八股文在空间上形成的审美差异。他说：

> 今之诸省固古者列国之分地，京师南圻，文章都会，故能备四方之体。外之业文者，吴楚长于富丽，瓯越长于清雅，齐鲁长于蕴藉，巴蜀长于组绘，三秦习雄浑，而三晋尚豪华。②

嘉靖年间，以“清”“雅”“丽”为标准评价经义成为普遍的风气。唐顺之于嘉靖八年(1529)中进士，他的八股文“标志着文体的新变”③。这种新变在于，唐顺之在前代八股文“典浅显”的基础上，融会了“轻清精”等特质④。唐顺之八股文的特点是，“清涵蕴藉”⑤，“轻清而稍加之以秀逸疏爽”⑥。嘉靖二十年(1541)，张衮在《会试录后序》中谈到士子的程文也说：

> 《易》曰：日月丽乎天，百谷草木丽乎土。此天地之精也，文之至也。夫人之心既具天地之蕴，则其和粹□积，发为文章，敷贲典彝，经纬民物，以丽天下。⑦

① (明)张羽：《拟河南乡试录前序》，见《东田遗稿》卷下，《景印文渊阁四库全书》第1264册，第299页。

② (明)张羽：《拟河南乡试录前序》。

③ 吴承学、李光摩：《八股文四题》。

④ (明)茅坤：《与侄举人桂书》，见《茅鹿门先生文集》卷九，《续修四库全书》第1344册，第587页。

⑤ (明)郑鄤：《明文稿汇选序·唐荆川》，见《峚阳草堂文集》卷七，《四库禁毁书丛刊》集部第126册，第372页。

⑥ (明)茅坤：《与侄举人桂书》。

⑦ (明)张衮：《会试录后序》，见《张水南文集》卷四，《四库全书存目丛书》集部第76册，第604页。

嘉靖以后，编纂者选文既强调典正，又重视典雅。他们认为，选出的程文“务要纯正典雅，明白通畅”①，具“纯正博雅之体，优柔昌大之气”②。在中国的文化传统中，“典浅显”主要从思想着眼，指的是道理纯正，说理晓畅；“秀”“逸”“清”等概念是评判辞章的标准，着眼于文章的技巧、技法，以及带给人的审美感受。成化年以后，乡会试录的编撰者在品评八股文时，掺入了“清”“秀”“丽”“雅”等全新的批评要素。这些新的批评要素融入经义的统系之后，它们没有取代、替换，或者完全颠覆原有的评价范式，但是，却为八股文原生的评价体系注入了新的批评方法、批评范型，推动了明代八股文观念的根本转变，推促着时文与古文建构起多重的连接关系，以及更紧密的亲缘关系。

经义在与古文统系交会、融合的过程中，并不是纯粹的被改造的对象。经义这种文本类型以及与其相关的批评概念既完成了自我的转换和更新，同时也对古文原生的批评体系产生了影响，甚至进行了重构。在明代科举制度的框架下，随着第一场经义的嬗变，“义理”与“辞章”这两个概念构成了既相互对立，又相互参照、相互依存的统一体，形成了异质同构的关系。

科举考试第一场经义，顾名思义，就是阐发经籍的义理。“义理”一词较早见于《礼记》。在《礼记》中，“义理”是与“忠信”相对应的概念，“忠信，礼之本也；义理，礼之文也。无本不立，无文不行”③。到了隋唐时期，“义理”这个词语进入教育、科举的架构之内。皇甫湜说：

> 陛下葺国子学以振儒风而微言犹郁者，盖其所由干禄而得仕

① （明）张天复：《题正文体咨》，见《鸣玉堂稿》卷九，《续修四库全书》第1348册，第575页。

② （明）夏言：《请变文体以正士习等事疏》，见《夏桂洲先生文集》卷一二，《四库全书存目丛书》集部第74册，第557页。

③ （汉）郑玄注、（唐）陆德明音义：《礼记》卷七，《四部丛刊》本。

者，以章句记诵而不由义理故也。若变其法，则可以除其弊矣。①

宋代，“义理”这个词语与经部的知识建立起了内在的关联，义理可以与践履相参照，可以与章句对应，也可以与词章对举。在义理与词章构成的统序中，这是两个相互对立的概念。如，邹浩说，“崇义理，不务辞章”②；刘爚说，“词章之靡丽者易工，而义理之精微者难究”③；朱熹说，“爱其文词之工，而不察其义理之悖”。唐庚在科举制度的框架下谈到“义理”时说，“迩来士大夫崇尚经术，以义理相高，而忽略文章”④。

明代，科举考试制度甫一建立，义理、词藻就成为评价第一场经义的核心概念。洪武十七年(1384)，张昌任山西乡试考官，他的取士标准是“先义理而后词藻”⑤。杨士奇于永乐十九年(1421)担任会试考官。他谈道，时人品评经义的态度是“先义理而后辞采”⑥。随着科举考试第一场经义转型成为特定的文体，“义理”作为与经义共生、并存的核心概念，与这种文体一道，融入了“文章”的架构之内。天顺元年(1457)，薛瑄在《会试录序》中说：

虽曰科目以文章取士，然必根于义理，能发明性之体用者，始

① (唐)皇甫湜：《制策一道》，见《皇甫持正集》卷三，《景印文渊阁四库全书》第1078册，第81页。

② (宋)邹浩：《提点刑狱崔君墓志铭》，见《道乡集》卷三四，《景印文渊阁四库全书》第1121册，第468页。

③ (宋)刘爚：《傅景裴文编序》，见《云庄集》卷五，《景印文渊阁四库全书》第1157册，第406页。

④ (宋)唐庚：《上蔡司空书》，见《唐先生文集》卷一五，《民国涵芬楼四部丛刊三编》。

⑤ (明)刘璟：《张思广墓志铭》，见《易斋集》卷七，《续修四库全书》第1326册，第436页。

⑥ (明)杨士奇：《国子司业吴先生墓志铭》，见《东里文集》卷三四，《景印文渊阁四库全书》第1239册，第112页。

预选列，类非词章无本者之可拟也。①

这里，薛瑄提出三个相关但并不完全等同的概念——义理、词章和文章。义理注重激发人的思想，“义理者，用其本事而易其为说，务在平易正大，以求不畔于道。虽未必能为精微之归，庶乎约之于义理之正，辞之工拙不复计矣”②。词章或“词藻”则诉诸情感层面，意在触发人的审美感受。薛瑄认为无论义理，还是词章，其最终的表达形式都是文、文章。在文章的批评体系中，“义理”具有价值上的优先性，但是，它与“词章”不再仅仅是两个矛盾对立、无法相容的概念，同时也相互映照、相互补充，形成异质同构的关系。

到了成化年间，同时从义理、词藻两个层面入手点评程文，成为乡会试录惯常的模式。词章也在价值层面上获得了与义理同等的重要性。如，在成化元年(1465)山东乡试录中，考官对经义程文的评语是：

理有定见，辞不蹈袭。③

词理通畅。④

《中庸》一题本于性理，场中作者多泛而不切，此篇词理俱到，可取。⑤

义理纯正，词气森严。⑥

议论英发，文气老成，场中似此，其可多得也？⑦

① (明)薛瑄：《会试录序》。

② (明)王袆：《述说苑 并序》，见《王忠文公集》卷一八，《景印文渊阁四库全书》第1226册，第362页。

③ 屈万里主编：《明代登科录汇编》，第719页。

④ 屈万里主编：《明代登科录汇编》，第719页。

⑤ 屈万里主编：《明代登科录汇编》，第722页。

⑥ 屈万里主编：《明代登科录汇编》，第749页。

⑦ 屈万里主编：《明代登科录汇编》，第749页。

此篇能融会传注，组织成文，且词气春容，可以想见其人矣。①

“理”与“辞/词”形成的同构关系在乡会试录中不断地被重复，这标明并进一步强化了义理与辞章这两个概念之间的关联关系。这样，义理与辞章的异质同构，既具备知识自身发展的合理性、合逻辑性，同时，经由官方的确认，也在社会政治的层面上具备了合法性。成化十年(1475)，顺天府乡试过后，黎淳在义理、词章融会的架构下谈到程文的去取问题。他说：

彼袭陈腐者文趣陋，退之，而进其术业精明者焉；好新奇者文辞巧，黜之，而陟其志意中和者焉；习怪诞者文义野，夺之，而予其态度端良者焉；趋庞杂者文格冗，抑之，而扬其性情简洁者焉；慕粗豪者文质散，罚之，而赏其制作谨严者焉。约而裁之，俾规矩准绳之不越，无悖文之理也；启而通之，俾光芒势焰之不沉，无晦文之气也；整而肃之，俾纪纲法度之不失，无坏文之体也。②

黎淳不仅关注经义程文对义理的阐发，着意于“文义”“文质”，而且着眼于“文趣”“文辞”“文格”等。这表明，义理与词章被纳入共同的统系——文章之中，形成了既相互参照、相互对立，又共存、同构的关系。在官方乡会试录对经义程文的品评中，“义理”依然保持着原初的含义，维持着与经部的关联，但同时，它又在文章的领域内，为自己划定了新的有效范围。在中国文章学的统系内，辞藻与义理、情与理、华与质建构了多层级的对应关系。

“义理”作为与科举考试第一场经义相对应的词汇，随着八股文这

① 屈万里主编：《明代登科录汇编》，第760页。
② (明)黎淳：《顺天府乡试录序》。

种全新的文体一道，融入了文学的场域之中，并推促着文章学渐渐形成了自身特有的、区别于诗赋的理论架构。在中国文学史上，自宋代开始，“诗文之分逐渐代替了文笔之分”①。到了明代，在科举制度的构架下，古文与时文构成了特定的共同体。明人认为，“时文古文，神理则同，体裁自别”②。古文与时文是两种不同的文体形态，它们同时又具有紧密的亲缘关系，共同构成了与“诗”相对应的文的统系。“义理”与“词藻”成为古文、时文共同拥有的批评概念，这也是它们作为文独有，而诗赋、戏曲等所不具备的。义理、辞章/词藻被置于共同的统系之内，构成了中国文章学批评的关键词语和阐释框架。到了清代，中国的文章学建构了自身特有的理论体系，即桐城派提出的“义理、考据、辞章”。

透过乡会试录对经义程文的评定，我们可以看到，八股文作为新生的文体，它的生成与定型不仅仅意味着文体在数量上的增加，同时也影响了文学这个知识场域的内在结构的变化。在时文与古文交融的过程中，八股文并不是完全处于纯粹的被改造状态。时文与古文这两种文体在批评范式、批评体系等层面上完成了相互的改造，进行了同步的转换。八股文以及它所携带的批评范式进入辞赋建构的统序之中，对中国既有的辞章批评统系进行了重构，推动了中国辞章观念的转变。

三

明人辞章观念的变化与调整不仅仅与知识统序内各种要素的碰撞、融会相关，也不仅仅与士子日常的写作活动相关，同时，它还与官方的行政行为具有相互制衡的关系。通过分析明代乡会试录选评程文的情

① 郭绍虞：《试论“古文运动”——兼谈从文笔之分到诗文之分的关键》，见《照隅室古典文学论集》，上海古籍出版社1983年版，第88页。

② （明）周之夔：《与董葱德论时文书》，见《弃草文集》卷四，《四库禁毁书丛刊》集部第112册，第636页。

况，我们可以看到，八股文这种国家考试文体并非完全处于官方的操控之下。官方一方面试图发挥乡会试录“正文体”的功能；另一方面，又无法扭转经义作为文所具有的内在的规律性。乡会试录在自身存在的矛盾与尴尬之中，展现了文学与政治之间的复杂纠葛。

八股文作为国家考试文体，具有双重属性。一方面，它是，而且首先是科举制度下的考试工具。作为考试文体，官方对经义自有特定的认知与要求。明代前期，官方就确定了科举考试第一场经义与文运、国运之间的关联。永乐十三年(1415)，梁潜任会试考官。他谈到经义与国家气运之间的关联时说：

> 养之久，故见于文辞者皆宏伟而光明；培之厚，故发于论议者皆雄深而有本。是盖关乎国家气运之隆，非偶然之故也。①

国运的兴衰主要掌控在官方手中，同时，也借助士子的气度宏量体现出来。士子的文辞宏伟、光明、雄深，这正与国家的盛世气运相一致，二者相互鼓应，相互激荡。到了明代中期，经义在文体上完成了定型的过程之后，它在科举制度构架下的重要性也不断增强，这进一步固化了这种新生的文体与治统之间的关联。谈到举业之文，人们认为，“文运有关国运，所系不细”②。另一方面，八股文又是知识领域内独立的知识要素。经义作为新生的文体，它虽然不能脱离科举制度的构架，但是在获得了辞章的身份后，它同时也生成了文的特质。官方的乡会试录在品评程文时，认同了第一场经义作为文的审美特质。嘉靖年间，王廷相在《策问》中谈到士子写作经义“工于文”的情况。他说：

> 在上者以文取士，而士之为学者一切务为文词之工，以应上之

---

① (明)梁潜：《会试录序》，见《泊庵集》卷七，《景印文渊阁四库全书》第1237册，第342~343页。

② (明)夏言：《请变文体以正士习等事疏》，第558页。

求。虽日教以六经孔孟道义之实，然不工于文，则无进身之阶。①

当经义进入文的领域，由重义理的阐发进而兼重辞章的技法时，士子在写作中就获得了更高的自由度。

辞章的特点是，在形成“定势”、建构了基本的文体风范之后，往往在这种体式的基础上趋于“率好诡巧”②，追求风格的多元化、多样性。刘勰在《文心雕龙》中谈到辞章的内在规律时说：“讹势所变，厌黩旧式，故穿凿取新。察其讹意，似难而实无他术也，反正而已。”③明代，在科举制度平稳运行近两百年之后，到了嘉靖年间，八股文就呈现出这种“反正”的趋势。徐阶曾于嘉靖三十二年(1552)任会试考官。他谈到士子在写作八股文时取法路径的变化时说：

> 国家以文取士百八十年于兹，在宣德以前，场屋之文虽间失之朴略，而信经守传，要之不牴牾圣人。至成化、弘治间，则既彬彬盛矣。正德以降，奇博日益而遂以入于杨墨老庄者。④

宣德年以前，经义的写作谨守着经部的矩矱；成化、弘治年间，士子以经、史等部类为根柢，参会集部的知识要素。到了正德、嘉靖年间，士子在写作八股文时，由经、史、集等部类进入，融会子部的要素，甚至转而借鉴子部的佛典道藏。由于“经之义取诸常，而士心则厌常”⑤，

---

① (明)王廷相：《策问三十五首·其十》，见《王氏家藏集》卷三十，《四库全书存目丛书》集部第53册，第192页。

② (南朝)刘勰著，詹锳义证：《文心雕龙义证》，上海古籍出版社1989年版，第1134页。

③ (南朝)刘勰著，詹锳义证：《文心雕龙义证》，第1134页。

④ (明)徐阶：《崇雅录序》，见《世经堂集》卷一二，《四库全书存目丛书》集部第79册，第587页。

⑤ (明)冯琦：《为重经术、祛异说以正人心、以励人材疏》，见《宗伯集》卷五七，明万历刻本。

士子的八股文追新求异，愈变愈奇。

八股文“始而厌薄平常，稍趋纤靡；纤靡不已，渐骛新奇；新奇不已，渐趋诡僻”①，甚至“由奇入险，由险入颇”②，这种变化本是知识领域内的调整。八股文体式稳固，文风各异，这也符合文自身的规律性和规定性。但是，从官方的立场上看，八股文由经部入史部，再入集部，进而参会子部，这种变化意味着社会政治、文化等层面上的价值失衡。八股文在文体风貌上由正入奇、入诡、入颇，这更有悖于治统和道统。针对士子的写作风尚，官方提出，“近士之文，尽荡先辈法式，然天下英士皆趋于是，其势不得不收”③。官方试图通过乡会试录选评程文，掌控士子的日常写作，扭转局势，弥缝官方与士子之间的差异。嘉靖五年(1526)，明王朝举行会试。次年，张孚敬条陈《请变文体以正士习等疏》。他说：

> 文体不正则实录难明，考官不慎则文体难正。④

他认为，考官在评定士子的文章时，应该“务取平实尔雅，有裨实用者”⑤。嘉靖八年(1529)，张孚敬任会试主考官，在编订当年的会试录时，他重申了“变文体以正士习”一事，并力图以实际行动扭转经义在文风上的诡巧新异。张孚敬在《会试录序》中说，当年取中的“经义之文，多发明理致，不事浮夸”⑥。是年，会试第一名是唐顺之。唐顺之

---

① (明)冯琦：《为重经术、祛异说以正人心、以励人材疏》。

② (明)许国：《己丑会试录前序》，见《许文穆公集》卷二，《四库禁毁书丛刊》集部第40册，第379页。

③ (明)杨起元：《福建乡试录序》，见《杨复所先生家藏文集》卷三，《四库禁毁书丛刊》集部第63册，第600页。

④ (明)张孚敬：《会试录序》，见《太师张文忠公文稿》卷一，《四库全书存目丛书》集部第77册，第254页。

⑤ (明)张朝瑞：《皇明贡举考》卷一，明万历刻本。

⑥ (明)张孚敬：《会试录序》。

的八股文“由精思而出，读之令人整襟肃虑，起敬不暇”①。嘉靖十一年(1532)会试前，“礼部尚书夏言以岁当会试，条奏科场三事”②。他再次强调乡会试录甄选的程文对士子的规范作用。他说，“试录程文成于多贤之手，足为海内矜式，庶几学者有以循据”③。万历元年(1573)，吴国伦在任考官时，他提出，要“厘正文体，罗真才以充庭”④。万历八年(1580)，申时行在《会试录序》中明确地提出，他在评定考卷、编选程文时，摒去那些文辞浮华、用语诡谲的程文：

> 今士习尊尚奇诡，文体踳，伤淳和之理，宜令有司检制甄别，绝勿使并进。⑤

他还说，自己“崇实政，省繁文，询事考言，要归于综核……厘正文体，几以还先进之礼乐”⑥。之后，许国在万历十一年(1583)、万历十七年(1589)，冯琦在万历二十九年(1601)编订会试录时，均谈到正文体的问题。

官方在编订程文时发出“正文体”的指令，目的是“不独欲正士之文而尤欲正士之习”⑦。这将文统中的“正文体”与治统中的“正士习”紧紧地组合于一体。编纂者试图借助于乡会试录中的经义程文确立国家考试

① (明)袁黄：《了凡袁先生论文》，见《游艺塾续文规》卷四，万历三十二年(1604)刻本。

② 《明世宗实录》卷一三三，台湾“中央研究院历史语言研究所”1962年影印版，第3161页。

③ (明)夏言：《请变文体以正士习等事疏》。

④ (明)吴国伦：《贵州乡试录后序　万历癸酉科》，见《甔甀洞稿》卷四〇，《四库全书存目丛书》集部第123册，第190页。

⑤ (明)申时行：《会试录序》，见《赐闲堂集》卷九，《四库全书存目丛书》集部第134册，第178页。

⑥ (明)申时行：《会试录序》。

⑦ (明)叶向高：《会试录序》，见《苍霞续草》卷四，《四库禁毁书丛刊》集部第124册，第663页。

文体的典范。他们还希望，这些文章典范在时间、空间“传远”的过程中，生成某种隐性的话语规范，对士子的品性、行为进行引导，促使士子在日常写作训练中不断地进行自我规约、自我训诫，从而实现“端士习”的目标。张邦奇在《会试录后序》中梳理了文词与品行、辞章与事功之间的关系。他说：

> 德成而上，艺成而下，文词亦艺也。今登士于朝，将服官试政而顾于艺焉取之，其亦有说乎？盖古之人有德言焉，其出乎身也，如风霆之为声、云汉之为光而不可抑也。其资乎民也，如宫室舟车、菽粟布帛，然而不可缺也。①

张邦奇指出，科举取士主要有两个标准：一是德，即个人的秉性品质；二是艺，即个人的才华能力。词章、文词是一个人才华能力的表现。那些气势充沛的言辞是个人品质与能力相互激发而产生出来的。优秀的程文可以归于“德言”之列，这些“德言”展现了士子的凛然之气，具有“资乎民”的作用，能够对时代风会、士风民俗起到积极的影响。为此，乡会试的考官要遏制八股文写作日趋浮华、诡靡的态势。乡会试录的编纂者在编订程文时，屡屡强调文统与治统、文风与士风之间的紧密关联。他们的目的正是“正文体，黜浮华，以兴起斯文为己任”②，“相率以正文体、端士习、转移世道为己任”③。

但是，官方“正文体”的旨令并没有及时、有效地控制八股文愈变愈奇的趋势。万历年间，士子在写作经义时，沿着嘉靖年间“反正”的路向愈行愈远。士子由经部、史部进入集部，甚至借鉴子部的要素，这成为非常普遍的现象。万历二年(1574)，沈一贯任会试考官。他在会

---

① (明)张邦奇：《会试录后序》，见《张邦奇集》卷一，《续修四库全书》第1336册，第452页。

② (明)戴日强：《万历杭州府志》，万历七年(1579)刻本。

③ (明)沈鲤：《正文体疏》，见《亦玉堂稿》卷一，《景印文渊阁四库全书》第1288册，第220页。

试录的序中明确地批评说，士子的八股文“旁逸于诸子百家，至摽佛老以为奇”①。这一年，孙矿中会元。一个有趣的事实是，孙矿谈到八股文写作的取法路径与考官沈一贯的态度正相悖离。孙矿说：

古书中《左》《国》太拘，《策》《史》太纵。《庄》《列》正得中，但须稍避其形耳。《淮南子》亦佳。②

孙矿在指导后辈写作八股文的过程中，公然弃史部的《左传》等，而以子部的《庄》《列》为根基。在这种“反正”的趋势下，士子在写作八股文时，求新求异之风愈演愈烈。他们不仅借用佛典道藏中的词汇，而且在八股文中公开摒弃四书五经中的基本义理。万历十年(1582)，沈懋孝任应天府乡试考官。试后，他在乡试录序中谈到这种现象说：

弘治以前，士大夫纯尚经义，训发讲解，白首不倦。……近世二三才俊斫觚剖扑，雅道沦废。有新奇之道德，窃佛老而附于经者；有新奇之事功，给管韩而缘之以儒者；有新奇之文章，摽缀秦汉句字而厌薄儒言，以为不足述者。其才力文辞，皆足鼓动当世，操觚之士靡然艳之。③

茅坤阅读了从洪武朝至万历朝两百余年间的会试程文，他也谈道，万历时期，经义程文的特点是“摽窃庄老，掇拾秦汉，甚且旁剿释氏空门之影响，以相夸诩。其于孔孟程朱夐不相及矣”④。更有一些士子在写作

① (明)沈一贯：《会试录序》，见《喙鸣文集》卷四，《四库禁毁书丛刊》集部第176册，第77页。

② (明)孙矿：《与吕甥孙天成书牍》，见《居业次编》卷三，《四库禁毁书丛刊》集部126册，第227页。

③ (明)沈懋孝：《乡试录序》，见《长水先生文钞·赉园草》，《四库禁毁书丛刊》集部第160册，第56页。

④ (明)茅坤：《张太学刻洪武以来程文编序》，见《茅鹿门先生文集》卷一七，第691页。

八股文时，“毁成法，抗公论”①，以佛老为据，质疑、非毁程朱。冯琦谈道：

> 士习浸漓……始犹附诸子以立帜，今且尊二氏以操戈。背弃孔孟，非毁程朱，唯南华、西竺之语是宗是竞，以实为空，以空为实。以名教为桎梏，以纪纲为赘疣，以放言恣论为神奇，以荡弃行检、扫灭是非廉耻为广大。②

还有一些士子在写作八股文时，不仅经历了由经入史、入集，继而入子的转变，而且“摘其句法口语而用之”③，乃至“一切稗官小说之言，无所不阑入”④。万历年间，在官方“正文体”诏令屡屡颁行的同时，士子的八股文则充分展现了文自身由“正”入“奇”的规律性。面对经义这种不可控的“反正”局面，叶向高在乡试录序中感慨道：“今上与下相非，新与故相悖，少年与先辈相持。安所谬厉而错迕若是？臣不知其解也。”⑤

经义在成化年间由考试工具演化成为特定的文体，之后，官方与士子在这种文体的审美品格、内在风貌等问题的认知上渐行渐远，甚至形成了断裂。八股文是国家考试架构下特定的文体，官方将之视为考试的工具，试图借助乡会试录对士子的写作进行规范。但是，嘉靖、万历以后，士子在写作中，则将经义纳入“文/辞章”的范畴之内，求新求变，官方并没有能够就这种文体形成纯粹“制度化”的控制和约束力量。由

① (明)沈懋孝：《乡试录序》。

② (明)冯琦：《为重经术、祛异说以正人心、以励人材疏》。

③ (明)王世贞：《科试考·四》，见《弇山堂别集》卷八四，《景印文渊阁四库全书》第410册，第278页。

④ (明)方应祥：《与子将论文》，见《青来阁初集》卷九，《四库禁毁书丛刊》集部第40册，第691页。

⑤ (明)叶向高：《应天府乡试录后序》，见《苍霞草》卷六，《四库禁毁书丛刊》集部第124册，第140页。

此，我们可以看到，当科举考试第一场经义由考试工具进而衍生成为特定的文体之后，它与明代的科举考试制度之间不再是简单的线性关联或是单向的控制和被控制的关系，而是形成了互为因果，甚至是制衡、对抗等多重关联关系。

八股文是在明代科举制度的构架下生成的全新的文体。通过剖析明代乡会试录选评程文的情况，我们可以看到，在明人的写作实践及文学观念中，八股文是国家的考试文体，也是一种独立的知识要素。八股文在由考试工具转变为文体的过程中，逐渐渗透文学的领域。在时间和实践的双重维度中，八股文展现出辞章特有的内在规律性及规定性，它的审美风貌、批评形态等始终处于持续的演化、变动之中。明代，八股文自身的形态特征以及批评范式在演化、调整的同时，也推动了中国文学术语的转变、文学命题的延伸，以及辞章观念的转换，展现了文学与政治之间复杂的关联情况。

万历年间的文社及其影响

——以黄汝亨为中心的考察

魏晋南北朝以来，结社赋诗是文人交往的重要方式之一。唐代，许浑曾说，“结社多高客”①。到了明代万历年间，文人结社之风有增无减。在这股风潮中，黄汝亨是一个典型的代表。

黄汝亨(1558—1626)，字贞父，钱塘人，万历十九年(1591)中举，万历二十六年(1598)中进士，官至江西布政司参议。在中举前，他曾参加、组织过秋水社等多个文社。这些文社是前代文人结社行为的延续，但却并非是对他们简单地模仿和重复。前代文人雅集主要是“表达私人化的感情”②，万历年间，黄汝亨等士子组建的文社则产生了公共性的意义：尚未中式的士子通过缔结文社、编订八股文选本，公开地表达对举业的理解以及对中式的诉求。这些文社、选本处于国家制度与文人生活、公共事务与私人需要、政治权力与文化力量相交接的场域之中。借助于结社、选文，尚未取得功名的士子不仅从官方手中分割到八股文的编选权，还建构了新型的人际关系网络，推动了文人共同体的形成。

---

① (唐)许浑：《送太昱禅师》，见(清)彭定求等编：《全唐诗》第16册，中华书局1979年版，第6053页。

② 左东岭：《玉山雅集与元明之际文人生命方式及其诗学意义》，《文学遗产》2009年第3期。

一

万历年间，结社是文人沟通、交往的重要方式，社团的存在形态也具有多元化的特点。从活动内容上看，有诗社，如袁中道结冶城大社，“大会文士三十余人于秦淮水阁，各分题怀去”①；有文社，社中成员主要研讨八股文的写作，比如魏象先“与其邑王、谢、谭为黄玉社，工苦为诸生业”②。还有禅社，如董其昌“为禅悦之会”③。也有纯粹以娱乐为目的的结社，袁中道曾与“少年二十余人，结为酒社”④。另外，致仕的官员也在乡间聚集后辈结社讲学。从成员的年龄结构上看，有年轻士子组成的文社，也有怡老社，比如“南翔里有八老人为社……耄耋相望，日杯酒谈笑”⑤。从社团的结构方式上看，有些社团定期举行常规性的活动，有的则非常松散，甚至只有一次偶然的会集。

在结社的热潮中，黄汝亨与同道先后缔结了秋水社、虎丘社、烟水社等文社。结社是特定的个体在具体的社会场景中展开的交往活动。当我们将黄汝亨结社视为具有独立意义的行为单元，剖析这些文社的内在构成形态时，可以看到，秋水社、虎丘社等是结社活动发展到万历年间出现的全新模式。

---

① （明）袁中道：《游居柿录》，见（明）袁中道著、钱伯城点校：《珂雪斋集》卷三，上海古籍出版社 1989 年版，第 1150 页。

② （明）钟惺：《明茂才私谥文穆魏长公太易墓志铭》，见钟惺：《隐秀轩集》藏集，上海古籍出版社 1992 年版，第 521 页。

③ （明）董其昌：《画禅室随笔》卷四，《景印文渊阁四库全书》第 867 册，上海古籍出版社 1989 年版，第 482 页。

④ （明）袁中道：《回君传》，见（明）袁中道著、钱伯城点校：《珂雪斋集》卷一六，第 707 页。

⑤ （明）唐时升：《南翔八老人诗序》，见《三易集》，《四库禁毁书丛刊》集部第 187 册，北京出版社 2005 年版，第 40 页。

首先，这些文社的主要活动是研讨八股文的写作。万历年间，未获一第的士子纷纷缔结文社，“励学讲艺、求取功名是其主旨所在”①。

万历八年(1580)，黄汝亨23岁，他与茅国缙等共同创建文社。茅国缙是茅坤的次子，万历初年，随父亲居住在家乡，“筑居苕上，与名士刘公宪宠、黄公汝亨、范公应宾辈结秋水社”②。黄汝亨、范应宾在写作八股文方面颇具才华，他们获得茅坤的青睐，并与茅国缙一同缔结文社。茅坤曾谈到黄汝亨等人的结社活动以及八股文写作的情况。他说，“黄君贞父少以隽才雄视诸州郡间，而儿缙数兄事之”③，“嘉禾范光甫少以茂才名，间同予缙儿辈为文社，片楮所落，人士辄啧啧不置口，予间亦评之而曰：文之规不加圆，矩不加方”④。王世贞的长子王士骐在乡中结社，他也邀请了黄汝亨。黄汝亨说：“瑯琊王冏伯兄弟邀东南之隽以盟，滥及不佞。”⑤万历十五年(1587)左右，王世贞的季子王士骏在虎丘结社，黄汝亨也是重要的成员。王世贞称赏黄汝亨的八股文说“虎林诸生黄贞父……以文字得余知”⑥。王世贞推促儿子王士骐、王士骏与黄汝亨缔结文社，不是为了在日常生活中自由地休闲、娱乐，而是有着明确的目的性。这些未取得功名的士子在文社中共同研习八股文，以求博得一第，进入社会政治空间。

万历年间，士子在科举制度的框架下缔结文社、覃研时艺，这成为

---

① 何宗美：《文人结社与明代文学的演进》，人民文学出版社2011年版，第325页。

② (明)茅元仪：《先考工部都水司郎中二岑府君行实》，见《石民四十集》卷三六，《续修四库全书》第1386册，上海古籍出版社2002年版，第365页。

③ (明)茅坤：《黄贞父近刻寓庸集题辞》，见《茅坤集》卷三一，浙江古籍出版社1993年版，第841页。

④ (明)茅坤：《题范光甫所刻举业引》，见《茅坤集》卷三一，第848页。

⑤ (明)黄汝亨：《与王宇泰》，见《寓林集》卷二三，《续修四库全书》第1368册，第368页。

⑥ (明)王世贞：《黄汝亨作〈茅章丘传〉小叙》，见《弇州山人续稿》卷五三，《景印文渊阁四库全书》第1248册，第436页。

一种普遍现象。袁宏道、袁中道等人曾“结社城南之曲”，“相勉以举子业”①。他们“揣摩时艺，习八股文，以备应举考试之用”②。董其昌也与“冯咸甫辈结社斋中，晨集，构经艺”③。在名士与官绅子弟共同结社、选文的风会中，首辅张居正曾打算让儿子与汤显祖、沈懋学等结交。据《明史》，“张居正欲其子及第，罗海内名士以张之。闻显祖及沈懋学名，命诸子延致”④。张居正罗致汤显祖，原因在于，汤显祖“少善属文，有时名”⑤。汤显祖的八股文常作为士子写作的范本。如，姜埰十余岁时，“外父董公……以汤显祖、李若愚制艺授埰读之”⑥。张居正“欲其子及第”，希望自己的儿子与汤显祖共同准备举业，研习八股文。

其次，这些士子在缔结文社的过程中，大都编订有八股文选本。明代人将这些选本称为“社稿”。

黄汝亨与茅国缙在结秋水社时，汇聚社中诸位士子的八股文，成《秋水编》。《秋水编》刻成后，茅坤写序说：

> 兹编也，儿缙辈所群诸友校文于其堂，择其隽而录之者也。而编以秋水名，盖言神解也。……诸君子材各天授，不无异同，而诸君子所自喜处亦不无或至与不至。要之，不落言诠，不入俗调，并以神解为案。……然杜甫不云乎：秋水为神玉为骨。兹编于秋水之

① (明)袁中道：《送兰生序》，见(明)袁中道著、钱伯城点校：《珂雪斋集》卷九，第447页。

② 钱伯城语。见(明)袁宏道著、钱伯城笺校：《袁宏道集笺校》，上海古籍出版社1981年版，第34页。

③ (明)董其昌：《陶白斋稿序》，见《容台集》卷一，《四库禁毁书丛刊》集部第32册，第129页。

④ (清)张廷玉等：《明史》，中华书局1974年版，第6015页。

⑤ (清)张廷玉等：《明史》，中华书局1974年版，第6015页。

⑥ (明)姜埰：《姜贞毅先生自著年谱》，见(明)姜埰：《敬亭集》卷首，华东师范大学出版社2011年版，第3页。

为神处，大较所得已什之九；而于杜甫所称玉为骨处，倘稍再注心焉，可与日月俱远矣。①

茅坤于嘉靖十七年(1538)中进士，“文章擅海内”②。茅坤的称赏让这些年轻的士子产生了极大的满足感。黄汝亨将《秋水编》的刊刻视为非常重要的事件。《秋水编》刊行多年之后，他在给茅国缙的信中说，“不佞弟同季子碌碌度时，无甚相长，发愤为文，不过七八十首，顾比《秋水编》，沾沾自喜，精诣佳境”③。王士骐、王士骏等人在结社过程中，也编选了《广行素编》，收录了虎丘社中诸位士子的八股文：

闽有李宗廉等，浙有黄贞父等，云间有董玄宰等，晋陵有陈筠塘等，计三省可三十人。④

王士骏将《广行素编》寄给黄汝亨审阅。黄汝亨说，王士骏的八股文“精英横逸，镂刻万有；房仲灵根玄箸，超然云际；而王宇泰名理不乏，似蒲团悟后，其中有精。三者真足揭日月而行。……珠玉在前，觉吾形秽，而足下漫然掩其拙，而题之以浑璞”⑤。王氏兄弟还选有《行素编》《续行素编》《四子行素编》等社稿。黄汝亨后来以“素业”命名自己编订的系列时文选本，有《灵鹫山素业》《素业二编》，这与他和王氏三兄弟共同结社、选文有密切的关系。万历年间，士子往往将缔结文社的活动与编订八股文选本的行为紧密地融合于一体。例如，潘之恒等结成芝云社，“裒其社所为时义，将付之剞劂者，以志其一时遇合之盛”⑥。梅

① (明)茅坤：《题秋水编》，见《茅坤集》卷三一，第843页。

② (清)褚人获：《坚瓠集》，浙江人民出版社1986年版，第283页。

③ (明)黄汝亨：《与茅荐卿》，见《寓林集》卷二三，第362页。

④ (明)王士骕：《四子行素编序》，见《中弇山人稿》卷四，《四库禁毁书丛刊》集部第23册，第600页。

⑤ (明)黄汝亨：《复王逸季》，见《寓林集》卷二三，第374页。

⑥ (明)李维桢：《芝云社稿序》，见《大泌山房集》卷二六，《四库全书存目丛书》集部第150册，齐鲁书社1997年版，第71页。

鼎祚也谈道，自己的侄子梅博贞与乡人结文社，“取今小试之文，先后梓行之”①，成《挚言初业》《先鸣集》。梅氏的外甥也与地方的士子结成振雅社，编订有社稿《振雅会业》。

最后，文社成员的身份具有多元化的特点。茅国缙、王士骏等人是官绅子弟，黄汝亨则被目为“名士”。“名士”就是出身寒门②、尚未中举，但是天资聪颖、苦心向学的士子——“今世人小负辞藻，挟书数卷，则侈然自以为名士也，人亦以此目之”③。在秋水社中，还有范应宾。范应宾的“曾祖一斋公璋以明经举于乡，祖菁山公言嘉靖丙戌进士”④。但是，他的父亲没有任何科名，甚至还可能有些落魄，直到范应宾中进士后，他的父亲“之京，以子贵，赠工部屯田司主事”⑤。这些来自各个阶层的士子因参与举业而结识，建立起密切的联系。

黄汝亨等未取得功名的士子没有机会参与科举制度的制定，但是，这一制度的顺利实施与运转，却离不开他们的积极配合、参与。文社、社稿是他们与科举制度、与官方建立起关联的重要连接点之一。通过分析黄汝亨等人的结社、选文活动，我们可以看到，万历年间，普通士子以自己特有的方式，暗中推动了科举制度、社会结构的迁移与浮动。

二

黄汝亨、茅国缙等人在缔结文社时，拥有共同的身份特征——未中式的士子。文社、社稿是他们积极参与举业的见证，同时，也将这些未

① (明)梅鼎祚:《挚言初业序》，见《鹿裘石室集》卷四，《续修四库全书》集部第1379册，第235页。

② 据黄汝亨《先府君行略》，黄氏的父亲黄裳(1517—1549)，字子重，别号鹤洲生，“数试，数不第，以诸生老也”。

③ (明)陈子龙:《二周文稿序》，见《安雅堂全集》卷七，上海古籍出版社2007年版，第246页。

④ (明)申时行:《承德郎工部屯田清吏司主事范君墓志铭》，见《赐闲堂集》卷二七，《四库全书存目丛书》集部第134册，第568页。

⑤ (明)申时行:《承德郎工部屯田清吏司主事范君墓志铭》。

中式的文人与其他类型的人群区隔开来。顾炎武把万历以后的选本分为四类，“曰程墨，则三场主司及士子之文；曰房稿，则十八房进士之作；曰行卷，则举人之作；曰社稿，则诸生会课之作”①。这是对选本的分类，也是对文人身份、生存状态的归类。这四类选本各自处于明代社会结构的某一构型层次之上。程墨、房稿、行卷录入的是进士、举人的时文，《秋水编》《行素编》等社稿是未中式士子的日常课业。这些社稿成为特定人群的标识物，清晰地将尚未进入官方体制之内的士子与那些获取了功名的举人、进士等区隔开来，更与那些身处权力阶层的官员区分开来。身处特定的社会层级之中，黄汝亨等未中式的士子自然会产生相应的位置感。他们在科举制度的框架下结文社、选社稿，这些活动不再仅仅是对前代文人结社行为的延续，而且与官方以及科举制度形成了多层级的对话关系。

到了万历年间，科举制度在明代已经平稳运行了两百年之久。这一制度为士子提供了改变命运的通道，黄汝亨等人对科举考试普遍持有较高的认同度。社稿的编订，正反映了他们对科举制度的支持与认可。这些社稿在体例上也模仿了官方的乡会试录。明代，在科举考试结束后，官方颁布乡试录或会试录。乡会试录罗列中式士子的姓氏，同时，也选入中式士子写作的义、论、策等颁行海内，“以为程式也”②。在明代前中期，官方掌握着科举考试的评定权，同时也控制着举业程文的编选权。到了万历年间，未中式的士子在结社过程中，仿照官方乡会试录收入程文的体例，编订了《秋水编》《行素编》《振雅会业》等社稿。他们还模仿乡会试录的选文体例，从自己的日常课业中拣择部分时文，刊刻成个人的八股文集。万历初年，黄汝亨有《寓庸集》；万历十六年(1558)

① (明)顾炎武著，(清)黄汝成集释：《日知录集释》卷一六，上海古籍出版社2006年版，第935页。

② (明)丘浚：《皇明历科会试录序》，见《重编琼台稿》卷九，《景印文渊阁四库全书》第1248册，第191页。

冬，他“检之笥中，得近稿二十首，以烦匠氏而取证焉”①，成《近稿》；万历二十一年(1593)左右，他又刊刻了《清音篇》。其他士子也纷纷刊行自己的时文集。如，吴氏两兄弟“曰绳祖、曰继祖，而能并以文雄州里间者也。……辄发箧中草而梓之”②。未中式的士子在参与科举考试、研习时艺的过程中，模仿乡会试编订了社稿、个人的八股文集，这些选本成为他们认同官方制度的重要表征。

万历年间，科举制度带来了两歧性的效应：一是士子受教育的机会迅速提升，二是中举、中进士的比例迅猛下降。这让更多的士子体会到强烈的挫败感。这些士子试图通过编订社稿和个人八股文集，缓解科举制度造成的压力。

黄汝亨等人在科举制度的框架内结社、选文，但是，基于特定的社会身份和生存状态，他们并非亦步亦趋地仿效官方的乡会试录，而是主动、积极地借社稿表达自己的现实诉求。这些士子在日常写作时文、编撰选本时，“耻循矩矱，喜创新格”③，往往根据个人的性情、兴趣、爱好，或者从文社的需求着眼，发表个人对八股文的文风、内容、主旨的认知和理解，建构不同于官方标准的评价体系。黄汝亨谈到自己的八股文集时说：“向吾刻《寓庸集》，小创理法。”④他还将阮籍、司马徽等行为不羁的隐士作为标准，评价沈守正及其八股文。他说：

> 天下事逢所欲言，吐露不讳，绝无依傍回互之气。其为文如是也。……世有阮嗣宗、司马德操其人，何愁仙响不传人间，壮吟不作宏业哉！⑤

① (明)黄汝亨：《近稿自序》，见《寓林集》卷七，第67页。

② (明)茅坤：《题吴两生草》，见《茅坤集》卷二三，第749页。

③ (明)沈鲤：《正文体疏》，见《亦玉堂稿》卷一，《景印文渊阁四库全书》第1288册，第246页。

④ (明)黄汝亨《胡休仲稿小引》，见《寓林集》卷七，第56页。

⑤ (明)黄汝亨：《沈无回近义序》，见《寓林集》卷七，第60页。

阮籍、司马徽的性情品格、处世态度显然不为官方所倡扬；“逢所欲言，吐露不讳”的文章也不会得到考官的认可，更不可能收入乡会试录之中。这些社稿和个人八股文集并不完全符合官方的训诫与规范。有些士子甚至追求“奇而险，新而诡”的风格①，不断探触、突破国家制度的底线。他们的选本与官方“会试校文，务要醇正典雅，明白通畅”的要求相背离②，“唯南华、西竺之语是宗是竞，以实为空，以空为实。以名教为桎梏，以纪纲为赘疣，以放言恣论为神奇”③。士子的社稿逐渐脱离官方乡会试录设定的规范，坊间的八股文编选标准与官方的评定标准产生了偏离，形成了断裂。

年轻的士子在刻成社稿或个人八股文集后，往往寻求身为官绅的父辈的支持，以制造公共舆论。黄汝亨、茅国缙等人的《秋水编》得到了茅坤的推扬。黄汝亨将《秋水编》作为举业路途上重要的里程碑。他说，自己写得最精妙的文章，“在《秋水编》者三得之”④。对于范应宾、王士骏等人来说，他们在年轻时编订的社稿也具有标识性的意义。陈懿典谈到范应宾时说，“光父业在壬午以前，颇以轻俊自喜，有《秋水编》”⑤。《广行素编》刊行多年之后，陈懿典论及王士骏的时文选本说，“当丁戊之交，娄东王逸季筑坫坛，走邮筒，遍召江以南诸君子盟而树赤帜……至今《行素》一编，在此道中，推为巨丽”⑥。对于屡试不中的士子来说，官绅的称扬带来的声誉看似有名无功，但是，这种具有象征意义的成功对于他们却有着极其重要的价值。士子能够暂时地跳出官方

① （明）王在晋：《正体裁》，见《越镌》卷一七，《四库禁毁书丛刊》集部第104册，第445页。

② （明）赵用贤：《大明会典》卷七七，明万历内府刻本。

③ （明）冯琦：《为重经术、祛异说以正人心、以励人材疏》，见《宗伯集》卷五七，《景印文渊阁四库全书》第1291册，第410页。

④ （明）黄汝亨：《近稿自序》。

⑤ （明）陈懿典：《范光父五技稿叙》，见《陈学士先生初集》卷二，《四库禁毁书丛刊》集部第78册，第665页。

⑥ （明）陈懿典：《题张成叔试草》，见《陈学士先生初集》卷二九，《四库禁毁书丛刊》集部第79册，第242页。

的科举评价体系——乡会试之外，在日常的人际网络中获取成就感和认同感。黄汝亨在乡试前夕刊刻了《寓庸集》。他写信给茅坤，希望能够得到褒扬和提携。他说："刻已就，秋事且迫，即万冗中乞特为悬笔立洒。"①茅坤写有《黄贞父近刻〈寓庸集〉题辞》。蔡献臣曾为王姓士子的窗稿《古镡八面锋》作序说："余戊子识王华明于省试。是时，君已树帜艺林，数为督学郡邑合使者所奖拔。弱冠，骏材不可羁靮，余心异焉。去七载，为今乙未之秋，休沐还朝，而君犹衣青衿，抱所刻制义谒予延水上，予慰藉为久之。"②

万历年间，士子自行刊刻的八股文选本在数量上进行着累积、规模上不断增长。这些大量涌现的社稿最终摆脱了对官方文件的模仿，形成独立的类别，甚至成为与乡会试录相抗衡的力量。到了明代末年，"进士未足尽服天下而社稿盛矣，至举天下唯社稿之是读。而当时之持文衡者可知矣"③。经由文社及社稿，未中式的士子确认了他们作为特定阶层在知识场域中握有的权力，扭转了"文章之贵贱操之在上"的格局，④成功地从官方手中分割到了一部分选程文的控制权，并影响了官方对时文的评定权。

在大规模的、非官方选文的风潮中，政府也看到坊间选本的灵活性、自由度以及影响力。他们借鉴坊刻选本的编订模式，试图将选文重新官方化，以把控局势，避免选权旁落到士子手中。如，万历十五年(1587)，"礼部言：……弘治、正德、嘉靖初年，中式文字纯正典雅，宜选其尤者，刊布学官，俾知趋向。因取中式文字一百十余篇，奏请刊

---

① （明)黄汝亨：《启鹿门先生》，见《寓林集》卷二三，第364页。

② （明)蔡献臣：《古镡八面锋稿序》，见《清白堂稿》卷五，《四库未收书辑刊》第6辑第22册，第108页。

③ （明)任源祥：《读墨小序》，见贺长龄编：《皇朝经世文编》卷五七，道光七年(1827)江苏刻本。

④ （明)夏允彝：《岳起堂稿序》，见陈子龙：《陈忠裕公全集》卷首，嘉庆年间刊本。

布，以为准则”①。但是，官方并没有得到他们预期的结果。与坊间的社稿相比，礼部的选本因为官方化而无法贴近士子的趣味和需要；与呈给皇帝的乡会试录相比，这类新型的选本因“献上”功能的丧失②，随之也失去神圣性、权威性。时人“以士子所好为趋，不遵上指”③，官方颁行的程文选本没有发挥指导、约束作用，而是迅速湮没在坊间刻刊的、海量的选本中。

万历年间，黄汝亨等积极地结社、选文，这反映了士子参与举业的热情。这些活动与官方的科举制度之间进而形成了多层级的关联关系。未中式的士子虽然无法完全把控中式的决定权，不能在国家的政治场域中产生直接的影响，但是，这些文社和社稿却间接地参与了文化资源、科举权力的配置。文社、社稿将坊间的编选权与官方的评定权分离开来，对官方既定的制度、规则造成了冲击，促成了科举话语权的重新分割，推动了选权的下移。

三

结社、选文，原本是个体展开的、带有私人性的行为。但是，当它形成热潮、发展为具有普遍性的活动时，就生成了群体的力量，具备了多向度的作用。这些活动直接的、显性的功能是，促进士子共同研习举业，推动科举话语权的分割。万历年间的文社还具有潜在的、隐性的作用：文社、社稿与科举制度以及社会生活处于多元关联之中，经由这种动态的、多重的关联，士子在精神、文化、现实利益等层面上结成了共同体。

万历年间，士子在结文社、选社稿的过程中，经常使用“同”这个

① （清）张廷玉等：《明史》，第1689页。

② （明）王世懋：《江西己卯序齿录序 代》，见《王奉常集》卷九，万历年间刻本。

③ （清）张廷玉等：《明史》，第1689页。

概念。黄汝亨写信给共处一社的王肯堂说：

> 足下倘亦稍稍知草间有鄙人而无嫌未同乎？①

这里的“同”，包括“同文”“同业”“同赏”“同心”等多重含义。基于“同”的意识，黄汝亨、王士骐、王肯堂等来自不同阶层的士子在科举制度的框架下结社、选文，他们超越了地缘要素、师承授受、身份地位，建构起复杂的新型人际关系网络。

在科举制度的框架下，黄汝亨与茅国缙、王士骏等人形成了“同文”的关系。所谓“同文”，就是朝廷“以经术制义网罗豪俊，夫固同伦、同文之世也”②。成化年间，科举考试第一场经义开始定型，“八股文”正式形成。自此，士子在日常写作中使用相同的文体格式表达个人对于经典的理解与认知。到了万历年间，士子进而结成文社，并将日常写作的时文汇聚成社稿。黄汝亨与茅国缙等人以文社为基础，以社稿为标识物，在“同文”的基础上，建构了超越地缘关系的文人共同体。《秋水编》《行素编》《广行素编》等是士子相互联系的重要中介物：在编订社稿的过程中，士子加强了彼此在现实生活中的联系与沟通；经由社稿，一些士子即使未曾谋面，也能够建立起微妙的关联关系。黄汝亨与王肯堂就是在从未会面的情况下，借助社稿而彼此了解、互通声气的。黄汝亨阅读社稿后，写信给王肯堂说：

> 足下博物玄览，响振海内久矣，不佞愿执鞭而未有路。乃瑯琊王冏伯兄弟邀东南之隽以盟……而有足下姓名在焉。近始得足下社中义读之，微妙无上，为名理宗，此道至足下可谓达摩西来矣。③

---

① (明)黄汝亨:《与王宇泰》。

② (明)薛冈:《海内名公广社序》，见《天爵堂文集》卷二，《四库未收书辑刊》第6辑第25册，第472页。

③ (明)黄汝亨:《与王宇泰》。

社稿不仅展现了士子的写作能力与才华，而且消除了地理区隔造成的交往障碍。黄汝亨、王肯堂两人虽然不曾相识，但是，通过阅读社稿，他们了解了各自的写作风格、创作取向，确认彼此在行为模式、活动方式、思想观念等层面上的一致性，从而建立了精神上以及事实上的联系。他们突破地缘的限制，形成友谊关系。社稿成为士子之间相互关联的象征物，成为建构新型公共领域的重要载体。

黄汝亨的好友陈懿典还敏锐地发现，在科举制度的框架下，士子的交往方式、社会的建构秩序发生了根本性的改变。他说：

> 汉世，明经各中师说，主于递传，称为同门，以同授同也。朝家制义各自写其所得，以羽翼四子六籍，以徼有司之知，其称同门，以同赏同也。①

汉代，士子在“同授”的方式下展开联系和交往，他们之间的连接点是特定的人——传道授业的经师。到了明代，科举考试主要考察士子个人对于经典、历史、时事的理解，以选拔出擅长处理政务的官员。朝廷并不关注士子的师承渊源，也不着力于推进学术的延续。士子建立关联的方式由“同授”改为“同赏”，他们之间的连接点也转而变为某一类知识——四书五经。为了在科举考试中博得一第，士子们“羽翼四子六籍”，阅读相同的经典。这意味“士之业同”②。“同赏”“同业”的交往方式影响了士子日常的生存状态以及交际模式。

万历年间，年长的、有声望的指导者尚未从普通士子的生活中退场。茅坤与黄汝亨就是师生关系。黄汝亨谈到茅坤时说，“某自弱冠从

① (明)陈懿典：《朱沈两进士丁甲同门稿序 代》，见《陈学士先生初集》卷三，第699页。

② (明)薛冈：《海内名公广社序》。

先生游……所以事先生非一日”①。茅坤比黄汝亨长46岁，他们之间有着年龄上的差异，存在师承渊源，但是，在科举制度的框架下，他们二人又是对等的关系。黄汝亨与茅坤面对着共同的知识体系，阅读共同的典籍，参加同一类型的考试。这样，他们可以就相关问题公开、坦率地进行交流与探讨。黄汝亨曾经直言不讳地批评茅坤删《春秋》说：

> 删繁就简，其功似巨；举一废百，为误亦多。恐上无当于圣人经世之法，下不协于文人博物之识，中不成乎先生一家之言。若取举业径途，其中删削，更有可议。明公当世文匠，片语所出，人诵金石，以此传之子孙，必将流播海内，延及后世，信述固多，疑误亦起。②

在“同业”“同赏”的关系之下，门生不是纯粹的被教育、被训诫的对象，他们常常会对老师的观点、看法提出质疑，传道授业的教师不再具有绝对的权威性。

茅坤本人也从不否认他与黄汝亨之间的对等关系。对茅坤来说，黄汝亨是年轻的后辈，是提携的对象，更是他希望结交的“名士”。据《康熙仁和县志》，黄汝亨“年十八，归安茅坤家居，闻其名，聘之与仲子国缙同学”③。茅坤主动结识黄汝亨，并促成儿子茅国缙与黄汝亨共同创建秋水社。在文社中，年轻的士子自行研习举业，探讨时文的写作，选订社稿。这表明，未中式的士子摆脱了师承渊源、家法门户，成为社会结构中一个独立的群体。

在这个独立的群体内部，士子们超越身份地位，形成了平等、协作的关系。秋水社、虎丘社的发起人是官绅子弟，这些文社能够不断地拓

① (明)黄汝亨：《茅鹿门先生传》，见《寓林集》卷一，第14页。

② (明)黄汝亨：《与茅鹿门先生论删春秋传》，见《寓林集》卷二四，第380页。

③ (明)邵远平：《康熙仁和县志》卷一八，康熙二十六年(1687)刻本。

展规模、扩大影响，还需要借助黄汝亨等名士的声望以及活动能力。在结识茅坤父子之前，黄汝亨就因为八股文写作而小有才名。他在地方文化圈中是非常重要的坐标点。汤宾尹说，“予之闻吴伯实也，盖得之黄贞父云”①，“天下之名知文如黄贞父辈者数急举呈瑞，非我所得私也”②。茅国缙从异地回到家乡，他是通过与黄汝亨等结社，才在地方上逐渐树立起自己的声望。茅元仪说，父亲茅国缙“为诸生祭酒时，与海内名士结秋水社于横塘”③，“名大噪”④。在文社成立后，黄汝亨还凭着自己广阔的交往圈以及在地方上的影响力，积极推介更多的士子加入其中。他说：

> 君爱……乃从予论交于琏溪之茅子、慈水之刘子，相期许以意气，切劘其文章。⑤
>
> 瑯琊王氏兄弟邀东南之隽，指虎丘而社，而不孝以请铭弇州公，与之言，以为无东海张生不可也。⑥

黄汝亨除参加官绅子弟主盟的社事外，他自己也在地方上主持文社。他与“吴伯霖、杨仲坚、张仲初辈为社烟水”⑦，还与“二三友生盟于飞来、岣嵝间”⑧。这些文社虽然在全国乃至地方上都名不见经传，但是，它们在数量上进行着庞大的累积，在规模和实力上为秋水社提供了明确的参照。这种积累和参照是秋水社、虎丘社等在地方上树立声名、产生

---

① (明)汤宾尹：《吴伯实传》，见《睡庵稿》卷二一，《四库禁毁书丛刊》集部第63册，第306页。

② (明)汤宾尹：《汪呈瑞稿引》，见《睡庵稿》卷六，第95页。

③ (明)茅元仪：《石民横塘集序》，见《石民四十集》卷一七，第229页。

④ (明)茅元仪：《先考工部都水司郎中二岑府君行实》。

⑤ (明)黄汝亨：《祭颜君爱文》，见《寓林集》卷二〇，第326页。

⑥ (明)黄汝亨：《与张成叔》，见《寓林集》卷二三，第375页。

⑦ (明)黄汝亨：《高士许然明行状》，见《寓林集》卷一八，第285页。

⑧ (明)黄汝亨：《与张成叔》。

影响的重要根基。

这样，基于“同文”“同业”“同赏”的关系，名士与官绅及其子弟之间的关联更加多元化、复杂化，但也日趋平等化，他们超越了年龄、师承、地位、身份，结成了紧密的学术共同体、文化共同体。到了崇祯年间，黄汝亨等人结社、选文的行为衍生出新的意义与价值。士子彻底摆脱地缘、师承渊源的影响，纯粹依靠社稿将彼此联系于一体。如，张溥等成立的复社，“规模达到两千余人”①。社中成员是通过系列八股文选本《国表》《国表二集》《国表三集》等社稿得以确认的。还有一些士子四处遨游，征选八股文，“麻城王屺生自黄州入南昌，上广信，至临川，梓其征途所录，名之曰随社”②。这种“相距数千里而名之为社，则古未前闻也”的情况③，其实质就是摆脱地理空间及师门传承的限制，通过社稿，在更大范围内、更具公共性的领域中，建构了超越地缘关系、超越现实关联的交际网络。

万历年间，士子之间建构的“同”的关系，最终落实在“同心”的层面上：“士之业同则心同，心同则出处同，出处同声名之洋溢同。……而同立于盛名之下之人，不社而无不社”④。所谓“同心”，是指士子在建构起精神共同体、文化共同体的基础上，进而形成了现实利益的共同体。在文人共同体中，“友谊关系并不只是社会交往的形式，更是主体借以与世界发生联系、生产存在性意义和社会团结的机制”⑤。经由这一机制，名士与官绅及其子弟聚合起来，将前代结社中生成的地缘要素、感情依托、现实利益等整合于一体。他们之间平等协作的关系、相互关照的情谊会超出举业，超出结社活动，达到“不社而无不社”的

---

① 何宗美：《载酒征歌，交游文物——复社文学活动及其影响》，《文艺研究》2006年第5期。

② （明）艾南英：《随社序》，见《天傭子集》卷二，康熙年间刊本。

③ （明）艾南英：《随社序》。

④ （明）薛冈：《海内名公广社序》。

⑤ 罗朝明：《友谊的可能性——一种自我认同与社会团结的机制》，《社会》2012年第5期。

状态。

明代以前，文人吟诗雅集是通过“文化的优越感来确认自我的存在价值”①。到了万历年间，文社成员进而将“文化的优越感”转换为彼此互惠的根基，以获取现实生活中隐性的或者是显性的利益。万历二十年(1592)，茅国缙任章丘令，为了提高茅国缙的声望，黄汝亨为他作传。继而，黄汝亨凭借自己与王世贞父子的密切交往，请王世贞为《茅章丘传》作序。黄汝亨说：

> 兹以茅生章丘之事，忘其疏贱，不揣略陈请于左右。……章之士民谋刺其行事为百世利，而托不肖为之传，刘进士则纪其荒政。顾独缺序首，而又若有所慕而未敢请者。②

后，王世贞有《黄汝亨作〈茅章丘传〉小叙》。他梳理自己与茅坤父子的关系时说：“吴兴有茅鹿门先生，其居官所至，负才术，顾厄于谗，不获究归，而以文学收远近声。其伯子翁积能嗣茅先生。……父子余俱识之，独不识仲子今章丘令荐卿。”③黄汝亨等名士成为官绅之间联系、交往的纽带，在建构起情感共同体、文化共同体的基础上，通过相互的褒奖、推扬，获得在现实世界中的声誉。

在这个共同体之中，名士与官绅及其子弟之间也存在直接的利益互助关系。据《康熙仁和县志》，“初，汝亨以文学受知督学滕公。及汝亨读书湖州，而滕公已为浙巡。会坤忤县令，中奇祸，汝亨为滕公白其冤。事解，坤持三百金为谢。汝亨笑曰：吾以义往，而利公金耶？不受。坤益重之”④。黄汝亨与茅坤等人的情谊可以超越物质，但是，却没有抽离于人的现实生活。他们之间的交往不是出于纯粹的功利目的，

① 左东岭：《玉山雅集与元明之际文人生命方式及其诗学意义》。
② (明)黄汝亨：《上王元美先生》，见《寓林集》卷二三，第366页。
③ (明)王世贞：《黄汝亨作〈茅章丘传〉小叙》。
④ (清)邵远平：《康熙仁和县志》卷一八。

但却具有现实功用性。这强化了名士与官绅、官绅子弟之间的凝聚力。

名士与官绅及其后辈进而建构了多层级的、动态的关联关系。黄汝亨早年师事茅坤，兄事茅国缙。后，茅坤的季子茅维又成为黄汝亨的门生。茅维未取得功名，他编订了考试读物《策衡》《论衡》《表衡》等。黄汝亨任江西布政司参议时，为《策衡》作序，称扬茅维“夙有妙才”，并说“兹编领袖末学，良亦远矣”①。这样，文人在结社过程中形成的共同体不仅是超越空间的、地缘的，同时也超越了代际的连接。在多重层次、多种形态、多个节点的关联中，文人形成了特定的阶层，完成了文化权力的延续。

创建文人共同体并非黄汝亨等结社的原始意图。此外，由于社会阶层、人的日常生活的动态性、复杂性，我们无法清晰地切割出文人共同体的范围。但是，黄汝亨等万历年间的士子以同文、同赏、同业、同心为基础，确认彼此在精神、文化，乃至现实利益等方面的一致性，这是在结社、选文过程中生发而成的、不可忽视的社会事实。万历年间的这些文社从内在形态、外在影响力等层面上实现了对前代结社的超越，从根本上改变了文人之间的关联关系以及交往模式。

士子将结文社、选社稿等活动融于一体，开始于嘉靖年间，② 在万历时期形成热潮，到天启、崇祯之际发展到顶点。清代顺治、康熙年间，官方对“窗艺、社稿通行严禁”③，结社、选文的风气渐渐消散。

缔结文社、编订社稿作为一种活动，自有其盛衰消长，这种活动带来的影响却是持续性的。万历年间，黄汝亨等通过结社、选文，建构起朋友场。到了崇祯年间，张溥等进一步将士子情谊制度化、规范化，将文人共同体的诉求合法化，建构了党社，发展成为对抗、突破官方科举

① （明）黄汝亨：《策衡序》，见《寓林集》卷七，第 64 页。

② 嘉靖十年（1531），归有光“与同学诸人结文社”。他选定“与诸友辛卯应试时会作”的“经义百篇”，编成选本，题名为《会文》。参见归有光《会文序》。

③ （清）素尔讷纂修，霍有明、郭海文校注：《钦定学政全书》卷七，武汉大学出版社 2009 年版，第 386 页。

制度的力量。黄汝亨等人超越身份、师承、地缘、代际等的限制，在情感、文化、利益等多个层面上建构起共同体，这促进了士阶层的流动，推动了明清之际精英阶层的形成。黄汝亨等人缔结文社、编订选本时，并不打算颠覆既有的官方制度、打破“现有”的社会结构，这些活动最终却推动了科举话语权的分割，蕴含着促成中国社会结构调整的要素。

黄汝亨的宗教经验与八股文观念

黄汝亨(1558—1626)，字贞父，万历二十四年(1598)进士。中进士之前，他专意于研习举业、教授生徒。之后，他历任江西进贤县令、南京工部主事，后，转江西学政，迁江西布政司参议。他在江西任职期间，“衡文一以先民为法，临川陈际泰、东乡艾南英皆其首录士”①。黄汝亨也是万历年间重要的八股文选家，他先后编订了《灵鹫山素业》《坛石山素业》等20余部八股文选本，用以指导门生写作。在明末八股文文风转移变迁的过程中，黄汝亨产生了重要的影响。此外，黄汝亨也有着丰富的宗教经验：他与苇航上人等僧侣往来密切，多次参与寺庙的捐赠、修建活动。这些宗教体验改变了他的文化感知以及知识结构。在准备举业、教授门生、编订选本时，黄汝亨屡屡谈及举业之文与佛经道藏的关系；在写作中，黄汝亨还将佛典道藏的义理、词汇融入官方的考试文体之中，突破了八股文的文体边界。

宗教经验与八股文观念原本分属两个毫不相关的领域。前者属于终极信仰的范畴，与彼岸的皈依相关；八股文是官方的考试文体，是国家选官制度的重要组成部分，与现世的功业相关。通过分析黄汝亨等人的八股文观念，我们可以看到，到了明代万历年间，宗教经验与八股文文风以微妙的方式相互映照、相互鼓荡，形成了复杂的关联关系。

---

① (清)刘坤一等:《江西通志》，光绪七年(1881)刻本。

一、研习举业时的宗教体验

万历年间，整个社会的风气是“禅风寖盛，士夫无不谈禅，僧亦无不与士夫结纳”①。在这种时代风会中，黄汝亨等士子的知识结构，乃至举业之路、仕宦生涯与佛教的寺院、僧徒、义理等形成了多层次、多类型的联系。从某种意义上甚至可以说，寺院成为士子进入国家权力结构的出发点之一。

黄汝亨自年轻时就积极参与举业，“诵六籍，为高材生”②。他研读四书五经、准备科举考试之时，不是在书院或者私塾里，也不是在家中，而是寄居于寺庙。万历年间的寺院具有今人难以想象的开放性和公共性。僧人非常乐意结交那些研习儒家经典的士子，并接纳他们在寺庙中长期居住。万历四年(1576)，黄汝亨19岁，他住在杭州的云居圣水寺。黄汝亨自言，“年十九，与刘抑之读书圣水寺”③。云居圣水寺“创自李唐，绵亘千年”，“虽在都会之冲，实为烟霞之窟，且�寮松舍靡不雅洁”④。黄汝亨居住在此，潜心研读四书五经，为参与举业做准备。万历十五年(1587)，黄汝亨从圣水寺迁至杭州西山的灵鹫禅院。万历十九年(1591)，黄汝亨中举。他仍住在灵鹫禅院，一边准备会试，一边教授生徒，“偕二三子幽栖西山”⑤。万历二十六年(1598)，黄汝亨中进士。直到这时，他才离开灵鹫禅院。

黄汝亨居住在寺庙中研习举业，这并非特例，而是万历年间的普遍

① 陈垣：《明季滇黔佛教考》，河北教育出版社2000年版，第334页。

② (明)茅坤：《鹤洲黄先生传》，见《茅坤集》，浙江古籍出版社1993年版，第321页。

③ (明)黄汝亨：《寿询法师五袠序》，见《寓林集》，天启四年(1624)吴敬、吴芝刻本。

④ (清)释明伦撰、(清)释宝懿重纂：《圣水云居寺志》卷首，清武林掌故重编本。

⑤ (明)黄汝亨：《沈观颐先生六十寿序》。

情形。这一时期，寺院不再是纯粹的宗教机构，不再仅仅是僧众的修行之地、民众的膜拜之所，同时也为黄汝亨等读书应举的士子长期提供食宿。如，吴之鲸屡试不第，“不幸伏幽忧之中，栖息圣水”①。他与黄汝亨在此相识并交好。黄汝亨在圣水寺还结识了许多像吴之鲸这样的同道。他说：

> 仲初与钟中丞文陆读书云居禅寺之西舍，不佞与刘仪部抑之居东舍，时时论文，以尊酒过从。……所交游多四方名士，友人如许令慈、许然明、吴伯霖、翁子先、郑元夫、江澹如，尤号莫逆。②

黄汝亨中进士之后，他于万历二十七年(1599)重游西山。经过西山隆恩寺时，他还遇到了同一年中举的“刘完白读书于此”③。据陈垣《明季滇黔佛教考》，邹元标、艾友芝、孙应鳌等人也都曾在山寺中读书。④万历年间，寺庙转型成为具有多重功能的社会机构，为年轻的士子准备科举考试提供了安定、清净的居所，成为士子展开社会交往、观察了解世风的重要出发点。

当黄汝亨等士子居住在寺庙中研读儒家典籍、应对科举考试时，他们能切身地感受到俗众崇信佛教的盛况。黄汝亨在灵鹫山读书时，“见夫十方万众，填山谷，蹈湖海，而礼拜称念观世音者无算”⑤。他自己也常常聆听僧人开讲佛法，并与僧众建立了密切的联系。黄汝亨在山寺中准备科举考试时，他的日常生活状态是，“取邹鲁性命之书，仰而与足父群贤晤国朝以来奏疏经济之章；俯而与今之贤士大夫晤，而间及禅

① (明)黄汝亨：《吴伯霖稿序》。
② (明)黄汝亨：《亡友张仲初夫妇行状》。
③ (明)黄汝亨：《游西山纪》。
④ 参见陈垣：《明季滇黔佛教考·读书僧寺之风习第九》。
⑤ (明)黄汝亨：《观世音菩萨普门品经备解序》。

玄之眇论、汉晋之清言"①；与"域外之士高谈名理，靡靡玉屑。或祇园禅伯持《金刚》《楞严》《圆觉》秘密之旨偏袒问讯"②。万历四年(1576)，黄汝亨在圣水寺时，"偶与苇航法师会，宣说《楞严》，雅好之"③。到了万历七年(1579)，黄汝亨与苇航法师已经非常熟稔，"旦晚相过从……于佛理稍有开示，皆师力也。嗣是，相往还以为常"④。与黄汝亨交好的僧人还有询法师。黄汝亨说："询禅师有华严径，去余家不远，亦少良晤。曾一面之语溪经席，则心识之。"⑤后，"乃旦夕与师周旋"⑥。此外，他与莲池、雪浪禅师、佛石上人、居祖上人、明昱、溯音、介溪、耶溪法师等都有密切的往来。在与僧众的交往中，黄汝亨还阅读了大量的佛学著作，其中包括明昱的《成唯识论俗诠》、觉海慧上人的《观世音普门品备解》等。慧安重刻《华严会玄记》，他还写有《华严悬谈会玄记序》。

黄汝亨在读书课业、教授生徒时，常常请僧人为门生讲经说法。苇航法师"止栖水横里之普宁寺"时，黄汝亨与他"相去衣带，因为诸学人乞师过此，讲《首楞严》了义"。⑦ 出于对佛法的热情，黄汝亨还曾邀请忘年之交沈裥一起聆听苇航法师开坛讲经。他写信给沈裥说："不肖近共一二善信，邀苇航师宣说《楞严》。其间智灯疑纲，种种相参。……明公有意辱临之乎？不肖请与群僧袒右肩迎之"。⑧ 在指导门生研习举业时，黄汝亨也会毫无隔阂地借用佛教典籍中的词汇、义理解读儒家经典。黄汝亨在给门生讲授《论语》时，往往借用佛典中的词语。他说：

① (明)黄汝亨：《答茅荐卿》。
② (明)黄汝亨：《沈观颐先生六十寿序》。
③ (明)黄汝亨：《寿询法师五袠序》。
④ (明)黄汝亨：《苇航法师塔铭》。
⑤ (明)黄汝亨：《寿询法师五袠序》。
⑥ (明)黄汝亨：《寿询法师五袠序》。
⑦ (明)黄汝亨：《题苇航禅师构净室手册》。
⑧ (明)黄汝亨：《与沈中丞观颐》。

> 《论语》如空中月，实实照地而空不可捉；又如摩尼珠，色色现前，而色亦不可捉。汝亨常于山中与诸生演说。①

“空中月”一词多见于佛教类的著作。五代时，释延寿在《宗镜录》中说，佛法“如空中月，世间靡不见。非月往其处，诸佛法如是”②。唐代释道世在《引证部》中也说：“善男子如空中月，从初一至十五日，渐渐增长。善知识者亦复如是。”③明末高僧憨山在诗中写道：“心若空中月，形如镜里像。此是吾师四十年，随顺众生真榜样”④。“摩尼珠”译自梵语。唐代，道绰说：“释有三番。一譬如净摩尼珠，置之浊水，以珠威力，水即澄清。……二如净摩尼珠，以玄黄帛裹投之于水，水玄黄，一如物色。”⑤澄观也说：“佛身如摩尼珠，无心现色。”⑥黄汝亨在给门生讲解《论语》时，自如地融会转化佛教的词汇，指出《论语》这部书包蕴的思想、义理至深至广的特点。

对于黄汝亨等万历年间的士子来说，朝堂与寺庙并不构成强烈的对抗关系，四书五经与佛教典籍也不处于互相对立的两极。在士子取得功名之前，朝堂是他们精神追求的目标，寺庙是现实生活中的居所；儒家经典是他们日常研读的课业，佛典道藏则在他们阅读儒家典籍时，提供了全新的观照视角。朝堂与寺庙、儒学与佛教和谐地叠加、融会在士子的日常生活之中。这种生活状态渐渐催生出新的主体立场、文化需求。

---

① （明）黄汝亨：《论语商序》。

② （唐）释延寿：《宗镜录》卷二七，西北大学出版社 2015 年版，第 453 页。

③ （唐）释道世：《引证部》，见《法苑珠林》卷六四，影印上海涵芬楼藏明万历刊本。

④ （明）释德清：《云栖大师赞》，见《憨山老人梦游集》卷二〇，顺治十七年(1660)毛褒等刻本。

⑤ （唐）道绰：《安乐集》卷上，上海商务印书馆 1925 年版，第 56 页。

⑥ （唐）澄观：《大方广佛华严经疏钞会本》卷一八，光绪九年(1883)常熟刻经处刊本。

这种文化立场推动黄汝亨等士子在参与科举考试时，无意识间将佛典道藏中的要素融入八股文之中。

二、八股文写作中的儒释会通

在中国文化传统中，文人会通儒释两家的义理，与僧侣参谈佛理，是生活中的常态。宋代，有人谈到“儒佛见处”“无二理”①。到了明代，文人也不缺乏与宗教相关的经验。如，明初，宋濂笃信佛教，自号无相居士；之后，自“阳明起，诸大儒无不醉心佛乘”②。从知识构成的维度上看，黄汝亨等万历年间的文人在思维范型上与前代似乎没有本质的区别。但是，当我们进而引入日常生活以及写作实践的维度后，可以看到，士子在准备科举考试时，借用佛教、道教的词汇、义理阐释儒家的经典，特别是在八股文的写作、编选中融入佛典道藏的要素，这是万历年间独有的现象。

黄汝亨等人在日常生活中与佛教、佛寺、佛法、佛理的接触，渐渐改变了他们的认知结构以及思维方式。这种改变也反映在八股文写作、时文选本的编订之中。明王朝建立之初，官方从取材、立意上对第一场经义，即俗称的八股文进行了限定。经义“专取四子书及《易》《书》《诗》《礼》《春秋》五经命题试士”③。按照官方的要求，经义的写作应以四书五经为本，注重对这些书籍的内在义理进行阐发。但是，到了万历年间，黄汝亨等士子开始融会佛教的词汇以及义理等对八股文进行改造。佛教、佛法、佛理生成了全新的、特殊的意义，成为八股文求新求变的重要推助力。黄汝亨曾谈到这种现象说：“隆、万以来，厉气而取

---

① (宋)朱熹：《答李伯谏》，见《朱子全书》卷六〇，上海古籍出版社、安徽教育出版社2002年版，第624页。

② (明)蕅益：《阅阳明全集毕，偶书二则》，见《灵峰宗论》，北京图书馆出版社2005年版，第189页。

③ (清)张廷玉等：《明史》，中华书局1974年版，第6015页。

精先秦也。至于今，横意之所出，自二氏、百家以及稗官里谚之眇论，皆可肆而猎之。"①隆庆、万历之际，士子在写作八股文时，不断调整自己的路向，他们由以经部为依归，转入效法先秦诸子的雄厉之风；到了万历前期，士子在写作中进而将"二氏"，即佛典道藏的要素融入八股文之中。

万历六年(1578)，黄汝亨师事茅坤。万历八年(1580)，黄汝亨与茅坤的儿子茅国缙选定日常写作的八股文，成《秋水编》。茅坤为《秋水编》作序，称赞这些年轻士子的八股文说，"兹编于秋水之为神处，大较所得已什之九；而于杜甫所称玉为骨处，倘稍再注心焉，可与日月俱远矣"②。同时，茅坤基于自己的经验，指出黄汝亨文章中融入佛典道藏的问题。黄汝亨得茅坤指授后，回信说：

> 居尝思吾伯向所疾呼不肖而语之曰：尔向年之文，其为庄蒙乎？今之文，其为语录乎？不肖以为庄之本旨既与吾儒相轧，必不当参而附之孔孟之调。而语录者，其精为茧丝，其词为葛滕，径其词，得其精，亦举子业之法门真谛也。③

黄汝亨谈道，自己的八股文一度仿效庄周之风，庄子逍遥无待的处世态度与儒家的入世态度是相悖的。他改变了自己的创作路向，由仿效庄蒙进而转习语录体。所谓"语录"，即门人弟子记录下来的导师的言行，或者是佛门的传教记录。这种文体不重文采，将日常生活中的感悟以及口语纳入文中。黄汝亨认为，从语录体入手改造八股文，是"举子业之法门真谛"；在写作八股文时，可以借助佛教的话语系统，阐释、论证儒家思想体系的合理性。

科举考试中的五经义主要考察士子对《诗》《书》《礼》《易》《春秋》的

① (明)黄汝亨：《范光父程文选序》。

② (明)茅坤：《题秋水编》，见《茅坤集》卷三一，第843页。

③ (明)黄汝亨：《启鹿门先生》。

理解。士子在参加考试时，可以从五经中任选一经。黄汝亨主要研习《易经》一科。他批评来知德的《日录》研《易》不能兼通儒释道三家。他说：

> 先生指宋儒观喜怒哀乐未发气象与静坐默认，及象山之主静、新建之致良知，以为渉于禅宗，而窃窃然辨之。余不敢谓然也。即如佛、老之教与吾儒轨物黑白相反，而其微而至者可以相证，不可以言传。先生以形为俗流，气为仙佛，神为吾儒，又诋诃佛氏，比之夷狄禽兽，此杜祁公未读《楞严》时语也。①

黄汝亨认为，儒、释两家的外在形态、内在义理存在巨大的差异，具有对立的一面；但同时，儒、释的价值形态、观念信仰又可以纳入共同的统系之中，相互参证，以确证彼此的合理性，形成新的意义秩序。他说："天下之动，两相遇而两不相下，未有不争者也。儒释之论亦犹是。夫合则为泥，而当其合时，世眼未见分半。"②黄汝亨认为，人的思想、认知达到一定的水平和境界之后，会感到儒、释两家的思想、义理是混同于一体的，就如同土和水混合成泥，再也无法清楚地区分开来。在准备举业、研读儒家的经典之时，可发现佛道两家的义理与儒家的思想在根本上也存在着精深、微妙的联系，"微而至者可以相证"③。在研习《易经》或者写作五经义时，也要将儒、释、道融会于一体。

万历年间，黄汝亨等八股文选家在参与举业、编订选本、教育门生时，坚持儒、释、道三家会通。他们越出经部的界限，在八股文中融入子部佛典道藏中的知识要素，这是一种普遍的现象。罗姓士子是黄汝亨的门生，他将佛典道藏的内容融入八股文之中。黄汝亨谈到这个门生时说：

---

① (明)黄汝亨：《来瞿唐先生日录序》。
② (明)黄汝亨：《法通序》。
③ (明)黄汝亨：《法通序》。

> 余廿余年来及门之士，独玄父周旋久。……玄父制义具在，正者可以翼六经，微者可以苴二氏。①

黄汝亨说，从整体上看，罗氏的八股文羽翼六经，阐发了个人对于儒家经典的理解。但是，从细节上看，这些时文也包蕴着佛教、道教的义理。主持乡会试的官员也多次谈到八股文文体越界的问题。沈一贯在《会试录序》中说："士子旁逸于诸子百家，至摽佛、老以为奇"②。冯琦也说，士子"取六籍遗言，而强傅以竺乾、柱下之说。"③"竺乾"即天竺国，也用以指称佛教、佛法、佛理。"柱下"一词指代老子及其《道德经》，或者是道教。沈一贯、冯琦等作为修撰会试录的官员，他们从整个社会的层面着眼，对八股文的文风进行总结，指明了佛典道藏中的义理、词汇融入八股文的情况。

在黄汝亨等文人士子准备举业、写作八股文时，儒家经典是他们知识结构中核心的、根本的构件。但是，儒家思想具有较高的宽容度，允许佛教经义在平行的轨道上与之共生、并存。在与寺庙、僧众、佛法接触的过程中，宗教成为一个关键的要素，被组织进入这些士子的社会公共关系网络之中，佛教的义理也渐渐地融会在他们的知识结构之中。黄汝亨等人在特定的生活状态下，完成了宗教经验与知识结构的对接。对黄汝亨等万历年间的士子来说，佛教的义理成为有效的认知框架，与儒家思想的意义系统整合于一体。这些宗教经验和观念作为鲜活的要素，帮助他们突破官方划定的基本界限，从内容、文风等各个层面上完成了对八股文的改造。

---

① （明）黄汝亨：《罗玄父稿选序》。

② （明）沈一贯：《会试录序》，见《喙鸣文集》卷四，《四库禁毁书丛刊》集部第176册，北京出版社2005年版，第77页。

③ （明）冯琦：《会试录序》，见《宗伯集》卷一四，《景印文渊阁四库全书》第1291册，上海古籍出版社1989年版，第98页。

三、从越界到回归

来自日常生活的宗教体验对士子的知识结构产生了影响，推动了万历年间八股文文风的调整，这是毋庸置疑的事实。但是，日常的生活经验对知识结构的改造，并不是无限度的、非理性的。士子在写作过程中，并非完全遵从宗教的或者日常生活的逻辑。事实上，他们更多地遵循着知识要素自身的逻辑展开写作。官方的规范、个人稳定的价值体系、个体的文章观念，促使参与举业的士子在越界之后，自觉、主动地回归到既定的界限之内。

万历年间，黄汝亨等士子写作八股文越出经部之外，参会史部、子部、集部的各类要素，并将佛典道藏融入其中，这与官方的规范形成了断裂。针对着士子写作八股文由经部入史部，再入子部的风气，官方提出了“正文体”的要求，并逐步明确了八股文的基本风格应该是“其词博雅中伦，其旨廓闳深远”①。万历十六年(1588)，“礼部疏正文体，颁行程墨为式”；万历十七年(1589)会试，考官见“取首者内有梵语”，“毅然黜之”②。黄汝亨的文风与官方的规范相左，这使他在科举考试中屡试屡败。万历元年(1576)，黄汝亨16岁，他获得了参加乡试的资格。直到29岁时，他“四试于乡，并摈去”③。经过屡次落第之后，黄汝亨逐渐认识到，八股文首先是官方的考试文体，这种文体自形成之时起，它的品格、立意、主旨就已经基本定型。他在写作八股文时，由追新求异渐渐转而“稟先民之程”④，不再“毁绳削墨”⑤。大约在万历十

---

① (明)吴国伦：《会试录后序　隆庆戊辰科》，见《甔甀洞稿》卷三八，《四库全书存目丛书》集部第123册，齐鲁书社1997年版，第156页。

② (明)方弘静：《客谈》，见《千一录》，明万历间刻本。

③ (明)茅坤：《王孺人墓表》。

④ (明)黄汝亨：《庚戌十门人稿选序》。

⑤ (明)黄汝亨：《白社草序》。

五年(1587)，黄汝亨写信给茅坤，对自己早年“露才吊诡”的习气进行反省①。他说：

> 深悔曩者刻意之误，而务思折衷于道。……父兄之所以教子弟者，与先生之所以教门人，当以醇静心体为第一义，即次明白经术，即次博秦汉间之粹而近道，得与夫苏之流畅、程朱之真实而就其才之所近，以自求其至。②

万历十八年(1590)，黄汝亨刊刻了自己的八股文集，并题名为《寓庸集》，目的是激励自己将“摹画庄周”以及语录体的习气“刊落殆尽矣。故自题之曰寓庸。庸，常也；寓者，客游之而非我有也”③。也许不是巧合，在黄汝亨的八股文文风经过这次调整后，他于万历十九年(1591)年中举。万历年间，士子在写作八股文时，像黄汝亨这样，由有意地越界到回归官方的规范之内，是一种普遍现象。丘兆麟是黄汝亨的好友，丘氏的八股文“如古之舞剑弄丸者流，搏象而擘远空，斯亦妙文章之用而致其动者已”④。丘氏在参加乡试时，“览者阅初场，几以纵横太甚落之”⑤。汤显祖写信给丘兆麟，提醒他“正文体自是正论”⑥，在八股文写作中应有所收敛。后，丘兆麟于万历三十八年(1610)中进士。

黄汝亨等人在写作八股文时，由越界转而回归到规范之内，这并非完全是官方强制作用的结果，同时也是应考士子主动的选择。这种选择与个体的价值观念具有内在的关联。对黄汝亨等万历年间的士子来说，

---

① (明)黄汝亨：《答鹿门先生》。

② (明)黄汝亨：《答鹿门先生》。

③ (明)茅坤：《黄贞父近刻寓庸集题辞》。

④ (明)黄汝亨：《丘毛伯制义小序》。

⑤ (明)黄汝亨：《丘毛伯制义小序》。

⑥ (明)汤显祖：《与丘毛伯》，见(明)汤显祖著、徐朔方校注：《汤显祖全集》，北京古籍出版社1999年版，第254页。

自小受到儒家思想的训练并不会阻绝他们对宗教的热情，同样地，对宗教的尊崇也不会削弱儒家思想在他们心中的权威性。黄汝亨年轻时虽然生活在寺庙中，但是，他“于史二十一家靡所不读”①，黄汝亨掌握的儒家典籍、史部书籍要远远多于子部的佛典道藏，他的终极理想也是完成“素王”之业。他不仅将自己编订的八股文选本题为“素业”，而且在诗中写道，“宴坐时看高士传，清言还拟素王风”②，“少年矜说剑，中岁好论文。素业看玄鬓，黄山卧白云”③。所谓素王、素业，据王充《论衡》，“孔子不王，素王之业在《春秋》”。在黄汝亨看来，文人士子应该像孔子那样，没有“王”的名分，却能成就“王”的功业。从儒家“素业”“素王”的理想出发，黄汝亨在写作实践中，不否认八股文文风的调整和变化。但是，他同时也坚持文风与世道人心具有对应关系：

> 欲制科得士，莫如正心术。士正心术，则自少年之习为文字始。……成、弘间作者，非但文章典刑，而治世之气象亦隐隐隆隆可想见也。④

黄汝亨认为，文体的界限、法度同时意味着世道人心的底线。八股文的写作可以适当地越界，但是，这种超越一旦过度，就可能引发世道人心的变动。一些士子将佛典道藏的内容融入八股文之中，目的不是为了完成对八股文的改造和创新，而只是妄图以奇诡博人眼目，在科举考试中取得一第。这样的文风“多文少质，奇诡横厉，常变庞杂”⑤，反映出士子的浮躁心态。黄汝亨还看到，许多士子对于“史学如《资治通鉴纲

---

① (明)吴之鲸：《古奏议序》，见(明)黄汝亨：《古奏议》卷首，《续修四库全书》第498册，上海古籍出版社2002年版，第3页。

② (明)黄汝亨：《百谷先生见访有赠走笔次答》

③ (明)黄汝亨：《寿休宁汪先生九十，先生之子为秀州博士》。

④ (明)黄汝亨：《正始编序》。

⑤ (明)黄汝亨：《王逸季墨卷选》。

目》……之类，以为浩瀚不切，而廿一史、八大家、《文章正宗》等集，束之高阁。高才生舍本逐末，厌常攻异。或于释部道流，玄玄空空之书，深窃其旨，浅咀其英，崇尚虚无，持斋佞佛，转相则效，以此为学，则为邪渺，幸而遭时，必多怪僻”①。舍弃儒学、崇佞佛理，这与儒释会通是背道而驰的，这也是士风、世风日下的表现。黄汝亨谈道，这样的文风日生弊陋，以致“厌生玩，玩生逸，逸生淫。于是浮华相标，虚气相夸，渝忠信，裂绳墨，生心害政，流于无穷”②。他编订选本的目的，不仅仅是帮助士子在科举考试中夺得一第，同时，也要校正部分士子以佛道法理为“第一义”的不良风习。

黄汝亨文风的转变，也基于他对于八股文、辞章的本质，以及对于“师心”这一命题的认识的深化。万历时期，“有勇气越轨是胆力不凡的证明，摆脱谨慎和约束是创造新奇的有效方式”③。文人“独抒性灵，不拘格套”的创造力不仅表现在诗、古文、词的领域，同时，也呈现在八股文写作领域。黄汝亨年轻时，“气高故睥睨流辈，而厌法度之说”④，在参与举业时，他有意突破官方的规范，追求“师心自僻”⑤。这与时代风会具有内在的一致性。随着写作经验的不断累积，黄汝亨对于法度、对于“师心”有了全新的认知，他在八股文写作中也由越界自觉地转向回归。

黄汝亨谈道，任何一种文体，包括八股文，都自有特定的体式、规范。士子应该对既有的定式、体例给予基本的尊重。他说：

文者，心之精微也。人心之灵千百亿变，出奇无穷，而古今取

① （明）黄汝亨：《学政申言》。

② （明）黄汝亨：《王逸季墨卷选》。

③ 陈文新：《挑战禁忌思潮中诗学变异——李贽与公安派关系新论》，《上海师范大学学报》2013 年 1 期。

④ （明）黄汝亨：《答曹周翰》。

⑤ （明）黄汝亨：《启鹿门先生》。

> 材者壹稟于法。夫法非繇天降地出也，标旨于古初，证智于神明，犹匠氏之有规矩准绳，而声律家之有钟吕，要归于不可易。士得之，赴于主司者之仪的，命之曰中式。主司者拔士之隽者以为式，以贡于天子，命之曰程。式之与程，皆法也。是制义之三尺，聪明奇诡者不得逞。①

官方制定的关于八股文的法度并不是要限制、束缚士子，而是划定边界，给士子的写作提供一个特定的空间。士子在写作八股文时，首先要注意的，是不能将文章的法式、法度与格套混为一谈。法式是某种文体成为它自身的本质规定性，而格套则指的是固定不变的模式、套路。士子在写作中要破除的是格套，而不是从根本上否定这种文体的本质：

> 文之难言久矣，法度之论非所以绳末世。至法亡，而趋利捷、效颦学步，以套为法令，览者欲呕。②

“以套为法”的表现是多样的。士子亦步亦趋地谨守着官方的规定，这是一种格套。如果不加鉴别地在八股文中融入佛典道藏，这同样也是一种格套。基于对法度与格套的辨析，黄汝亨提出，要尊重八股文作为官方考试文体自身应有的规范和品格。士子写作时文，其次要注意的，是“师心”与“师法”并不对立。黄汝亨说：

> 夫文之有准，犹奕之有谱，匠之有绳，而射之有鹄也。不按则不名为工，不游则不名为化。夫有神化而废准者矣，未有废准而神化者也。③

① （明）黄汝亨：《范光父程文选序》。

② （明）黄汝亨：《素业五编序》。

③ （明）黄汝亨：《易准序》。

八股文写作一定要遵循基本的法度和规范，“废准”只是达到“神化”的表征之一，而不是实现“神化”的必经途径。“师心”是建立在“师法”的基础之上的，而不是以“破法”为目的。黄汝亨指出，优秀的八股文“缘题起意，驾乎题之上而不为题缚；缘意命格，超乎格之表而不为格囿。翔寥廓而标英灵，岂绳趋尺步之流所能望源而至哉”①。为此，他力图恢复八股文与儒家经典的对应关系，重塑官方规范的合理性，促使士子写作回归到既定的法度之内。

从写作实践来看，宗教经验影响了黄汝亨对八股文的认知，他并不拒绝对八股文进行调整与改造，不反对将诸子百家、佛典道藏等内容融入八股文之中。但是，个人的考试经验、价值观念等对黄汝亨的八股文写作产生了更大的影响：从文体观念来看，黄汝亨认同、支持官方制定的关于八股文的基本规范。在教育门生时，他甚至试图根据官方的要求，力图推动八股文写作回归到官方既定的规范、界域之内。总体来看，在科举制度的框架下，面对佛典道藏的义理、词汇渗入八股文这种现象，黄汝亨的态度是复杂的、多元化的。黄汝亨观念的复杂性并不说明他的思想是矛盾的、杂乱的。这只是标明，坚守儒家价值体系与崇信宗教、突破文体界限与尊重文体规范等并非对立的两极，而是同步的，是共生、并存的关系。

① （明）黄汝亨：《白社草》。

细节背后的文学史景观

——沈德潜三篇佚文的前后因缘之考察

在沈德潜研究中，搜寻到沈氏的佚作不是一件费力的事，笔者就辑有沈德潜的佚诗、佚文十数篇。但这种轻松同时也带来了研究的尴尬：(1)佚作比比皆是，从史料整理的角度来看，这些佚文对我们认识沈德潜及其“格调说”不能直接起到重大的推进作用，因此，佚文的发现也很难具有突破性的学术意义。(2)这些文章之所以“佚失”，可能是沈氏本人有意将之排除在文集之外，对这些佚文内容的关注正与作者的本意相违背。

面对所发现的大量佚诗、佚文，从何种角度认识其意义与价值，以推进关于作家的研究，并尽可能与作者的本意相合呢？我们的看法是，搁置佚文静态的文献意义，将文章的写作与佚失作为动态的文学活动、文学事件，深入到具体的历史语境中考察其“佚失”的内在原因。本着这一宗旨，本文对沈德潜为尤珍的《沧湄诗钞》、张廷璐的《咏花轩诗集》所作的序①，以及应袁枚之约为《随园雅集图》所作的题咏三篇佚文加以标点，并着重对以下两个问题进行考辨、分析：一是沈德潜何以会写这几篇文章；二是沈氏又何以将之排除在全集之外。借以从细微之处理解沈德潜的文学观念，并体察清代中叶的文学史景观。

---

① 尤珍(1647—1721)，字慧珠，又字谨庸，号沧湄，尤侗长子。康熙二十一年(1682)进士。有《沧湄类稿》五十六卷、《晬示录》二十卷。张廷璐(1675—1745)，字宝臣，号药斋，桐城人。官至礼部侍郎。

一、沈德潜的三篇佚文

沈德潜的这三篇佚文，其原文及刊行情况如下：

沧湄诗钞序

风雅与性情、学问三者难兼，沧湄前后诸诗可谓兼之矣。

沧湄诗原本风雅，兼该唐宋，萃众家之美，而出以自运之工，极变化之能，而不见拟议之迹。其开合顿挫、气韵生动处自有神行乎其间，非时贤所可及。先生尝言平日所作诗为泽州、新城两先生所称许，故付之梓，以示后人，非欲徼诗名于一时也。

诗家有宗盛唐者，有宗老杜者，集中兼而有之，皆天分所至，出于自然，绝非有意摹仿而成。间及中晚及苏陆以极其变化，总不逾盛唐老杜之矩矱。叶横山先生称之曰大家，曰正始之音，非虚誉也。

此序见尤珍《沧湄诗钞》卷首。尤珍《沧湄诗钞》为清康熙间刻本，见四库未收书辑刊第8辑第23册。在沈德潜序前，另有徐乾学、周金然、金德嘉、唐甄、郑昱五人的序。

咏花轩诗集序

有台阁之诗，有山林之诗。铺扬德业，典赡鸿丽，台阁之诗也；裴回景光，雕镂万众，山林之诗也。以台阁称者，于唐如苏许公、张燕公、权文公诸人，于宋如晏元献、周益公诸人。以山林称者，于唐如孟浩然、张籍、贾岛、卢仝诸人，于宋如林逋、魏野、真山民诸人。然既分擅二体，擅台阁者鲜清微窈眇之韵，擅山林者又徒工于写景赋物，而于美盛德之形容、效太平之润色或阙略焉，而未之有逮。求两者之能兼，古人亦有难焉者矣。

维桐城张公则不然。公为文端公哲嗣，耳濡目染，学殖自醇，文端公谢纶扉归，逍遥林壑垂十年，公无日不侍杖履，天伦之乐，非三公所能易也。年四十余，始登进士第，自是官侍从，备顾问，典成均，领宫詹，屡柄文衡，职掌邦礼，其得诸心而发诸言者，宜于台阁为长。今读《咏花轩诗集》，大者固得明堂宝鼎、长杨羽猎之遗，即下及登临酬答，随物肖形，亦往往写难状之景，而言人情之所不能言。其志廉以达，其音和以舒，其气宽厚宏博而无急言竭论之态，金钟大镛、山泉松籁，时并奏于楮墨间。台阁山林，公殆兼之矣。

抑思古今之称诗者，必以少陵为归。而少陵所以胜人，每在纲常伦理之重，故每饭不忘君父之外，凡弟妹之分张、家人之悬隔，念骥子于鸟道，怀朋旧于江东，简帙之中，三致意焉。公发为有韵之语，其笃于五伦不异于少陵，宜乎和平温厚，无意求工而自不能不工也。夫岂规规焉争奇标胜于台阁山林之间者哉！

昔文端公为盛时宰辅，功在社稷，公之难兄少保公又继之。公出膺造士之任，入为心膂密勿之臣，绍扬前绪，矢诗遂歌，被管弦而奏朝廷，当有与召康公比埒者，而从前之标格又不得以概之也。

潜以文字辱公之知，谓可进于有造，命草后序，深愿挂名集末，得附公以不朽，故不辞而序之。若公取士之公，莅政之肃，持躬之峻，与物之和，有大江以南之公论在，不赘述云。

长洲门人沈德潜百拜撰。

此序见张廷璐《咏花轩诗集》卷首。《咏花轩诗集》为乾隆初年刻本，见四库未收书辑刊第8辑第25册。沈德潜序后有张廷璐作于乾隆元年的自序。

随园雅集图题咏

随园在小仓山旁，前明焦弱侯故址，同年袁太史子才葺而新之者也。园依山缔构，水木明瑟，楼阁亭台埼畔，位置秋如，游其地者目为小栖霞，不断筇屐。子才奉母愉怡，暇常集友生，兴高觞酌，拘忌之客不与焉。因仿西园雅集意，命薛生寿鱼写《随园雅集图》。昔王晋卿以天家懿戚，聚名流女士侍侧，声华耀艳。随园拟之，何啻江黄仰视荆楚？究之西园之传，不以声华，仍以文藻。则今之会合随园者，或餍饫风骚，或穿穴经籍，或六法八法分擅人功，或观鱼听松并涵天趣，古今人何不相及耶？吾师望山尹公亦尝游憩于此，写图时适临他郡，图中阙如。然公之德言道范不遇于图中，转遇于图外，遇图中者披卷而始得，遇图外者常在心游目想间也。

归愚沈德潜，时年九十有三。

此文见袁枚所辑《随园雅集图题咏》一书。该书为民国丙子年(1936)罗振常蟫隐庐刊本，见丛书集成续编第155册。《随园雅集图》中绘有五人：沈德潜、蒋士铨、尹继善之子尹庆兰、陈熙以及主人袁枚。为《随园雅集图》题咏者共四十五人：梁国治作记一篇，尹继善、沈德潜等人作文九篇，钱陈群、王鸣盛、朱筠等人作诗七十首，吴玉稺、吴锡麒作词二首。

二、沈德潜缘何写这三篇文章

《沧湄诗钞序》写于康熙末年。时沈德潜为一介布衣，尤珍又比沈氏年长近三十岁，他将沈德潜的序置于徐乾学等要人之后，可见其器重之意。

沈德潜为尤珍《沧湄诗钞》作序并非偶然。康熙三十八年(1699)，沈德潜二十七岁时，就是尤侗、尤珍父子关注的青年才俊之一。① 康熙四十年(1701)，沈德潜在尤侗的侄子尤鸣佩家中坐馆，尤侗“见予《北固怀古》《金陵咏古》及《景阳钟歌》等篇，谓令嗣沧湄宫赞曰：此生他日诗名不在而辈下”②。沈德潜之所以致力于诗，也多得尤氏父子，特别是尤珍的鼓励。据《沈归愚自订年谱》，“沧湄先生每以诗索和，见余《吴江道中》诗有‘湖宽云作岸，邑小市侵桥’句，曰‘何减刘文房’；见《和亦园书兴》诗有‘半壁夕阳山雨歇，一池新涨水禽来’句，曰‘何减许丁卯’。……予恐负诸贤叹赏，益思致力于诗”。此后，沈德潜与尤珍诗词唱和，往来不断。在尤珍的《沧湄诗钞》中，有《次韵和沈确士幽居二首》，此诗作于康熙四十一年(1702)，沈德潜的《归愚诗钞》中也有《和尤沧湄宫赞书兴》等诗。与尤氏父子等人的交往是沈德潜跨入诗坛的第一步。经由尤珍等人的推掖和褒奖，当时的诗坛盟主王士禛听说并注意到了沈德潜。《归愚诗钞》中有《王新城尚书寄书尤沧湄宫赞，书中垂问鄙人云：横山门下，尚有诗人，不胜今昔之感。末并述去官之由，云与横山同受某公中伤。此新城病中口授语也。感赋四章，末章兼志哀

① 康熙三十八年(1699)，沈德潜参加了蒋深举办的送春会，时有尤侗在座。据沈德潜《后己卯送春文宴序》：“绣谷先生于康熙己卯宴会送春，时年最高者为尤西堂侍讲，朱太史竹垞齿次之，张匠门太史时为孝廉，顾秀野太史时为上舍生，惠小红豆学士、徐澂斋太史时为诸生，齿又递次之。予年最少，亦厕末席。而画师则王耕烟、杨子鹤，方外则目存上人。”(《归愚文钞余集》卷二)蒋深(1668—1737)，字树存，江南长洲人。工诗文，善书法，诗宗盛唐。善画兰竹，笔致清秀。著有《绣谷诗集》《鸿轩集》《黔南竹枝词》《雁门余草偶存》。张大受(1641—1725)，字日容，号匠门，江苏嘉定人。康熙四十八年(1709)进士，康熙五十九年(1720)授贵州学使。有《匠门书屋文集》三十卷。张大受少从学于朱彝尊，并参与编定了《明诗综》。沈德潜与张大受的关系也较为密切，张大受的外孙顾诒禄曾从学于沈德潜，并跟随沈氏多年。王翚(1632—1717)，画家，字石谷，号耕烟散人、剑门樵客、乌目山人、清晖老人等，江苏常熟人。祖上五世均善画。王翚拜同里张珂为师，专摹元代黄公望的山水画。后受王鉴赏识，收为弟子。王翚又师从王时敏。后与王时敏、王鉴、王原祁合称为四王，再加吴历、恽寿平又称清初六家。

② (清)沈德潜：《沈归愚自订年谱》，《北京图书馆藏珍本年谱丛刊》第91册，北京图书馆出版社1999年版，第143页。本篇引文出《沈归愚自订年谱》者，均不再出注。

挽》一诗。可见，尤珍等人的推介给王士禛留下了深刻印象。① 而尤珍请沈德潜为《沧湄诗钞》作序，既是对沈德潜的器重，又包含着诗坛名流奖掖、提携后学的意味。

如果说沈德潜为尤珍作序，内心充满了感激之情，相比之下，沈氏为张廷璐的《咏花轩诗集》作序，甚或有几分受宠若惊。张廷璐是大学士张英的第三子，康熙五十一年(1718)进士。雍正十一年(1733)，张廷璐请沈德潜点勘其《咏花轩诗集》并请沈氏作序，时张廷璐为江南学政，而沈德潜虽在地方上颇有声名，但只是屡试不第的一介秀才。因此，近三十年后，沈德潜在编定自己的年谱时，还惊叹说，张廷璐邀他"进见，行宾主礼，命点勘诗稿作序，易称先生，盖异数也"。乾隆初年，张廷璐刻《咏花轩诗集》，除了沈德潜的序外，再未请其他人题序，可见张廷璐对沈德潜的激赏。

张廷璐对沈德潜的知遇之恩并不限于作诗、作文的层面。乾隆元年(1736)，六十四岁的沈德潜应博学鸿词科不遇，张廷玉"慰劳再三，谓古今晚遇者多，仍宜应试"，沈德潜"感公诚恳，从其命"。更重要的是，张廷璐可以说是扭转了沈德潜命运的人物。沈德潜于乾隆三年(1738)六十六岁时中举，此年，张廷璐正任江南学政。乾隆四年(1739)，沈德潜应会试，张廷璐恰为该年会试知贡举。乾隆对沈德潜的关注与优宠即缘于张廷璐等人的揄扬。据袁枚《太子太师、礼部尚书沈文慤公神道碑》，沈德潜、袁枚等"同试殿上。日未昳，两黄门卷帘，上出，赐诸臣坐，问谁是沈德潜。公跪奏：'臣是也。''文成乎？'曰：'未也。'上笑曰：'汝江南老名士，而亦迟迟耶？'其时在廷诸臣，俱知公之简在帝心矣"②。乾隆怎么会知道沈德潜呢？据《沈归愚自订年

① 沈德潜的声名达于王士禛处，还得益于其他诗坛名流，包括沈氏的老师叶燮的推奖。据《沈归愚自订年谱》，康熙四十二年(1703)"秋，横山先生卒。先是，先生以所制诗、古文并及门数人诗致书于王渔洋司寇。至是，渔洋答书，极道先生诗文特立成家，绝无依傍。诸及门中，以予与张子岳未永夫不止得皮得骨，直已得髓"。

② (清)袁枚：《小仓山房文集》卷三，上海古籍出版社 1988 年版，第 1217 页。

谱》，尹继善对乾隆说，沈德潜“为江南老名士，极长于诗”，“大学士张文和公云：文亦好”。张文和公即张廷璐的兄长张廷玉。可见，在沈德潜进入文学、政治权力中心时，张廷璐是提携他的重要人物。张廷璐对乡间寒儒沈德潜如此厚爱有加，沈氏在《咏花轩诗集序》中毕恭毕敬、满怀感激也就不难理解了。

与《咏花轩诗集序》不同，在《随园雅集图题咏》中，我们看到的是沈德潜的勉强应酬之态。《随园雅集图题咏》作于乾隆三十年(1765)，此时，沈、袁二人交往已有二十多年之久。

乾隆四年(1739)，六十七岁的沈德潜和二十四岁的袁枚同登进士第。随后，两人同为翰林院庶吉士。乾隆七年(1742)散馆，袁枚因满文不合格，改发江南任知县。沈德潜因“老名士，有诗名，命和《消夏十咏》五律”，开始了与乾隆诗歌赓和的生涯。之后，沈、袁二人“宦海烟波逐渐分”①。沈德潜在朝，有机会向乾隆宣讲自己的诗学理论，得到了乾隆的认同。据《沈归愚自订年谱》，“上召见于勤政殿，问及年纪及诗学……并论及历代诗之源流升降”。此后，沈德潜一路亨通，官至礼部侍郎，并以辅导诸皇子为任。袁枚则在江南等县任职，沉郁下僚。袁枚虽然与沈德潜身份相差甚巨，但二人仍有交往。大约在乾隆八年(1743)，袁枚作《闻同年裘叔度、沈归愚廷试高等，骤迁学士，喜赋一章》。② 乾隆十四年(1749)，袁枚辞官，放浪于山水之间。沈德潜也正是在这一年予告归里，得享林泉之乐。此时，无论从政坛的身份，还是文坛的地位来看，袁枚都无法与沈德潜同日而语。据袁枚《随园诗话》，

① (清)袁枚：《闻同年裘叔度、沈归愚廷试高等骤迁学士喜赋一章》，见《小仓山房诗集》卷三，上海古籍出版社1988年版，第49页。

② 据《清实录》，乾隆八年(1743)闰四月，“于正大光明殿考试翰林、詹事等官”，“按其文字优劣，分为四等。”其中，“一等：王会汾、李清植、裘曰修等三员；二等：观保、万承苍、于振、张若霭、周长发、陈兆仑、沈德潜、秦蕙田、周玉章等九员。……编修裘曰修升授侍读学士……编修沈德潜升授左中允”(《清实录》第10册，中华书局1986年影印本，第1121页)。据此，袁枚《闻同年裘叔度、沈归愚廷试高等，骤迁学士，喜赋一章》应作于乾隆八年(1743)。

乾隆十六年(1751)，“在吴门。五月十四日，薛一瓢招宴水南园。座中叶定湖长杨、虞东皋景星、许竹素廷鑅、李客山果、汪山樵俊、俞赋拙来求，皆科目耆英，最少者亦过花甲。唯余才三十六岁，得遇此会。是夕大雨，未到者沈归愚宗伯、谢淞洲徵士而已”①。薛雪、李果等人是沈德潜早年从学于叶燮时的同门，沈氏归养林泉后，时常与薛、李等人或宴饮集会，或相伴出游，这样的聚会对沈氏来说是日常生活的一部分。而对“才三十六岁”且仕途不畅的袁枚来说，进入沈德潜的交游圈大概是一件愉快且令他有点得意的事。乾隆三十年(1765)，袁枚打算绘《随园雅集图》，邀请了两个重要人物，一是尹继善，二是沈德潜。尹继善曾为户部尚书，此时任江南河道总督，而沈德潜则以礼部侍郎的身份致仕，被赐以礼部尚书衔。袁枚邀请尹、沈二人，含有借重其声名的意味。时尹继善因故未到，沈德潜就成了这次随园雅集的核心人物。

由以上史料的梳理，我们发现，在沈德潜逐步进入文学、政治权力中心的过程中，尤珍、张廷璐是热心的提携者；沈德潜致仕后，在地方文坛活动时，袁枚是跟他熟识并可以讨论诗学的重要人物。既然尤珍、张廷璐、袁枚在沈德潜的生活中如此重要，沈德潜为他们写序作文，也就是合情合理的了。

三、沈德潜为何不将这三篇文章收入全集

这里要提出的问题是：沈氏何以要将这三篇文章排除在全集之外?

沈德潜现存的诗文没有谈到他不收这三篇文章的理由，我们只能根据沈氏《归愚文钞》《归愚文钞余集》收录文章的基本情况、沈氏与上述几个人的交游状况，并参考沈氏的诗学观念，推测这三篇文章不被收录的原因。

沈德潜不收《沧湄诗钞序》比较容易理解。《沧湄诗钞序》只简略地

① (清)袁枚:《随园诗话》卷三，人民文学出版社1960年版，第66页。

介绍了尤珍的诗风，并引述了他人的评价。从序文里看不出沈德潜对尤珍的诗有什么实质性的、中肯的解读，也看不出沈德潜的创作风格。这的确是篇名副其实的“少作”。

沈德潜不收《咏花轩诗集序》，其原因则较为复杂。

查《归愚文钞》《归愚文钞余集》，沈德潜为之作序者多为乡间布衣，如《李客山诗序》是为李果所作，《翁郎夫诗序》是为翁照所作。这些人大多只是一介寒儒，凭诗名、文名活跃于地方文坛。相比之下，沈德潜为官员作的序仅有《恪勤陈公诗集序》《大冢宰甘公〈逊斋集〉序》《钱少司寇续集序》《张南华太史诗序》《宪副魏念庭诗文集序》等。这几篇序文分别为陈鹏年、甘汝来、钱陈群、张鹏翀、魏念庭等人而作。① 在序文中，沈德潜详细谈到陈鹏年等做官、为人的情况，对他们的诗文创作虽加以肯定，但大多一带而过。如在《张南华太史诗序》中，沈德潜谈到张鹏翀的诗，仅称赞张氏才力过人。他说：“予偶于坐间见其咏雁字律体诗，不半日上下，平韵俱就，不即不离，兴寄微远。”②这一评价与张鹏翀的创作实际大体是相符的。张鹏翀在后世虽湮没无闻，但在乾隆年间，确以才气过人声著一时。据《沈归愚自订年谱》，乾隆就曾将沈德潜与张鹏翀做比较，对沈德潜说，“张鹏翀才捷于汝，而风格不及汝。”另如，《宪副魏念庭诗文集序》并未对魏念庭的诗作本身予以称颂，而主要谈了魏念庭对于诗歌创作的执着。沈德潜说：“先生于文章为饮食，有嗜欲。每见其坐堂皇，治吏事，朱墨纷纭，若不暇给，而勾当裁决之余，退处小阁，则纵笔所之，洋洋洒洒，顷刻数千百言。即至失

① 陈鹏年(1663—1723)，字沧州，湖南湘潭人。康熙三十年(1691)进士。累擢江宁知府，后任苏州知府。甘汝来(1684—1739)，字耕道，号逊斋，奉新人。康熙五十二年(1713)进士。官至吏部尚书。钱陈群(1686—1774)，字主敬，号香树，又号集斋、柘南居士。康熙六十年(1721)进士。官至刑部侍郎。张鹏翀(1688—1745)，字天飞，一字抑斋，号南华，嘉定人。雍正五年(1725)进士，官詹事府詹事。魏荔彤，生卒年不详，字庚虞，号念庭，又号怀舫，河北柏乡县人。魏裔介之子。十二岁补诸生，以资入为内阁中书。

② （清）沈德潜：《归愚文钞》卷十二，清乾隆教忠堂刻本。

意，大吏仓皇去官，宾客解散，侵侮丛集，而乃磨丹渍墨，歌啸自如，并异于作《易》者之忧患，作《诗》者之发愤。于此见先生性情笃嗜，而定识定力，非小小得失可以摇撼而凌夺之也。”①沈德潜之所以将《张南华太史诗序》《宪副魏念庭诗文集序》等收入其自编全集，是因为序文对张鹏翀、魏念庭等人的评述与他们的实际创作情况大体一致，沈德潜并没有夸大他们在文学上的成就。

相比之下，在《咏花轩诗集序》中，沈德潜过多地从创作成就上肯定了张廷璐的诗。他甚至将张廷璐的诗提升到了杜甫的高度，说“抑思古今之称诗者，必以少陵为归。……公发为有韵之语，其笃于五伦不异于少陵，宜乎和平温厚，无意求工而自不能不工也”②。一个可以确信的事实是，张廷璐请沈德潜删定《咏花轩诗集》并为之作序，沈氏颇感受宠若惊，正是出于感激之情，沈德潜对张廷璐的《咏花轩诗集》大加颂扬，失去了节制。

通过《归愚文钞》《归愚文钞余集》所收的序文可以看到，在沈德潜看来，并不是不可以对一个人的诗作进行颂扬，但盖棺论定，必须实事求是。那些布衣作家终老乡间，是诗文成就了他们的声名，理所当然要对他们的诗作加以肯定。而张廷璐、张鹏翀、魏念庭等人，他们主要是凭政治地位扬名于世，诗只是余事而已。在这种情况下，过多地对他们的诗歌成就加以赞颂，难免阿谀之嫌。沈德潜一向反对把文学变成“嘲风雪、弄花草、游历燕衎之具”③，大约正是因为《咏花轩诗集序》落入了应酬的格套，沈德潜在编定文集时，才毅然将之排除在外。

沈德潜的《随园雅集图题咏》写得颇为简略，这并不令人感到诧异。根据沈德潜、袁枚二人的交游状况，我们大体可以知道，沈德潜意在敷

---

① （清）沈德潜：《归愚文钞》卷十三。

② （清）沈德潜：《咏花轩诗集序》，《四库未收书辑刊》第 8 辑第 25 册，北京出版社 1997 年版，第 352 页。

③ （清）沈德潜：《说诗晬语》卷上，见（清）叶燮、（清）薛雪、（清）沈德潜：《原诗 一瓢诗话 说诗晬语》，人民文学出版社 1979 年版，第 186 页。

衍袁枚。沈氏不把《随园雅集图题咏》收入文集是意料之中的事。

沈德潜、袁枚论诗，一倡“格调”，一倡“性灵”。学界往往认为二人水火不容。这种看法并非空穴来风。袁枚作有《答沈大宗伯论诗书》《再与沈大宗伯书》，词气激烈地批评沈德潜“许唐人之变汉魏，而独不许宋人之变唐，惑也”。袁枚甚至还颇具攻击性地指责沈德潜论诗“有褒衣大袑气象”①。这两封信写于乾隆二十二年(1757)之后，时值袁枚在诗坛声誉渐起之际。我们有理由将这两封信看作是袁枚挑战沈德潜盟主地位的一次尝试。

但批评沈德潜只是袁、沈交往的一个侧面。袁枚也屡屡写诗表达对沈德潜的尊重与敬慕。在乾隆二十二年(1757)左右，袁枚还写了《寄怀归愚尚书(四首)》，盛赞沈氏的诗是“正声”。他说：“天与高年享重名，明经晚遇比桓荣。诗人遭际前无古，海内风骚有正声。”②乾隆二十七年(1762)，沈德潜九十岁之际，袁枚写有《赠归愚尚书》一诗：“九十诗人卫武公，角巾重接藕花风。手扶文运三朝内，名在东南二老中。(上赐诗：二老江浙之大老。)健比张苍偏淡泊，廉如高允更清聪。当时同咏霓裳客，得附青云也自雄。”③乾隆三十四年(1769)，沈德潜去世，袁枚有《同年沈文悫公挽词》四首，其三云：“诗律长城在，群儿莫诋呵。梅花香气淡，古瑟雅音多。海外求题咏，天章许切磋。朝阳鸣凤去，赓唱冷《卷阿》。”④

可以说，袁枚和沈德潜的交往带有几许策略意味：一方面严厉批评沈德潜，以确立自己“性灵派”盟主的地位；另一方面又与沈氏密切往来，以借重其声望。一个重要的事实是：为《随园雅集图》题咏的四十五人中，钱陈群是沈德潜在朝时的同僚，也是居乡后的好友；彭启丰自

① (清)袁枚：《小仓山房文集》卷三，上海古籍出版社1988年版，第1215页。

② (清)袁枚：《小仓山房诗集》卷十三，第287页。

③ (清)袁枚：《小仓山房诗集》卷十四，第304页。

④ (清)袁枚：《小仓山房诗集》卷十四，第311页。

年轻时就与沈德潜交好；王鸣盛、钱大昕、王文治、王昶、毕沅等都是沈德潜的门生。以袁枚当时的身份、地位，如果没有沈德潜在场，大约不会有如此众多的政界、学界、诗坛的重要人物为该图题咏。①

面对袁枚这种策略，沈德潜的态度如何呢？针对袁枚的激烈批评，沈德潜不反击，不应答，在《归愚文钞》及《余集》中未见沈德潜给袁枚的书信。面对袁枚的热情称颂，沈德潜只给予适度的、礼节性的回应。在沈德潜的诗集中，关于袁枚的，只有《寄袁简斋同年次其见赠元韵》一诗。沈德潜自编的全集中有寿诗两卷，是沈氏八十、九十大寿时友朋的贺诗，其中未收袁枚的《赠归愚尚书》。可见沈德潜有意地与袁枚保持距离，他为《随园雅集图》题咏只是礼节性的应酬。沈德潜不收《随园雅集图题咏》也自有其内在的、深层的原因：一是有意与袁枚这个科场同年、诗坛对手保持疏离；二是坚持自己对文学价值的基本判定，一篇作品如果纯粹出于应酬，而没有真情实感，在编定文集时当然要排除出去。

四、沈德潜如何看待酬赠题材

综上所述，沈德潜之所以不将《沧湄诗钞序》《咏花轩诗集序》《随园雅集图题咏》等收入自己的文集，核心原因是，这些文章流于应酬。这表明，如何看待应酬是我们理解沈德潜诗学的一个重要切入点。

作为“格调说”的盟主，沈德潜论诗、论文主张格高调卺，浑厚雅健，他对应酬的不满是一贯的。在编选《清诗别裁集》时，沈德潜明确

① 王昶就对袁枚颇有不满，他在《湖海诗传》作家小评中写道：“孙君渊如又谓，其(按：指袁枚)神道碑、墓志铭诸文，纪事多失实。予谓：岂唯失实，并有与诸人家状多不合者。即如朱文端公轼、岳将军钟琪、李阁学绂、裘文达公曰修，其文皆有声有色。然予与岳、裘二家之后俱属同年，而穆堂先生为予房师李少司空友棠之祖，且予两至江西，见文端后裔，询之，皆云未尝请乞，亦未尝读其作。盖子才游屐所至，偶闻名公卿可喜可愕之事，著为志传，以惊爆时人耳目，初不计信今传后也。”(王昶：《湖海诗传》，商务印书馆 1958 年版，第 1121 页)

表示，选入的作品不能“泥于宴饮酬酢”①。钱谦益、吴伟业、龚鼎孳并称“江左三大家”。在《清诗别裁集》之前的选本中，龚鼎孳的地位远远高于钱谦益：《诗持二集》选龚鼎孳的诗 31 首，钱谦益未入选；《百名家诗选》选龚鼎孳的诗 114 首，钱谦益的诗 46 首，相差近 70 首；《诗观》选龚鼎孳的诗 138 首，钱谦益的诗仅 41 首，相差近百首(见表一)。但在沈德潜编选的《清诗别裁集》中，龚鼎孳诗作的数量则少于钱谦益，钱谦益排名居第二，龚鼎孳位居第八，远远落于钱氏之后(见表二)。之所以如此，正是因为龚氏“宴饮酬酢之篇多于登临凭吊”，与钱谦益相比“似应少逊一筹”。

表一　**清代部分诗歌选集收录“江左三大家”诗作的基本情况**

诗集名称	编者	作家姓氏及诗作入选数量		
		钱谦益	龚鼎孳	吴伟业
《诗持》二集	魏宪	无	31	30
《诗持》三集	魏宪	14	14	11
《百名家诗选》	魏宪	46	114	44
《诗观初集》	邓汉仪	41	138	50
《清诗初集》	蒋鑨、翁介眉	3	11	11
《清诗别裁集》	沈德潜	32	24	28

表二　**《清诗别裁集》中排名前十位的诗人及其诗作入选数量**

排名	1	2		4	5		7	8		10
姓名	王士禛	钱谦益	施闰章	吴伟业	宋　琬	潘　耒	尤　侗	龚鼎孳	张笃庆	沈用济
数量	47 首	32 首		28 首	26 首		25 首	24 首		23 首

① (清)沈德潜：《清诗别裁集·凡例》，见(清)沈德潜等：《历代诗别裁集》，浙江古籍出版社 1998 年影印版，第 365 页。本篇引文出自《历代诗别裁集》者，俱不出注。

沈德潜对宴饮酬酢的不满，乃是出于对诗的地位下滑的忧虑。时至清代，诗被一些人视为嘲风雪、弄花草、游历燕衎之具，在应酬交际中被大量使用。沈德潜对这一状况有切身体验。他在《沈归愚自订年谱》中回忆说，康熙“二十九年，庚午，年十八。时文、八家间读，曾咏绝句四章，师止之，曰：勿荒正业，俟时艺工，以博风雅之趣可也”。诗从中心地位退出，更准确地说，从文人想象中的主流地位退出，① 并非偶然，也并非中国文化传统中独有的现象。梅雷厄姆·霍夫说：“自最早的文明世界以来，诗歌就是人类集体生活的一部分，但它并不始终都起同样的作用。它曾是法律和历史的工具，民间传说的宝库，大众娱乐的源泉，少数人的深奥活动。我们应当假定诗歌还会继续存在下去，但可以看到，自现代社会开始以来，诗歌的地位一样在发生着变化。”②作为“格调说”的盟主，在诗歌地位下滑时，沈德潜力图重新确立诗在社会生活中的尊严，恢复诗的权威性和神圣性，因此，沈氏对那些把诗歌作为应酬之具的做法极其不满。

但考察沈德潜自订的诗文集及编定的诗歌选本，我们也看到：《归愚文钞》《归愚文钞余集》虽然不收《随园雅集图题咏》，但是却收了《南郭宴集记》等有关宴饮集会的文章。沈德潜将钱谦益视为有清第一诗人，置于《清诗别裁集》卷首，而钱谦益《初学》《有学》二集中，带有“送”“怀”“答”“别”“赠”等字眼的诗占了十之四五。《清诗别裁集》选钱谦益的诗32首，其中有十余首都是与他人的赠答酬唱，如《玉堂双燕行送刘晋卿、赵景之两太史谪官》《送福清公归里》《潞河别刘咸仲吏部》《丙戌南还赠别故侯家妓人冬哥》。纵观《清诗别裁集》，所选诗作的诗题中不乏送、赠、答等字眼，以“送”为题的有205首，以“赠”为题的有130首，以“答”为题的有35首，这三种类型的诗加起来约占《清

① 从文人的角度看，诗是生活中重要的组成部分；但从整个社会层面看，诗对其他阶层中大多数人的生活并无直接的作用和影响。

② ［英］马·布雷德伯里等：《现代主义》，胡家峦等译，上海外语教育出版社1992年版，第285页。

诗别裁集》的10%。这还不包括像孙枝蔚《同友陪吴园次登多景楼，时园次赴湖州任》这样实为送、赠、答之作，但诗题不含“送”“赠”“答”等字样的诗，也不包括女性作家写给丈夫的赠别诗，如朱柔则的《送外之大梁》、吴永和的《赠外子玉苍北上》等。《清诗别裁集》还选了大量和作及次韵诗，也是宴饮酬酢之篇。这提醒我们注意，沈德潜究竟如何看待宴饮酬酢以及相关的诗文，乃是一个颇为复杂的问题。

在讨论这个问题之前，需要明确的是：在酬赠时写诗与将诗作为酬赠之具不是一回事。唐代已有大量酬赠题材的诗，其中不乏杰作，就在于酬赠之作也可以具有超出应酬的价值。理由很简单，酬赠也是社会生活的一个部分，酬赠之作也可以承载深厚的人文情怀。透过沈德潜与尤珍、张廷璐等人的交往可以看到，在很大程度上，后学是在宴谈聚会中与名流结交、熟识，逐步进入文坛的。在宴饮酬酢中，文人大多会留下诗文，相互切磋，以示风雅。潘耒曾谈到这一事实：“乐莫大乎朋友相聚，相聚而以文艺切磨，又乐之最者也。人之才思以激引而愈生功力，以濯磨而加进。独赋一题不如众赋之竞巧争工也，得失自知不如参观之瑕瑜不掩也。”①要求诗人拒绝宴饮酬酢是做不到的，也是有害的。

从《清诗别裁集》中作家及作品的小评，可以比较完整地了解沈德潜对酬应之作的态度。在沈德潜看来，应酬宴饮是生活中必不可少的部分，对于诗人来说，关键问题不是拒绝在诗中涉及酬酢宴饮等内容，而是如何做到在创作中不流于应酬，展示出诗作应有的人文品格。因此，沈德潜特别强调赠答、送别诗的“体”“格”。他谈道：

> 时送行诗汇成卷轴，剧多名作，然颂扬得体，无逾此章。（评吴襄《送徐澂斋先辈奏使琉球》）
>
> 极乱后宜以宽严相济处之，文翁、武侯其前事也。赠言之体如

① （清）潘耒：《鸳湖介和诗序》，见《遂初堂文集》，《续修四库全书》第1417册，上海古籍出版社2002年版，第528页。

是。(评严允肇《送宋荔裳按察四川》)

此言抚吴大臣，推周文襄忱、王端毅恕、海忠介瑞，而冀公之追步前哲也。此种立言，得吉甫赠人之体，诗亦穆如清风。(评韩菼《赠江南巡抚汤潜庵先生》)

入山修炼，非儒者事，况有慈亲在耶？送之即以招之，得赠人以言之体。(评濮淙《赠方望子入黄山修炼》)

所谓“体”，就是身份，就是品格。没有品格即流于应酬，超越了应酬即是得“体”。沈德潜认为，那些发自内心的酬唱诗与登临凭吊之作一样，是受外物激发而内心有所感触的产物，这类诗作同样具有打动人的力量，能发挥化导人心的作用；只有那些疲于应酬，随口赠答，并无真情实感的应酬之作，才是不可取的。因此，在对酬酢之篇进行取舍时，沈德潜并不只从题材着眼，一概地加以排斥，而是着眼于内涵加以选择。

由此出发，我们可以得出结论：沈德潜之所以将《南郭宴集记》，而不是《随园雅集图题咏》收入自己的文集，是有其内在合理性的。《南郭宴集记》为送李馥归乡而作。① 李馥与沈德潜交往颇深。据《沈归愚自订年谱》，雍正二年(1724)，“浙抚李公鹿山讳馥去官寓吴，以诗稿索动笔札，中词极谦下，直笔应之。公枉过曰：‘余入仕后始作诗，自知肤浅，见者俱极推许。余自疑。今先生去多取少，见直道在人也。’遂定交，略分位焉”。沈德潜写《南郭宴集记》是出于朋友间的真情实意，是有感而发，它并非《随园雅集图题咏》那样言不及义的酬应之作。

我们还可以进一步指出：在日常交往中，出于对现实生活中各种人际关系的考量，沈德潜也不免写下宴饮酬酢之篇。但在编定选集或删订个人文集时，沈氏坚持只留存有感而发的得“体”之作，对那些言过其

① 李馥(1662—1745)，字汝嘉，号鹿山，又号信山居士，福清人。清康熙二十三年(1684)举人。官至浙江巡抚。

实，或言不及义、出于敷衍的作品，则毫不犹豫地排除在诗文集之外。正是从这一点，我们发现了沈德潜的历史感，我们感到了沈德潜诗学的厚重质实。从这一角度考察其三篇佚文的前后因缘，我们欣喜地发现：细节背后是宏伟的文学史景观；动态的文献研究大有可为。

沈德潜选诗：选本的定位及其价值生成

在中国诗歌史、文化史上，选本有着重要的意义。清代诗论家沈德潜编选的《唐诗别裁集》《清诗别裁集》等诗歌选本就起到了树立权威诗人、确定经典诗作的作用。通过这一系列诗歌选本，沈氏还总结并完善了中国传统主流诗学，推广了“格调说”。《唐诗别裁集》等能起到如此重要的作用，与沈德潜对诗歌选本的定位有极其密切的关系。

一

沈德潜(1673—1769)，字确士，四十岁后更字归愚，江南长洲(今江苏苏州)人。康熙五十四年(1715)，四十三岁的沈德潜从批选唐诗着手，开始系统地、有计划地编定诗文选本。

康熙五十四年(1715)，始批《唐诗别裁集》。

康熙五十六年(1717)，《唐诗别裁集》刻成。始批《古诗源》。

雍正三年(1725)，《古诗源》刻成。选《明诗别裁集》起。

雍正十二年(1734)，《明诗别裁集》成。

乾隆二年(1737)，批《唐宋八家文》。

乾隆十七年(1752)，《唐宋八家文》刻成。

乾隆十八年(1753)，《杜诗偶评》成。

乾隆十九年(1754)，始选《清诗别裁集》。

乾隆二十四年(1759)，《清诗别裁集》刻成。

乾隆三十三年(1768)，编选《宋金三家诗选》。

乾隆三十四年(1769)，沈德潜谢世。不久，沈氏的门生将《宋金三家诗选》付诸剞劂。①

沈德潜对这一系列选本给予了明确的定位，那就是“以教学者而垂诸后世”②，即为“初学者”“学诗者”提供最佳的范本。在《古诗源序》中，沈德潜分析了诗歌的源流升降，申明了自己的编选目的是“为学诗者道之”③。沈德潜“览唐诗全秩，芟夷烦蝟”，编定《唐诗别裁集》，也是“为学诗者发轫之助”④。《唐宋八家文》是沈氏“因门弟子请”，“出向时读本，稍加点定，俾读者视为入门轨途，志发轫也”。他在编纂的过程中，“钩划点读，稍分眉目，初学者熟读深思，有得于心”⑤。后，沈德潜又“取杜诗而选之，而评之”⑥，成《杜诗偶评》。这部书的编选目的也是“考一己所得之浅深，而亦为学诗者道以入门之方也”⑦。

所谓“初学者”“学诗者”，就是那些希望能够跻身社会政治结构和文化权力核心的中下层读书人。这一群体有其特定的社会身份和需要：从思想状况上看，他们处于接受知识的阶段，也正处于习得价值观念的阶段；从发展趋势上看，他们虽然暂时处于社会的中下层，但其中一部分人终将进入社会权力体系之中，并拥有一定的政治资源和文化资源。这就要求“初学者”与主流价值观念基本保持一致。面对中国古代诗文传统时，这些“初学者”需要掌握的是主流的诗学观念。沈德潜在选诗时必须以审慎、通达的态度处理诗坛的论争，积极推行主流的思想观念

---

① 参见(清)沈德潜：《沈归愚自订年谱》，《北京图书馆藏珍本年谱丛刊》第91册，北京图书馆出版社1999年版。

② (清)沈德潜：《孝经精义序》，见《归愚文钞》，清乾隆三十一年(1766)教忠堂刻本。

③ (清)沈德潜等：《历代诗别裁集》，浙江古籍出版社1998年影印版，第1页。

④ (清)沈德潜等：《历代诗别裁集》，第59页。

⑤ (清)沈德潜：《唐宋八家文序》，见《归愚文钞》。

⑥ (清)沈德潜：《杜诗偶评序》，见《归愚文钞》。

⑦ (清)沈德潜：《杜诗偶评序》。

及精英阶层的文学观。为了确保这些后学顺利地进入社会文化、政治体制之内，沈德潜在编选系列别裁集时，确定的编选原则是“选中体制各殊，要唯恐失温柔敦厚之旨”①。

从教化“初学者”的定位来看，沈德潜编订系列诗歌选本时重申“温柔敦厚”这一主流的诗学原则，实为理性的做法。这种“温柔敦厚”的选诗原则有助于“学诗者”从根本上把握中国传统诗歌的主流美学风貌，这一诗学思想所蕴含的思维逻辑也有助于“初学者”形成理性的生活态度，促使他们无论是在作诗、治学，还是从政，甚或为人等方面，都尽力做到既确然自守，又不偏执一端。因此，沈德潜所倡导的“温柔敦厚”、美善相兼的“诗教”，在任何一个较为理性的时代，都是主流文学界所追求的。

二

更重要的是，沈德潜明确认识到，自己编订诗歌选本是针对有志于诗歌创作的“学诗者”，为此，沈德潜对“温柔敦厚”进行了积极的改造，赋予这一伦理原则、诗学原则以新的内涵。

童庆炳指出，在中国诗学史上，刘勰所说的“酌奇而不失其正，玩华而不坠其实”源于《论语》“乐而不淫，哀而不伤”之说，刘勰的诗说“实现了伦理原则到诗学原则的转化”。② 对童庆炳的观点做进一步推衍，用之于沈德潜，我们可以看到，沈德潜编订的系列诗文选本将“温柔敦厚”由伦理原则、诗学原则进而转化为选诗原则。

沈德潜强调，诗具有教化作用，这与“温柔敦厚”的伦理内涵相关。在编订《古诗源》《唐诗别裁集》等系列诗歌选本时，沈德潜谈道，“诗之为道，不外孔子教小子、教伯鱼数言。而其立言一归于温柔敦厚，无古

① （清）沈德潜：《历代诗别裁集》，第365页。

② 童庆炳：《中国古代文论的现代意义》，北京师范大学出版社2003年版，第164页。

今一也"①。"归于温柔敦厚"的教小子、教伯鱼数言，即《论语》中这样两段话："小子，何莫学夫诗？诗，可以兴，可以观，可以群，可以怨。迩之事父，远之事君；多识于鸟兽草木之名。"②"子谓伯鱼曰：汝为《周南》《召南》矣乎？人而不为《周南》《召南》，其犹正墙面而立也与。"③由此出发，沈德潜非常重视"诗教"。他说："诗之为道，可以理性情，善伦物，感鬼神，设教邦国，应对诸侯。"④诗的功能是兴、观、群、怨，"学诗者"习诗、写诗的最终目的是懂得修身齐家的道理，完善个人的人格；影响人伦道德以及风俗厚薄，沟通君臣关系，影响政治兴衰，最终整个社会达到和谐完美的状态。

但诗的教化作用是多层面的：诗可以引导世人关怀社会、与官方政治意识形态保持一致，也可以注重情性的陶冶、心灵的净化等。前者与政治民生、伦理道德等密切相关，后者则有可能是非政治的。沈德潜在选诗时对"政教"和"诗教"做了区分。在《清诗别裁集》中，沈德潜评施闰章《见宋荔裳遗诗凄然有作》时用了"政教"一词："'西川'句，谓蜀人怀其政教；'东海'句，谓山左失一雅宗也。"⑤沈德潜在这里使用"政教"一词，不是用来品评施闰章的诗作，而是为了阐明诗作的内容。"政教"意指宋琬在蜀地为官清廉，受人爱戴。"诗教"则与政治无甚关涉，那些没有任何政治身份的人才是真正倡导"诗教"的。在《清诗别裁集》里，"诗教"一词出现了两次："《西泠十子诗选》，虎臣与毛稚黄为主，悯诗教陵夷，而斟酌论次，以期力追渊雅也"⑥；"所学一本庭训，移家于吴，倡诗教"⑦。这两则分别是评柴绍炳和方还的，柴、方两人

① (清)沈德潜等：《历代诗别裁集》，第365页。

② 杨伯峻译注：《论语译注》，中华书局1980年版，第239页。

③ 杨伯峻译注：《论语译注》，第239页。

④ (清)叶燮、(清)薛雪、(清)沈德潜：《原诗 一瓢诗话 说诗晬语》，人民文学出版社1979年版，第186页。

⑤ (清)沈德潜等：《历代诗别裁集》，第384页。

⑥ (清)沈德潜等：《历代诗别裁集》，第427页。

⑦ (清)沈德潜等：《历代诗别裁集》，第584页。

皆为布衣①。由“诗教”“政教”对应着不同类型的人来看，沈德潜并未将二者混为一谈。

的确，“诗教”与“政教”有根本区别。“诗教”基于人的审美感受，强调诗的艺术特质，最终达到的理想境界是美善相兼。“政教”强调的是善，“美”只是实现“善”的手段，为了达到“善”，可以放弃“美”，而改之以其他手段。“政教”甚至可以通过权力强迫人们习得某种观念，以达成既定的目标；而诗的教化作用只能在审美的基础上进行，通过潜移默化的方式让人们主动地接受、认同。沈德潜在编定《古诗源》《唐诗别裁集》《清诗别裁集》等系列诗歌选本时，有意弱化了“温柔敦厚”所包含的政治教化、道德伦理内涵，将“温柔敦厚”由伦理原则转换为选诗原则，以凸显自己倡导的是“诗教”，而非“政教”。

沈德潜对诗的态度是：文学作品虽然不能是反政权的，但可以是非政治的。沈德潜反对将文学、政治混为一谈，反对动辄从政治的角度解释文学。他说：

> 朱子云：楚词不皆是怨君，被后人多说成怨君。此言最中病痛。如唐人中少陵固多忠爱之词，义山间作风刺之语，然必动辄牵入。即小小赋物，对镜咏怀，亦必云某诗指某事，某诗刺某人。水月镜花，多成粘皮带骨，亦何取耶？②

杜甫在诗中表达忠君爱亲之念，李商隐也会借诗讽喻政治，但在阅读杜甫、李商隐的诗作时，不能把所有作品都落实到具体的政治问题、政治

① 柴绍炳（1616—1670），字虎臣，号省轩，浙江仁和人。明亡，弃诸生，隐居南屏山，以教授著述为事。康熙八年（1669），清廷诏举山林隐逸之士，巡抚范承谟将荐之，力辞不就。方还，广东番禺人，生卒年不详。居吴地，以诗结纳四方。诗人来吴者，登方氏广歌堂，赋诗饮酒无虚日。

② （清）叶燮、（清）薛雪、（清）沈德潜：《原诗 一瓢诗话 说诗晬语》，第201页。

事件上。沈德潜也反对在诗歌中声嘶力竭地颂圣。在《唐诗别裁集》中，沈德潜评唐代李邕《奉和初春幸太平公主南庄应制》时说：“初唐应制多谀美之词，况当武后、中宗朝，又天下秽浊时也。众手雷同，初无颂不忘规之意，故不能多录。取铁中铮铮者几章，以备一体。”①沈德潜对一味颂圣的谀美之词极为不满，认为颂圣不应“忘规”，甚至要以“规”为主，要展现出文人的风骨。沈德潜评清代诗僧晓音时说：“碓庵主华山方丈，圣祖御制有《欲游华山未往》七绝，碓庵和至百首进呈，大约以多为贵者。兹只录清真一章，重性情也。”②晓音的应制诗“以多为贵”，忽视“真”，所以沈德潜只选了晓音一首有“清真”之格的诗。“真”是诗歌最基本的要求，如果作品缺乏真情实感，即使总是高言国家、政治，从诗教的角度来看，也是不合格的。

由此可见，沈德潜从为后学编订诗歌读本出发，重视诗的教育、教化功能，倡导“温柔敦厚”，这只是表明他不反对官方的价值观念，不否认道德、政治等的重要性。但承认道德、政治的重要性并不等于在一切场合都以这种价值准则为中心。沈德潜将自己的选本定位于“学诗者”，从这一目标出发，他倡导“温柔敦厚”、重视“诗教”，强调诗的内在艺术力量对人的陶冶作用，而不是诗的政治内容对人的训诫、警示作用。

三

沈德潜将“温柔敦厚”由伦理原则转化为选诗原则落实在实践上，具体表现是：沈德潜明确表示，自己坚持“以诗存人”③，选诗、评诗以诗作的“品格”，而非作家的“人格”为标准。

与沈德潜同时提倡“温柔敦厚”者大有人在，拘泥于“温柔敦厚”的

① （清）沈德潜等：《历代诗别裁集》，第137页。

② （清）沈德潜等：《历代诗别裁集》，第623页。

③ （清）沈德潜等：《历代诗别裁集》，第365页。

伦理道德内涵者也不乏其人。沈德潜的同门薛雪认为，“著作以人品为先，文章次之，安可将‘不以人废言’为借口”①。还有一些诗论家进而把作家在社会生活中的道德品行、政治表现作为评诗的标准。潘德舆认为，诗只有是非对错之分，而没有美丑工拙之分，可以不讲艺术性。他说：“诗非它，吾之言语云尔，有是非，无工拙也。”②在诗学论著《养一斋诗话》中，潘德舆评颜延之、谢灵运等人说：

> 颜谢诗并称，谢诗更优于颜。然谢则叛臣也。颜生平不喜见要人，似有见地。然荀赤松讥其外市寡求，内怀奔竞，干禄祈进，不知极已。文人无行，何足恃哉！……若论诗不讲《春秋》，是诗与《春秋》相戾，诗之罪人矣！可乎哉？③
>
> 故予欲后人选诗读诗者，如曹操、阮籍、陆机、潘岳、谢灵运、沈约、范云、陈子昂、沈佺期诸臣逆党之诗，一概不选不读，以端初学之趋向，而立诗教之纲维。④

潘德舆认为，那些道德品质不高，或者政治上有污点的人，如曹操、陆机、颜延之、谢灵运、陈子昂等，他们的诗作也毫无可取之处。评定诗作如果不考虑诗人的政治态度、道德品行，就是诗的“罪人”。由此出发，他希望人们不要选、不要读曹操等人的作品。

沈德潜与潘德舆等人不同，沈氏在选诗时坚持“以诗存人”的原则。作家在不同的机缘下可能有不同的抉择，政治立场、道德伦理标准等也会随时代的变化而变化，选家不能以作家的品行为标准评判作品，不应

① （清）叶燮、（清）薛雪、（清）沈德潜：《原诗 一瓢诗话 说诗晬语》，第122页。

② （清）潘德舆：《姚梅伯诗序》，见《养一斋集》，清刻本。

③ （清）潘德舆：《养一斋诗话》，《清诗话续编》本，上海古籍出版社1983年版，第2112页。

④ （清）潘德舆：《养一斋诗话》，第2054页。

该因诗人政治立场游移、社会处境不佳等原因，以政治操守卑劣、道德品行有亏为理由，武断地把有争议的政治人物排除在选本之外。在《古诗源》《唐诗别裁集》中，沈德潜对颜延之、谢灵运等人给予了较高的评价，沈德潜选颜延之的诗 27 首，谢灵运的诗 25 首，阮籍的诗 21 首，陆机的诗 12 首，曹操的诗 8 首。这些人在《古诗源》中的排名均居于前列。(见表一)

表一　　**《古诗源》中诗作入选数量 8 首以上者**

排名	1	2	3	4	5	6	7	8	9	10		12			15		16		
姓名	陶潜	鲍照	谢朓	曹植	颜延之	谢灵运	庾信	阮籍	唐山夫人	张华	何逊	陆机	沈约	江淹	左思	杨素	曹操	谢惠连	郭璞
数量	81首	42首	33首	29首	27首	25首	24首	21首	15首	13首		12首			11首		8首		

即令在编"当代"诗歌选本时，沈德潜也坚持排除政治意识形态、道德伦理观念等的影响，以诗品为标准选诗。在清代诗坛上，钱谦益的诗作气势雄浑，稳健苍劲，出唐入宋，自成一家。但钱谦益却是节行有亏之人。钱谦益身为南明礼部尚书，却于顺治二年(1645)五月降清。顺治六年(1649)，钱谦益又开始暗中从事反清复明活动。因这种首鼠两端、进退失据的行为，钱谦益一直遭人诟病。沈德潜的同调乔亿就评价钱谦益说："虞山诗才学诚无愧前贤，而不可以言品，正与其人相似耳。"①但沈德潜在编订《清诗别裁集》时，就从诗作成就出发，视钱谦益为有清诗坛第一人，将之置于《清诗别裁集》卷首。沈德潜还带着悲

① (清)乔亿：《剑溪说诗》，《清诗话续编》本，第 1153 页。

悯之心评价钱谦益说："前为党魁，后逃禅悦，读其诗者应共悲之。"①沈德潜选诗的目的，不是简单地、强硬地教化后学，而是要为"学诗者"提供一个最佳的诗歌范本，供他们涵泳、诵读，以提高他们的审美鉴赏力和创作水平。因此，沈德潜在斟订《清诗别裁集》时，不是将自己看作必须保持政治敏锐性的官员，而是将自己视为诗歌选家，站在艺术的、审美的角度，为后学评诗、论诗、选诗。沈德潜从诗人在诗坛的影响力以及诗歌的艺术性出发，将钱谦益置于卷首，这种做法遭到了乾隆的斥责。乾隆下谕旨说"国朝诗不应以钱谦益冠籍"，并"命内廷翰林为之精校去留，俾重锓板，以行于世"。② 但沈德潜个人的刻本并没有因为乾隆的斥责及御定本的出现湮没无存，反而成为我们今天最常见的选本。这充分证明了《清诗别裁集》的意义和价值，证明沈德潜坚持"温柔敦厚""以诗存人"等选诗原则的合理性。

四

沈德潜将选本定位于"初学者""学诗者"，这使他的系列诗歌选本对后世文学史写作产生了重要影响。《清诗别裁集》即是明证。在这部选本中，沈德潜本着"温柔敦厚"的选诗原则，以"当代"人的身份、宏阔的历史视野、敏锐的艺术眼光选出清初(1644)到乾隆二十五年(1760)百余年间的诗人996家，诗作3952首，其目的是确立"当代"诗歌经典，树立"当代"诗坛权威。沈德潜通过确定入选作家及诗作数量的方式描绘了清代前期诗坛的基本格局。在《清诗别裁集》中，诗作数量居前五位的诗人分别是王士禛、钱谦益、施闰章、吴伟业和宋琬(见表二)，沈德潜对王士禛等人给予了极高的评价，如评王士禛，"渔洋

① (清)沈德潜等:《历代诗别裁集》，第368页。

② (清)爱新觉罗·弘历:《沈德潜选国朝诗别裁集序》，见《清高宗御制诗文全集》，中国人民大学出版社1993年版，第433页。

少岁，即见重于牧斋尚书，后学殖日富，声望日高，宇内尊为诗坛圭臬，突过黄初，终其身无异辞”①；评施闰章、宋琬，“南施北宋，故应抗行。今就两家论之，宋以雄健磊落胜，施以温柔敦厚胜，又各自擅场”②。沈德潜视王士禛、钱谦益、施闰章等人为清代大家，并选出了能代表他们各自成就的经典作品。

表二　　**《清诗别裁集》中排名前十位的诗人及其诗作入选数量**

排名	1	2		4	5		7	8		10
姓名	王士禛	钱谦益	施闰章	吴伟业	宋　琬	潘　耒	尤　侗	龚鼎孳	张笃庆	沈用济
数量	47 首	32 首		28 首	26 首		25 首	24 首		23 首

后人对于清代前中期诗坛的看法，与沈德潜描述的格局大体一致。1921 年朱希祖编著的《中国文学史要略》，基本沿袭了沈德潜的观点，以“江左三大家”，也就是钱谦益、吴伟业、龚鼎孳为清代开国之初的重要诗人，以王士禛为清代诗坛第一大家，以施闰章、宋琬为清代前期的重要作家。另如对龚鼎孳的看法，朱希祖也完全沿用沈德潜在《清诗别裁集》中的论述。沈德潜评龚鼎孳说：“时有合钱、吴为三家诗选，人无异辞。惟宴饮酬酢之篇，多于登临凭吊，似应少逊一筹。”③朱希祖评龚鼎孳说：“鼎孳虽与钱、吴齐名，而宴饮酬酢之作多于登临凭吊，实已少逊。”④游国恩的《中国文学史》是 20 世纪中后期影响最大的文学史教材。游国恩将清前中期的诗人分为两类：一是爱国诗人，包括顾炎武、黄宗羲、王夫之三人，这是《清诗别裁集》没有涉及的。在《清诗别裁集·凡例》中，沈德潜明确地谈到《清诗别裁集》不选遗民诗人的作

① (清)沈德潜等：《历代诗别裁集》，第 390 页。

② (清)沈德潜等：《历代诗别裁集》，第 382 页。

③ (清)沈德潜等：《历代诗别裁集》，第 372 页。

④ 林传甲、朱希祖、吴梅著，陈平原辑：《早期北大文学史讲义三种》，北京大学出版社 2005 年版，第 426 页。

品。二是清代的诗派和诗人。在这部分里，游国恩详细论述了钱谦益、吴伟业、施闰章、宋琬等人。另外，游国恩的《中国文学史》还专节论述了王士禛，说“清初诗人以王士禛最为著名”①。其他如刘大杰、郭英德、过常宝等编订的文学史教材或者文学史专论，对清前中期诗坛的论述与上述诸教材基本一致，都把王士禛、钱谦益等五位作家视作清代诗人的代表。总体来看，自从建构了系统的中国文学史以来，各种文学史著作至多在这五位大家的基础上增加个别作家，未见将五大家中的哪一家除去。可以说，如果一部中国文学史避而不谈《清诗别裁集》中位居前五位的作家，这部中国文学史就是不全面的，甚或是残缺的。

更重要的是，我们今天书写的文学史以王士禛、钱谦益、吴伟业等为清代诗坛大家的格局，到了沈德潜的《清诗别裁集》才得以确定。在《清诗别裁集》之前，大量清代诗歌选本对于诗坛大家的判定，与我们今天书写的文学史有很大差异。其他各家诗选虽然大多肯定了王士禛诗坛盟主的地位，但因钱谦益、吴伟业二人的政治节操有亏，对钱、吴的评价都不高。如吴蔼的《名家诗选》选宋荦的诗 26 首，多于钱谦益(18 首)、吴伟业(25 首)；《名家诗选》选了屈大均的诗 20 首，杜浚的诗 19 首，屈、杜二人的诗作数量虽然少于吴伟业，但多于钱谦益。刘然的《国朝诗乘》选曹尔堪的诗 36 首，魏裔介的诗 30 首，多于吴伟业(27 首)、钱谦益(14 首)。沈德潜则本着“以诗存人”的原则，客观、公正地评价钱谦益、吴伟业等，为后世文学史清代诗歌部分确定了基本的书写框架。

沈德潜编订的其他诗歌选本，也同样对我们今天书写的文学史产生了深刻的影响。无论沈德潜在《唐诗别裁集》中确立的中国诗歌史上的大家，还是沈氏在《古诗源》中推尊的唐代以前的重要作家，抑或在《明诗别裁集》中揭出的明代诗坛中坚，都是我们今天书写的中国古代诗歌史的核心人物。可以说，沈德潜以“温柔敦厚”为根本的诗学原则和选

① 游国恩主编:《中国文学史》，人民文学出版社 1963 年版，第 351 页。

诗原则，搜剔诗歌，编订选本，确立经典，完满地总结了中国几千年来诗歌发展的历史。沈氏的诗学论著《说诗晬语》大致相当于一本中国诗歌发展史大纲，《古诗源》《唐诗别裁集》《宋金三家诗选》《明诗别裁集》和《清诗别裁集》则类似于我们今天的文学作品选。通过这一系列著作，沈德潜系统地梳理了中国诗歌史，确定了经典诗人和作品。

经过岁月的淘洗、删汰，只有那些气韵飞动、风骨劲健，有着巨大阐释空间的文学作品才能长存于世，这是历史的必然。但文学经典也需要"发现人"，只有经过"发现人"的推荐，一个作家、一部作品才有可能被社会广为接受。姚斯说："在作家、作品和读者的三角关系中，后者并不是被动的因素，不是单纯地作出反应的环节，它本身就是一种创造历史的力量。文学作品的历史生命没有接受者能动的参与是不可想象的。"①这里姚斯所说的"读者"是指一部作品的广泛读者，我们可以说，一部作品的特定读者，比如"发现人"在创造历史的过程中发挥了更大的作用。沈德潜就是这样一位目光敏锐、富于艺术洞察力和鉴别力的"发现人"。《清诗别裁集》等诗歌选本对中国古代作家的排序、定位得到后世的普遍认同，这不能不让人惊叹沈德潜富于发现力的眼光。

有学者谈道："沈德潜的《古诗源》与《唐诗别裁集》到现在仍然是最流行的选本，尽管现代的各种诗歌史著作采用西方的文学理论系统阐释古代诗歌史，但这些诗歌史著作所确立的诗歌史价值系统实质上乃是沈德潜所最后完成的系统。"②的确，在沈德潜之先，致力于编订诗歌选本的选家众多，但很少有人因诗歌之选而胜出；与沈德潜同时或稍后，倡导主流诗学观念的也并非只有沈德潜一人，但沈氏的诗论却能够流传广远，并对后世产生深刻的影响，沈德潜的同调如李重华、乔亿、潘德舆等却声名未显。沈氏的诗歌选本能够流传开来并留传长久，沈德潜的

① [德]姚斯：《文学史作为向文学科学的挑战》，见[德]姚斯、[美]霍拉勃著：《接受美学与接受理论》，周宁、金元浦译，辽宁人民出版社 1987 年版，第 24 页。

② 张健：《清代诗学研究》，北京大学出版社 2000 年版，第 511 页。

“格调说”成为清代四大诗说之一，其历史的、逻辑的合理性就在于：沈德潜将自己的选本定位于“学诗者”，坚持“温柔敦厚”等主流的诗学观念；他还对“温柔敦厚”加以改造，使之由伦理原则、评诗原则进而转化为选诗原则，进一步强化了诗的社会功用与美感、艺术性的统一，为“温柔敦厚”注入了新的内涵。正是这种在继承中创新的方式，成就了《唐诗别裁集》《清诗别裁集》等诗歌选本的经典地位。

下编

小说观念的嬗变以及小说与集部关联之形成

论《山海经》与小说亲缘关系之建构

20世纪初期，中国知识体系向近现代转型之时，小说这一统序也完成了自身的重新建构。鲁迅在追溯中国小说的源流时谈道，小说的“本根……在于神话与传说”，“中国之神话与传说……《山海经》中特多”。①《山海经》是中国小说的本根与源头，我们有必要标绘《山海经》在知识构架中的位移情况及运动轨迹，剖析《山海经》作为知识要素与小说这个概念范畴之间亲缘关系的形成过程，阐明《山海经》与小说完成对接的内在动因以及外缘推助。梳理《山海经》与小说这一类目之间复杂的关联关系，无疑有助于我们厘清中国古代的小说在特质、内涵等层面上的演化与嬗变，也有助于我们把握近现代以来小说观念的构型逻辑。

一

在中国知识体系演化、发展的过程中，《山海经》经过多次迁移，才最终归置于小说这套知识统序之内。汉代，在七略分类法下，《山海经》归属于数术略形法家。隋唐时期，四部分类法定型，《山海经》被置于史部地理类。到了清代，《山海经》与小说这个概念范畴之间形成了

① 鲁迅：《中国小说史略》，人民文学出版社1981年版，第17~18页。

亲缘关系。纪昀等将《山海经》视为“小说之最古者”①，并把《山海经》移植到子部小说类。考察《山海经》在近两千年间的位移情况，我们可以看到，这个文本与小说建立连接的过程是复杂的、曲折的。

《山海经》最初与小说这个概念不存在直接的关联关系。最早提及《山海经》的是司马迁的《史记》。司马迁将《山海经》与《禹本纪》并置。到了建平元年(公元前6年)，刘歆校定《山海经》。后，班固承继刘向、刘歆的《七略》修《汉书·艺文志》，在知识统序中对《山海经》给予明确的归类和定位。在七略分类法下，《山海经》居于知识体系中的第三层级，是数术略形法类之下的知识要素；小说居于第二级，是诸子略之下的知识类目。《山海经》与子部小说在层级建构、逻辑关联上没有任何直接的关系。

隋唐之时，中国的知识体系由七略分类法转型成为四部分类法。《山海经》在知识体系中的定位有了重大的调整。《山海经》所属的数术略作为一个类目从知识体系构架中消失，数术略下的知识要素进行了整体性搬迁，迁移至四部分类法下的子部之中。据《隋书·经籍志》：

> 《汉书》有诸子、兵书、数术、方伎之略，今合而叙之，为十四种，谓之子部。②

在数术略下的知识要素归并到子部的过程中，《山海经》所属的形法类也从知识体系构架中被撤销。形法与五行、蓍龟、杂占合并，统称为“五行”，归于子部之下。在子部五行类罗列的书目中，《地形志》《相马经》等书籍与七略下数术略形法类相关。这些书籍被归置于子部五行类，与子部之下的小说形成相互平行、相互毗邻的关系，《山海经》却被抛置于子部之外。《山海经》在移动向度上与数术略下的知识要素有

① (清)永瑢等:《四库全书总目提要》，中华书局1965年版，第1205页。
② (唐)魏征等:《隋书》，中华书局1973年版，第1051页。

着根本的不同，它的运动轨迹成为一个特例。在《隋书·经籍志》确认的四部分类法中，《山海经》没有进入子部五行类之下，没能够和《地形志》等一道与子部小说类形成毗邻的关系。它独自从形法类中被拆解、切割下来，另行迁移，被置于新兴的部类——史部之下，进入史部地理类。

谈到《山海经》这次不同于常例的迁徙，我们要注意的是，《山海经》在知识体系中的这一运动向度并没有推促着它远离小说这个概念范畴，而是从全新的维度上推动并加速了《山海经》与小说之间发现彼此的亲缘关系。

建构知识体系、对知识要素进行分类，就必须要进行清晰的条块切割。但是，知识要素自身又呈现出多重的质态和特征。在知识体系构架中，各个组成要素就像“制药冶金”的材料一样，可以“随其熔范，形依手变，性与物从，神明变化”①。这样，知识架构内部就呈现出复杂的、错综交互的情况。《隋书·经籍志》成于641—656年，在五六十年后，景龙四年(710)，刘知几完成了《史通》。刘知几以《隋书·经籍志》建构的知识统序为基本平台，试图根据某些知识要素的多重特性，重新划分、厘定史部以及子部小说的类例建构。刘知几将《山海经》《孔子家语》《搜神记》等从史部的地理、杂传、杂史类中分别提取出来，称为“外传”。他说：“其余外传，则……夏禹敷土，实著《山经》……《家语》载言，传诸孔氏。”②他又将《世说新语》《语林》等从子部中提取出来，称为“琐言”。刘知几将“琐言”“外传”等置于同一个统系中，将它们全部归拢到“偏记小说”这个概念之下。他说：

> 偏记小说……其流有十焉：一曰偏记，二曰小录，三曰逸事，四曰琐言，五曰郡书，六曰家史，七曰别传，八曰杂记，九曰地理

① 钱基博：《韩愈志》，华夏出版社2010年版，第5页。

② (唐)刘知几著、(清)浦起龙通释、王煦华整理：《史通通释》，上海古籍出版社2009年版，第253页。

> 书，十曰都邑簿。①

在《史通》中，史部地理、杂史、杂传类下的《山海经》《搜神记》等与原来处于子部小说类之下的《世说新语》《笑林》等归拢于一体，形成了相邻的关系或者直接的类比关系，建构起一个新的统系——“偏记小说”。这样，在《隋书·经籍志》等建构的知识体系中，《山海经》迁移至史部地理类，这种运行轨迹看似与子部小说类愈行愈远；但是，在《史通》建构的知识统序中，《山海经》却又被直接归置于“偏记小说”这一范畴内，与小说建立起了类属关系和直接的亲缘关系。

刘知几在《史通》中判定《山海经》是“偏记小说”之一种，这自有其合理性及合逻辑性。小说作为一个知识类目，起自《汉书·艺文志》。在《汉书·艺文志》《隋书·经籍志》中，小说这类知识要素的显性质态是，记“街谈巷语、道听途说者之所造”②，收录的是细言、琐事。从《山海经》的统序归属上看，它最初归属于数术略。数术略下的知识要素本就出自史官，与“事”有着直接的关联。据《汉书·艺文志》：

> 凡数术百九十家，二千五百十八卷。数术者，皆明堂羲和史卜之职也。③

《汉书·艺文志》还说，“太史令尹咸校数术”④。沈钦韩注“太史令”说：“《御览》二百三十五，《春秋元命苞》曰：屈中挟一而起者为史。史之为言纪也，天度文法以此起也。”⑤“史”与“事”有着直接对应关系，“史字

① （唐）刘知几著、（清）浦起龙通释、王煦华整理：《史通通释》，第253页。
② （汉）班固：《汉书》，中华书局1962年版，第1745页。
③ （汉）班固：《汉书》，第1775页。
④ （汉）班固：《汉书》，第1701页。
⑤ （清）沈钦韩：《汉书疏证》卷四，光绪二十六年(1900)浙江官书局刻本。

之义，本为记事，初以名掌书之职，后仍被于记事之籍”①。从《山海经》自身的形态上看，这部书的核心特点就是记录“遗事”。刘歆说，《山海经》“皆圣贤之遗事，古文之著明者也”②。《山海经》以空间为基本维度，以人、事、物为记叙对象，在体例上的显性特质是，叙述山川之势、厘清舆地之界、条举风土之产。《山海经》以“遗事”为连接点确认了自身与小说之间的亲缘关系。刘知几依循史部“以叙事为先”的原则以及小说纪细言、叙琐事的逻辑，③ 把《山海经》《搜神记》等史部的作品与子部小说类的《世说新语》等归置于一体，统称为“偏记小说”。这并没有阻断它与小说这个知识类目之间的关联，反而凸显了《山海经》叙“遗事”的特点，强化了它与小说这个概念范畴之间的向心力。

当然，《山海经》与小说这个概念之间建立起稳定的从属关系，并非是一蹴而就的。在四部分类法延续的千余年间，《山海经》的归类方式有两种：一是归于史部地理类，二是归于子部小说类。

从唐宋到明代，《山海经》与小说之间的向心力还非常微弱，官私书目以及相关书籍大都承续《隋书·经籍志》，将《山海经》归于史部地理类。之后，官方书目《旧唐书·艺文志》《新唐书·艺文志》，以及私家书目晁公武的《郡斋读书志》、陈振孙的《直斋书录解题》，都将《山海经》置放在史部地理类。高似孙《史略》卷六叙录《山海经》，这实际上仍是将《山海经》置于史部。王应麟修撰的《玉海》也将《山海经》置于地理类。明代，宋濂等的《元史》未修艺文志。私家书目如高儒的《百川书志》、焦竑的《国史经籍志》、陈第的《世善堂藏书目录》、范邦甸的《天一阁书目》等均将《山海经》放在史部地理类。这些官私书目并没有承续《史通》设计的“偏记小说”这个类目，也没有将《山海经》置于子部小说之下。

① 金毓黻：《中国史学史》，商务印书馆 2010 年版，第 2 页。

② (汉)刘歆：《上山海经表》，见(清)严可均：《全上古三代秦汉三国六朝文》卷四〇，光绪二十年(1894)黄冈王氏刻本。

③ (唐)刘知几著、(清)浦起龙通释、王煦华整理：《史通通释》，第 160 页。

从明代中后期开始，《山海经》与小说这个概念之间的向心力不断强化。《山海经》在史部地理类与子部小说类之间犹疑徘徊。隆庆、万历年间，吴琯编订有《古今逸史》。“逸史”之“史”表明《山海经》仍未脱离史部的范畴，“逸史”之“逸”又承刘知几所说的“偏记小说”，赋予了《山海经》以脱离史部的力量。稍后，祁承爜修《澹生堂藏书目》，将《古今逸史》这套丛书收入子部小说类，《山海经》也自然随着《古今逸史》进入了小说的架构之内。清代，《山海经》在知识体系中的位置仍是游移不定的。官修的《天禄琳琅书目》认为，《山海经》“冠地理书之录”①。私家书目如钱谦益的《绛云楼书目》、黄虞稷的《千顷堂书目》、徐乾学的《传是楼书目》、钱曾的《述古堂藏书目录》将《山海经》收入史部地理/地志类。纪昀等修纂《四库全书》则接续刘知几将《山海经》归于“偏记小说”的做法，他们认为，《山海经》是“小说之祖耳。入之史部，未允也”②。纪昀等还辨析了《山海经》应该归入小说的原因：虽然《山海经》自“《隋志》以来皆列地理之首”③，但是，书中的“道里山川，率难考据”④，“其中乃有帝启、周文王及秦汉地名则妄不待辨”⑤。因此，“诸家并以为地理书之冠，亦为未允。核实定名，实乃小说之最古者”⑥。纪昀将《山海经》从史部地理类移植到子部小说类下，放在子部小说类异闻之属。《山海经》由前人认定的“古志之祖”⑦，转而演化成为“小说之祖”。到了近代，张之洞在《书目答问》中仍把《山海经》列入古史类。但是，越来越多的私家书目将《山海经》置于子部小说类。如，

① 《天禄琳琅书目 天禄琳琅书目后编》，上海古籍出版社2007年版，第256页。

② （清）永瑢等：《四库全书总目提要》，第1205页。

③ （清）永瑢等：《四库全书简明目录》，上海古籍出版社1985年版，第551页。

④ （清）永瑢等：《四库全书总目提要》，第1205页。

⑤ （清）永瑢等：《四库全书简明目录》，第551页。

⑥ （清）永瑢等：《四库全书总目提要》，第1205页。

⑦ （明）吕玉绳：《玉绳答论诗文书》，见（明）孙矿：《居业次编》卷三，《四库禁毁书丛刊》集部126册，第296页。

瞿镛的《铁琴铜剑楼藏书目录》、丁丙的《善本书室藏书志》、陆心源的《皕宋楼藏书志》、丁仁《八千卷楼书目》均将《山海经》置于子部小说类。到了20世纪二三十年代，中国近现代知识体系定型之际，鲁迅等人依循刘知几的《史通》以及纪昀、瞿镛等的归类方式，将中国小说的源头定位至《山海经》。

从汉代的七略到隋唐之时的四部，再到近现代的知识分类架构，《山海经》这部文本不断地迁徙，最终归属到小说这个类别之下。《山海经》在进入近现代学术架构时，它的定位发生骤变，这看似突兀。但是，深入中国本土学术统系之中，我们可以看到，这种变化和归类自有其内在的合理性，这实是承续、顺应了《山海经》在知识统序中的归类逻辑以及运动向度。

二

要深入地了解《山海经》与小说这个知识类目之间从属关系的建构过程，我们既要厘清《山海经》的运动轨迹，又要探寻《山海经》移植进入小说这一类目的内在动力机制。《山海经》与小说形成关联的初始动力要素，是这部文本所叙“遗事”的美学风格——怪、异。推动《山海经》与小说之间生成向心力、确认它们形成亲缘关系的核心连接点，是这部文本所叙“遗事”的质态——诞、幻、虚。

“怪”“异”的美学风格是《山海经》与“虚”“虚构”这种成书性质，与小说这个类目建立关联的逻辑起点。汉代，人们就认定，《山海经》所叙内容的美学风格是“怪”“异”。司马迁说：

> 至《山海经》《禹本纪》所言怪物，余不敢言之也。①

① （汉）司马迁：《史记》，中华书局1959年版，第3179页。

刘歆在《上山海经表》中说，这部书记载的是“异方之所生水土草木、禽兽昆虫……及四海之外绝域之国、殊类之人”①。王充也谈道，《山海经》“主记异物”②。一直到明清两代，人们仍稳定地承续这种看法。他们判定，《山海经》“专以备纪怪异”③，“其用意一根于怪”④。胡应麟说，“《山海经》偏好语怪，所记人物率禽兽其形”⑤。李绂说，“《山海经》所记，皆神仙鬼怪荒忽之事”⑥。官修的《天禄琳琅书目》说，《山海经》“瑰谭铸象怪何妨”。《四库全书》将《山海经》置于子部小说类时，也明确地指出《山海经》的特点是“序述山水，多参以神怪”⑦。据《说文解字》，“怪，异也”，“异，分也。……徐锴曰：将欲与物，先分异之也。……又不同也。……又怪也。《释名》异者，异于常也”⑧。《山海经》对“异方”的物产进行区分、记录。这些物产不同于人们在日常生活中所耳闻目见的，呈现出“异于常”的特点。

当然，《山海经》并不是经由“怪”“异”这种风格类型直接与“虚”“虚构”，与小说建立起关联关系。对于今人来说，“怪”“异”与幻设、奇诡是相近的，甚至是对等的、可以相互置换的概念。今人也往往习惯性地判定，一部文本如果陈述“怪”“异”，它就是虚构的，就具备了小说的基本特质。但事实上，《山海经》与小说这个类目的关联并不是天

① (汉)刘歆:《上山海经表》。

② (汉)王充著，张宗祥校注:《论衡》卷一三，上海古籍出版社 2010 年版，第 275 页。

③ (清)刘开:《书山海经后》，见《孟涂文集》卷一，道光六年(1826)姚氏檗山草堂刻本。

④ (明)胡应麟:《读山海经》，见《少室山房集》卷一〇二，《景印文渊阁四库全书》第 1290 册，上海古籍出版社 1989 年版，第 883 页。

⑤ (明)胡应麟:《读山海经》，见《少室山房集》卷一〇二，第 883 页。

⑥ (清)李绂:《驺虞解》，见《穆堂初稿》卷二一，道光十一年(1831)奉国堂刻本。

⑦ (清)永瑢等:《四库全书总目提要》，第 1205 页。

⑧ (清)段玉裁:《说文解字段注》，成都古籍书店 1981 年影印版，第 110～111 页。

然生成的，它们各自与“虚”“虚构”等概念之间的关系也有着本质的区别。

“虚”“虚构”与小说之间的关联是一个逐步确认的过程。在七略分类法下，小说尚未呈现出“虚”“虚构”的特征。“虚”“诞”“虚构”着眼于知识要素的质性、特征，而诸子略小说家的建构基准和标尺是知识要素的来源与功用。据《汉书·艺文志》：

> 小说家者流，盖出于稗官，街谈巷语、道听途说者之所造也。①

小说在与诸子略下儒、道、名等家的对比参照中，确认了自身的特质。儒、道等家是精细思考后思想的表达，小说则是来源于街巷的闲谈。人们在面对来自“街谈巷语、道听途说”的闲谈时，是不会认真地考虑真实性、虚构性等问题的。到了四部分类法，子部小说类延续了诸子略小说家的原初界定，也清楚地标明小说的显性特质是“街说巷语之说”②。但是，随着知识体系的扩容，小说文本在数量上的剧增，隐性的小说观念也在不断地累积。如，刘知几的《史通》就从《山海经》叙“圣贤之遗事”的立场出发，将《山海经》归入“与正史参行”的“偏记小说”③。刘知几对《山海经》的这一定位暂时缺乏圆融的逻辑转换以及充足的动力推助，没有即时得到普遍的认同和肯定。但小说是与正史相互参照、相互对应、相互比较的知识类目，这成为人们的共识。在正史的参照下，小说显现出幻、虚、诞等特质，小说这一类目与虚实、真幻等概念之间的关联逐渐萌生、确立。小说挣脱了与“街谈巷语”之间的显性关联，转而开始酝酿自身全新的质性特征。到了清代，小说是“街说巷语之说”，这一原生的、显性的特质转而变为隐性的要素，退出了人们界分

① (汉)班固：《汉书》，第1745页。

② (唐)魏征等：《隋书》，第1012页。

③ (唐)刘知几著、(清)浦起龙通释、王煦华整理：《史通通释》，第253页。

小说的评价体系之外；“怪”“诞”“虚”“虚构”则演化成为小说显性的特质。

在小说进行着变化和调整的过程中，《山海经》也在不断向奇诡、虚构等概念逐渐靠拢。谈到《山海经》与“诞”“虚”“虚构”等概念，与小说这一类目的关系，我们要从这部书的美学风貌、所叙内容的性质入手，进行历时性的考察。

“怪”“异”与“虚”“诞”“虚构”等概念并不是对等的，而是有着巨大的断裂。对于汉代人来说，文本审美风格的“怪”“异于常”与文本所叙“遗事”的实存性和可信度分属于不同层面的问题。汉代人对《山海经》的态度是怪而不疑，甚至可以说是怪而深信。刘歆认为，《山海经》的特性是“质明有信”①。这把《山海经》与小说、与“虚构”区隔开来。据《说文解字》，“信……不疑也，不差爽也”②，《山海经》的“信”体现在四个层面上。其一，这部书在来源上具有确定性。刘歆谈道，《山海经》的成书时间是“唐虞之际”，它的作者是伯益等人，这部书记载的是早期帝皇的功业。其二，这部书在体例特征上具有实录性。《山海经》叙山川之势，载方土之产，“颇得古今山川形势之实”③。其三，这部书在内容上具有真实性。《山海经》所叙的内容与现实生活“不差爽”④。刘歆引证东方朔见异鸟以及自己的父亲刘向见贰负之臣这两件事，以证明《山海经》“有信”。其四，《山海经》在功用上具有严肃性。刘歆谈道，对于先民来说，这些奇人异物是“祯祥之所隐”⑤。后人就此推测《山海经》在先民生活中的原生功能说：

---

① （汉）刘歆：《上山海经表》。

② （清）段玉裁：《说文解字段注》，第53页。

③ （宋）朱熹：《记山海经》，见（宋）朱熹撰、朱杰人等主编：《朱子全书》，上海古籍出版社2010年版，第3437页。

④ （清）段玉裁：《说文解字段注》，第53页。

⑤ （汉）刘歆：《上山海经表》。

左氏《传》称：大禹铸鼎象物，以知神奸。入山林者不逢不若，魑魅魍魉莫能逢之。《山海》所述不几是也。①

《山海经》在汉代水利建设方面也发挥了实用性的功能。据《后汉书》，"永平十二年，议修汴渠……赐景《山海经》《河渠书》《禹贡图》"②。对汉代人来，《山海经》在来源上是确定的，在体例上是实录的，在功能上是严肃的，它不是闲谈，不能归于"街谈巷语，道听途说"的小说；《山海经》在内容上是真实的，不能归于"虚""诞""虚构"。

人对自然的认知和态度不断演变，这种演变也会在知识体系中呈现出来。具体到《山海经》这部文本，我们可以看到，随着时间的延续，人们对这部作品的思考和认知也不断累积、叠加。《山海经》在审美风格上具有"怪""异"的特点，这是汉代人提出的原生命题。这一原生命题为《山海经》与"诞""虚""虚构"等概念建构关联提供了核心的动力和基本的平台。

魏晋时期，中国人的自然观发生了重要的转变。在《山海经》"怪""异"的美学风格的基础上，人们进而推导出多重的、全新的命题。《山海经》的风格界定由"怪""异"转向"诞""幻"。郭璞注《山海经》时谈道，这部书的特点是"闳诞迂夸，多奇怪俶傥之言"③。郭璞没有沿用"怪""异"这样的判定，而是使用了"闳诞迂夸"一词，这透露出他的衷心底蕴。据《康熙字典》，"诞……妄为大言也。《文韵》欺也"④。"闳诞迂夸"一词表明，郭璞认为《山海经》具有欺妄、不实、夸饰的特点。郭璞还说，面对《山海经》中的异人怪物，时人"莫不疑焉"⑤。此后，妄诞、荒忽、幻设成为人们对《山海经》的基本认知。如宋代，尤袤说，

① （宋）薛季宣：《叙山海经》，见《浪语集》卷三〇，《景印文渊阁四库全书》第1159册，第475页。

② （宋）范晔：《后汉书》，中华书局1965年版，第2465页。

③ （晋）郭璞：《山海经序》，见（清）严可均：《全上古三代秦汉三国六朝文》卷一二一。

④ （清）张玉书等：《康熙字典》，上海书店1985年版，第1259页。

⑤ （晋）郭璞：《山海经序》。

《山海经》“所言多荒忽诞谩”①。明清时期，也有人谈道：

> 余尝读《山海经》，多志耳目所不习。每谓是纸上幻观，但供荒唐卧游耳。②
>
> (《山海经》)率谲诡恍惚、耳目所不经事。③

诞、妄、幻这样的评判与“怪”“异”相关但并不等同。人们使用“诞”“幻”等概念重新界定《山海经》的美学风格，这表明，他们对于书中所叙异事怪物的态度开始在信与疑之间徘徊。

《山海经》风格的叠加既反映了人们认知的累积，同时也推促着相关命题的转换。人们对《山海经》所叙“遗事”的认知从“怪”“异”渐渐衍生、发展为迂诞、奇诡，这部书的性质也完成了从“质明有信”到“虚”“虚构”的嬗变，最终《山海经》因“虚”“虚构”的性质与小说进行了对接。由于《山海经》所叙的物产诞幻、虚妄，“无从质正”，人们开始重新认定这部作品成书的特质。宋代的王应麟谈到《山海经》说：“《通典》以为恢怪不经，疑夫子删《诗》《书》后，尚奇者所作。或先有其书，如诡诞之言必后人所加也。”④也有人从《山海经》妄诞、幻设的特点出发，进而直接否定了书中所叙内容的真实性。他们明确地提出，《山海经》的性质是不信、不经：

> 客有遗《山海经》者，取而读之，怪其汗漫窈冥，多非耳目所征信。⑤

---

① (宋)尤袤：《山海经后序》，见《梁溪遗稿·文钞补编》，《景印文渊阁四库全书》第1149册，第427页。

② (明)戴澳：《灵岩四洞纪游》，见《杜曲集》卷八，崇祯年间刻本。

③ (明)许国：《少逸山人诗序》，见《许文穆公集》卷二，《四库禁毁书丛刊》集部第40册，北京出版社2005年版，第425页。

④ (宋)王应麟：《汉书艺文志考证》卷一〇，中华书局1955年版，第105页。

⑤ (明)程文德：《寿大中丞西野张公七十序》，见《程文恭公遗稿》卷八，《四库全书存目丛书》第90册，齐鲁书社1997年版，第524页。

将以《山海经》皆诳儿空拳可也。①

若《山海经》《博物志》所载，多恢奇瑰异、未经人见者，人亦无从质正。②

《山海经》《周书王会》所说珍禽异兽荒远难信。③

人们对《山海经》所叙内容，乃至《山海经》这部文本的真实性提出了质疑，甚至给予了否定。但是，这种认知和态度并不纯粹是消极的。人们从这种质疑出发围绕《山海经》的质性、特征逐步提出了全新的命题。《山海经》开始频繁地与虚实、有无等概念关联起来。如，曾巩从虚实的角度出发谈到《山海经》。他说：

《山海》所错出，飞潜类纷如。此语果虚实，遗编空卷舒。④

后，薛季宣谈到《山海经》中的怪人奇物说："其所占山川已随世变，草木鸟兽类非久存之物，神怪荒唐之说，人耳目所不到。郭氏所注，不能皆得其实。"⑤清人马惟敏谈到《山海经》也说，"禽禽兽兽奇还异，魅魅魑魑有也无"⑥。《山海经》在成书性质上完成了重构，人们对于《山海经》所叙人、事、物的态度由"质明有信"转而变为疑信不定、"疑信相

① （明）郑以伟：《芋魁花吟》，见《灵山藏》卷三，崇祯年间刻本。

② （清）黄本骥：《诗传识名录序》，见《三长物斋文略》卷一，道光年间《三长物斋丛书》本。

③ （清）孙诒让：《与友人论动物学书》，见《籀庼述林》卷一〇，1916年刻本。

④ （宋）曾巩：《七月十四日韩持国直庐同观山海经》，见《元丰类稿》卷四，吉林出版集团有限责任公司2005年版，第205页。

⑤ （宋）薛季宣：《叙山海经》。

⑥ （清）马惟敏：《读山海经》，见《半处士诗集》卷上，康熙四十八年（1709）郎廷槐刻本。

半”①，并确认了这部书内容的虚构性。纪昀等谈到《山海经》时说，这部书“侈谈神怪，百无一真，是直小说之祖耳”②。这直接从因果逻辑上确认了《山海经》与小说这一知识类目之间的关联。《山海经》这个知识要素、小说这套知识类目因“怪”“异”“诞”“虚”“虚构”，实现了彼此之间的对接。

在中国知识构架定型之初，《山海经》是数术略之下的一个知识要素，小说是诸子略之下的二级类目。它们各自从不同的原初起点和运动向度出发，《山海经》这个知识要素在“怪”“异”这一美学风格的基础上，不断累积、叠加、整合新的质态；小说则在“街谈巷语、道听途说”这个基点上经历了多重嬗变，最终切换、颠覆了自身旧有的类目建构规则。经过近两千年的延续、发展，《山海经》与小说各自在质性特征、构型逻辑等多层面上完成了转换，与造奇、幻设之间建立起关联关系。在 19 世纪末、20 世纪初，它们共同到达“虚构”这个临界点，完成了整合的过程，确认了彼此之间的亲缘关系。

三

《山海经》在知识体系中的运动方式是复杂的，移动向度也是多维的。《山海经》不仅向知识类目移动，同时也与其他知识要素不断地进行着剥离或者合并。无限数量的知识要素以及多种类型的知识类目参与到《山海经》与小说整合的过程中。这些知识要素与《山海经》成为知识统一体，置换、覆盖了小说这一类目下的原生要素。这种置换和覆盖作为外缘的推助，强化了《山海经》与小说之间建构关联的向心力。

《山海经》与小说亲缘关系的建构，并不是在封闭的场域中完成的。

① （明）杨慎：《山海经后序》，见《升庵集》卷二，上海古籍出版社 1993 年版，第 113 页。

② （清）永瑢等：《四库全书简明目录》，第 551 页。

参与推进《山海经》与小说亲缘关系的知识要素在数量上是无穷尽的，其中一些典型的范例是《穆天子传》《十洲记》《神异经》《搜神记》，以及唐代以后新生的《隋唐嘉话》《莺莺传》《聊斋志异》等。

任何一个要素在知识体系中的存在，其实质是同类项合并的过程。《山海经》也不例外，它也始终处于动态的、寻找同类项的进程之中。《山海经》《穆天子传》等作为最基本的知识要素，原本散布于知识体系架构的不同位置并有着各自的移动向度。但是，在移动的过程中，它们在事、文、义、体四个层面上逐渐确认了彼此的相合性、互洽性：

> 《穆天子》合乎《山海经》。乃吾所谓合云者，匪其事之合已也，其文、其义、其体其合者往往如一手。①

《山海经》与《穆天子传》等作品之间并置不是随机的，它们在事、文、义、体等多重维度上不断确证彼此之间多重的关联关系，最终作为知识统一体进入小说这一概念范畴之中，并替换了其中的原生要素。

《山海经》与《穆天子传》《博物志》等能成为同类项，首先基于它们的"事"之合、"文"之合，即在文本内容、文章风格、美学风貌等层面上呈现的相似性。事合、文合成为内在的引力，将这些知识要素聚拢、捏合于一体。"怪""异""诞"这样的特质并不是《山海经》的独家秘辛，而是《山海经》《穆天子传》《博物志》等作品共有的特质。如，晋代，郭璞为《山海经》《穆天子传》作注。他以《穆天子》证《山海经》，《山海经》与《穆天子传》等的"淫诞怪诙"构成了相互支持、彼此互证的统系。②郭璞说："若《竹书》不潜出于千载，以作征于今日，则《山海》之言其几乎废矣。"③张华有意识地把《山海经》作为参照系写作《博物志》，他谈到自己的创作动机时说："余视《山海经》及《禹贡》……虽曰悉备，各有

① (明)胡应麟：《读汲冢三书》，见《少室山房集》卷一〇二，第881页。

② (晋)郭璞：《山海经序》。

③ (晋)郭璞：《山海经序》。

所不载者。"①《山海经》与《穆天子传》《博物志》等的并置在不断重复中，具备了稳定性，成为常态。有人认为，"《穆天子传》六卷，所历怪奇，亦几于《山海经》者"②，"《山海经》实《博物》之权舆，《异苑》之嚆矢也"③。也有人谈道，《神异经》《十洲记》"为仿《山海经》而作"④，"嗜古之士，每好《山海经》《水经注》《拾遗记》诸书"⑤。后世新生的作品也不断地整合进入这套知识统序之内。如，有人将《夷坚志》与《山海经》并置，"爰有《禹贡》，复著此《经》。……后之读者，类以《夷坚》所志，方诸《齐谐》"⑥。也有人将《山海经》《述异记》，一直到《聊斋志异》纳入同一个统序之中：

> 昔读《山海经》，物类骇奇异。继读《神异经》，荒渺惊人意。……奇闻与异书，一切妄称伪。……葛洪《枕中书》，任昉《述异记》。翻阅每忘倦，挑灯废清睡。……敢学蒲留仙，痛洒灵均泪。⑦

《山海经》等构成的序列甚至成为特定的标签，直接用来标示某些作品的特点。如，明代，戴澳谈到《甘露巵》说："王伯贞《甘露巵》大抵类王

---

① （晋）张华：《博物志序》，见（晋）张华等撰、王根林等校点：《博物志（外七种）》，上海古籍出版社2012年版，第7页。

② （宋）高似孙：《史略》卷六，光绪年间《古逸丛书》本。

③ （清）吴任臣：《山海经广注序》，见丁锡根编著：《中国历代小说序跋集》，人民文学出版社1996年版，第12页。

④ （清）王谟：《神异经十洲记合序》，见丁锡根编著：《中国历代小说序跋集》，第25页。

⑤ （明）郑二阳：《河雒兵纪序》，见《郑中丞公益楼集》卷一，康熙年间世德堂刻本。

⑥ （清）郝懿行：《山海经笺疏叙》，见《山海经笺疏》，嘉庆十四年（1809）阮氏琅环仙馆刻本。

⑦ （清）魏燮均：《读邝湛若赤雅偶书》，见《九梅村诗集》卷一〇，光绪元年（1875）红杏山庄刻本。

子年《拾遗记》。……《汲冢》之古，《齐谐》之怪，《博物》之隐，《山海经》之奇，直欲无不有之。”①钟惺评卓发之的作品说，“当兄事《山海经》，弟蓄《十洲记》”②。千余年间，人们在日常语境中将《山海经》《穆天子传》《十洲记》等并置，这种并置经过一次次的重复、确认，凝聚成为稳定的平台。在这个平台上，人们进而发现了这些知识要素之间隐性的同时也是内在的、稳固的关联关系，最终《山海经》与《穆天子传》《博物志》以及《聊斋志异》等建构成完整的知识统一体。

所谓“其义、其体”合，指的是这些文本在义例、文体规范等层面上的一致性。《山海经》与《穆天子传》《博物志》等进行同类项合并，建构成为统一体，这不仅意味着它们审美风貌的相近或者篇名的关联、并置，也是它们不断识别相互之间的“义”之合、“体”之合，即确认共同的质性特征、共同的文体规范的过程，同时也是《山海经》《穆天子传》等组成的知识统一体与小说这一概念完成耦合的进程。

在《山海经》与《穆天子传》《神异经》等归并的过程中，知识要素的数量、规模、类型也不断扩充，越来越多的知识要素被生产出来，其中一些要素被纳入到了小说这个范畴之内。如，唐代的刘餗等人就明确地将《隋唐嘉话》《大唐传载》《酉阳杂俎》等称为小说。他们谈道，这些作品可以“系之小说之末”③，“亦观小说家之流”④。宋代，人们一方面仿效《隋唐嘉话》等展开创作，另一方面也对唐人生产的知识进行重新归类，将裴铏的《传奇》以及元稹的《莺莺传》等归于共同的统系之内，并纳入小说这个概念范畴之内。到了明代，胡应麟在刘知几提出的“偏记小说”的基础上，对相关的知识要素进行重新整合、归并和分类，将

① （明）戴澳：《甘露卮叙》，见《杜曲集》卷七。

② （明）钟惺：《登北固望金焦二山有怀雪浪禅师·小评》，见（明）卓发之：《漉篱集》卷一，崇祯间传经堂刻本。

③ （唐）刘餗：《隋唐嘉话序》，见《隋唐嘉话》，中华书局 1979 年版，第 1 页。

④ （唐）段成式：《酉阳杂俎序》，见《酉阳杂俎》，上海古籍出版社 2012 年版，第 1 页。

小说分为志怪、传奇、杂录、丛谈、辨订、箴规等六类。胡应麟还谈道，“《山海经》，古今语怪之祖”①。唐宋元明产生的知识要素与前代的《山海经》《穆天子传》逐渐建构成一个整体。在这些知识要素耦合的过程中，它们发现彼此之间共同的特质——“奇”。经过反复地确证，到了明清两代，人们最终确定“奇”是小说所指称的知识要素共有的文体规范。

在中国的文化传统中，“奇”与“正”原本就是一组相互对应、相互参照的概念。《孙子兵法》说“凡战者，以正合，以奇胜”②。据《康熙字典》，“正……《新书·道术篇》方直不曲谓之正。……常也。朱子云：物以正为常”③。据《说文解字注》，“奇，异也。不群之谓。一曰不耦”④。人们谈到小说，谈到《山海经》等作品也概之以“奇”，这里的“奇”既延续了它的本义，又生出了丰富的引申义。“奇书”之“奇”与“正史”之“正”参照对应，“这种字面上的对照关系恰好是其逻辑关系的表现”⑤，这表明《山海经》《穆天子传》《酉阳杂俎》《莺莺传》以及明代新生的《金瓶梅》等在“艺术表达上有意与历史著作立异”⑥，有意与“正史”立异。

《山海经》等小说所拥有的“奇”这一文体规范在多重层面上呈现出来。这至少包括四个层面。其一，与“正史”的严谨不同，小说的美学风貌是恢怪奇丽。如，唐人谈到《酉阳杂俎》等作品说，“大率皆鬼神变怪、荒唐诞妄之事”⑦。清人卢震把兵书和小说并列，他谈到《山海经》

---

① (明)胡应麟：《少室山房笔丛》，上海书店出版社2001年版，第314页。

② 中国人民解放军军事科学院战场理论研究部《孙子》注释小组：《孙子兵法新注》，中华书局1977年版，第40页。

③ (清)张玉书等：《康熙字典》，第631页。

④ (清)段玉裁：《说文解字段注》，第214页。

⑤ 陈文新：《文言小说审美发展史》，武汉大学出版社2007年版，第176页。

⑥ 陈文新：《文言小说审美发展史》，第21页。

⑦ (唐)陆希声：《北户录序》，见(唐)段公路：《北户录》，中华书局1985年版，第1页。

等“稗官小说”具有的“奇”的特点时说：

> 观孙、吴以简而严，观《山海经》以闳而肆。观子书以穷其变，观稗官野史以集其奇。①

其二，与“正史”的实录不同，小说所叙事件的性质是“无从质正”或者说无庸质正。“奇”有“不耦”之意，当“奇”用来指称《山海经》等书籍的特点时，“奇”意味着书中所叙事件在现实生活中很难找到直接的对应物。因此，宋人提出了“异端小说”这样的概念②。他们还确认了“虚”与小说之间直接的对应关系。如，黄震谈道，“《战国策》载齐求九鼎之说……此游士饰虚之言，殆类小说”③。其三，与“正史”有资于军国大事不同，小说的现实功用是“无关大体”。在知识统序的建构中，小说的初始形态是源自“街谈巷语、道听途说”的细言琐事，它与“大道”无关。在《山海经》《穆天子传》与《莺莺传》等诸多知识要素融会的过程中，小说这种无关“大道”“无关大体”的特质进一步凸显出来。如，郑二阳谈到《河雒兵纪》时说，这部书“与国家之大事不相关涉”，“以文人之隽笔逗经纶之绪余也。自是而《山海经》《水经注》《拾遗记》共兹《河雒兵纪》并结大年于天壤矣”④。其四，与“正史”的庄重严肃不同，小说的语言风格是谐、趣。这些作品中的“婉语、冷语、谐谑语……往往络绎迸露”⑤，“滑稽诙谐，以为笑乐之资”⑥。

在《山海经》《穆天子传》组构而成的知识统一体不断稳固，相关的

---

① (清)卢震：《杜诗说略·渊源》，见《说安堂集》卷三，康熙年间刻本。

② 参见(宋)洪迈《容斋随笔·四笔》、(宋)魏了翁《知灵泉县奉议郎致仕高君载行状》、(宋)高似孙《史略》等。

③ (宋)黄震：《黄氏日钞》卷五一，钱塘施氏传钞小山堂本。

④ (明)郑二阳：《河雒兵纪序》。

⑤ (明)郑二阳：《河雒兵纪序》。

⑥ (唐)陆希声：《北户录序》。

文体规范逐步确立的过程中，小说这一概念指称的知识要素也进行着累积、增长，以及切割、剔除、替换，小说这个类目完成了基因的蜕变和重构。在《汉书·艺文志》确认的七略分类法下，小说这一类目下的典型范例是《伊尹说》《青史子》等。之后的近两千年间，一些书籍日渐亡佚，同时，新生的知识要素在数量、规模上持续扩张，并稳步进行着重组。到了《清史稿·艺文志》，《山海经》《穆天子传》等被正式纳入小说这一类目之下。《清史稿·艺文志》收"《山海经广注》十八卷，吴任臣撰。《山海经存》九卷，汪绂撰。……《穆天子传注疏》六卷，檀萃撰"①。《山海经》《穆天子传》以及《莺莺传》《聊斋志异》等覆盖、替换了《伊尹说》，成为小说的典型范例。19世纪末20世纪初，正值中国的知识体系转型之际，人们在近现代的学术构架下正式确认了《山海经》《穆天子传》之间的共性以及它们与小说这一概念范畴之间的亲缘关系，小说这个知识类目完成了要素的重置、秩序的重组、逻辑的重建以及价值的重构。

结　语

梳理《山海经》与小说这一类目之间亲缘关系的构型过程，我们可以看到，《山海经》作为一个知识要素，它自身的内在结构是极其稳定的。它的文本构成是稳固的，它的审美风格从"怪""异"到"虚""诞"只是认知和命题的累积与叠加，而不是风格的变异。相较之下，小说这套知识类目则在构成要素、组建逻辑、价值形态等各方面完成了更新与重构。在近现代知识架构下，小说成为特定知识类目的命名方式，它并非一个抽象的概念，也不是人们在头脑中无端臆想出来的。近现代学者一方面参证西方的小说观念，另一方面，也是更重要的方面，他们依据中

① （清）赵尔巽等：《清史稿》，中华书局1976年版，第4367页。

国知识统序中积聚的《山海经》等无数的知识要素的共性特征，对中国本土学术体系中累积的、与小说相关的概念、命题、观念进行总结、提炼和重构，最终确认了《山海经》作为小说这一知识统序的起源。

唐代小说类例的建构与小说观念的变迁

唐人的小说观念与今人存在着巨大的差异。今人谈到小说，往往把《山海经》《世说新语》《搜神记》，以及《隋唐嘉话》《莺莺传》一并归入共同的关系架构之中，统称为小说。在唐代，这些作品却各有其特定的类别归属，归类的方式也处于动态的调整之中。要厘清唐人小说观念内在的合理性及合逻辑性，我们可以从三个层面着手：其一，阐明《隋书·经籍志》对《汉书·艺文志》中小说的类属特征的继承与赓续。在子部的内在架构下，从名、例、类的对应关系出发，剖析小说所具有的子类的共性以及作为独立的二级类目的特性。其二，考察小说作为一个特定的概念，它的内涵和外延在唐代发生了哪些变化，小说作为一套复杂的知识统系，它被赋予了哪些新的意义与功能。其三，以《隋唐嘉话》等唐人有意识地创作的小说文本为切入点，剖析唐人对小说的认知如何在时间的演进、文本的接续中，不断地延伸、生长、变化，影响了后世的小说观念。

一、小说类属特征的延续

唐代初年，《隋书·经籍志》以例明类，通过罗列书目的方式统理前代的知识要素，建构知识统系。《隋书·经籍志》子部小说类之下收录了《燕丹子》、刘义庆的《世说新语》、殷芸的《小说》等“二十五部，合一百五十五卷"①。从"例"，即收录的具体作品考察《隋书·经籍志》《汉书·艺文志》中小说类目之间的关联，我们可以看到，"《隋志》首以《燕丹子》冠小说家，汉录无一存者"②。但是，当我们由例到类，进而从小说在知识体系构架中的位置，以及小说这一类目的内在建构逻辑出发，考察唐人的小说观念，可以看到，《隋书·经籍志》延续了汉代以来人们对小说的定位。自《汉书·艺文志》到《隋书·经籍志》，小说一直保持着内在的稳定性：小说是子类之下的二级类目；"小说"这个名所对应的类、例的基本属性，是纪"街谈巷语"之言、载"道听途说"之事，以传"小道"。

无论是在《汉书·艺文志》，还是在《隋书·经籍志》中，小说都处于诸子略/子部之下，这意味着，小说这类知识要素必然具有诸子略/子部的基本特质。

子类书籍整体的类属特征是，以纪言、纪事为基本的构型方式。在《汉书·艺文志》中，诸子略与六艺略、诗赋略等形成了相互对映、相互参照的关系。无论是六艺、诗赋，还是兵书、数术、方技，都不将言、事作为形构知识统序的核心要素，相较之下，诸子则多以纪言、纪事的方式表明自己的思想。子类中的知识要素最早可以追溯到《鬻子》，"至鬻熊知道，而文王咨询，余文遗事，录为《鬻子》。子自肇始，莫先于兹"③。《鬻子》的特点是录入"遗文余事"，《汉书·艺文志》将《鬻子》归入诸子略道家类，将《鬻子说》归于诸子略小说家。到了魏晋南北朝，刘勰谈到"诸子"的形态时说"博明万事为子"④。他还说，诸子的特点是"谰言兼存，琐语必录"⑤。唐代，《隋书·经籍志》在建构子部

① (唐)魏征等：《隋书》，中华书局1973年版，第1012页。

② (清)沈钦韩：《汉书疏证》卷二五，光绪二十六年(1900)浙江官书局刻本。

③ (南朝)刘勰著、詹锳义证：《文心雕龙义证》，上海古籍出版社1989年版，第624页。

④ (南朝)刘勰著、詹锳义证：《文心雕龙义证》，第656页。

⑤ (南朝)刘勰著、詹锳义证：《文心雕龙义证》，第633页。

时，纪事、纪言仍是子部重要的构型内核。如，《隋书·经籍志》子部儒家类中录有《说苑》，《说苑》的特点是“采传记百家所载行事之迹”①。小说与儒家、道家等是子部/诸子之下并行的次系统，它必然与儒家、道家一样具有子类纪事、纪言的核心特质。

首先，《隋书·经籍志》中罗列的《小说》《古今艺术》等延续了《汉书·艺文志》中诸子略小说家纪事的特点。《汉书·艺文志》明确地指出小说具有纪事的性质。据《汉书·艺文志》，“《周考》七十六篇。考周事也”，“《青史子》五十七篇。古史官记事也”②。明人胡应麟也曾指出，“《汉艺文志》所谓小说……盖亦杂家者流，稍错以事耳”③。小说家在杂家的参照下，它呈现的核心特点是“稍错以事”。这正标明了小说纪事的特征。《隋书·经籍志》承续《汉书·艺文志》，所录小说多有“纪事”之体。如，殷芸的《小说》“撰述秦汉以来杂事”④，“原书分卷篇目。第一卷曰秦汉晋宋诸帝，第二卷周六国前汉人物，第三四卷后汉人物，第五六卷魏人物，第七卷吴蜀人物，第八九十卷并晋中朝江左人物”⑤。再如，小说类下有《古今艺术》。⑥ 唐人张彦远记述《古今艺术图》的情况时说：

> 古之秘画珍图，有《古今艺术图》五十卷，既画其形，又说其事。⑦

---

① （宋）曾巩：《〈说苑〉目录序》，见（宋）曾巩著、李俊标注译：《曾巩集》，中州古籍出版社2010年版，第180页。

② （汉）班固：《汉书》，中华书局1962年版，第1745页。

③ （明）胡应麟：《少室山房笔丛》，上海书店2001年版，第280页。

④ （清）姚振宗：《隋书经籍志考证》，上海古籍出版社1995年版，第321页。

⑤ （清）姚振宗：《隋书经籍志考证》，第322页。

⑥ 《隋书·经籍志》收录“《古今艺术》二十卷”，张彦远说“《古今艺术图》五十卷”。本文不拟确证《古今艺术》与《古今艺术图》之间的确切关系，而是参照姚振宗《隋书经籍志考证》的做法，将张彦远的记录作为考察《古今艺术》的基本依据。

⑦ （唐）张彦远：《历代名画记》，中华书局1985年版，第152页。

《隋书·经籍志》小说类还收录了《水饰》一书。据姚振宗《隋书经籍志考证》：

> 炀帝别勅学士杜宝修《水饰图经》十五卷，新成，以三月上巳日令群臣于曲水以观水饰。因并记水饰七十二势之目，及妓航酒船水中安机等事。①

从今人的观念出发，《古今艺术》《水饰》等与小说这个概念之间没有任何关联。但是，从汉唐时期人们的知识结构来看，《水饰》等在六艺、诗赋、兵书、术数、方技类书籍的映照下，呈现出明显的“说其事”的性质②，这促使它们与小说这个概念建立起了直接的逻辑关联。

其次，《隋书·经籍志》子部小说类下收录的《琐语》《笑林》《笑苑》《解颐》等具有鲜明的纪言的特征。唐人将《琐语》等作品纳入小说的范畴，这正延续了《汉书·艺文志》确认的小说纪言的类属特征。《汉书·艺文志》收录小说十五家，其中，以“说”命名的有《伊尹说》《鬻子说》《黄帝说》《封禅方说》《虞初周说》五家。这些作品已经遗佚，但是，从命名方式上可以看到，它们具有纪言的性质。汉代以后，人们在日常生活中，往往将诙谐的谈话或语言类的表演称为小说。如三国时，邯郸淳“诵俳优小说数千言”③。“俳优小说”还由口头的形态进一步转化成文

---

① (清)姚振宗：《隋书经籍志考证》，第346页。

② 近现代学人也谈到《隋书·经籍志》下小说类纪言、纪事的特点。例如，章太炎说：“隋书经籍志所录，《辨林》《古今艺术》《鲁史欹器图》《器准图》，也都在小说家。大概平等的教训，简要的方志，常行的仪注，会萃的札记，奇巧的工艺，都该在小说家著录。现在把这几种除了，小说家里面，只剩了许多闲谈奇事。”

③ (晋)陈寿著、(南朝宋)裴松之注，卢弼集解、钱剑夫整理：《三国志集解》，上海古籍出版社、上海书店1986年版，第1138页。

字的形态，“因俳说以著笑书”①渐渐成为普遍的情形。“笑书”，即谐隐类的作品，它的特点是“辞浅会俗，皆悦笑也”②。魏晋南北朝时期，人们将谐隐类的作品与小说并置于一体。刘勰说：

文辞之有谐隐，譬九流之有小说，盖稗官所采，以广视听。③

谐隐类作品确认了自身与小说这个知识统序之间的相通性。《隋书·经籍志》在确定子部小说的典型范例时，从纪言这一类属特征入手，参会魏晋南北朝时期人们对于小说的定位，将《琐语》《笑林》《解颐》等纪录俳言谐语的“笑书”归于小说之下。这种做法，既是对中国传统知识体系建构的稳定的、合逻辑的接续，也是对魏晋时期小说观念的合理的接纳。

最后，基于小说纪言、纪事的特质，《隋书·经籍志》收录了刘义庆的《世说新语》等。《世说新语》兼具纪言、纪事的双重特性，这部书“采撷汉晋以来佳事、佳话”④，“叙两汉、三国及晋中朝、江左事”⑤。这正延续并融会了《汉书·艺文志》确认的小说纪言、纪事的类属特征。《隋书·经籍志》在梳理小说的例、类时，并不是凭空构想的。唐代初年，魏徵等编撰《隋书·经籍志》时，正是以《汉书·艺文志》诸子略的建构逻辑为依据，再次确认并进一步强化了子部之下小说纪言、纪事的基本属性。

小说是诸子/子部之下独立的二级类目。这意味着，小说既具有诸子/子部的共性，同时，它也形成了区别于子部其他类目的、特有的属

① （南朝）刘勰著、詹锳义证：《文心雕龙义证》，第624页。

② （南朝）刘勰著、詹锳义证：《文心雕龙义证》，第529页。

③ （南朝）刘勰著、詹锳义证：《文心雕龙义证》，第556页。

④ 高似孙：《纬略》，中华书局1985年版，第133页。

⑤ （唐）刘知几著、（清）浦起龙通释、王煦华整理：《史通通释》，上海古籍出版社2009年版，第450页。

性——“小”。从《汉书·艺文志》到《隋书·经籍志》，小说一直延续着“小”这一内在属性。这里的“小”，是对小说这类知识要素的来源、质态、特性、功能等进行的客观描述。

小说的特质“小”，与这类知识要素的质态、来源相关。小说一词最早见于《庄子·外物》。《庄子·外物》说，任公子钓得大鱼，“自制河以东，苍梧以北，莫不厌若鱼者”。“后世辁才讽说之徒”“惊相告”，并且“揭竿累，趣灌渎，守鲵鲋 ”，试图钓得大鱼。《庄子》说，“辁才讽说之徒”不了解事实的真相，只凭道听途说之辞，“饰小说以干县令，其于大达亦远矣”①。这里，小说是“琐屑之言”②，是道听途说的传闻。“小”是对事态、事实的客观描述，并不是完全负面的、消极的、否定的判断。到了《汉书·艺文志》，当小说由普通名词转化为专有名词时，小说这一概念的原初意义得到了延续和发展。据《汉书·艺文志》：

> 小说家者流，盖出于稗官，街谈巷语，道听途说者之所造也。③

小，即“物之微也”。这些来自“街谈巷语”“道听途说”的传闻具有微细、琐屑的特点。《汉书·艺文志》将琐言细事归入小说之下，这种归类方式不是臆想的，也不是抽象的，而是在诸子的内在架构下，以诸子中儒、道等各家为参照系，进而确认并定型的。从素材的特质上看，小说是“刍荛狂夫之议”“闾里小知者之所及”，它与“游文于六经之中”的儒家相比④，与“皆股肱之材”的其他各家相比⑤，呈现出“小”——细

① (战国)庄子著、(清)郭庆藩集释:《庄子集释》，中华书局1961年版，第925页。

② 鲁迅:《中国小说史略》，人民文学出版社1981年版，第5页。

③ (汉)班固:《汉书》，第1745页。

④ (汉)班固:《汉书》，第1731页。

⑤ (汉)班固:《汉书》，第1730页。

碎、琐碎的特质。到了《隋书·经籍志》，唐人在确定具体的类例时，依然遵循着《汉书·艺文志》中小说的建构逻辑。如《隋书·经籍志》子部小说类收录了殷芸的《小说》，殷芸《小说》的特点是“载自秦汉迄东晋江左人物，虽多与诸史时有异同，然皆细事”①。

小说的特质“小”，也与这类知识要素的功能有关。子部“以立论为宗”②，从汉代到唐代，以纪言或纪事的方式明理，构成了诸子/子部区别于六艺/经部、诗赋/集部等的核心特质。③ 在子部的架构下，小说与诸子其他各家一样，纪言纪事的根本目的在于明理传道。同时，小说作为独立的二级类目，它也生成了自身特定的功能。小说与儒、道、阴阳等九家存在着根本的区别：其他各家用“雅言”传达“大道”“大辩”，小说则借细言、琐事载“小道”。小说与道家“历记成败存亡福祸古今之道”、阴阳家“敬顺昊天，历象日月星辰”、农家“播百谷，劝农桑，以足衣食”迥然相异。④ 小说中的琐言、细事与“大辩”“雅言”相对，传达的是“用小者之不可期大”的“小道”⑤。

小说系“小道”，这更多的是事实的描述和呈现，而不是纯粹的价值判断。在汉唐时期人们的观念中，小说这类知识要素自有其特定的意义与价值。从层级定位来看，小说始终是诸子略/子部之下独立的二级

---

① （宋）晁载之：《续谈助》，中华书局1985年版，第43页。

② 陈文新：《小说与子、史——论“子部小说”共识的形成及其理论蕴涵》，《文艺研究》2012年第6期。

③ 《汉书·艺文志》谈道，诸子的功能是“通万方之略”；到了魏晋南北朝，刘勰在《文心雕龙》中说“诸子者，入志见道之书”。据《说文解字注》，“道”的含义是“所行道也。毛传每云行道也，道者人所行，故亦谓之行。道之引伸为道理，亦为引道”。诸子之书能够“入志见道”，是帮助人们通达某种境界、解悟某种理数、进入某种状态的重要途径。到了隋代，颜之推在《颜氏家训》中也说“魏晋以来所著诸子，理重事复”。唐代，“立理”仍是子类书籍的终极追求。李隆基注《道德经》说：“百氏者，六经正史之外，自为述作。自周以来，立理著书，凡百余人，皆称曰子。”《隋书·经籍志》也说，诸子“或以其业游说诸侯……亦可以兴化致治者矣”。

④ （汉）班固：《汉书》，第1737页。

⑤ （明）王夫子：《庄子解》，见《船山遗书》第66册，上海太平洋书店1930年版，第91页。

类目，在层级定位上与儒、道等家是并行的。从价值层面上看，人们谈到小说在《庄子·外物》中的原初含义说，“当理无小，苟其不当，虽大何益”①，“事无大小，时有机宜，苟不逗机，虽大无益也”②。“理”的大小与它被接纳的程度，以及它的价值、意义，并不构成直接的对应关系。“理”的大小并不是核心问题，最关键的是，“理”是否“逗机”。《汉书·艺文志》谈到小说，一方面表明“诸子十家，可观者九家而已”，另一方面又借孔子的话申明，小说作为第十家，“必有可观”之处：

> 小说家者流，盖出于稗官。……“虽小道，必有可观焉，致远恐泥，是以君子弗为也”。然亦弗灭也。③

桓谭也说，“小说家合丛残小语，近取譬论，以作短书，治身理家，有可观之辞”④。魏晋南北朝时，人们的看法是“街谈巷说，必有可采”⑤。唐代，人们在建构知识统序时，也没有简单地判定小说在价值上是无用的、消极的、落后的。《隋书·经籍志》小序明确地说：

> 儒、道、小说，圣人之教也，而有所偏。⑥

这表明，在唐人的观念中，小说虽然具有细碎、丛残的特点，是用来“治身理家”的“小道”，但是，它与“助人君明教化”的儒、“为万物之奥”的道、“正百物”的名等家，在价值上是对等的。《隋书·经籍志》将

① (战国)庄子著、(清)郭庆藩集释：《庄子集释》，第926页。

② (战国)庄子著、(清)郭庆藩集释：《庄子集释》，第925页。

③ (汉)班固：《汉书》，第1745页。

④ 见(梁)萧统编：《六臣注文选》，浙江古籍出版社1999年版，第342页。

⑤ (三国魏)曹植：《与杨德祖书》，见(三国魏)曹植著、赵幼文校注：《曹植集校注》，人民文学出版社1984年版，第154页。

⑥ (唐)魏征等：《隋书》，第1051页。

《语林》《笑林》《世说》《俗说》归入小说类。这些书籍的共同特点是，“皆喜载调谑小辩，嗤鄙异闻。虽为有识所讥，颇为无知所说”①。这意味着，小说自有特定功用和意义，在某些群体中，或者在某种特定的生活场景下，它是“逗机”的。小说中的“小”，更多的是对这类知识要素的来源、质态、功能的判定，并不是对其价值的否定。

在唐人的观念中，小说作为特定的名，是一个稳定的、多层次的、复杂的概念结构。与小说这个名相对应的，是由特定的知识要素的“例”构成的“类”，是一套多层级的知识架构和体系。通过剖析唐代小说的例与类之间的内在关联，我们可以看到，在《汉书·艺文志》完成近六百年后，《隋书·经志籍》的出现，再次确认并进一步强化、凸显了小说纪琐言、载细事以明“小道”的类属特征。《隋书·经籍志》中展现的小说观念，是对《汉书·艺文志》的承续，但并不是对它的简单重复。这两部书目之间并不是简单的影响、被影响关系，也不是线性的因果关系，同时，也生成了组合、类比、衍生、强化等多类型、多层次、多向度的关联关系。

二、小说类例建构的调整

知识类例的属性特征与它具体的类例建构实践并不是完全等同的。要全面、深入地把握唐人的小说观念，我们在了解小说类属特征的基础上，还要进一步考察：在唐代，小说这个概念与哪些“例”——特定的书籍/文本建立了关联关系，这些“例”组合而成的知识类型与小说这个名之间的关联方式是什么，小说这个名对应的类、例在唐代发生了怎样的迁移和变化。

从唐代小说的类例建构实践上看，在《隋书·经籍志》中，一方面，小说这个名与琐言细事之间存在着对应关系。《隋书·经籍志》小序说：

① (唐)刘知几著、(清)浦起龙通释、王煦华整理：《史通通释》，第214页。

"小说者，街说巷语之说也。"①这意味着，在四部分类法下，小说作为一个概念结构，它与"街谈巷语""道听途说"等类型的知识要素保持着内在的、稳定的关联。另一方面，小说与琐言细事在一定程度上也形成了断裂。《隋书·经籍志》对来自"街谈巷语"的知识要素进行了细化，将之切割、分门归类，把其中一部分置于新兴的史部之下。在《隋书·经籍志》史部杂史类下，有《吴越春秋》《洞纪》等"七十二部，九百一十七卷"②。《隋志》小序明确指出，"杂史"这一部类下的某些知识要素源自"委巷之说"③。史部杂史类的确立，打破了"街谈巷语"之言、"道听途说"之事与子部小说之间极其稳固的、唯一的对应关系。在七略分类法下，小说这个概念及其指称的知识要素与"街谈巷语"之间是一一对应的映射关系，"街谈巷语"之言、"道听途说"之事归属于且只归属于子部小说之下。在四部分类法下，源自"街谈巷语"的细言、琐事不再固着于子部小说之中，而是成为子部、史部等不同部类下多个类目共有的知识类型。

《隋书·经籍志》对"街谈巷语""道听途说"的细言、琐事进行切割，将其中一部分置于新兴的史部，而不是子部小说之下。从子部、史部等一级类目各自的属性特征出发，这自有其内在的合逻辑性。

中国知识体系在唐代完成了从七略到"四部"的转型。在这个转型的过程中，出现了一个全新的部类——史部。史部的出现，对子部的内在属性，以及小说与细言、琐事之间的关联关系产生了极大的影响。自《汉书·艺文志》开始，子部与纪言、纪事建立起密切的关联。到了唐代，在四部分类法下，子部纪言、纪事的功能并未消失。但是，纪言、纪事不再是子类特有的属性，同时也是史部的特征，并且发展成为史部的核心特质。"史"这个词的本义就是指事件。据金毓黻《中国史学史》：

① (唐)魏征等:《隋书》，第1012页。

② (唐)魏征等:《隋书》，第962页。

③ (唐)魏征等:《隋书》，第962页。

史字之义，本为记事，初以名掌书之职，后仍被于记事之籍。①

殷周之际，“史”这个词用来指称史官。史官的职责是记录“南面以君天下者”的言行，“言则左史书之，动则右史书之”，“纪言书事，靡有阙遗”②。这时，构成史部的知识要素已经存在，但是，它们还未在数量、规模、类型等层面上完成积累，尚“不能成一家之体”③。因此，《汉书·艺文志》“以《史记》附《春秋》”④，将《史记》列于六艺略的春秋类之下。汉代以后，与《史记》具有相同体例、类型的书籍越来越多，“斯道渐烦。史氏流别，殊途并骛”⑤。魏晋时期，“四部”分类法渐兴，《史记》《汉书》等知识要素渐渐归拢于一体。至《隋书·经籍志》，“开其事类……别为史部”⑥。到了唐代，“史”在多重层次、多个向度上与纪言、纪事形成了稳固的关联关系。“史”这个概念既指称事，又指称纪事的人，也可以指称纪言纪事的书籍，同时，也用来命名那些纪言纪事的知识要素。史部的出现，并未从根本上改变子部的构型方式，子部的特质仍是纪言、纪事以明道。但是，在子、史两部的参互对照下，叙事成为史部的标识，而说理成为子部的标识，子部纪言、纪事的属性特征被弱化。唐人对子、史与“叙事”的关系进行比较时说：

子之将史，本为二说。然如《吕氏》《淮南》《玄晏》《抱朴》，凡此诸子，多以叙事为宗，举而论之，抑亦史之杂也。⑦

① 金毓黻：《中国史学史》，商务印书馆2010年版，第2页。
② （唐）魏征等：《隋书》，第904页。
③ （唐）魏征等：《隋书》，第904页。
④ （唐）魏征等：《隋书》，第993页。
⑤ （唐）刘知几著、（清）浦起龙通释、王煦华整理：《史通通释》，第253页。
⑥ （唐）魏征等：《隋书》，第993页。
⑦ （唐）刘知几著、（清）浦起龙通释、王煦华整理：《史通通释》，第257页。

他们认定，新生的史部才是叙事的正宗。即令子类那些“以叙事为宗”的作品，在史部的参照下，也不过是“史之杂”、史之旁出和流裔。

《隋书·经籍志》从一级类目的建构逻辑出发，对子部下的小说、史部下的杂史和杂传等二级类目的类例进行区划。子部以明理为宗，史部以叙事为宗。子部下的小说与史部下的杂史、杂传等部类泾渭分明，各自的类例也较为清晰。《隋志》把以纪言、纪事为手段，以表达义理、情理、理趣为宗旨的作品收入子部小说类。如，《世说新语》言行兼重，有人说这部书的实质是“清言之渊薮”①。魏晋时期，人们认为，“清言既吐，精义入神”②。《世说新语》等子部小说类的书籍中收录“清言”实际上要表达的是玄趣、玄理。《古今艺术图》《水饰》等也记事，但它们的立足点不在于“事”，而是借助“事”，为这些“秘画珍图”、精妙的水饰增添趣味性。在唐人的观念中，言、事只是子部小说使用的手段，小说记言述事的最终目的是说理明道、探寻精义、展现意趣，“有无有故事性尚未成为核心要素”③。相较之下，那些纯粹以事为目的、为核心的书籍则归入史部。史部下有杂史、杂传类。《吴越春秋》、韦昭的《洞纪》、王子年的《拾遗记》等“大抵皆帝王之事”，多“钞撮旧史……或起自人皇，或断之近代”④，收在史部杂史类中。郭宪的《汉武洞冥记》、刘向的《列仙传》、刘义庆的《宣验记》、干宝的《搜神记》、颜之推的《冤魂志》等记载“善恶之事”⑤，这些书籍被归拢于一体，纳入史部杂传类下。这样，在《隋书·经籍志》中，琐言、细事与小说这个概念之间一方面延续着既有的对应关系，另一方面也形成了错位、断裂的关系。

---

① (清)永瑢等：《四库全书总目提要》，商务印书馆1933年版，第412页。

② (南朝)徐陵：《皇太子临辟雍颂》，见(南朝)徐陵著、许逸民校笺：《徐陵集校笺》，中华书局2008年版，第208页。

③ 陈文新：《小说与子、史——论“子部小说”共识的形成及其理论蕴涵》，《文艺研究》2012年第6期。

④ (唐)魏征等：《隋书》，第981页。

⑤ (唐)魏征等：《隋书》，第962页。

《隋书·经籍志》对知识进行的区划并不是最终的、恒定不变的结果。知识场域的划分随时、随势处于动态的调整之中。《隋书·经籍志》对知识要素进行了归类，明确了它们的内在属性，确定了它们各自的类属关系以及特有的畛域。这为后人建构更为复杂的、多元化的知识架构奠定了基础。《隋书·经籍志》成于641—656年，在五六十年后，景龙四年(710)，刘知几完成了《史通》。刘知几以《隋书·经籍志》建构的知识统序为基本平台，重新思考了史部以及子部小说的类例建构问题。

从《隋书·经籍志》到《史通》，小说与琐言、细事之间的对应关系，经历了被部分地加以剥离，再到重新转让并加以整合的过程。《隋书·经籍志》将一部分琐言、细事从小说中剥离出来，置于史部之下。刘知几在《史通》中则对这些琐言、细事重新进行整合，将它们全部归拢到“偏记小说”这个概念之下。他说：

> 偏记小说……其流有十焉：一曰偏记，二曰小录，三曰逸事，四曰琐言，五曰郡书，六曰家史，七曰别传，八曰杂记，九曰地理书，十曰都邑簿。①

刘知几将《世说新语》《语林》等从子部中提取出来，称为“琐言”。他说：“街谈巷议，时有可观，小说卮言，犹贤于己。故好事君子，无所弃诸，若刘义庆《世说》、裴荣期《语林》、孔思尚《语录》、阳玠松《谈薮》。此之谓琐言者也。”②他又将《山海经》《孔子家语》《搜神记》等从史部的地理类、杂传类、杂史类中提取出来，称为“外传”。他说：“其余外传，则……夏禹敷土，实著《山经》……《家语》载言，传诸孔氏。”③刘知几将“琐言”“外传”等置于同一个统系中。在《史通》中，

① (唐)刘知几著、(清)浦起龙通释、王煦华整理：《史通通释》，第253页。
② (唐)刘知几著、(清)浦起龙通释、王煦华整理：《史通通释》，第254页。
③ (唐)刘知几著、(清)浦起龙通释、王煦华整理：《史通通释》，第253页。

《世说新语》《笑林》等与归拢到史部的《山海经》《搜神记》等杂史、杂传，甚至某些地理类的知识要素形成了相邻的关系或者直接的类比关系，建构起一个新的统系——“偏记小说”。小说之名所对应的类、例在类型、范围、质态、功能等各个层面都有了极大的扩展。

刘知几在《史通》中将琐言、细事全部从史部中提取出来，与子部小说类的要素整合于一体，确立了“偏记小说”这个类别。他的这一做法带来的客观效果，是在《隋书·经籍志》建构的知识统序的基础上，凸显了小说与新兴的史部之间纵横交错的、多形态的复杂的关联关系，呈现了知识要素的名与类、与例之间的动态关联，甚至在一定程度上颠覆了《隋书·经籍志》确立的知识统系。

首先，《史通》认可了小说与史部正史类之间历史的、事实的双重关联关系。小说这类知识要素的核心构成是“街谈巷语”之言、“道听途说”之事。在史部作为知识统序出现、定型之前，这些琐言细事就错杂、交织在《史记》等书籍中。隋唐之时，这种情况依然延续着，甚至更为突出。如，王劭的《隋书》“采迂怪不经之语及委巷之言”①，收细碎之事。刘知几说：

> 君懋《隋书》，虽欲祖述商周，宪章虞夏，观其所述，乃似孔子《家语》、临川《世说》。②

此外，成于贞观二十年(646)的《晋书》“取刘义庆《世说新语》与刘孝标所注，一一互勘，几乎全部收入”③。显庆四年(659)，李延寿完成《北史》《南史》的修撰后，他在奏表中也特意强调，这两部史籍中融入的“小说短书，易为湮落，脱或残灭，求勘无所”④。这说明，在李延寿

① (唐)魏征等：《隋书》，第1609页。
② (唐)刘知几著、(清)浦起龙通释、王煦华整理：《史通通释》，第3页。
③ (清)永瑢等：《四库全书总目提要》，第405页。
④ (唐)李延寿：《北史》，中华书局1974年版，第3345页。

看来，“小说短书”这些来自于街谈巷语，或者是道听途说的内容，可以而且也应该光明正大地进入《北史》《南史》等书籍之中。在《孔子家语》《世说新语》等小说与史部诸要素既有的事实关联的基础上，刘知几的《史通》通过“偏记小说”这一全新的分类方式确证了小说与史部书籍之间多层次、多形态的复杂的关联关系。

其次，《史通》明确了小说与史部杂史、杂传类内在的亲缘关系。在《隋书·经籍志》中，《拾遗记》《汉武故事》《搜神记》等杂史、杂传虽然置于史部，但是从建构形态来看，《拾遗记》等与史部的核心类目——正史、国史存在很大的差异。在《隋书·经籍志》中，唐人就已经认定，杂史、杂传是“史官之末事”①，与正史有着根本的区别：

> (杂史)率尔而作，非史策之正也。②
>
> (杂传)率尔而作，不在正史。③

刘知几在《史通》中也谈道，杂史、杂传的特点是“言皆琐碎，事必丛残”④。它们“难以接光尘于五传，并辉烈于三史”⑤，可以作为独立的知识要素，与正史、国史剥离开来。这样，在七略分类法下，“小”——琐言、细事，是区划小说与子部儒、道等家的边界。在四部分类法下，琐言、细事又成为杂史、杂传与正史区划开来的界线。随着人们对于知识体系建构的深入思考，到了刘知几的《史通》，琐碎之言、丛残之事不再仅仅作为边界线，用来区划出小说在子部或者杂史等在史部的存在场域；同时，也成为关键的衔接点，明确地标示出《世说新语》《笑林》等子部小说与《搜神记》等史部的知识要素之间的亲缘关系，

---

① (唐)魏征等:《隋书》，第962页。

② (唐)魏征等:《隋书》，第962页。

③ (唐)魏征等:《隋书》，第982页。

④ (唐)刘知几著、(清)浦起龙通释、王煦华整理:《史通通释》，第257页。

⑤ (唐)刘知几著、(清)浦起龙通释、王煦华整理:《史通通释》，第257页。

确证了它们在构型规则上的一致性。从这个角度上看，刘知几将史部杂史、杂传等提取出来，与子部小说整合于一体，这自有特定的合理性。

最后，自《史通》之后，小说在一定程度上获得了在子部、史部之间自由移动的权利。《隋书·经籍志》对琐言、细事的切割不是随机的，这种聚合更不是无意义的、简单的回归。经过了这次分合，小说作为一套知识统序，它的存在质态、内在结构乃至建构逻辑都有了根本性的调整。小说作为一个概念结构，用来指称隶属于子部之下的知识要素，但同时，又在一定程度上从子部中剥离出来，用来指称隶属于史部下的杂史、杂传等。此后，在官私书目中，小说依然被放置在子部，但是，在人们日常的观念中，小说的位置则发生了偏移，它成为游移在子、史两部之间的一个类目。到了明清时期，在人们的日常语境中，小说完成了层级跃迁，发展成为与经、子、史等一级部类并列的说部。到了近现代，小说从子部中被提取出来，用来指称特定类型的白话及文言作品，转化成为与诗、文、戏曲并列的文学文体。

唐人的小说观念，不仅体现在《隋书·经籍志》等官私书目上，而且体现在《史通》这样的学术论著中。学界的研究成果多有论及史部的定型、《史通》的出现等对中国小说观念的影响。如，姜荣刚谈道，“史学观念的变化直接导致了对小说的重新审视”①，《隋书·经籍志》中的小说“主要是史部的粪除与糠秕所剩的一类”②。当我们转而尊重小说作为知识体系中的二级类目的独立性，认同子部小说与史部杂史等类目在价值上的对等性，还原《隋书·经籍志》《史通》成书的时间差，可以看到，史部的出现并没有简单地将小说转变为史书的附庸，《史通》中展现的小说观念也不是对《隋书·经籍志》小说观念的生硬的改造。在唐代，小说这一概念对应的类、例始终保持着记琐言、载细事以明小道的类属特征。小说这一特定的类属特征，促成了它与史部杂史、杂传，

① 姜荣刚：《〈隋书·经籍志〉“小说类”发覆》，《中国古代小说研究》第三辑，第199页。

② 姜荣刚：《〈隋书·经籍志〉“小说类”发覆》。

乃至正史类之间形成的动态的、多元化的、复杂的互动关联。

三、小说功能质态的明晰

要了解唐人的小说观念，我们还必须考察唐人创作的小说文本。盛唐以后，刘餗的《隋唐嘉话》、范摅的《云溪友议》、高彦休的《唐阙史》、郑綮的《开天传信记》、李翱的《卓异记》、孙棨的《北里志》、李浚的《松窗杂录》等大量文本涌现出来。近现代以后，这些作品被归为笔记一类。① 学者立足于宋元明清以及近代以后的小说观念，对这些作品进行了深入、细致的研究。当我们守持着唐人的知识建构和小说观念，剖析《隋唐嘉话》《唐阙史》等，可以看到，在唐代，这些文本作为全新的要素、全新的类例，不断地渗透、叠加到小说的范畴之内，促使小说这一概念的外延和内涵发生了变化，推动着琐言细事在功能层面的突转。

在《隋书·经籍志》和《史通》中，"小说"这个名指向的"例"——具体的文本，均是对前代生产的知识要素进行的归类。自开元年间，刘餗等人从小说记琐言、载细事这种观念出发展开写作，他们明确地将自己创作的文本称为小说。刘餗等人说：

> 余自髫丱之年，便多闻往说，不足备之大典，故系之小说之末。②
>
> 南行极岭峤，暇日泷舟，传其所闻而载之，故曰《传载》。虽小说，或有可观，览之而喁而笑焉。③

---

① 参见陶敏、刘再华《"笔记小说"与笔记研究》(《文学遗产》2003 年第 2 期)、严杰《唐五代笔记考论》(中华书局 2009 年版)等。

② (唐)刘餗:《隋唐嘉话序》，见《隋唐嘉话》，中华书局 1979 年版，第 1 页。

③ 佚名:《大唐传载序》，见《大唐传载》，中华书局 1991 年版，第 1 页。

> 文义既拙，复无雕丽之词，亦观小说家之流，聊以传诸好事者。①

唐人有意识地将自己完成的这些文本纳入小说的统序之内。《隋唐嘉话》等文本不仅在题材、内容、类型、风格等层面拓展丰富了小说的领域，而且对小说这个概念的内涵以及指称的对象进行了更新，围绕着小说与琐言细事的关系，以及小说的功能、类型、质态等提出了全新的命题。

其一，小说生成了“备史官之阙”的全新功能②，这进一步强化了小说与“事”之间的关联关系。

《隋唐嘉话》《唐阙史》等具有“多闻往说”“传其所闻”的特点，这意味着，唐代的小说文本延续并再次强化了《汉书·艺文志》以来小说与“道听途说”之言、“街谈巷语”之事的对应关系。小说的作者和写序者还明确地提出，这些琐言细事的功能是“备史官之阙”。李肇等人说：

> 予自开元至长庆撰《国史补》，虑史氏或阙则补之意，续《传记》而有所不为。③
>
> 恐史笔遗漏，故备阙也。④
>
> 谨录如左，以备史官之阙云。⑤
>
> 知我者，谓稍以补东观缇油之遗阙也。⑥

---

① （唐）段成式：《酉阳杂俎序》，见《酉阳杂俎》，上海古籍出版社 2012 年版，第 1 页。

② （唐）皇甫枚：《三水小牍》，中华书局 1991 年版，第 44 页。

③ （唐）李肇：《国史补序》，见《唐国史补》，中华书局 1991 年版，第 1 页

④ （唐）赵元一：《奉天录序》，见《奉天录》，中华书局 1985 年版，第 1 页。

⑤ （唐）李德裕：《次柳氏旧闻序》，见《次柳氏旧闻》，中华书局 1985 年版，第 1 页。

⑥ （唐）苏鹗：《杜阳杂编序》，见《杜阳杂编》，中华书局 1985 年版，第 1 页。

遐构兄出自雍，话兹事，以余有《春秋》学，命笔削以备史官之阙。①

从补阙的功能出发，这些小说还进一步衍生出“垂训诫”的功能。如，刘肃的《大唐新语》“事关政教，言涉文词，道可师模，志将存古”②；谷神子的《博异志》“非徒但资笑谈，抑亦粗显箴规。或冀逆耳之辞，稍获周身之诫”③。史部中正史类知识要素的特点是，“‘君举必书’，惩劝斯在”④。《大唐新语》等的惩劝、训诫功能正是从它们“备史官之阙”的特质中生发出来的。这样，小说在知识统序中的定位与它自身的功能之间就发生了错位。小说作为知识统序中的次系统仍隶属于子部，但是，小说这个名对应的类例的功能则指向了史部。

这种错位、突转带来的结果并不纯粹是负面的，而是推动了唐人乃至后世小说观念的转型。这种错位促使小说的功能更为明确化、明晰化。从《汉书·艺文志》到《隋书·经籍志》，关于琐言细事的功能作用问题，人们判定，子部下的小说系“小道”，“必有可观焉”，但是却没有指明小说的“可观”之处究竟何在。这是因为，无论是《汉书·艺文志》，还是《隋书·经籍志》，在确定小说的“例”——特定的文本时，都是对前代既有的知识要素进行归类。这些归于小说之下的文本虽然具有共同的类属特征，但是，它们彼此之间在时间上的跨度极大，在写作范式、内容质态等各个层面都存在着巨大的差异，这些文本展现的“道”也依势随形、变化万端。这意味着，小说尚未形成稳定的功能。盛唐以后，刘餗等人从《史通》提出的“偏记小说”的概念出发，在史部的框架

---

① （唐）皇甫枚：《三水小牍》，第44页。

② （唐）刘肃：《大唐新语序》，见《大唐新语》，中华书局1984年版，第1页。

③ （唐）谷神子：《博异志序》，见（唐）谷神子、（唐）薛用弱：《博异志 集异记》，中华书局1980年版，第1页。

④ （唐）魏征等：《隋书》，第682页。

内，以正史为基本平台，采录摭拾正史、国史以外的传闻、轶事和遗说。这使小说在原有的子部场域之外，又获得了另一种确认自身形态的新的场域——史部。史部的核心特质是叙事。唐人认为，“史之称美者，以叙事为先”①。小说由收录子部儒、道、名等家以外的琐言细事，转变为采录正史、国史以外的传闻。在史部这个场域中，小说明确地界定了自身特有的功能与作用——“备史官之阙”。在这种情况下，小说并没有被剔除出知识统序的建构之外，失去自身的特质及独立性，也没有就此成为史部的附属品，更没有融于史部之内渐至于无形无踪，而是凸显了自身作为特定的知识类目的独立性，强化了自身与“史”，尤其是与“事”之间的黏合度。

其二，《隋唐嘉话》等文本将小说中既有的、关于“事”的范型全部拢括、叠加于一体，这促成了“事”类型、种类的明晰化。

“街谈巷语”之言、“道听途说”之事是小说原初的类属特征。《汉书·艺文志》收录了《青史子》，从《青史子》残存的内容中，我们可以看到汉代人的知识结构中小说所含的“事”的基本形态。《大戴礼记》载：

> 《青史子》之记曰：古者胎教，王后腹之七月而就宴室。②

应劭的《风俗通义》载：

> 《青史子》书说：鸡者，东方之牲也，岁终更始，辨秩东作，万物触户而出，故以鸡祀祭也。③

从今人对小说的认知来看，《青史子》中的这些内容与叙事性、故事性

① （唐）刘知几著、（清）浦起龙通释、王煦华整理：《史通通释》，第152页。

② （清）孔广森补注：《大戴礼记补注》，中华书局2013年版，第65页。

③ （汉）应劭著、王利器校注：《风俗通义校注》，中华书局1981年版，第374页。

毫无关联。但是，《青史子》所载的内容与“事”并不是相互排斥、互不相融的。事实上，这里记载的“胎教之道”“鸡祀”等正是“事”的类型之一——事例。汉代以后，小说从这一基点出发不断地延伸、生长。

《青史子》收录的这样的事例，在唐人的小说里依旧延续着，并在一定程度上发展成为事典，并衍生出事件、事象等。盛唐时期的《隋唐嘉话》等作品将不为正史收录的、各种与“事”相关的素材都纳入小说的范畴之内。随着小说的文本越来越丰富，小说中的“事”在数量上迅猛增长，在规模上急剧扩充，在类型上不断地累积，在形态上也越来越繁杂。这一方面强化了小说与“事”之间的关联关系；另一方面，在不同类型的“事”的相互参照中，小说所指向的“事”渐渐产生了分类的要求，也具备了分类的可能性。人们逐渐意识到，小说所涉及的“事”，可能是事例、事类，也可能是事典、事理，或者是事物、事象，抑或是事件、事迹。如，李肇谈道，在自己创作的小说中，“事”主要分为这样几类：

> 纪事实，探物理，辨疑惑，示劝戒，采风俗，助谈笑。①

“纪事实”指向的是事件，“探物理”指向的是事物，“辨疑惑”指向的是事理，“采风俗”则可以归入事例之类。再如，《大唐传载》，“《四库全书》本《大唐传载》共 117 条。……体例上多以人为纲，例皆名臣大僚；其次是典章制度；还有一些地志风物”②。也就是说，《大唐传载》所纪之“事”包括事迹、事物，也包含着典章制度，即事典。到了五代，“事”的多重形态依然在小说文本中延续着。如孙光宪《北梦琐言》卷十第 118 条，“杜孺休种青莲花”：

---

① （唐）李肇：《国史补序》，见《唐国史补》，中华书局 1991 年版，第 1 页。

② 韩云波：《论唐代“史化小说”的形成和发展》，《西南师范大学学报》2002 年第 3 期。

唐韩文公愈之甥有种花之异，闻于小说。①

这里的“种花之异”，是指韩愈的外甥以染料使红莲花变为青色、以鸡粪使浅红芍药变为深红的技术。这就是小说“探物理”的性质。除此之外，一些小说中涉及的奇珍异宝也可以归于事物。再如，《隋书·经籍志》收录了《世说新语》，这部书则兼有事理、事迹、事件等内容。在唐人创作的小说中，“事”是一个泛化的概念，有着多重的质态、体态，凡是琐细之“事”，全部归拢到小说这个概念之下。这样，从汉代到唐代，从官方的书目建构到学术著作，再到唐人生产的小说文本，细碎之言、琐屑之事始终是小说核心的构型要素。

《隋唐嘉话》等构成的小说范式，在类型层面对“事”进行了细致的区分。这并没有完全否定前代关于小说的认知，也没有完全摒弃《汉书·艺文志》《隋书·经籍志》等对于小说的界定。《隋唐嘉话》等文本把多种形态的琐言细事聚拢于一体，这在事实的层面上强化而不是弱化了《汉书·艺文志》《隋书·经籍志》对小说的认知的有效性和合理性。《隋唐嘉话》等文本将前代小说中“事”的各种范型叠加、融会在一起。随着“事”的数量、类型、内容等越来越丰富，小说的形态也不断地生长、变形、更新，人们对小说的认知也发生了巨大的变化。《汉书·艺文志》以及《隋书·经籍志》《史通》在界定小说时，往往关注“事”的来源——“街谈巷语”“道听途说”。盛唐以后，在《隋唐嘉话》等文本中，琐、细仍是小说的特性，但却转化为小说的隐性要素。事例、事件、事典、事象、事物等并置于一体，构成了全新的小说形态，“事”的类型、形态成为写作者及写序者关注的核心问题。从这个角度来看，《隋唐嘉话》等并不是对前代小说单纯的重复与模仿，而是有效地推生出全新的小说文本范型及小说观念。

其三，当《隋唐嘉话》《唐摭言》等文本将不同类型的“事”融会于一

① (唐)孙光宪：《北梦琐言》，中华书局2002年版，第224页。

体时，人们开始对“事”的质态进行区分。小说的作者及写序者渐渐意识到，这些“事”有实，有虚。

虚、实这两个概念与小说的名、例、类建立起关联关系，是一个缓慢发展的过程。这个过程从《汉书·艺文志》开始起步，到《隋唐嘉话》等唐人创作的小说，虚、实作为两个独立的概念，完成了彼此的衔接和相互的参照。

《汉书·艺文志》在对知识要素进行归类时，就曾经指出，“小说家”类下的部分内容具有“迂诞”的特点。迂、诞，有远、大的意思。①这里的远，可能是指时间上的、空间上的，也可能是逻辑上的，指的是小说中包含的内容超越了日常生活的逻辑。王充也谈道，子部所记之事具有“立异造奇”“非其实”的特点：

> 诸子之语多欲立奇造异，作惊目之论以骇世俗之人。②
>
> 诸子之书，孔子自卫反鲁，在陈绝粮，削迹于卫，忘味于齐，伐树于宋，并费与顿牟，至不能十国。传言七十国，非其实也。③

在《汉书·艺文志》《论衡》中，“迂诞”“非其实”并非“小说家”或子部的稳固的特质，只是偶然呈现的特点。这时，小说作为一个概念结构，它与虚、实尚未形成直接的关联。到了唐代，人们谈到小说时，开始将超越了日常生活逻辑的“迂诞”与“虚”这两个概念置于共同的关系构架之中，并渐渐地确立了“虚”与“实”的对应关系。《隋书·经籍志》提出，“迂诞”是琐言细事的重要特点。如，在正史的参照之下，杂史的特质是“体制不经”④，杂传的特点是“杂以虚诞怪妄之说”⑤。到了刘知几，

① 据《康熙字典》，“迂”，“《玉篇》远也”；“诞”，“大也”。

② (汉)王充著、张宗祥校注：《论衡》，上海古籍出版社2010年版，第154页。

③ (汉)王充著、张宗祥校注：《论衡》，第239页。

④ (唐)魏征等：《隋书》，第962页。

⑤ (唐)魏征等：《隋书》，第982页。

他将“偏记小说”与正史的“实”参互对照，反复使用“虚”这一概念。刘知几说，“偏记小说”所载多系“虚辞”“虚事”：

> 庄周著书，以寓言为主。嵇康述《高士传》，多引其虚辞。至若神有混沌，编诸首录。苟以此为实，则其流甚多。①
>
> 郭子横之《洞冥》、王子年之《拾遗》，全构虚辞。②
>
> 《新序》《说苑》《列女传》《列仙》诸传，而广陈虚事，多构伪辞。③

“虚辞”成为唐人小说观念中的核心命题。

从盛唐开始，在《隋唐嘉话》等唐人创作的小说文本中，虚与实参互对照，构成了核心的概念体系，用来描述小说中“事”的质态特征。刘餗谈道，自己记录的一些事件具有“诞妄”的性质：

> 释教推报应之理，余尝存而不论。若解奉先之事，何其明著。友人天水赵良玉睹而告余，故书以记异。④

其他的作家也说：

> 近日著小说者多矣，大率皆鬼神变怪、荒唐诞妄之事，不然，则滑稽诙谐，以为笑乐之资。⑤
>
> 《独异志》者，记世事之独异也。自开辟以来迄于今世之经籍，

① (唐)刘知几著、(清)浦起龙通释、王煦华整理：《史通通释》，第488页。

② (唐)刘知几著、(清)浦起龙通释、王煦华整理：《史通通释》，第255页。

③ (唐)刘知几著、(清)浦起龙通释、王煦华整理：《史通通释》，第482页。

④ 刘餗：《隋唐嘉话序》，见《隋唐嘉话》，第1页。

⑤ (唐)陆希声：《北户录序》，见(唐)段公路：《北户录》，中华书局1985年版，第1页。

耳目可见闻，神仙鬼怪，并所摭录。①

他们还用虚、诞这样的概念来评价前代的小说。如苏鹗说：“尝览王嘉《拾遗记》、郭子横《洞冥记》及诸家怪异录，谓之虚诞。”②同时，也有些小说作者则抱着“存信”的态度撰写小说。如，曾罘的《北里志》收录那些“能谈吐，颇有知书言话”的艺伎。再如，郑綮有意识地将自己的作品命名为“传信”：

> 窃以国朝故事，莫盛于开元、天宝之际。服膺简策，管窥王业，参于听闻，或有阙焉。承平之盛，不可殒坠。辄因薄领之暇，搜求遗逸，传于必信，名曰《开天传信记》。③

五代时，孙光宪在《北梦琐言》中说：“每聆一事，未敢孤信，三复参校，然后濡毫。”④这样，经由《隋唐嘉话》《开天传信记》等文本的不断重复与强调，虚、实这两个概念在小说建构的场域之中形成了异质同构的关系。虚、实相互映照、相互印证、相互作用、相互依存，成为人们判定小说质态的核心概念。

在唐代，随着小说与“史”、与“事”的关联越来越密切，小说的功能、类型、质态等越来越明晰，小说的内核也在缓慢地发生着变化：明理成为小说的次要的、隐性的功能，而述事则转而成为小说核心的、显在的功能。后世乃至近现代的小说观念，正是在唐代小说观念的基础上，进行转换、迁移、切割以及重新整合的结果。如，唐人的小说关注

① (唐)李冗：《独异志序》，见《独异志》，中华书 1985 年版，第 1 页。

② (唐)苏鹗：《杜阳杂编序》，见《杜阳杂编》，中华书局 1985 年版，第 1 页。

③ (唐)郑棨：《开天传信记序》，见《开天传信记》，中华书局 1985 年版，第 49 页。

④ (唐)孙光宪：《北梦琐言》，第 1 页。

的是“事”的全部类型，后世对于小说与“事”之间的多重关联进行重新清理。到了近现代，事物、事典、事象等被剔除出去，与小说这个概念对应的“事”转而被限定为纯粹的事件。再如，随着小说这个部类的独立性不断强化，从宋代开始，《莺莺传》《李娃传》等被归拢于“传奇”这一概念之下，并融入小说这个概念结构之中。19世纪末20世纪初，中国的小说观念再次进行了更新，与小说这个名相对应的典型范例，由明事“理”的《世说新语》转而变为讲事“情”的《莺莺传》等作品。① 另如，唐人确定了小说具有或虚或实的质性特征，唐代的小说可实可虚。随着小说类例的演化，到了近现代，学界酝酿出关于小说的新观念与新命题，人们对小说性质的认知逐渐由虚实兼行转而变为虚构。

结　语

唐代，在小说这一概念结构的内部，融会了两股力量：一是不断地延伸，小说这个名以及相对应的类例的原始属性始终在延续着；二是逐步地突破，与小说相对应的具体类例在数量、规模、类型、功能、形态以及内在质态等各个层面、多重层级上，不断地进行着自我更新。在这两股力量形成的合力的推动下，与小说这个名对应的例、类处于不断地融会、增添，以及分割、整合的过程之中。在名、例、类的动态平衡中，小说在唐代完成了命名的延续、功能的突转、类型的叠加、质态的确认，这为后世小说观念的形成提供了一个稳定的平台。通过剖析唐人的小说观念，我们可以看到，小说作为特定的知识统系在中国的存在，不仅仅是文本数量、类型的累积，而且生成了自身独有的、本土化的演变逻辑以及理论建构。

① 在唐代，《莺莺传》《霍小玉传》等尚未被归入小说这个范畴之下。直到宋代，这些作品才渐渐与小说这个概念形成了关联。本文主要从唐人明确界定为小说的类例和文本出发，讨论唐代的小说观念。《莺莺传》等作为特定的类例与小说之间的关联关系，笔者将另行撰文讨论。

明清时期小说观念的转型

明清时期，小说的发展经历了重要的转折。这不仅表现在，小说文本的数量、规模、类型迅猛增长，更重要的是，小说作为特定的类别，它在知识统序中的位置暗中进行着调整和变更。小说这套知识要素的位移主要有三个向度。一是，小说这个类目在知识结构中形成了上浮的态势。在官私书目中，小说是子部之下的二级类目；但是，在日常语境下，小说却具备了与经、史、子等一级类目并行的性质。二是，小说出子部，与集部涵括的知识要素——诗、赋、文融会于一体。三是，宋元以来兴盛的“说话”由口头形态正式转换成文字的形态，力图跻身既有的知识统序之中，这些文字形态的白话作品与旧有的、隶属于子部小说类的文言作品聚拢成为知识统一体。明清时期，小说这一概念及其对应的知识要素经历着更新与转型。到了近现代学科体系建立之时，小说与集部的诗、文等构建成特定的知识统系，成为文学学科的本体构成。

一、小说在知识架构中的浮动

小说这一概念所指向的实体，其存在形态至少可分为三个层次。其一，是作家的创作，这是文本形态的小说。其二，是公私书目对小说的归类，这是作为知识体系而存在的小说。即小说文本作为单独的知识要素，如何被组织在一起，形成特定的知识统系。其三，是在日常的语言环境以及生活经验中，人们如何认知、架构小说文本和小说统序。这是作为观念形态而存在的小说，即人们在日常生活中就小说达成的基本“共识”①。要把握小说这一概念的转型过程，我们不仅要清理、细读文本形态的小说，要回溯官私书目建构的知识体系，而且要考察人们日常经验中的小说观念。

明清两代，官修以及私家书目在对小说这一部类进行定位时，基本上承续《汉书·艺文志》《隋书·经籍志》以来的区划方式：小说被置于子部之下，是与儒家、道家、农家、杂家等并行的二级类目。如，明代，高儒的《百川书志》卷七至卷一一收录子部，其中，第八卷收录小说家。焦竑的《国史经籍志》卷四下收录子部小说家。祁承爜的《澹生堂书目》对子部进行了调整，将墨家、法家、名家、纵横家、杂家转变成三级类目，合称为“诸子”，但是，小说家在子部中的基本定位并没有改变，仍是子部之下独立的二级类目。到了清代，纪昀主持修纂《四库全书》，子部下列小说家类。小说在清代的私家书目中也保持着稳定性。钱谦益的《绛云楼书目》卷二录子类，下含小说类以及子儒家类、子墨家类、子兵家类、地理类等二级类目。钱大昕的《元史艺文志》，“子类十有四，曰儒家，曰道家……曰小说家”②。

人们在日常语境中对小说的定位，却与官、私书目存在着差异。明清人日常谈及小说时，往往将之从子部中提取出来，与经、史，乃至子并置。小说与经、史、子等部类形成了平行、对等的关系。如：

梅溪罗宗智甫惇德博学，藏书甚富。盖自伏羲至于文武，自周

---

① 人们日常经验中关于小说的“共识”，其实质是在协商乃至论争、质疑、辩驳中形成的一种动态平衡。

② 钱大昕：《元史艺文志》第三，见《嘉定钱大昕全集》，江苏古籍出版社1997年版，第187页。一直到清末民国时期，在官私书目中，小说仍延续着既有的定位。《清史稿·艺文志》将“小说家”列于子部。陆心源的《皕宋楼藏书志》卷三九至卷六六系子部，其中卷六二、六三、六四收录小说类。丁仁著《八千卷楼书目》，卷一〇至一四为子部，其中卷一四收录小说家类杂事之属、异闻之属、琐语之属等。

公孔子至于周程朱张，自经史诸子至于稗官小说，其书多具。①

自经史百氏以至稗官小说，无不通究，尤详于典故。②

张公朝振……援据经史，搜罗百家所载，与夫稗官小说参与考订，编摩成集。③

仙门先生……精读六经，博观群书，下逮稗官小说，靡不窥治。④

日坐小楼，六经子史、稗官小说，吟哦其中。⑤

六经子史以至稗官小说，无不渔猎。⑥

经史百家以及稗官小说，无不渔猎。⑦

这样，小说在日常语境建构的知识体系中呈现出上浮的态势。小说不再仅仅是隶属于子部的一个二级类目，而是作为独立的类别，与经、史、子等一级类目处于相同的构型层级中，获得了与“经史诸子”并行的地位。⑧

---

① (明)杨士奇：《梅溪书室记》，见《东里集》卷一，上海古籍出版社1991年版，第257页。

② (明)秦夔：《庆藻庵吴先生七十寿序》，见《五峰遗稿》卷一六，《续修四库全书》第1330册，上海古籍出版社2002年版，第385页。

③ (明)吴杰：《永平府志后序》，见(明)张廷纲修：《[弘治]永平府志》卷末，明弘治间刻本。

④ (明)胡直：《仙门先生小传》，见(明)宗臣、(明)胡直：《宗子相集 衡庐精舍藏稿》，上海古籍出版社1993年版，第568页。

⑤ (明)郭正域：《封公袁颐庵墓志铭》，见《合并黄离草》卷二四，《四库禁毁书丛刊》集部第13册，北京出版社2005年版，第325页。

⑥ (明)邓原岳：《徐子瞻令君传》，见《西楼全集》卷一四，《四库全书存目丛书》集部第174册，齐鲁书社1997年版，第201页。

⑦ (明)邓原岳：《封承德郎吏部文选司主事黄公行状(代)》，见《西楼全集》卷一五，第238页。

⑧ 人们在日常生活中关于小说的观念，也渐渐影响到私家书目的归类方式。如明末，钱棻撰《萧林藏书记》，“次目仍以经史子集为部。四者之外，终以杂部，亦犹四序之置闰也”。“杂部”是与经史子集并行的部类，在杂部下有“杂部一类书”“杂部二小说”。

要讨论明清日常语境中小说观念的变迁，更清晰地察见明清两代小说在日常知识架构中位置的调整和变动，我们可以将宋元时期的小说观念作为参照。宋元两代，无论是官私书目，还是在日常生活中，人们大多尊重《隋书·经籍志》对小说的定位。如，晁公武《郡斋读书志》卷三为子部，“其类十六，一曰儒家类，二曰道家类……九曰小说类”①。人们在日常生活中提及小说时，也往往将之与浮屠老子、天文地理、医方术数并列。如：

自天文地理、稗官小说、阴阳方技、种艺文书，靡不究极。②

间及浮屠老子、稗官小说。③

嗜学如饴，至天文地理、瞿昙老子、稗官小说之书，无不通解。④

凡释老诸书，下至稗官小说，无不成诵。⑤

至于法书碑刻、稗官小说、方伎之微、术数之末，亦莫不有所遗。⑥

上而秦汉以来帝王之制作，古文奇字之音训，下而山经地志、阴阳医卜、稗官小说之书，莫不淹贯。⑦

---

① （宋）晁公武：《郡斋读书志》，上海古籍出版社2011年版，第231页。

② （宋）楼鑰：《高端叔墓志铭》，见《攻媿集》卷一〇三，上海书店出版社1983年版，第632页。

③ （宋）真德秀：《朝奉大夫赐紫金鱼袋致仕滕公墓志铭》，见《西山文集》卷四六，四库全书本。

④ （宋）陈元晋：《黄彦远墓志铭》，见《渔墅类稿》卷六，《景印文渊阁四库全书》第1175册，上海古籍出版社1989年版，第302页。

⑤ （宋）周必大：《高州赵史君介墓志铭》，见《文忠集》卷七二，明澹生堂钞本。

⑥ （元）危素：《借书叙录》，见《危学士全集》卷三，乾隆二十三年（1785）芳树园刻本。

⑦ （元）赵汸：《对问江右六君子策》，见《东山存稿》卷二，《景印文渊阁四库全书》第1221册，第104页。

在宋元时期的日常语境中，小说的定位大体与《隋书·经籍志》以来的官、私书目保持一致。人们大多认定，小说是子部之下的二级类属。在《隋书·经籍志》中，“子部”之下有儒、道、法、名、墨、纵横、杂、农、小说、兵、天文、历数、五行、医方，共十四家。在宋元人的日常语境中，与小说并提的“老子”“种艺文书”“天文”“术数”“医卜”，正与《隋书·经籍志》中子部类下的道、农、天文、历数、医方相对应。但是，到了明清两代，在日常语境中，小说则通常与“经史诸子”“经史百氏”“经史”“六经子史”等并提。小说形成了从子部中剥离出来的态势，并不断浮动，与经、史，乃至子部等一级类目构成了平行的关系。

当然，在明清两代的日常语境中，小说这个二级类目与经、史、子等一级类目生成并列关系，并非是突如其来的，而是过程性的。

宋元之时，就有人将小说与“经史子集”等一级类目并置。如，宋人苏颂说，《图经衍义本草》“旁引经史及方书小说”①。元代，胡助说：“《玉海》天下奇书也，经史子集、百家传记、稗官小说咸采摭焉。”②后李继本也说：“古之作者著之六经而散之九流百氏，与夫天文律历，山经地志，下至稗官小说，纷纷籍籍，汗牛而充栋。”③胡助等人将小说从子部之中提取出来，与“六经”——经部、“九流百氏”——子部，形成了平行的关系。宋元人关于小说的这种定位只是偶然的、个别的现象，到了明清时期，“稗官小说”与经、史、子这些一级类目并立则成为一种普遍的、常见的现象。

从明代初年到嘉靖年间，在人们的日常语境中，小说与经、史、子

① (宋)苏颂：《图经衍义本草补注总叙》，见(宋)寇宗奭编撰、(宋)许洪校正：《图经衍义本草》，《道藏》本，上海书店1986年版。

② (元)胡助：《玉海序》，见《纯白斋类稿》卷二〇，中华书局1985年版，第623页。

③ (元)李继本：《题独庵外集后》，见《一山文集》卷九，《景印文渊阁四库全书》第1217册，第658页。

等类目直接并置的同时，也存在这样的情况：小说或与天文地志、或与医药卜筮、或与释典道藏建构成一个新的统序，这个新的统序与经、史、子是平行的关系。如：

> 凡经史、礼乐、百氏之书，下至卜筮、医方、小说，多细书成帙。①
>
> 若经史诸子、天文地理、医药卜筮、稗官小说之类，名虽不同，而总谓之书。②
>
> 沉潜于六经孔孟之言，日夜探穷奥理……诸子百史、天文地志、律历之书，以至稗官小说，靡不涉览。③
>
> 于书自六经子史外，玄诠释典、稗官小说之类，无所不通。④
>
> 博通六经子史，下逮医卜、阴阳、小说，靡所不阅。⑤

这里，小说与子部类的某些知识要素一同被提取出来，形成全新的构架，与知识体系中原有的“六经子史”结构成为新的秩序。

小说在知识体系中上浮的状态逐渐成为“共识”，到了清代，人们有意识地拎出“子部小说类”这样一个概念。清代以前，小说大多与“稗官”这个词语相关联，并没有“子部小说类”的说法。究其原因，正在于，官、私修撰的目录书籍将小说作为二级类目，归属于子部，这是人们知识结构中常识性的观念，因此不需要特意地标明。经过明代，小说

---

① (明)殷奎：《故夷孝先生卢君行状》，见(明)李昱等：《草阁诗集(外七种)·强斋集》卷四，上海古籍出版社 1991 年版，第 536 页。

② (明)金幼孜：《廉泉书舍记》，见《金文靖集》卷八，《景印文渊阁四库全书》第 1240 册，第 245 页。

③ (明)胡广：《欧阳师尹传》，见《胡文穆公文集》卷一四，乾隆十五年(1750)刻本。

④ (明)王宠：《明故承直郎应天府通判祝公行状》，见《王宠集》卷一〇，浙江人民美术出版社 2017 年版，第 532 页。

⑤ (明)胡直：《胡氏世叙》，见(明)宗臣、(明)胡直：《宗子相集 衡庐精舍藏稿》，第 573 页。

这个概念及相关的知识要素不再简单地归属于子部，而是与子部形成了多重的、复杂的关联关系：小说尚未完全摆脱在子部中的从属地位，但是却生成了动态性，同时，也与子部具有平行的关系。小说甚至形成了转移到史部的态势。如，在光绪七年(1881)刘坤一等纂修的《江西通志》中，就有“史部小说家类”之说①。为了避免分类上的混淆，或者说，清人为了将“当下”的小说观念与“传统”的小说观念区分开来，他们在某种特定的语境下，会有意识地强调，自己谈到的是“子部”类属下的小说，是“传统”意义上的小说。从这个角度来看，在清人的语境中出现“子部小说类”的概念，并不意味着清人提出了小说重新回归子部的要求，而恰恰是清人在认可和尊重小说发生位移的情况下，对小说这一类目的重新认知：除了有“子部小说”之外，可以赋予小说更多的定位方式。②

明清两代，在日常语境中，人们并不排斥小说作为子部之下二级类目的定位，也认同小说在知识统序中上浮的态势。小说或与天文医卜构成新的统系，或作为独立的类别，直接与经、史、子等一级类目形成并行关系。当我们把这些观念抽离出来之后，可以看到，小说在知识统序中的位置并不是唯一的、恒定的，而是具有多样性、多层次性的特点。明清时期人们对小说的各种认知看似存在矛盾，但却是共生、并存，互不冲突的，这些不同的观念之间存在着替换、衍生、同构等多重关联关系。

二、小说向集部的位移

明清两代，人们在日常观念中对小说进行重新定位时，常常将小说

① (清)刘坤一等纂修：《江西通志》，光绪七年刻本。

② 近现代以来，学者在清人提出的“子部小说类”的基础上进一步延伸。如，陈文新在《中国小说的谱系与文体形态》一书中，就将小说分为子部小说、传奇小说、话本小说、章回小说四个大的类别。

与经、史甚至是子并列，却较少直接与一级类目中的集部并列。① 这并不说明，人们试图阻断小说与集部的联系。当我们深入到明清的语境中，可以看到，小说与集部之间的连接方式，不同于小说与经部、史部之间的关联。小说及其所指称的知识要素与集部之间形成了更为复杂的、内在的连接关系。

在明清的日常语境中，人们往往将小说与集部之下具体的知识要素——诗、赋、文等并置于一体。从名与实的对应关系来看，在四部分类法中，诗、赋只是集部涵括的知识要素，而不是集部之下某个子系统的命名方式。知识体系及其子系统具有条理化、逻辑化、统系化的特点，知识要素则散为万殊，流动不居。小说不是与"集部"这个一级类目，或集部之下的二级类目别集、总集，而是与集部之中的构型要素——诗、赋等——并置于一体，形成了同构、毗邻的关系。这表明，小说及其指称的实由知识统序中的一个次系统，转变成为型构知识统序及其次系统的某个要素。

四部分类法中的集部之下包含着三个稳定的二级类目——楚辞、别集、总集。从涵盖的知识要素来看，集部的核心构成就是诗赋。从唐代到宋元时期，在官私书目建构的知识统序中，小说作为子部下的二级类目，它与集部、与集部下的二级类目、与集部之中的知识要素诗赋等，均不存在任何形态的直接关联。但是，到了明代，在日常语境中，人们

① 明代，也存在小说与集部直接建立关联的情况。如，杨慎说，"今之浅学舍经史子集而勦小说"(杨慎:《李秦伯不喜孟子》，见《升庵集》卷四八)。陈继儒说，"经史子集譬诸粱肉……旁出之味，则说部是也"(陈继儒:《藏说小萃序》，见《陈眉公集》卷五)。叶向高说，谢肇淛"酷好读书，凡经史子集以及稗官家言，无不探讨"(叶向高:《小草斋集序》，见《苍霞余草》卷六)。王在晋任学政时，曾颁文说，"凡有书籍，自汉魏以及元季，由国初以逮今日，不问经史子集、稗官小说，已未刊刻，一并访求"(王在晋:《稽文献》，见《越镌》卷一七)。笔者检索了明代关于小说的条目1200余条，但是，将"经史子集"与小说并置于一个层级之中的，仅有数条。在明代的日常语境中，小说与"经史子"的关联要远远多于与"经史子集"的关联。

已经径直将小说这个概念与集部中具体的知识要素诗、文、赋融会成为一个统系。① 如：

> 长卿访罗摭捃，合诸名臣史传家传并散见于诗文及稗官小说者，汇而集之。②

将小说与集部核心的构型要素诗、赋融于一体，这是明人达成的共识。小说与诗并置，不仅仅出现在人们日常的、相对随意的话语中，一些人在编订个人的诗文集时，也对小说的位置进行了重构。叶向高为《剑吹楼集》作序说：

> 著作之途多端，而源皆出于古。诗歌，风雅之流也；尺牍，辞命之流也；稗官志怪诸家，《齐谐》之流也。诗歌以写性情，尺牍以道意，稗官家言以广闻见，皆世所不能废。三代而下，汉最近古，苏李之五言与其往复之书、王子年《拾遗》蔚然并存天壤间。唐以诗，宋元以小说，雅俗不同而具传同，至明而益彬彬盛矣。……天地大矣，何所不有。……《剑吹楼集》有诗，有尺牍，有笔记。③

胡应麟在《经籍会通》中也说："《文选》昉自挚虞，孔逭、虞绰寖盛，至许敬宗《文馆词林》一千卷极矣。文集昉自屈原，萧衍、沈约寖盛，至

---

① 小说和"诗"之间的同构关系并不是突兀地产生的，而是逐渐生成、定型的。宋代，就有人说，"尽取六经以来，至于诸子百氏以及稗官小说，骚人赋客之所论著，反覆熟之"（见方岳《送许允杰序》，另见许月卿《先天集·附录上》）。宋代，胡仔的《苕溪渔隐丛话》也多次论及小说与"诗"之间的关系。

② （明）姚希孟：《吴长卿刻宋宰相眼小序》，见《响玉集》卷之余，《四库禁毁书丛刊》集部第178册，第576页。

③ （明）叶向高：《剑吹楼集序》，见《苍霞续草》卷五，《四库禁毁书丛刊》集部第124册，第110页。

樊宗师总集二百九十三卷极矣。小说昉自燕丹，东方朔、郭宪浸盛，至洪迈《夷坚志》四百二十卷而极矣。”①在胡应麟的思维构架中，《夷坚志》等小说与集部之下的《文选》，以及屈原等人的作品处于同一个构型层次中。这样，小说原本是子部之下的二级类属，却与集部的构型要素赋、诗、文组合起来，形成了新的结构统系。

明代天启、崇祯年以后，一直到清代，小说与集部之下具体的知识要素——诗、赋、文之间的关系不断强化。有人谈道：

> 唐小说妙一代，几与诗等。余之好读之也，如读其诗。……余读之，则小说之高岑王孟储常也。②
>
> 工于诗赋、稗官小说，浏览极博。③
>
> 唐人乃有单篇，别为传奇一类。……犹诗家之乐府古艳诸篇也。④
>
> 方虚谷回亦好评点唐宋人说部诗集。⑤

小说在与诗、赋、文融会的过程中，也与词、曲等归入共同的统系之中。如有人谈道：

> 《离骚》、马、班之篇，陶谢柳杜之诗，下至稗官小说之奇，宋元名人之曲，雪籐丹笔，逐字雠校。⑥

---

① （明）胡应麟：《少室山房笔丛》，上海书店出版社 2001 年版，第 276 页。

② （明）刘城：《云仙杂记序》，见《峄桐文集》卷一，《四库禁毁书丛刊》集部第 121 册，第 425 页。

③ （明）张溥：《四书说约序》，见（明）顾梦麟：《四书说约》卷首，崇祯十三年（1640）织帘居刻本。

④ （清）章学诚著、叶瑛校注：《文史通义校注》，中华书局 1985 年版，第 355 页。

⑤ （清）叶德辉：《书林清话》卷二“刻书有圈点之始”，上海古籍出版社 2008 年版，第 327 页。

⑥ （明）袁中道：《李温陵传》，见《珂雪斋集·珂雪斋三前集》，上海古籍出版社 1989 年版，第 311 页。

> 士患无才。苟才之所至，作史可也，作诗赋可也，作百家言、稗官小说、诗余、南北调可也。①

> 无论经史子集、神仙佛道诸鸿章巨简，即琐谈杂志、方言小说、词曲传奇，无不荟萃而掇拾之。②

虽然一直到清代，在官私书目确立的知识架构中，“集部之目，楚辞最古，别集次之，总集次之，诗文评又晚出，词曲则其闰余也”③，小说并未像词、曲那样进入官私书目建构的集部的统序之中，但是在日常观念里，人们却将小说与集部之下的知识要素，如《离骚》、“陶谢柳杜之诗”“诗余”“宋元名人之曲”等归并为一类。

在小说与集部中的知识要素诗、赋等归拢为一体时，人们并不是对小说这个概念以及相对应的知识要素进行生硬切割与合并，而是在探索各种可能性，试图确立起新的秩序统系。明人在将小说与诗、赋进行融会时，提出了新的概念——说部。唐代，释道宣在《七录目录》中有“小说部”这一概念④。但是，此后，在知识统序和日常观念中，人们并未使用“小说部”。到了明代，王世贞创制了说部这一概念。王世贞整理、

---

① （明）周之夔：《与董葱德论时文书》，见《弃草文集》卷四，《四库禁毁书丛刊》集部第112册，第636页。

② （明）叶灿：《咏怀堂诗集序》，见（明）阮大铖：《咏怀堂诗集》卷首，崇祯八年（1635）刻本。

③ （清）纪昀等：《四库全书·集部总叙》，见《四库全书总目提要》，河北人民出版社2000年版，第2112页。

④ 唐时，释道宣在《七录目录》将书籍分为六大类：经典、记传、子兵、文集、术伎、仙道。其中，子兵类下含儒部、道部、阴阳部、法部、名部、墨部、纵横部、杂部、农部、小说部、兵部（《广弘明集》卷三）。但在此后近千年的时间里，都没有“小说部”或者“说部”这样的词语出现。人们惯常使用的是《汉书·艺文志》中出现的词语——“小说家”。谓之“家”，则立足于知识内部对这类知识进行区划，主要指向生产这类知识的人，强调思想的内在类型。据《康熙字典》，“《尔雅》户牖之闲谓之扆。其内谓之家”。到了明代，王世贞谓之“部”，则从外部对知识重新进行整合、管理。据《康熙字典》，部，“《集韵》总也，统也”，“又分也。《荀子·王霸篇》名声部发于天地之间。《注》部，犹分布。言声称四溢也”。

刊刻自己的文集，将之题名为《弇州山人四部稿》，“四部稿者，赋部、诗部、文部、说部”①。其中，“说部之中，又分七种，为劄记内篇，为杂记外篇，为左逸，为短长，为艺苑卮言，附录为委宛余篇，为巡抚郧阳时年自刊”②。这样的分类在今人看来，并无不同寻常之处。但是，在明人，乃至在清人的知识结构中，劄记、杂记等应归于子部的小说类，王世贞在编订个人的文集时，却将其与赋、诗、文统合于一体，并将之命名为说部，这意味着，王世贞有意识地对小说在知识统系中的归属进行改造，小说这一知识类别发生了位移，由曾经归属于子部之下，转而与集部的赋、诗、文等归拢于一体。王世贞创制说部这一概念，并明确了这类知识要素与“赋部、诗部、文部”的平行关系，这也说明王世贞在有意识地对小说进行重新定位。

到了清代，人们在构画小说与集部之间的关系时，借助明代出现的说部这个概念，对作为知识统序的小说、作为知识要素的小说进行区分。在清代的日常语境中，说部多与“文集”一词连用：

> 因采辑宋时志乘及说部文集，勒成此志。③
>
> 凡山经地志、说部文集，有涉及金石题跋，悉为采录。④
>
> 因校四库全书，臣等……参考新旧唐书，东都事略、宋史、辽史、续通鉴长编，五代春秋九国志，十国春秋及宋人说部文集并碑碣尚存者，以资辨证。⑤

---

① （清）丁丙：《善本书室藏书志》卷三七，上海古籍出版社 1995 年版，第 211 页。王世贞的“续稿只有赋、诗、文三部，而无说部，乃致仕以后手自裒辑，授其少子士骏。崇祯中，其孙始为刊行”（丁丙：《善本书室藏书志》卷三七）。

② （清）丁丙：《善本书室藏书志》卷三七，第 211 页。

③ （清）张廷玉等：《皇朝文献通考》卷二二四，浙江古籍出版社 2000 年版，第 1358 页。

④ （清）朱文藻：《金石萃编跋》，见（清）王昶：《金石萃编》，中国书店出版社 1985 年版，第 3 页。

⑤ （清）庆桂：《唐书例列廿三史奉勅刊行圣制题旧五代史八韵（丙申）》，见《国朝宫史续编》卷九四，上海古籍出版社 1995 年版，第 672 页。

又证诸宋史与说部文集，则见其有年名误者。①

说部文集中之偶及经义者，抒其心得。②

杂记、说部、文集之类，凡有羽翼班氏禹贡之义者，亦应旁搜博采。③

博稽史籍地志、说部文集。④

近代也多有人沿袭这一说法。如，叶昌炽谈道："竹垞、竹汀博闻宏览，穷源溯流，上自经史，下逮说部文集、舆地姓氏，莫不厘订异同，释疑匡谬。"⑤在柯劭忞等人修《新元史》时，"元人之说部文集足供史料者当时或有未著，或著而未成，或成而未出"⑥。说部这个概念所指称的实体，与小说是一致的，但是，这两个词语却各有其特定的存在语境：小说一词往往与具体的知识要素——诗、赋、文等相连接，说部则与"文集"这样的类属总称相连。这表明，说部这一词语并非对小说这个概念的单纯置换或简单替代。借助于说部、小说这两个词语，清人力图在不同的层面上区分和重构作为知识统序的小说、作为知识要素的小说。⑦

明清两代，小说这个二级类目与经、史、子等一级类目形成了平行并列的关系，而与集部之间却建立了更为复杂的、动态的关联关系。小

① (清)顾广圻：《宋本名臣言行录后序》，见《思适斋集》卷八，上海古籍出版社1995年版，第204页。

② (清)徐时栋：《分类重编学海堂经解赞》，见《烟屿楼文集》卷三六，《续修四库全书》第1542册，第475页。

③ (清)刘毓崧：《与成芙卿书》，见《通义堂文集》卷二，《续修四库全书》第1546册，第341页。

④ 张宗海等修：《民国萧山县志稿》，1935年刊本。

⑤ 叶昌炽：《语石》卷一〇，辽宁教育出版社1998年版，第411页。

⑥ 傅岳棻：《疏呈》，见柯劭忞：《新元史》卷首，上海古籍出版社1989年版，第5页。

⑦ 从这个角度来看，对于小说这个概念来说，说部一词的出现既具有替代性的作用，同时又成为强化小说这一概念延续性的重要力量。

说作为一类知识要素，与集部的构型要素——诗、赋、文——纳入共同的统序之中。如果说，小说与经、史、子等一级部类的关联，表明小说在知识统序中的上浮情况；小说与集部的诗、赋、文等知识要素的关联，则表明小说在知识统序中同时也处于下移的态势之中。到了近现代，在中国学科体系建构的过程中，小说这一概念退出中国学术体系的分类统序，转型成为学科体系中文学学科的构成要素之一，与诗、文一道共同构成了文学学科的研究本体。从某种意义上看，小说在现代学科体系中的位置，正是它在明清日常语境中的状态的延续和强化。

三、小说的白话统序与文言统序的融会

小说一词最早见于《庄子·外物》。彼时，小说是一个普通名词。汉代，班固修《汉书·艺文志》，承续刘歆、刘向父子，使用小说一词指称中国知识分类体系中的某个二级类属，小说演变成专有名词。到了明清时期，“小说之名虽同，而古今之别则相去天渊”①，小说的名与实的对应关系经历了重要的转型。人们逐渐认定，在知识统序的建构中，白话形态的作品可以与文言作品一道，共同纳入小说这样一个概念之下。小说一词渐渐成为某种文体的指称。

小说这个概念原本就不排斥口头形态的知识要素。宋代，口头形态的小说大规模流行开来，时人“谓之银字儿，如烟粉、灵怪、传奇”②。宋末，罗烨在《醉翁谈录》中直接将九流中的“小说家”篡改为“或名演史，或谓合生，或称舌耕，或作挑闪”的说书者。③ 这时的小说是民间“说话”中的一个行当，“是一种伎艺，并非书面文学”④，更不是一种

① （清）刘廷玑：《在园杂志》卷二，中华书局2005年版，第68页。

② （宋）孟元老：《东京梦华录》卷五《京瓦伎艺》，中国人民大学出版社1993年版，第129页。

③ （宋）罗烨：《醉翁谈录》，古典文学出版社1958年版，第45页。

④ 石昌渝：《小说界说》，《文学遗产》1994年第1期。

文体。这种口头形态的小说尚未进入既有的知识体系建构之中。到了明清时期，“说话”由口头的形态正式衍生成为文字的形态。随着文字形态的白话作品在数量上的积累，这些要素力图跻身既有的知识统序之中。宋人“说话”中的小说、“说经”“讲史”等类别，统归于小说这个概念之下：

> 小说家编成《石家词话》，优人唱说。①
>
> 钱塘罗贯中本者，南宋时人，编撰小说数十种，而《水浒传》叙宋江等事。②
>
> 始村瞎子习极俚，小说本《三国志》与今《水浒传》一辙，为弹唱词话耳。③
>
> 老公祖试问凤督疏中所据材官万民安、承差郑天卿所砌一段，与俗所传《水浒》《西游》诸小说何异。④
>
> 村俗小说有《唐三藏西游演义》。⑤

小说一词用来指称《三国演义》等文字形态的白话作品，这成为明清时期人们的“共识”。⑥ 在白话作品的统系中，小说这一概念“由‘种’的位

---

① （明）韩邦奇：《踏莎行　于少保石将军》，见《苑洛集》卷一二，《景印文渊阁四库全书》第1269册，第624页。

② （明）田汝成：《西湖游览志余》卷二五，东方出版社2012年版，第311页。

③ （明）徐渭：《吕布宅（有序）》，见《徐文长逸稿》卷四，天启三年（1623）张维城刻本。

④ （明）金声：《与史大司马（癸未）》，见《金希正先生燕诒阁集》卷五，明崇祯间刻本。

⑤ （清）钱大昕：《跋长春真人西游记》，见《潜研堂集》卷二九，上海古籍出版社2009年版，第487页。

⑥ 焦竑的《国史·经籍志》中不收白话作品，明末的吴翻就对这种做法提出异议，“吴翻说，‘焦氏《国史·经籍志》有三缺：郡邑未详，一也；小说中无元人演义，二也；元人杂剧不入戏术，三也’”（见刘城：《新安吴生哀辞》）。

置上升到‘属’的位置，统摄了‘说铁骑儿’‘说经’‘讲史书’其他三家”①。

明清时期，《三国演义》等白话类小说的归类趋向有二：一是，这些作品由置身于中国知识体系建构之外，力图与既有的知识统系中的史部建立起关联。② 如：

>（《三国演义》）文不甚深，言不甚俗，事纪其实，亦庶几乎史。③
>
>通俗演义一种，遂足以佐经书史传之穷。④
>
>贯中有良史才，以小说自隐耳。⑤

一些私家书目也认同这样的归类方式。在高儒的《百川书志》中，《宣和遗事》载于史部传记类，《三国演义》《水浒传》等载于史部野史类。二是，由小说这一共同的命名出发，白话作品与文言作品建构成一个共同的统系。明清时期，在小说这一词语的统摄下，白话作品渐渐与文言小

① 石昌渝：《小说界说》。

② 在唐代，就有人试图寻找文言形态的小说与史部之间的关联。刘知几说，小说“自成一家，而能与正史参行”（刘知几：《史通》卷十“杂述”）。宋代，司马光也将小说与史类书籍并提。他说，“研精极虑，穷竭所有。日力不足，继之以夜，遍阅旧史，旁采小说，简牍盈积，浩若渊海”（司马光：《上资治通鉴表　元丰七年十一月上》）。到了清代，刘文淇说，“六艺未兴之先，学各有官，唯史官之立为最古，不独史家各体各类并支裔之小说家出于史官，即经子集三部及后世之幕客书吏，渊源所仿，亦出于史官”（见《清史稿·刘文淇传》，《清史稿》卷四八二）。刘文淇还“析九流中小说家流归入史官”（《清史稿·刘文淇传》，《清史稿》卷四八二）。关于小说与史部的关系，笔者将另行撰文。

③ 庸愚子：《三国志通俗演义序》，见丁锡根编著：《中国历代小说序跋集》，人民文学出版社 1996 年版，第 887 页。

④ 无碍居士：《警世通言叙》，见丁锡根编著：《中国历代小说序跋集》，第 776 页。

⑤ 梦藏道人：《三国志演义序》，见丁锡根编著：《中国历代小说序跋集》，第 896 页。

说形成了共生、并存的关系，共同建构起特定的知识统序。洪楩的《六十家小说》刊刻于嘉靖年间，“收有‘说经’类的作品如《花灯轿莲女成佛记》……还收有‘讲史’类的《汉李广世号飞将军》”，另外还收“文言的传奇小说《蓝桥记》等等”①。此后，有人谈到《三国演义》《金瓶梅》等作品时，也将之与文言小说并列。如，崇祯五年(1632)，梦藏道人在《三国志演义序》中说：

今夫《齐谐》《虞初》《夷坚》《诺皋》并隶小说，苟非其人，亦不成家。②

欣欣子序《金瓶梅词话》时，也将这部作品置放于白话与文言共同构成的统系之中。他说：

吾尝观前代骚人，如卢景晖之《剪灯新话》，元微之之《莺莺传》，赵君弼之《效颦集》，罗贯中之《水浒传》，丘琼山之《钟情丽集》，卢梅湖之《怀春雅集》，周静轩之《秉烛清谈》，其后《如意传》《于湖记》，其间语句文确，读者往往不能畅怀。③

有些私家书目也认同白话小说与文言小说融会的观念。明人晁瑮的《晁氏宝文堂书目》将小说剔除出子部，在经、史、子集四部外，另设类书、子杂、韵书等类。其中，“子杂”收录了文言小说，同时也载录有“《忠义水浒传》”和“《三国通俗演义》”④。明清两代，在白话作品归并

① 石昌渝：《小说界说》。

② 梦藏道人：《三国志演义序》，见丁锡根编著：《中国历代小说序跋集》，第896页。

③ (明)欣欣子：《金瓶梅词话序》，见丁锡根编著：《中国历代小说序跋集》，第1077页。

④ (明)晁瑮：《晁氏宝文堂书目》。

于史部、白话作品与文言作品合流这两种趋向中，后者更为复杂，也更具多元化和动态性。白话作品虽然有与史部融会的趋势，但是，史部只作为白话作品认知自身特质的一个参照物，并未成为白话作品终极的统系归属之地。白话小说最终和文言语体的小说一道，与诗、文等融会于一体。

明清时期，人们对小说这一概念所指称的实体重新进行归整，白话作品和文言作品被纳入共同的知识构架中。文言作品与白话作品的合流，并不仅仅是这些文本名称的简单并置，同时也是小说与诗、文、赋等深入整合的过程。人们开始借用集部研治诗、赋、文的方法，对文言小说、白话小说进行重新观照，并逐渐发现了这些作品所具备的、与诗赋同质的特性。因此，这种合流的过程，也是小说的本体属性、功能属性等不断调整、演变、重生的过程：小说由指称知识体系中的某个二级类属转向指称知识要素，由指称“学说派别”转向指称文学文体。① 其表现主要有三。

其一，在日常语境中，人们借用集部的研究方法，重新确认小说的渊源和本相。

人们开始有意识地重构小说的源头。有人谈道，最早的小说可以追溯到《山海经》：

① 陈卫星：《学说之别而非文体之分——〈汉书·艺文志〉小说观探原》，《天府新论》2006年第1期。从汉代到清代，小说用来作为知识统系的命名方式时，同时也作为普通名词使用。如，明代的郝敬谈到“两仪四象八卦”时说，“朱元晦极其尊信，以为伏羲原本先天之易。而愚以此为后世纬稗小说耳”(郝敬：《周易正解》卷一八)。到了清代，程廷祚说，“以老释之空无窜入性命，或取经书词语以为小说，皆所谓侮圣言者也”(程廷祚：《侮圣人之言》，见《论语说》卷四，道光十七年东山草堂刻本)。乾隆六十年，杨澹游谈道，“余于经史而外，辄喜读百家小传、稗史野乘，虽小说浅率，尤必究其原”(杨澹游：《鬼谷四友志序》，见丁锡根编著：《中国历代小说序跋集》，第870页)。但是，近现代以后，小说成为某种文学文体的命名方式后，就不再作为普通名词，而是演变成一个纯粹的专有名词，能而且只能指称某一文学文体。

《山海经》，古之语怪之祖。①

(《山海经》)序述山水，多参以神怪……诸家并以为地理书之冠，亦为未允。核实定名，实则小说之最古者尔。②

有人认为，严格意义上的小说是刘向的《说苑》：

刘向采群言为《说苑》，列于儒家，为后世说部书所自始。③

也有人认为，“说部之书”要迟至南北朝时期才形成定体。沈德潜说：“说部之书，昉于宋临川王《世说新语》。”④王正祺提出，“说部之兴，由来久矣。自王子年《拾遗记》以及《齐谐》《诺皋》诸书，类皆奇奇怪怪，骇人听闻”⑤。也有人力图探寻白话小说的渊源。嘉靖三十七年(1547)，观海道人说：“小说中之有演义，昉于五代、北宋，逮南宋、金、元而始盛，至本朝而极盛。”⑥宋懋澄谈道：“宋孝宗欲怡太上，令史臣编小说数千种。余所抄《灯花婆婆》《种瓜张老》《平山堂小说》皆其类也。”⑦即空观主人也说：“宋元时有小说家一种，多采闾巷新事为宫闱承应谈资，语多俚近，意存劝讽。虽非博雅之派，要亦小道可观。”⑧

① (明)胡应麟：《少室山房笔丛》，第321页。

② (清)纪昀等：《四库全书总目提要·〈山海经〉提要》。

③ (清)汪师韩：《韩门缀学》卷一，上海古籍出版社1996年版。

④ (清)沈德潜：《书隐丛说序》，见(清)袁栋编：《书隐丛说》，上海古籍出版社1995年版。

⑤ (清)王正祺：《秋灯丛话跋》，见(清)王椷：《秋灯丛话》，黄河出版社1990年版。

⑥ (明)观海道人：《金瓶梅序》，见丁锡根编著：《中国历代小说序跋集》，第1109页。

⑦ (明)宋懋澄：《鄚州》，见《九籥集·瞻途纪闻》，中国社会科学出版社1984年版。

⑧ (明)即空观主人：《拍案惊奇自序》，见丁锡根编著：《中国历代小说序跋集》，第785页。

明清时期，在日常的语境中，人们对小说源头的探讨，事实上是将小说作为一种文体，确认这一文体在时间维度上特定的边界。“断限”，即时间的维度，是集部类书籍建构知识统序的重要维度。① 集部的要素诗、赋、文等是在时间中存在的，而更重要的是，“时间”是集部诸要素的本质存在方式。对集部的诸要素来说，“时间”是内在的、不可分割的。相比之下，子部中儒、道、天文等类目下包含的知识要素虽然也是时间中的存在，但却从未与“时间”建立起内在的关联。② 对于儒、道、天文、兵家等来说，“时间”的维度并不是确定自身的存在形态、存在位置的基准。明清时期，文言小说与白话小说建构成为自足的体系后，与诗、赋、文、曲等共同归于一体。人们开始借用研治诗、赋、文的基本方法对文言小说、白话小说进行观照。在诗、赋、文的参照下，明清时期，人们开始有意识地确认小说作为一种文体，它存在的“时间性”问题。由此，小说这一概念发生了本相错位的现象：《汉书·艺文志》收录的《青史子》等书籍，虽然在明清的日常语境中没有直接被排除在小说类之外，但却不再作为小说的范型被提及。小说的本相错位现象正说明，明清人试图在时间与知识的双重维度上重新界定小说，划定小说作为一种文体，它本身应有的边界。③

其二，“说部/小说”成为文学文体的命名方式，用来指称某一类知识要素。

---

① 刘永济在《十四朝文学要略》中谈道，文学存在的四个基本维度是名实、体类、断限、流派。论及“断限”，他说，“历史之有断限，所以纪一朝之兴废也。文学风会，亦有盛衰，故自来论者，恒以时代标目”。

② 经部、子部的知识要素是在时间中存在的。但是，“经部”之所以称为“经”，恰恰强调的是它超越时间，无时不在、无时不存的特点。子部的建构不排斥、不摒弃“时间”，但也并不有意识地强化它自身在时间维度中的形态。

③ 在官私书目中，小说位于子部。当小说作为子部的一个二级统系时，它的特点是，收录“街谈巷语，道听途说”等内容，为后世“收纳驳杂之作开了方便之门”(陈广宏：《小说家出于稗官说新考》)。也就是说，没有边界，正是子部小说家的特点。清人谈到这个问题，曾有“说部无定体”(章学诚：《与林秀才》，见《章学诚遗书》，文物出版社 1985 年版，第 89 页)之说。

在《汉书·艺文志》以来的官私书目中，小说居于子部，其实质是“学说派别之一种”①。这时，它的建构方式，是以生产知识的人为中心的。儒、道、兵、农等既指某一类知识，也指向某一类人。小说也不例外。人们常常使用“小说家”一词，或将“稗官”与小说连用。到了清代，“稗官小说”仍然是一个常见的词语，但是在日常语境中，人们谈到小说、说部，有时会与具体的作品连用。如：

程禹山孝廉著有《冰炭缘》说部。②

偶阅《五色线》说部。③

《包公案》说部中演了三十余回。④

《镜花缘》说部征引浩博。⑤

在清代的日常语境中，说部一词与特定的文本连用，这说明，在人们的观念中，“小说/说部”的形态、性质已经发生了暗中的调整。“小说/说部”不再是隶属于子部的、可以统纳各类想法和言论的学术流派，而是具有特定形态、特定边界的文学文本。这是因为，在人们日常的语言统系中，对知识统序的指称一般不会与具体书籍的名称直接相连。如，《论语》是儒家的经典作品，但却不会有“《论语》儒家”“儒家《论语》”这样的说法。但是，在集部的统序中，单篇作品的名称却是可以与特定知识要素的指称连用的，如清人张英编《渊鉴类函》中，有“卢照邻《咏史》诗曰”“骆宾王《易水送别》诗曰”⑥这样的说法。从这个角度来看，当清人把具体的文本与说部这个概念连用时，同时也将小说指称的知识要素

① 陈卫星：《学说之别而非文体之分——〈汉书·艺文志〉小说观探原》，《天府新论》2006年第1期。

② （清）宣鼎：《夜雨秋灯录》卷四，上海古籍出版社1995年版。

③ （清）袁枚：《新齐谐》卷一七，齐鲁书社2004年版。

④ 《侠义传序》，见（清）石玉昆：《侠义传》，人民文学出版社1991年版。

⑤ （清）徐士銮：《医方丛话》卷一，四库未收书辑刊本。

⑥ 参见（清）张英：《渊鉴类函》，四库全书本。

从传统的知识体系中提取了出来。这时，虽然小说以及它指称的知识要素都是存在已久的，但是，这种全新的连用方式，为小说确立了新的关系属性甚至是功能属性。“小说/说部”在与诗、赋的内在关联中，重新建构起一个新的关系系统。这个关系系统重构了小说作为一类知识要素的新的、内在的本质特征——小说不再是“学说派别之一种”，而是转型成为与诗、赋等同质的文学文体。

其三，说部一词在成为具体知识要素的指称，成为文本的指称后，逐渐演化成为可数名词。

作为总属的类目，特别是作为学术流派时，小说一词是不可数的。① 这与子部之下其他的二级类属的性质是一致的。子部之下，用以标明二级类目的名词是对海量的知识要素的统称，因此，无论是儒、道、法，还是天文、医卜这些标明类属的词语，都不能直接与量词连接。但是，在集部之下，诗、赋既是对知识要素的统称，也可以指称单独的知识要素。因此，在传统的语境中，诗、赋等是可数名词。到了清代末期，“小说/说部”也演化成为可数名词，人们常常在“小说/说部”之前加上量词。如，许奉恩多次使用“一说部”这样的说法：

> 一说部所载狐仙类多子虚之言。
>
> 一说部所载闺阁儿女私情。
>
> 一说部所载淫情媟状。
>
> 一近时说部佥推《聊斋志异》为巨擘。②

许奉恩的这种说法并不是偶然的。清末民初，人们经常这样说，如“他

① 宋代，胡仔在《苕溪渔隐丛话后集》卷二二中说，“予旧尝记一小说云”，这里，小说前加了量词。但是，胡仔的这一用法只是特例，而不是宋元人的“共识”。

② （清）许奉恩：《里乘·说例》，齐鲁书社2004年版。

也有一部说部，说的是平倭的事”①，“此一大说部书系花也”②。说部与量词的连接，表明“说部/小说”与诗、赋建构了内在的一致性，已经成为一种文体的命名方式，不再仅仅是某一知识型的统称。

明清时期，人们谈到说部，还会在这个词语之前加上具体的人，或者是特定的时代进行限定。如：

> 升庵别集、弇州说部衣被天下。③
>
> (退庵)常手不释卷……如稗官家言唐宋人小说、王弇州说部、陶南村辍耕录诸书，无不周遍反覆。④

之后，还出现了袁简斋先生说部、纪文达说部等说法。这与集部的诗、赋等在日常语境中的状态是一致的。如清初，吴肃公说“有善酿叟，与李白游，尝读李白诗”，铁保也有“李白诗犹动鬼神”⑤。

明清时期，在知识体系转型之际，时人借鉴了诗、文的研究范式，重新确认小说的本相，考察其渊源脉络，建构小说在新的统序中的本体属性以及关系属性。在诗、赋、文的参照下，白话、文言形态的小说在命名方式、存在范式、研究体例等层面上发现了彼此的一致性，最终被归于共同的知识架构之内。到了近现代，文言小说、白话小说与诗、赋、文、词、曲等，共同成为近现代文学学科的研究本体。

结　语

明清两代，对于知识统序的重新梳理，渐成风潮。重新建构经、

① (清)陈森:《品花宝鉴》第三十八回，上海古籍出版社1990年版。
② (清)韩邦庆:《海上花》第一回，人民文学出版社1991年版。
③ (明)徐枋:《读史杂钞序》，见《居易堂集》卷五，续修四库全书本。
④ (清)范方:《世怡堂书目序》，见《默镜居文集》卷一，四库禁毁书丛刊本。
⑤ (清)铁保:《望华不注山》，见《唯清斋全集》卷四，续修四库全书本。

史、子、集相互之间的关系，以及一级统系下各类目的内在结构，是明清人所做的一项重要工作。在小说这一领域中，人们也对小说文本数量、形态、规模的变化给予及时的认同，随时、随势对小说在知识统序中的位置进行了调整。小说这一概念的内涵，以及小说之名所对应的实发生了极大的变化。文言小说与白话小说融于一体，并与诗、赋、文一道，构成了新的统系。到了近现代，中国知识体系在结构上发生突变，小说与诗、文等构成的统系在近现代学科体系中获得了新的位置。小说及其指称的对象也由传统知识体系下的二级类目，转变为文学文体，成为近现代学术体系下某一学科的研究对象。通过梳理明清时期小说观念的迁移，我们可以看到，小说作为一种文体要素，进入近现代学科建构之中，不仅有西学的影响，更是中国本土知识谱系合逻辑地发展与演进的结果。

“说部”之概念辨析

说部一词出现于16世纪后期，是中国小说发展史上一个特定的概念。厘清这个概念生成与变化的过程，有助于我们把握明清时期小说观念的发展、演变。刘晓军的《“说部”考》一文从近现代定型的小说观念入手，“考索‘说部’源流”①，这在说部的概念研究方面实有开创之功。在刘晓军提出的相关论断的基础上，我们可以进一步深入到历史的细节之中，立足于明清时期人们的知识架构之下，厘定说部这个概念指称的知识实体的情况，梳理说部与小说这两个概念之间并行交汇、相互渗透等多重关联关系。

一

隆庆、万历年间，王世贞在整理、编订自己的诗文集时，创制了“说部”这个词语。王世贞将诗文集命名为《弇州四部稿》，所谓“四部”即“赋、诗、文、说为部四”②。王世贞多次用到说部这个词。他写信给徐益孙等人说：“秋来校正拙集鱼豕之误八百余字，增入说部六卷”③；“弟

① 刘晓军：《“说部”考》，《学术研究》2009年第2期。

② (明)王世贞：《徐孟孺·又》，见《弇州山人续稿》，《景印文渊阁四库全书》第1284册，台湾“商务印书馆”1983年版，第613页。

③ (明)王世贞：《徐孟孺·又》。

校集凡赋、诗、文、说部将百三十万言"①;"聊上说部一种之半"②;"鄙集于说部大有损益"③。

王世贞拎出说部这个词语，目的是创制出一个与小说相关的、具有并行关系，同时又相互补充的概念。说部与小说指称的对象及其功能、价值并不具有天然的对等性、同一性。我们甚至可以断定，王世贞创制说部这个概念的目的正在于，有意识地把特定类型的知识要素与小说区隔开来。

王世贞本人没有系统地论及小说，但是，王世贞极为推重的胡应麟曾细致地对小说进行探讨。胡应麟将小说分为志怪、传奇、杂录、丛谈、辨订、箴规六类。以胡应麟对小说的分类为参照，我们可以看到，王世贞创制的说部笼括了胡应麟所说的杂录、丛谈、辨订这三种类型。《弇州四部稿》卷一三九至一七四为说部，包括六个知识单元:《劄记内篇》《劄记外篇》《左逸》《短长》上下、《艺苑卮言》及附录、《宛委余编》。《劄记内篇》《劄记外篇》"内多传经，外多传史"④，可归入丛谈。《左逸》及《短长》叙录《左传》《战国策》的逸文，可归入杂录。《艺苑卮言》首先叙录诸家诗论，这是杂录；继而辨析诗文的体式，梳理从《诗经》到明代诗文的发展演变，这是丛谈。《宛委余编》辨析、考证诗文中涉及的名物、事件等，这或涉辨订，或系丛谈。这样，王世贞《弇州四部稿》划定的说部实际上是将胡应麟所说的志怪、传奇以及箴规切割出去，保留了杂录、丛谈、辨订这三种类型。

王世贞创制的说部在实体形态、质性特征等层面上与明代中后期人们谈到的小说之间有着根本的差异。

---

① (明)王世贞:《张助甫》，见《弇州四部稿》，《景印文渊阁四库全书》第1281册，第65页。

② (明)王世贞:《陈玉叔》，见《弇州山人续稿》，《景印文渊阁四库全书》第1284册，第694页。

③ (明)王世贞:《陈玉叔·又》。

④ (明)王世贞:《劄记内篇·题记》，见《弇州四部稿》，《景印文渊阁四库全书》第1281册，第282页。

从指称实体的形态上看，说部主要是评论、谈说、杂录，这些知识要素能而且只能以文字的形式呈现出来；相较之下，小说既指称文字形态的知识，也可以用来指称口头形态的作品。

在《弇州四部稿》中，说部的内容涉及经、史、子、集四部。中国知识体系架构下的四部，其实质是对书籍、对以文字留存的知识进行分类。《弇州四部稿》使用说部这个概念把《劄记内篇》《劄记外篇》等六个知识单元整合、封装于一体。这六个单元各自的内容非常明确，知识单元之间的排列、布划也有着非常清晰的逻辑结构，它们的位序是根据经、史、子、集这一主流知识体系的基本架构排列的。说部的特点是，散论、杂论、漫论经史子集各部书籍涉及的某些问题，然后用文字的形式把个人的思考和认识记录下来。

小说一词主要用来指称以文字的形态留存的知识，但是，这个概念也可以含纳口头作品。小说这个词语在《弇州四部稿》《弇州山人续稿》《弇山堂别集》中共出现28次。其中，有2次是指口头形态的小说。其一，是《戏赠朱生》说："暑候平原侯，跳丸方小说。顷刻数千言，斜阳尚林樾。"①其二，是《前翰林编修文林郎含斋曹公墓志铭》谈道，曹大章"令左右时奏伎，或诵俳优小说、蒲博，呼笑阗杂"②。王世贞使用小说指称口头形态的作品，这并不是偶然现象。事实上，自汉魏一直到明清，小说这一概念始终不排斥口头形态的作品。如三国时，邯郸淳"诵俳优小说数千言"③；到了宋代，小说也是说话中的一家。明代，人们继续使用小说一词指称口头形态的作品。韩邦奇比王世贞年长53岁，他在《踏莎行·于少保石将军》自注中说：

① (明)王世贞：《戏赠朱生》，见《弇州山人续稿》，《景印文渊阁四库全书》第1282册，第263页。

② (明)王世贞：《前翰林编修文林郎含斋曹公墓志铭》，见《弇州山人续稿》卷之九十六，《景印文渊阁四库全书》第1283册，第383页。

③ (晋)陈寿撰、(南朝宋)裴松之注：《三国志》，中华书局1964年版，第603页。

小说家编成《石家词话》，优人唱说。①

虞淳熙年轻时曾得王世贞的提携。虞淳熙说，自己“始目不识丁，倾耳听唱小说”②。稍后的何白、袁中道等人也说：“闻市井人唱乐府小说”；③“听一瞽者唱《四时采茶歌》，皆小说碎事”；④“又有一人听阶上小说，闻杨将军被陷，遂成重恼”。⑤这些借助于声音呈现的内容可以归入小说这个范畴之内，但却没有与说部这个概念建构起对应关系。

从语体形态上看，说部仅指文言作品，而小说则兼包白话作品。《弇州四部稿》中的说部共有36卷，全部是以文言的形式散论经史子集四部中的相关问题。明代中后期，以文字留存的白话形态的作品虽然已经颇具规模，但是这些书籍还未及跻身四部分类法这一主流知识体系的建构之中。王世贞创制说部，并有意阻断了这个概念与白话作品之间的关联。相比之下，小说这一概念则可以笼括白话形态的文本。小说指称的对象不仅包括志怪、传奇、丛谈等文言形态的作品，人们还用这一词语指称白话形态的《三国演义》等。徐渭比王世贞年长5岁。徐渭说，“村瞎子习极俚小说，本《三国志》，与今《水浒传》一辙”⑥，“杨节潘氏盖亦看《三国志》小说而得之者”⑦。稍后，袁中道、金声等也谈道：

① （明）韩邦奇：《踏莎行　于少保石将军》，见《苑洛集》，《景印文渊阁四库全书》第1269册，第545页。

② （明）虞淳熙：《与王弘台宪副》，见《虞德园先生集》，明末刻本。

③ （明）何白：《丘雨川先生传》，见《汲古堂集》，《四库禁毁书丛刊》第177册，第334页。

④ （明）袁中道：《寿大姊五十序》，见《珂雪斋集》，上海古籍出版社1989年版，第431页。

⑤ （明）袁中道：《心律》，见《珂雪斋集》，第962页。

⑥ （明）徐渭：《吕布宅　有序》，见《徐渭集》，中华书局1983年版，第785页。

⑦ （明）徐渭：《奉师季先生书》，见《徐渭集》，第457页。

往晤董太史思白，共说诸小说之佳者。思白曰：近有一小说名《金瓶梅》。①

材官万民安、承差郑天卿所砌一段，与俗所传《水浒》《西游》诸小说何异？②

小说这个概念主要用来指称位居于子部的、文言形态的知识要素，但是，明代中期以后，在日常的语境中，这个词用来指称白话形态的作品，也是较为普遍的现象。

从知识要素的质性特征上看，说部在体例上的核心特质是“论”，主要是表达个人的看法。个人观点只有对错之分，而不存在虚实的问题。如果一定要用对错、真假这样的标准来规范说部的内容，说部包含的要素往往是趋向于真实的。如，王世贞论及陈嘉谟的行实时用到说部一词。王世贞谈道：

公凡一典文衡，三领佐南北成均，意必得真材以需世用。故谆谆然所提耳而诲之者，无匪近里敦行之学，具载诸说部中。③

王世贞对陈嘉谟尊崇有加，他将陈氏的事迹事功载录在说部之中。由此，我们可以觇见王世贞对说部的态度，那就是，说部收录的内容趋于真实的、严肃的。相比之下，小说则具有虚妄、怪诞的特点。王世贞用到说部一词，往往直指小说内容的妄诞、不实。他说：

① （明）袁中道：《游居柹录》，见《珂雪斋集》，第1316页。

② （明）金声：《与史大司马》，见《燕诒阁集》，《四库禁毁书丛刊》第85册，第77页。

③ （明）王世贞：《念初堂集序》，见《弇州山人续稿》，《景印文渊阁四库全书》第1282册，第551页。

小说云蹇夏二杨皆有赐，不可考矣。①

小说乃云刘公得石匣兵书，乃瞽史词话以欺愚人。②

今小说妄载先生纳水漂女。③

宋时一小说，云是哲宗送大将征夷……然哲宗事亦不足信。④

在王世贞的观念中，小说的特点是虚实参半、虚实无定，甚至在大多数情况下更多地偏于虚诞。这与明代中后期人们的小说观念正是一致的。如徐渭说：“《三国志》小说……如所谓斩貂蝉之类，世皆盛传之，乃绝无有此。”⑤谈迁也说：“小说家传宋包孝肃事，多依托鬼神，想此亦传闻之类。”⑥

明代中后期，知识要素的数量、形态、规模迅速扩充，中国的知识体系酝酿着整合和重置。王世贞的《弇州四部稿》试图重新区划知识的界域。王世贞谈到自己将文集命名为“四部稿”的缘由时，说“集所以名四部者……亦七略遗例也”⑦。七略的目的是“所以分书之次”⑧，即对知识要素进行归类。《弇州四部稿》仿照七略“分书之次”的做法，清晰、明确地区划出说部特有的界域。说部作为一个新生的概念，与小说这个既有的概念在指称的知识要素上存在着大面积的交集，它们是并行交错但不完全重合的。

---

① （明）王世贞：《赐免死诏》，见（明）王世贞撰、魏连科点校：《弇山堂别集》，中华书局1985年版，第251页。

② （明）王世贞：《史乘考误二》，见《弇山堂别集》，第380页。

③ （明）王世贞：《史乘考误四》，见《弇山堂别集》，第410页。

④ （明）王世贞：《史乘考误八》，见《弇山堂别集》，第487页。

⑤ （明）徐渭：《奉师季先生书》。

⑥ （明）谈迁撰、张宗祥校点：《国榷》，中华书局1958年版，第4566页。

⑦ （明）王世贞：《徐孟孺·又》。

⑧ （宋）郑樵撰、王树民点校：《通志》，中华书局1995年版，第1804页。

二

说部是王世贞创制的全新的词语。在《弇州四部稿》中，这个词语也同步成为指称极其明确的概念。一个概念的普遍有效性并不是天然生成、必然如此的。说部能否成为具有普适性的概念，它单方面划定的与小说之间的界限是否能得到普遍的认可，这些都需要在时间和实践中逐步确认。

概念的创生与概念的有效性，是相关但并不完全等同的两个层面。某个概念及其原生内涵必须在现实实践中建构起稳定的、极其牢固的对应模式，它才具备初步的现实有效性。在《弇州四部稿》刊刻之后，说部这个概念随着王世贞的声名和影响迅速扩散开来。人们开始普遍接受并广泛使用这个词语，并确认了《劄记内篇》《艺苑卮言》等与说部这个概念之间的关联。如，骆问礼提到"王凤洲说部"①，明末的刘城说"多读王家说部书"②。还有人创制了"弇州说部"一词。明末清初，"弇州说部"一词在张自烈的《正字通》中出现2次，在汪道昆的《太函集》、孙矿的《居业次编》、孙能传的《剡溪漫笔》、吕一经的《古今好议论》、徐枋的《居易堂集》、范方的《默镜居文集》中各出现1次。钱谦益的《绛云楼书目》在著录书籍时，也直接使用"弇州说部"一词标示王世贞的系列作品。这种单纯的重复看似缺乏创造性，但是，它在实践中产生了强大的功能。考虑到从未出现过"弇州小说"这样的说法，《劄记内篇》等也从未与小说这个概念关联起来，我们可以说，在"弇州说部"这样的表述方式不断重复的过程中，王世贞的《劄记内篇》等与说部之间不再是简单的衔接、并连关系，它们之间生成了历时态的、稳定的，甚至是唯

① （明）骆问礼：《父子状元》，见《万一楼集》，《四库禁毁书丛刊》第174册，第364页。

② （清）刘城：《李善承元胤罢太仓司训归里》，见《峄桐诗集》，《四库禁毁书丛刊》第121册，第663页。

一的对应关系，建构起严密的、有效的连接。

一个概念指称的对象不可能只是单独的、孤立的知识要素，而是指向一整套包含着无数要素的知识序列，指向这些知识实体之间结构性的关联。明清之际，说部一词并没有仅仅用来指称王世贞的作品，它与人们重新划定知识界域的潜在需求完成了即时对接，迅速地从两个向度着手拓展自身涵盖的领域，确认自身的普适性。

一是，“当下”诸多新生的知识要素直接归入说部这一概念范畴之下。说部这个词语一问世，就获得了极高的认同度。明清之际，人们在日常写作中常常使用这个概念指称自己的或者友朋的著作。经由这种重复，多部文本被植入说部这个概念范畴之下。如，邹迪光编订的《文府滑稽》“分文部、说部二目”①。范允临将夏树芳的《词林海错》归于“说部诸书”②。陈继儒为李如一辑录的《藏说小萃》作序也说，“《藏说小萃》者，江阴李贯之所集本乡说部凡七家”③。明末清初，徐枋在《读史杂钞序》中说，“升庵别集、弇州说部衣被天下”④。他还表明，自己创作《读史杂钞》实是接续了王世贞说部的路向。清代初年，说部这个概念的稳定性进一步得到强化。陈维崧将汪琬的《说铃》、宋荦的《筠廊偶笔》置于说部之中。金堡、周亮工等都使用说部一词指称自己的著述。王士禛也将自己的《居易录》《池北偶谈》《皇华纪闻》《香祖笔记》《古夫于亭杂录》等归入说部。从明代后期王世贞的《劄记内篇》《艺苑卮言》到清代前期王士禛的《池北偶谈》，相关文本迭次产生、出现，被纳入说部的范畴之内。说部这个概念也完成了代际的传递，确认并强化了自身普遍的有效性。

---

① （清）永瑢等：《四库全书总目提要》，中华书局1965年版，第1754页。

② （明）范允临：《词林海错序》，见《输廖馆集》，《四库禁毁书丛刊》集部第101册，第235页。

③ （明）陈继儒：《藏说小萃序》，见《陈眉公集》，《续修四库全书》第1380册，第63页。

④ （明）徐枋：《读史杂钞序》，见《居易堂集》，《续修四库全书》第1404册，第148页。

二是，人们重新规整前代产出的、既有的知识要素，将原本归置于小说或其他相关类别中的知识要素提取出来，纳入说部之中，建构说部的历史，厘定说部的源流变迁。

说部这个词语在刚刚萌生之时，指称的是零散的知识要素，这些知识要素之间尚未形成内在的、结构性的关联。明代末年，人们开始以说部这个词语为中心，统理前代生产的知识要素。陈弘绪把宋代的《梦溪笔谈》等归入说部之中。他谈道："说部诸书如沈存中《梦溪笔谈》、洪容斋《随笔》、王伯厚《困学纪闻》，博极载籍。"①徐釚、计东等人进而将说部的源头不断向前代推演。徐釚说，"说部之书古今不下数十百种，而临川刘氏所撰《世说新语》为最著。"②计东谈道："说部之体，始于刘中垒之《说苑》、临川王之《世说》。"③乾隆年间，沈德潜也论及说部：

> 说部之书，昉于宋临川王《世说新语》。后，虞世南《北堂书钞》、徐坚《初学记》、白居易《六帖》继之。而宋代《太平御览》……尤称一代大观。……其后，家自为书，莫能胪举，惟南宋《容斋随笔》有关实用。至我朝顾宁人《日知录》综贯百家，上下千载。④

沈德潜等人确认的说部的具体类例不是我们关注的核心问题。我们要注意的是，沈德潜清楚地判定，说部的书籍在数量上的"莫能胪举"，申明了说部作为一个概念所具有的开放性和可扩容性。另外，沈德潜立足

---

① (清)陈弘绪：《寒夜录》，清抄本。

② (清)徐釚：《史话序》，见《南州草堂集》，《续修四库全书》第1415册，第372页。

③ (清)计东：《冬夜语儿笺记序》，见《改亭文集》，《续修四库全书》第1408册，第91页。

④ (清)沈德潜：《书隐丛说序》，见(清)袁栋：《书隐丛说》，清刻本。

于特定的时间点，将魏晋南北朝的《世说新语》一直到清代的《日知录》等一同纳入说部这个概念之下。这意味着，说部作为一个概念，它的规范性在时间的推移中始终保持着有效性。这种规范性不仅指向着王世贞的系列著作，也可以涵盖前朝的作品，同时，还能够收纳明末以后新生的、海量的知识要素。这样，计东、沈德潜等人梳理说部的源流变迁就不再仅仅是对书籍进行线性的排列，而是清晰地确认了说部指称的知识要素作为一套知识序列所具有的连贯性、延续性以及内在的结构性。无数的作品被纳入说部这个概念之下，形成了具有特定内在结构的知识共同体。说部发展成为一个常用的专有名词，成为一个稳定的概念。

说部这个概念的有效性和稳定性还在于，明代末年到清代前中期，人们在反复借用王世贞创制的说部这个概念时，延续着王世贞对这个概念给予的界定。从说部一词指称的知识要素的体例上看，从《说苑》到《世说新语》，再到《梦溪笔谈》，直到清代的《日知录》等，这些作品都与《弇州四部稿》中的说部有着共同的特点。它们在体式上均为散论、漫谈、杂录，“或摭据昔人著述……或指斥传闻见闻之事”①；它们“纵横博辨”②，在内容上涉及经、史、子、集四部。明末，李如一编《藏说小萃》，参仿了王世贞将《艺苑卮言》《宛委余编》等诗论著作纳入说部的体例。《藏说小萃》不仅收录了“汤大理之《公余日录》、张司训之《宦游纪闻》、张学士之《水南翰记》”，还辑入了“朱太学之《存余堂诗话》”③。之后，纪昀等人沿着这种归类逻辑，将那些书写体例不甚严密，漫论、杂论诗文的著作并入说部。如，《四库全书总目》说，“宋时说部诸家如胡仔《苕溪渔隐丛话》、蔡梦弼《草堂诗话》、魏庆之《诗

---

① （清）计东：《冬夜语儿笺记序》。

② （清）周亮工：《赖古堂集附录·行述》，见《赖古堂集》，上海古籍出版社1979年版，第1012页。

③ （明）陈继儒：《藏说小萃序》。

人玉屑》”①。《四库》馆臣还认定，王士禛的《渔洋诗话》“实兼说部之体”②。从说部的功能和价值上看，这些书籍的内容往往具有正向的价值和意义。如，高阜把周亮工的《因树屋书影》归入说部，他还谈到这部书系“明道之书”③，包含着天地间的至理。周亮工也将说部与经部书籍并称，他说：“凡九经古文及岣嵝石鼓诸碑莫不取而较勘之，下至志林、说部之编，苟有资于采佐，不之弃也。”④相较之下，小说这一概念则负载了多重的、多向度的价值判断。人们谈道小说，有时会赋予小说正面的意义和价值，但有时也会直接对这类知识要素给予否定。如，骆问礼谈道，县学诸生“惑于外家小说，漫费妄作”⑤；徐枋也警戒门生说，不能被“杂家小说之荒忽”⑥所迷惑。

明末清初，虽然说部这个词的使用频率远远低于小说这一既有的概念，但是，很显然，这个刚刚创生的、全新的词语，快速获得了较高的认同度。人们在日常书写中不断重复着说部这个概念，并围绕着这一概念原初的内涵和外延，对相关的知识要素进行规整和建模，强化并固化了说部这一概念，使其具有了稳定性。说部这个概念之下聚集的知识要素不断增长，形成了具有内在连贯性、同一性的知识序列，划定了自身特定的界域。

三

概念的传播、延续并不是亦步亦趋地依照原初设定的路向前行。任

① （清）永瑢等：《四库全书总目提要》，第1798页。

② （清）永瑢等：《四库全书总目提要》，第1793页。

③ （清）周亮工：《书影序》，见《书影》，上海古籍出版社1981年版，第5页。

④ （清）周亮工：《广金石韵府序》，见《赖古堂集》，上海古籍出版社1979年版，第623~624页。

⑤ （明）骆问礼：《诸暨县重修儒学序》，见《万一楼集》，第187页。

⑥ （明）徐枋：《师说上》，见《居易堂集》，第204页。

何一个概念在萌生、确认、定型的同时，自身就蕴藏着被突破、被重新界定的可能性及内在动力。在明代后期到清末的三百余年里，说部与小说之间的差异与断裂，既是这两个概念区隔开来的标识，同时，又成为它们彼此融会、相互趋赴的内在动因。到了近代，说部与小说这两个概念完全交叠、重合，孳育了近现代中国小说观念基本的构造形态。

王世贞创制说部的本意，是将志怪、传奇切割出来，标示出说部与小说之间的差异。但是，说部与小说之间的关系，和它与诗部、赋部、文部之间的关系不同。王世贞创制的说部与赋部、诗部等是平行的、毗邻的关系，它们各自包含的知识要素是互斥的；相比之下，说部与小说之间则是并行的、交错的关系，它们笼括的文本范例存在着大面积的套叠。这些交错、套叠着的知识要素在说部与小说之间建构了巨大的、内在的张力，促使说部在延续的过程中形成了两条看似背离，实则平行发展，最终合并、融会的路径。一方面，说部守持着王世贞最初确认的建构逻辑，标明了自身与小说之间的断裂和差异；另一方面，它也在不断地扩容、转换，将原本归属于小说的文本类型吸纳进入自身的范畴之内。说部在类例建构上逐渐趋同于小说这一原生的概念。

说部与小说存在着部分的交错、叠置，界限的模糊赋予了这两个概念相互趋同的可能性。人们在使用过程中，可以根据个人的理解，将相关的或者相似的知识要素随意地投掷于这两个概念范畴之内。说部与小说之间的区隔也逐渐淡化，乃至湮废。在说部持续传播、不断重复的过程中，它曾经排斥的传奇、志怪等类型的知识要素聚拢到这一概念之下。范允临是王世贞同邑的后辈，他比王世贞年少 32 岁。范允临将唐代段成式的《酉阳杂俎》植入说部之中。他说：

> 说部之书……庶几《酉阳杂俎》或可荐之几筵，而《诺皋》等篇则又怪怪奇奇。①

① （明）范允临：《词林海错序》。

《酉阳杂俎》是“志怪小说之书”①。《酉阳杂俎》中有《诺皋记》《支诺皋》，系段成式“览历代怪书，偶疏所记”②而成。到了清代，志怪、传奇等类型的文本源源不断地涌入说部这个概念范畴之下。如，朱彝尊、卢见曾等人谈道：

> 唐《集异记》旗亭画壁一事……逸于正史而收之说部。③
>
> 朱藏一编《绀珠集》，陶九成编《说郛》，皆千百而取一，说部之完书存焉者寡矣。④

范允临等人把志怪、传奇置于说部这个概念之下，我们无法确认，他们是刻意地要模糊小说与说部这两个概念之间的差异，还是偶然间推动了说部这个概念在范畴上的突破。但是，我们可以确定，明清两代，志怪、传奇等类型的作品归拢到说部这个概念之中，没有遭遇任何阻力或是质疑。志怪、传奇自如地进入说部这个新生的概念范畴之内，与辨订、丛谈等形成毗邻的关系，说部在基本的类例建构上与小说形成了同一性。说部这个概念包容、会通了它自身曾经排斥的知识类型，最终完成了自反的过程。

这种自反不仅表现在说部笼括的类例的变化上，同时，说部这个概念对应的质性特征也完成了遽变。志怪、传奇等呈现的“怪”“异”、虚诞等特点，发展成为说部的核心特质。

王世贞把传奇、志怪排除在说部之外，原因在于，这两种类型的作

---

① （唐）段成式：《酉阳杂俎序》，见（唐）段成式撰、方南生点校：《酉阳杂俎》，中华书局1981年版，第1页。

② （唐）段成式：《酉阳杂俎》，第127页。

③ （清）卢见曾：《旗亭记序》，见《雅雨堂集》，道光二十年（1840）卢枢清雅堂刻本。

④ （清）朱彝尊：《梦梁录跋》，见《曝书亭集》，世界书局1937年版，第533~534页。

品具有"怪""异"的特点：

> 小说有《齐谐记》，见《庄子》"齐谐志怪者也"；《虞初志》，虞初，汉武帝时小吏……采访天下异闻；《夷坚志》，出列子云"夷坚闻而志之"。①

明代中后期，人们普遍认同小说具有"奇""怪""异"等特质。如，《山海经》"主记异物"②"偏好语怪"③，胡应麟将小说的源头追溯至《山海经》。小说的"怪""异"以及因"怪""异"而产生的虚诞、不实，正是王世贞创制说部时极力拒斥的。但是，明末清初，随着志怪、传奇等文本类型不断融入，说部的质性特征也在逐渐演化。清代初年，奇异、虚诞、荒怪这样的质性特征与说部建立起了直接的关联。如，张埙说：

> 近今盛说部，寓言多荒唐。④

之后，翁方纲、桑调元等都谈到说部涉及"怪""妄"的问题：

> 近日王渔洋于说部分四目。谈故、谈献、谈艺皆吾所取也，谈异则吾不欲闻之。⑤
>
> 经史子集列四库，祸首说部标《郛》《铃》。哤言日出骋幻诞，

① （明）王世贞：《宛委余编》，见《弇州四部稿》，第542页。

② （汉）王充著、张宗祥校注：《论衡》，上海古籍出版社2010年版，第275页。

③ （明）胡应麟：《三坟补逸下》，见《少室三房笔丛》，中华书局1958年版，第451页。

④ （清）张埙：《刻书》，见《竹叶庵文集》，《续修四库全书》第1449册，第141页。

⑤ （清）翁方纲：《濠上迩言序》，见《复初斋文集》，《续修四库全书》第1455册，第389页。

辄指故实欺聋盲。①

翁方纲等人对说部呈现的“怪”“异”的风格给予了否定性批评。评判某种风格类型着眼于静态的文本批评，讨论某种风格类型与特定概念范畴的关联则着眼于动态的知识体系的建构，它们分属完全不同的逻辑层面。翁方纲等人对说部所具有的“异”“幻诞”等的批评不仅没有切断，反而强化了“怪”“异”等质性特征与说部这个概念之间的关联关系。“怪”“妄”等曾经被说部排斥的类型特征，发展成为说部的典型特质。

明清时期，说部这个概念处于不断重构的过程之中。在说部与小说这两个概念相互参照、相互对应，又相互趋迎的过程中，它们指称的知识要素在基本体例上也逐渐趋于同一。

说部在体例上的原初特征是“偏载琐述”②，“以零星杂语为书”③，表达的是个人的思想观念。明代前期，吴讷谈到“说”之体式、特点，说“说者，释也、述也。解释义理而以己意述之也”④。王士禛在论及“说部之书”时⑤，也重申了“说”的体式特征。到了清代，说部一方面依然保持着原初的体例特征，另一方面也融入了新的书写体式。如，徐枋将说部“分为二种：一曰杂钞，一曰稗语。稗语以纪异事，杂钞以纪奇字也”⑥。“杂钞”主要是表达个人的识见，对世事、事物的认知和理解；“稗语”则是“纪异事”。这样，说部在以论说为基本体例的基础上，融入了叙事的内容。到了清代后期，孙原湘清楚地划定了说部包含的这

① （清）桑调元：《放歌奉赠翟晴江》，见《弢甫集》，清乾隆间刻本。

② （明）谈迁：《枣林杂俎序》，见（明）谈迁撰，罗仲辉、胡明校点校：《枣林杂俎》，中华书局2006年版，第1页。

③ （明）骆问礼：《续羊枣集序》，见《万一楼集》，第299页。

④ （明）吴讷著、于北山校点：《文章辨体序说》，人民文学出版社1962年版，第43页。

⑤ （清）王士禛：《蓉槎蠡说序》，见《带经堂集》，《续修四库全书》第1415册，第19页。

⑥ （明）徐枋：《读史杂钞序》。

两种体例。他说：“年来说部竞如麻，庄语谐词各一家。”①“庄语”大体指向的是丛谈、辨订、杂录等博涉经、史、子、集四部的知识类型，这是论说，是述己意；“谐词”则泛指那些以娱乐为主旨的作品，包括志怪、传奇等，这偏于叙事，是“纪异事”。王世贞曾经有意识地将“庄语”“谐词”界分开来，清人则对这两种知识要素进行了重新组合，将它们封装于说部这个概念之下。到了近代，人们更进一步将白话形态的叙事作品移植到说部这个概念中。如陆以湉等人谈道：

《镜花缘》说部征引浩博。②

世传说部有《花月痕》一书。③

《红楼》《水浒》《三国》《西游》，凡有说部，堆枕盈裯。④

说部与叙事类的作品，包括与长篇白话小说之间的连接由最初的断裂、错位突变为接续和贯通。“‘说部’最终成为小说的同义词”⑤，无论在质性特征上，还是在指称类例的基本形态上，都获得了与小说的一致性。

谈到说部与小说这两个概念之间最初的差异与最终的合流，我们还要注意的是，小说这个概念有着悠长的历史，是中国书籍分类体系中的专业术语，说部只是一个新生的专有名词，说部的稳定性看似远远弱于小说。但是，说部与小说的日渐趋同，并不是说部单向性地移动或趋附，也不是说部这个概念单方面地被改造。说部原生的质性特征也渗透

---

① （清）孙原湘：《镜花水月题词》，见《天真阁集》，《续修四库全书》第1488册，第33页。

② （清）陆以湉：《汤火伤方》，见陆以湉撰、崔凡芝点校：《冷庐杂识》，中华书局1984年版，第223页。

③ （清）张鸣珂：《寒松阁谈艺琐录》，宣统年间上海聚珍仿宋印书局本。

④ （清）黎汝谦：《遣子祭次女兰姑文》，见《夷牢溪庐文钞》，《续修四库全书》第1567册，第608页。

⑤ 刘晓军：《“说部”考》。

到小说这个概念之内，从根本上改变了小说的形态与性质，推促着小说这一术语完成了从传统到近现代的延续和转换。

首先，说部的出现促成了小说与诗、文的对接。在四部分类法下，小说是子部之下的二级类目，诗、文、赋等或是集部包含的知识要素，或是集部之下的类目。小说与诗、文、赋无论在类别归属上，还是在层级定位上，都不存在任何直接的关联。王世贞在编订《弇州四部稿》时，将丛谈、辨订、杂录等作为独立的知识类型，从子部小说中提取出来，与集部之中的赋、诗、文等整合封装。这些知识要素构成了全新的统一体，说部成为与赋、诗、文相毗邻，有着内在亲缘关系的知识单元。有清一代，在说部与小说这两个概念融会的过程中，说部与诗、文之间的亲缘关系直接传递、转让到小说这一概念之下。到了近现代学术体系建构之时，小说与诗、文等构成了有着内在同一性和统一性的关联序列，共同成为文学学科核心的构型要素。其次，小说承袭了说部的基质，到了近现代，它将口头形态的作品切割出去，只保留了文字形态的文本。小说在几千余年的发展过程中，笼括了多重形态、多种类型的知识要素，这既包括文字形态的作品，也包括口头形态的作品；说部这个概念则明确地剔除了口头形态的作品。随着说部与小说的共融、合流，说部的这一质态也直接影响了中国小说观念的建构。到了近现代学科体系定型之时，小说这一概念也转而变为能且只能用来指称文字形态的作品。

19 世纪末 20 世纪初，四部分类法下的小说观念向近现代文学学科体系下的小说形态转换。在转型的过程中，说部这个概念的创生和使用并不是唯一的推动力量，我们也无法对说部起到的作用进行定量分析。但是，在小说与诗、赋、文聚合成为共同体的过程中，说部这个概念的创制以及传播，显然是极重要的核心的推动力之一。说部以自身特有的存在方式和质性特征，影响了近现代的小说观念，推动着近现代文学学科的生成和定型。

结　语

王世贞创制说部的目的，是在小说这一原生概念的基础上，重新区划、切割小说这个庞大的领域。从明代后期到民国初年，说部这个词语盛行一时，说部生成了自洽性、有效性、包容性，它也建构起特定的历史性和历时性。由于知识体系内部运移的复杂性、自律性，说部最终没有发展成为新的知识类型，没有能够替换、覆盖小说这一原生概念。但是，说部的创生，说部与小说从背离到合流的演变过程，清晰地呈现了明清时期小说这一传统知识类目酝酿的变动与重构。通过辨析说部这一概念，我们可以看到，中国小说观念，乃至中国知识统序从传统到近现代转型，是而且首先是本土知识体系自我的需求和内部的突破。

弱化叙事性：明代传奇小说的文体特征

在今人看来，叙事是小说的根本要素。但对明人来说，传、记等才是正宗的叙事性作品。以传、记为参照系，以叙事性为考察的核心，我们可能会对明代传奇小说的文体特征产生同情之了解。

明人认为，叙事性是传、记、碑文等文体的根本特征。有人谈道："记者，纪事之文也……其文以叙事为主……又有托物以寓意者，皆为别体。"①碑文"主于叙事者曰正体，主于议论者为变体，叙事而参之以议论者曰变而不失其正。至于托物以寓意之文，则又以别体论焉"②。明人同时清楚地意识到，传奇小说也具有叙事性，与传、记等有一致之处。为了使传奇小说与传、记等正宗叙事性作品区分开来，明人有意在传奇小说中加入抒情性、议论性的因素。他们的具体做法是：强调小说"托物以寓意"的特点，在传奇小说中加入诗词韵文；强化小说的议论性，在叙述爱情故事时融入道德训诫。从今人的阅读体验出发，这样做破坏了小说叙事的连贯性，削弱了传奇小说的审美性，有论者批评明代传奇小说"文题意境，并抚唐人，而文笔冗弱不相副"③。但还原到具体的历史语境则可以看到，"粉饰闺情，拈缀艳语"④——融入道德训诫、羼入诗词韵文正是明代传奇小说凸显自身文体特征的重要方式。

---

① （明）徐师曾：《文体明辨序说》，人民文学出版社 1998 年版，第 145 页。

② （明）徐师曾：《文体明辨序说》，第 149 页。

③ 鲁迅：《中国小说史略》，中华书局 2014 年版，第 183 页。

④ 鲁迅：《中国小说史略》，第 183 页。

一

明人认为，叙事是传、记等文体的根本特质，与传、记一样，小说也讲述事件的发生、发展过程，包含着叙事要素。但同时，明人清楚地看到，传、记如果以抒情为主就偏离了基本规范，成为“别体”；而传奇小说的重心恰恰是“托物以寓意”，叙事并非传奇小说的核心，作者不过是借故事抒发自己的情绪、情怀。“三灯”的作者瞿佑、李昌祺等明确表示他们创作小说的目的是“哀穷悼屈”①，“豁怀抱、宣郁闷”②。钱谦益谈到《剪灯余话》时，也一语道破了传奇小说家的内心诉求。他说，李昌祺“效瞿宗吉《剪灯新话》作《余话》一编，借以申写其胸臆”③。由此，明人在传奇小说创作中，有意强化传、记等文体排斥的“托物以寓意”的特质，以弱化传奇小说的叙事性，凸显传奇小说作为独立文体的特质，从而使传奇小说与传、记等正宗的叙事性文体区别开来。

在传奇小说创作中，要达到“托物以寓意”的目的，就必须从与传、记完全不同的文体中吸取某些因素。诗这一文体“情动于中而形于言”④，自古以来，“情”就是诗歌特定的领地。要增强传奇小说触动、激发情感的力量，在其中加入诗词韵文，自然是最便捷的选择。

自唐代开始，传奇小说中就融入了韵文，如，《游仙窟》穿插诗歌77首，《莺莺传》等成熟的唐传奇中也融入了诗词，以表达主人公的情绪，或作为推动情节发展的要素。到了明代，在小说中羼入韵文更成为作家的自觉追求。《剪灯新话》首篇《水宫庆会录》的主体部分就是《上梁

① （明）瞿佑：《剪灯余话序》，见（明）瞿佑等著、周楞伽校注：《剪灯新话（外二种）》，上海古籍出版社1981年版，第3页。

② （明）李昌祺：《剪灯余话序》，见（明）瞿佑等著、周楞伽校注：《剪灯新话（外二种）》，第121页。

③ （清）钱谦益：《列朝诗集小传》，上海古籍出版社1983年版，第372页。

④ 《毛诗序》，见张少康、卢永璘编选：《先秦两汉文论选》，人民文学出版社1996年版，第343页。

文》，此文华丽宛转，极尽绮艳之能事。在《联芳楼记》一篇中，兰芳姐妹与郑生吟和的诗词多达16首。《翠翠传》全篇基本以诗词作为男女主人公沟通的媒介。李昌祺的《剪灯余话》更进一步强化了小说中插入诗文的形式，全书诗词达170余首。在李昌祺笔下，“冥官会作四六之文，仙人擅长经籍注解，妓女会吟清艳诗词，节妇尤其会作博雅而工整的唐宋诗集句”①。在《田洙遇薛涛联句记》一篇中，李昌祺不惜放慢时间的节奏甚至让叙事时间静止，以在田洙和薛涛两人遇合情事中羼入大量华丽的诗体。孙楷第谈到明代的传奇说：“凡此等文字，皆演以文言，多羼入诗词。其甚者连篇累牍，触目皆是，几若以诗为骨干，而第以散文之联络之者。”②明人连篇累牍地在事件的叙述中穿插大量诗词韵文，在今人看来，这种创作手法忽略了情节、影响了故事的连贯性，以当代小说理论为标准，是不合规范的。但是，对明代传奇小说的作者来说，他们创作的根本目的不是讲述故事，而是“托物以寓意”。叙事性成分——情节的发展、故事的走向，只是传达作者情感的方式之一，融入诗词可以更好地抒发情绪、情怀，因此，在叙事性的基础上融入大量韵文，对明代传奇小说家来说是顺理成章的，也是必需的。③

羼入大量诗文不仅从情感向度上强化了传奇小说“托物以寓意”的

---

① 杨义：《中国古典小说史论》，中国社会科学出版社2004年版，第403页。

② 孙楷第：《日本东京所见小说书目》，人民文学出版社1981年版，第181页。

③ 明人对白话小说的讨论，可以让我们更清楚地看到明人对小说中融入诗词的态度。谈到《水浒传》中的诗词，胡应麟说：“余二十年前所见《水浒传》本，尚极足寻味，十数载来，为闽中坊贾刊落，止录事实，中间游词余韵，神情寄寓处，一概删之，遂几不堪覆瓿。”（胡应麟：《少室山房笔丛》，上海书店出版社2001年版，第437页）万历四十二年袁无涯刻本《出像评点忠义水浒全传·发凡》说：“旧本去诗词之烦芜，一虑事绪之断，一虑眼路之迷，颇直截清明。第有得此以形容人态，颇挫文情者，又未可尽除。兹复为增定，或撺原本而进所有，或逆古意而益所无，惟周劝惩，兼善戏谑，要使览者动心解颐，不乏咏叹深长之致耳。”（马蹄疾：《水浒资料汇编》，中华书局1977年版，第13页）由此可以看到，明人认为，诗词等是小说不可或缺的部分。

效果，而且从审美风貌上凸显了传奇小说与传、记等正宗叙事文体的区别。各种文体都有基本的风格，如“章表奏议，则准的乎典雅；赋颂歌诗，则羽仪乎清丽；符檄书移，则楷式于明断；史论序注，则师范于核要；箴铭碑诔，则体制于宏深；连珠七辞，则从事于巧艳”①。章表奏议、史论序注等强调庄重严肃，关注内容的深刻性，与传、记或多或少有内在的一致之处，而赋颂歌诗、连珠七辞“羽仪乎清丽”“从事于巧艳”，华艳、灵动、轻丽皆可。清、艳的风格正是传、记等严肃的叙事性文体所排斥的。在明人看来，经史、传记就如同五谷，是日常生活的必需，可以不求味，只注重作用及效果，因此需要庄重典雅，保持一定的尊严和风范；小说等文学作品就如同山珍海错，既要重味，又要重色，必须灵动、轻巧，注重藻饰，才有打动人的力量。杨慎在《跋山海经》中谈到这一问题说：“六经，五谷也。岂有人而不食五谷者乎？虽然，六经之外，如《文选》《山海经》，食品之山珍海错也，徒食谷而却奇品，亦村疃之富农，苟诋者或以羸马老羝目之矣。”②明人在创作传奇小说时，有意继承并强化了唐传奇“传、记辞章化”的特点③，大多追求“绮丽”的效果。时人评价“三灯”说，“造意之奇，措辞之妙，粲然自成一家之言”，“秾丽丰蔚，文采灿然”，“文辞制作之工且丽也”，“锦心绣口，绘句饰章”，“雄词丽句”④。从这个角度看，小说羼入诗文，强化绮丽、藻饰的效果，正与传、记、碑文、墓志铭等正宗叙事性作品所保有的庄重性、严肃性区别开来，进一步弱化了传奇小说的叙事性。

---

① (南朝)刘勰著、范文澜注：《文心雕龙注》，人民文学出版社 2006 年版，第 530 页。

② 杨慎：《升庵全集》，商务印书馆 1935 年版，第 541 页。

③ 关于唐传奇的文体特征，参见陈文新、王炜《传、记辞章化：从中国叙事传统看唐人传奇的文体特征》[《武汉大学学报(人文科学版)》2005 年第 2 期]一文。

④ 以上诸条引文分别见《剪灯新话(外二种)》第 4、117、117、119、121 页。

二

明人认为，传、记以叙事为正体，如果加入议论则流为变体。由此，将构成传、记变体的因素——议论赋予小说，这也成为弱化传奇小说叙事性的重要方法。明代传奇小说家一方面津津有味地讲述男女情事；另一方面，又严肃认真地进行道德教化，对读者予以劝导、训诫。男女情事的讲述正具有叙事性，道德教化正具有议论性。这两种看似矛盾的因素混杂在一起，构成了明代传奇小说重要的叙述模式。

明代传奇小说，如“三灯”“皆本《莺莺传》而作，语带烟花，气含脂粉，凿穴穿墙之期，越礼伤身之事，不为庄人所取”①。《剪灯新话》全书22篇，直接涉及爱情风怀的有10篇，约占全书的1/2。这些爱情故事虽具有浓厚的叙事性，但从内容来看，又与传、记等正宗的叙事性文体有根本不同：传、记等文体往往讲述严肃的、符合主流社会规范的事件，传奇小说恰恰反其道而行之，所叙故事的内容有意打破伦理规范、突破社会禁忌。关注爱情，使传奇小说与传、记等严肃的叙事性文体拉开了距离。

重要的是，作者记录这些事件，并非像传、记那样是为了彰表某人，宣扬某事。传奇小说家的根本目的在于体贴人情、探寻事理，通过故事表达作者对人、事的理解、认识和评价。在讲述事件时羼入阐释、评价，这是传、记等文体所排斥的，却恰恰是小说在萌芽阶段就具备的内在特质。陈文新在《中国文言小说流派研究》一书中谈道，桓谭对小说“合丛残小语，近取譬喻”的定位正说明小说的文体功能是阐述事理；《汉书·艺文志》将小说归于子部，而子部以议论为宗，小说附于骥尾，说明小说具有议论的因质。② 到了明代，传奇小说则通过宣讲道德教化

① （明）高儒：《百川书志》，古典文学出版社1957年版，第181页。

② 参见陈文新：《中国文言小说流派研究》，武汉大学出版社1993年版。

的方式进一步强化了其阐释功能、指导功能。瞿佑谈到《剪灯新话》时说，自己创作的着眼点不是讲述故事，而是“劝善惩恶、哀穷悼屈”：

《诗》《书》《易》《春秋》，皆圣笔之所述作，以为万世大经大法者也；然而《易》言“龙战于野”，《书》载“雉雊于鼎”，《国风》取淫奔之诗，《春秋》纪乱贼之事，是又不可执一论也。今余此编，虽于世教民彝莫之于补，而劝善惩恶，哀穷悼屈，其亦庶乎言者无罪，闻者足以戒之一义云尔。①

在此，瞿佑着眼于《剪灯新话》的指导功能和实用功能。《剪灯新话》涉及爱情，张扬两性之爱，无助于维护世道人心。但社会教化有不同的层面，不同的侧重点。男女两人产生私情虽然违背了某些社会规则，但并不必然表明主人公本性恶劣，男女主人公在爱情抉择中会表现出人性良善的一面，他们对爱情的执着或放弃也会感动读者，引起读者的深思，从而《剪灯新话》可以发挥使“闻者足以戒之”的积极作用。不少评论者也谈到小说的惩戒教化功能，说：

是编虽稗官之流，而劝善惩恶，动存鉴戒，不可谓无补于世。②

四海相传《新话》工，若观《余话》迥难同。搜寻神异希奇事，敦尚人伦节义风。一火锻成金现色，几宵细剪烛摇红。笑余刻枣非狂僭，化俗宁无小补功。③

① （明）瞿佑：《剪灯新话序》，见（明）瞿佑等著、周楞伽校注：《剪灯新话（外二种）》，第3页。

② （明）李昌祺：《剪灯余话序》，见（明）瞿佑等著、周楞伽校注：《剪灯新话（外二种）》，第121页。

③ （明）李昌祺：《剪灯余话序》，见（明）瞿佑等著、周楞伽校注：《剪灯新话（外二种）》，第121页。

褒善人于既往，以开人之自新之路；诛恶者于身后，以闭人之邪枉之门。①

传奇小说有资于世事的议论、指导、阐释功能也得到了明代很多读者、评论家的认同，他们从这一立场出发，积极地为小说辩护。罗汝敬《剪灯余话序》说："夫圣经贤传之垂宪立范以维持世道者，固不可尚矣。其稗官小说、卜筮、农圃，与凡捭阖箦罩，纵横术数之书，亦莫不有裨于时。"②他认为，小说与卜筮、农圃、术数等虽然不能介入庞大而复杂的哲学体系，不能从宏观的层面上维持风化，但这些内容是人们日常生活中不可或缺的部分，一样"有裨于时"。

明代传奇小说中这些道德教化的成分，在今人看来似乎与爱情故事不能相融。但从明人的小说观念来看，张扬情欲与道德教化并非完全矛盾的两极，而是具有同质性。自唐传奇以来，传奇小说关注的重心就是与军国大事无关的日常人生。③ 在日常生活中，人们有不同的选择，一是打破社会规则，二是遵守日常规范。无论做出何种选择，都与日常生活相关：对爱情自由的追慕属于前者，对道德教化的执着属于后者。从这个角度来看，明代传奇小说将倡扬情欲和道德教化扭合在一起是合理的，也是合逻辑的。小说作者不过是分别从两个向度上关注日常生活，强化了唐传奇以来所形成的传奇小说关注日常人生的创作规范。总体来看，在爱情故事中加入道德训诫，强化了传奇小说对日常生活的关注，加强了小说议论、阐释和对生活加以指导的功能，使传奇小说远离了纯粹的、严肃的叙事性作品。

---

① (明)赵子伯：《效颦集后序》，见(明)赵弼：《效颦集》，嘉靖二十七年赵子伯重刊本。

② (明)罗汝敬：《剪灯余话序》，(明)瞿佑等著、周楞伽校注：《剪灯新话(外二种)》，第118页。

③ 参见陈文新：《文言小说审美发展史》"唐人传奇的文体特征"一节，武汉大学出版社2002年版。

三

叙事性作品的正宗是传、记。传、记着眼于纪“实”，在文体风格上要求具有规范性、严肃性。由此出发，明代传奇小说家削弱作品叙事性的方式还有：(1)搁置所叙事件的虚实性问题；(2)在文体风格上追求“神”“奇”“怪”“幻”。

首先，与传、记强调纪“实”不同，传奇小说所叙事件可以是虚构的。准确地说，明人认为，创作、阅读、评论传奇小说应该搁置虚实的问题。

与传、记着重于记叙事件不同，传奇小说着眼于“托物以寓意”。一件事，一个人，无论真实还是虚构，都可借以表达情思、发抒议论，因此，对于传奇小说，事件是否真实这一问题是可以搁置的。

明代传奇小说家谈及自己的创作时，都纷纷表明自己记录的是近事，避而不谈事件本身的“虚”“实”：“好事者第以近事相闻，远不出百年，近止在数载，襞积于中，日新月盛，习气所溺，欲罢不能，乃援笔为文以纪之”①，“于旅寓之次，取近代之事得于见闻者，汇为一帙”②。许多评论家也看到传奇小说的这一特点。凌云翰谈到《剪灯新话》时说：“昔陈鸿作《长恨传》并《东城老父传》，时人称其史才，咸推许之。及观牛僧孺之《幽怪录》，刘斧之《青琐集》，则又述奇纪异，其事之有无不必论，而其制作之体，则亦工矣。乡友瞿宗吉氏著《剪灯新话》，无乃类是乎。”③凌云翰明确地表示《剪灯新话》与《长恨传》等唐传奇名篇有

① (明)瞿佑：《剪灯新话序》，(明)瞿佑等著、周楞伽校注：《剪灯新话(外二种)》，第3页。

② (明)曾棨：《剪灯余话序》，(明)瞿佑等著、周楞伽校注：《剪灯新话(外二种)》，第117页。

③ (明)凌云翰：《剪灯新话序》，(明)瞿佑等著、周楞伽校注：《剪灯新话(外二种)》，第3页。

异曲同工之妙，作者在创作中只要达到述奇纪异的目的就足够了，“其事之有无不必论”。当有人质疑《剪灯余话》的真实性，说它“幽昧恍惚，君子所未信”时①，王英等小说评论者也有意回避故事可信与否的问题，转而说“经以载道，史以纪事，其他有诸子焉；托词比事，纷纷藉藉，著为之书，又有百家之说焉。以志载古昔遗事，与时之丛谈、诙语、神怪之说，并传于世。是非得失，固有不同，然亦岂无所可取者哉！在审之而已”②。文体有各自的规范，小说这种文体，只要记录某事、某人，达到托物以寓意的目的，有资于世事，就可以与经史等其他文体一样“并传于世”。王英的言外之意就是，小说中记载事件的真实性是不必花时间去考校和讨论的。

谢肇淛在《五杂俎》中对“虚”“实”问题的论述有助于我们进一步理解明人对小说虚实性的认识：

> 凡为小说及杂剧戏文，须虚实相半，方为游戏三昧之笔。亦要情景造极而止，不必问其有无也。古今小说家，如《西京杂记》《飞燕外传》《天宝遗事》诸文，《虬髯》《红线》《隐娘》《白猿》诸传，杂剧家如《琵琶》《西厢》《荆钗》《蒙正》等词，岂必真有是事哉！近来作小说，稍涉怪诞，人便笑其不经。而新出杂剧，若《浣纱》《青衫》《义乳》《孤儿》等作，必事事考之正史，年月不合，姓字不同，不敢作也。如此，则史传足矣，何名为戏？③

谢肇淛的讨论包含这样几个层面：一是，小说等文体的特点是“虚实相半”。也就是说，小说叙述的事件可以具有真实性，但也不排斥虚构。

---

① （明）王英：《剪灯余话序》，（明）瞿佑等著、周楞伽校注：《剪灯新话（外二种）》，第117页。

② （明）王英：《剪灯余话序》，（明）瞿佑等著、周楞伽校注：《剪灯新话（外二种）》，第117页。

③ （明）谢肇淛：《五杂俎》，上海书店出版社2001年版，第307页。

二是，小说“要情景造极而止，不必问其有无也”。一篇作品如果写得婉转有致，就不需要考虑其事是有还是无的问题。之所以会出现“稍涉怪诞，人便笑其不经”的局面，是因为时人以史传或传、记等文体的纪实性来衡量小说。三是，谢肇淛进而指出，从所叙事件的性质上看，小说与史、传的区别在于，涉及时间、人物、事件发生的过程等，史传或传记等文体不仅要求事件的真实性，而且要求时间的精确性以及人物姓名的准确性；而小说则不同，事件可以实有其事，也可能没有发生过，即使对事件过程的叙述与事实相符，也可以对时间及人物的姓名进行调整，可以“年月不合，姓字不同”。谢肇淛在此提醒人们，阅读小说要搁置对内容可信性的讨论，要将小说与传、记等正宗叙事性文体区别开来，不可执着于所叙事件的真实性。①

其次，明人将“奇”“幻”“怪”“异”作为传奇小说的本质特征。

过去，学界往往将“奇”“幻”与虚构的概念混为一谈。事实上，在明人那里，“奇”“异”“幻”等概念是不能与虚构等同的。明代的小说家及评论家很少使用“虚”这样一个概念，而大量使用“奇”“怪”“幻”等概念。② 这是因为，事件的虚实并不影响“托物以寓意”的效果，但是一篇小说，是否有华艳的文采、曲折的情节等，却会直接影响读者的接受情况。大体来说，“奇”就是不符合社会规范的事③，如男女不顾礼法，

① 这里需要指出的是，当代小说理论强调，小说的基本特质是虚构。与今人不同，明人在创作和阅读传奇小说时，只是不排斥虚构，但却并未把虚构作为小说的本质特征。明人在谈到传奇小说时，普遍的态度是搁置所述事件的真实性问题，不考察其必有，也不需探讨其必无。

② 虚实着眼于所叙事件的性质，而怪幻或严肃则着眼于文体的风格。明代小说家关注的是作品的怪幻风格，而不是事件的虚实问题。明代小说家即使用到“虚”这一概念，目的也是要营造奇幻的效果。如《剪灯新话·华亭逢故人记》中，以亡灵身份大谈乱世哲学的两位士子分别姓“全”“贾”，他们朋友的名字叫“石若虚”(实若虚)。《剪灯余话·青城舞剑录》中道士名“真本无”“文固虚”。小说家通过人物的姓氏强调其虚构性，其根本目的是营造超越生活逻辑的效果。

③ 《水浒传》被称为“英雄传奇”，其中的“奇”字也意在指向这群绿林好汉揭竿而起、反抗政权这种不守社会规范的行为。

追求自由的爱情；“怪”就是不符合生活逻辑的事，如鬼、神，或动物、植物化成人形等；“幻”就是超出了日常生活经验的事，如某件事情发生过程中包含的偶然性、非现实性超出了我们理解的范围。“奇”与严肃性相悖，而“怪”“幻”则与“不语怪力乱神”的儒家正统规则相悖。由此，为了与传、记的严肃性、规范性区别开来，明代传奇小说家有意将述奇征异作为自己创作的目标，瞿佑明确表示，自己“编辑古今怪奇之事，以为《剪灯录》，凡四十卷矣”。他们的创作也的确达到了这一效果。胡应麟谈到“三灯”等作品时，说“本朝《新》《余》等话……皆设幻”①；王英等人谈到《剪灯余话》时，说“所载皆幽冥人物灵异之事”，“皆湖海之奇事，今昔之异闻”，“搜寻古今神异之事”。大约是《剪灯余话》记载的故事远远超出了人们的想象，曾棨还反问道：“所言之事神异若此耶？”②

总体而言，明代小说作者在陈叙描述中羼入大量诗词韵文，在讲述爱情故事时融入道德训诫，在襞积近事、遗事时强化其神奇怪幻的色彩，这些叙述惯例大大拉开了小说与正宗的、严肃的叙事性文体传、记等的距离，凸显了传奇小说“托物以寓意”的特点，削弱了传奇小说的叙事性，强化了传奇小说区别于传、记的文体特征。

① （明）胡应麟：《少室山房笔丛》，上海书店出版社2001年版，第288页。
② 引文均见《剪灯新话（外二种）》。

论胡应麟的小说观念

小说一词用来指称特定类型的知识要素始于汉代，胡应麟(1551—1602)生活在千余年之后的明代。在这千余年间，人们的小说观念处于不断的演化、嬗变之中，同时，也生成了连续性和延续性。我们可以从三个层面入手考察胡应麟的小说观念，胡应麟如何处置《汉书·艺文志》确认的小说的统系归属，如何融会魏晋、隋唐时期人们对于小说的认知来区划小说的层级类型，如何在明代中后期特定的情势下厘定和更新小说的质性特征。

一

小说一词与某种特定类型的知识要素形成稳定的对应关系，始于汉代刘向、刘歆父子的《七略》。后，班固著《汉书·艺文志》，诸子略之下收录的十家中包含着小说一家。隋唐时期，七略分类法转型成为四部分类法，小说作为独立的二级类目，仍旧归属于子部之下。到了明代中后期，胡应麟依然赞同并坚持汉代以来小说在知识体系中的统序归属，他认定，“小说，子书流也”①。即，小说从属于诸子略/子部之下，是与儒家、农家、道家等并行的二级类目。

胡应麟还有意识地进一步巩固并强化小说在子部中的位置。从汉代

① （明）胡应麟：《少室山房笔丛》，上海书店出版社2001年版，第374页。

到明代，中国知识体系的内在结构发生了极大的变化，为此，胡应麟力图“更定九流”①，对《汉书·艺文志》诸子略之下收录的诸家进行改造。胡应麟并没有将小说剔除出“九流”，而是强化了小说与子部之间的从属关系，进一步固化了小说在子部中的层级定位。

小说家在《汉书·艺文志》中位居诸子之末，并被排除在“九流”之外。班固说：“诸子十家，其可观者九家而已。”②胡应麟梳理了小说入诸子但未能列入“九流”的情况，他谈道：“子之为类，略有十家。昔人所取凡九，而其一小说弗与焉。”③他认为，小说不入九流的做法与这种知识类型的实际发展状况不相吻合。胡应麟谈道，小说存在发展的总体态势是：

> 古今著述，小说家特盛；而古今书籍，小说家独传。④

胡应麟明确地将小说纳入九流之内。他重新划定的九流是：

> 一曰儒，二曰杂，三曰兵，四曰农，五曰术，六曰艺，七曰说，八曰道，九曰释。⑤

魏晋以后，诸子中的“名、墨、纵横业皆澌泯”⑥，阴阳家“事率浅猥”⑦。相较之下，小说这一概念笼括的知识要素、知识类型一直处于持续的更新、扩容之中，小说在子部中所占的分量越来越重，“小说日

① (明)胡应麟：《少室山房笔丛》，第345页。
② (汉)班固：《汉书》，中华书局1962年版，第1746页。
③ (明)胡应麟：《少室山房笔丛》，第374页。
④ (明)胡应麟：《少室山房笔丛》，第374页。
⑤ (明)胡应麟：《少室山房笔丛》，第345页。
⑥ (明)胡应麟：《少室山房笔丛》，第344页。
⑦ (明)胡应麟：《少室山房笔丛》，第345页。

繁”，“几半九流”，① 逐渐发展成为子部之下最重要的类目之一。胡应麟将名、墨诸家从九流中剔除出去，用说、道、释置换、替代了名、墨、阴阳三家。小说这一类目列入九流之内，排第七位，居于道家、释家之前，小说不再是诸子十家中的最末位。

明代中后期，中国的知识体系酝酿着重构和更新。重新确认小说的层级位序，衡估小说的价值与意义，是学者关注的重要问题。胡应麟延续《汉书·艺文志》对小说给予的原初定位，坚持把小说归置于子部。与此同时，也有学者试图将小说从子部中提取出来，与集部的诗、文等进行对接。如，王世贞“撰定前后诗、赋、文、说为《四部稿》”②，把小说与诗文等整合于一体。胡应麟谈到《弇州山人四部稿》及《续稿》时说“弇州之造为不易”，③ 这充分肯定了王世贞将说部与诗部、赋部、文部组合于一体的创造性。但是，胡应麟在《少室山房笔丛》中论及小说，确认小说的类别归属时，仍坚持承续《汉书·艺文志》以来官方史志目录的做法。在胡应麟看来，小说是而且一直是植根于子部的二级类目，这一类目始终与儒家、道家、农家等保持着并行、共生的关系。

胡应麟不仅延续了《汉书·艺文志》确认的小说的统序归属，而且认同《汉书·艺文志》给定的关于小说素材来源的本质规定性。自汉代开始，小说作为一个特定的概念，与“街谈巷语”一直保持着稳定的对应关系。据《汉书·艺文志》，小说家系“街谈巷语，道听途说者之所造”，是“闾里小知者之所及”④。胡应麟也认定，小说出自“闾阎耳目”⑤。

胡应麟从小说与“街谈巷语”的对应关系出发，对《汉书·艺文志》

---

① (明)胡应麟：《少室山房笔丛》，第29页。

② (清)钱大昕：《弇州山人年谱》，见陈文和编：《嘉定钱大昕全集·弇州山人年谱》，江苏古籍出版社1997年版，第625页。

③ (明)胡应麟：《报伯玉司马》，胡应麟《少室山房集》卷一百三十，《景印文渊阁四库全书》本，第973页。

④ (汉)班固：《汉书》，第1745页。

⑤ (明)胡应麟：《少室山房笔丛》，第535页。

诸子略小说家下罗列的书籍进行筛选和过滤。胡应麟谈道，《汉书·艺文志》收录的《虞初周说》《鬻子说》这两部书籍具有明显的“街谈巷语”的性质，可以归入小说的范畴之内。他谈到《虞初周说》说：

七略所称小说，惟此当与后世同。①

相较之下，《汉书·艺文志》著录的《鬻子》《伊尹说》《黄帝说》则不符合后世认定的“街谈巷语”的标准，不应该纳入小说的范畴之内。胡应麟指出：“今传《鬻子》，为小说而非道家”；②《伊尹说》《黄帝说》等“概举修身治国之术”③，或“动依圣哲”④，或“杂论治道”⑤。这些书籍中的内容不是来自“街谈巷语”，与“后世所谓小说”迥然相异⑥。

胡应麟反对将《伊尹说》等书籍置于小说的范畴之内，这表明，从汉代到明代后期，关于什么是“街谈巷语”这一问题，人们在认知上形成了巨大的断裂。但是，这种断裂不仅没有推翻小说系“街谈巷语”这一原初的命题，反而进一步强化了小说与“街谈巷语”之间的对应关系。这一原初特质在历时性的过程中不断重复，“街谈巷语”与小说之间的关联演化、生成了特定的规范性和规律性，用以区划小说特有的范畴。

在知识要素的数量、规模、类型不断扩充的过程中，小说把“街谈巷语”作为核心特征，聚拢、吸纳了诸多的知识要素。这些知识要素大体可分为两类：第一类是博物、志怪等类型的作品。胡应麟谈到魏晋南北朝大量涌现的博物体、志怪体作品说：

---

① （明）胡应麟：《少室山房笔丛》，第376页。
② （明）胡应麟：《少室山房笔丛》，第371页。
③ （明）胡应麟：《少室山房笔丛》，第371页。
④ （明）胡应麟：《少室山房笔丛》，第371页。
⑤ （明）胡应麟：《少室山房笔丛》，第371页。
⑥ （明）胡应麟：《少室山房笔丛》，第371页。

> 汉《艺文志》所谓小说，虽曰街谈巷语，实与后世博物、志怪等书迥别。①

胡应麟的本意，是申明汉代人们认定的小说范例与“后世博物、志怪”作品之间的区别。但是，在这一论断中，我们也可以看到，胡应麟是以“街谈巷语”为根本标准和基本尺度，来衡量、评定《汉书·艺文志》以后小说统序的建构范式。胡应麟认为，张华的《博物志》、干宝的《搜神记》等作品与《汉书·艺文志》著录的《虞初周说》等在体式、内容上有着根本的区别；但是，它们有着共同的质性特征，那就是，这些作品均来自“街谈巷语”。经由这样的质性特征，这些在历时性的过程中产出的知识要素虽然“迥别”，但仍然可以纳入小说的范畴之内，形成知识统一体。胡应麟还以“街谈巷语”为标尺确认、界定、区划隋唐及后世的小说作品。他谈道，《酉阳杂俎》等的特点就是收录“穷山、僻裔、委巷之谈”②。第二类是《大宋宣和遗事》《三国演义》《水浒传》等宋元以后新生的文本类型。胡应麟指出，宋元明时期的白话作品等也具有“街谈巷语”、市井俗说的性质：

> 世所传《宣和遗事》极鄙俚，然亦是胜国时闾阎俗说。③
>
> 今世传街谈巷语有所谓演义者……元人武林施某所编《水浒传》特为盛行……其门人罗某亦效之为《三国志演义》。④
>
> 秦琼用简，与尉迟斗鞭，乃委巷小说平话中事。⑤

小说与“街谈巷语”之间的关系在历时性的维度、在不同层级的文本类

① （明）胡应麟：《少室山房笔丛》，第371页。
② （明）胡应麟：《少室山房笔丛》，第473页。
③ （明）胡应麟：《少室山房笔丛》，第573页。
④ （明）胡应麟：《少室山房笔丛》，第571页。
⑤ （明）胡应麟：《少室山房笔丛》，第112页。

型中不断被重复。基于“街谈巷语”这一核心特质，魏晋南北朝的志怪、唐代的笔记和传奇，以及明代的白话小说被纳入共同的框架范畴之内，形成了特定的知识连续体和统一体。这个知识统一体的形成，也充分表明“街谈巷语”作为小说的核心特征，它的有效性在不断强化。

二

胡应麟理性地认同并接纳了小说这一概念从《汉书·艺文志》到“当下”的相容性、连贯性，这并不是要消弭古今之间的差异，也不是要固守汉代人对小说家的归类逻辑。事实上，胡应麟这样做的目的在于，以这种相容性为基本的、稳定的平台，进一步深入地思考小说这一概念及其指称的对象在时间的延续中形成的历时性以及历史性的差异。

小说作为知识体系下的二级类目，它并非抽象的概念。小说是而且首先是由无数的、实体形态的知识要素组构而成的聚合体。散为万殊的知识要素经由与“街谈巷语”之间的对应，聚拢在诸子略小说家之中。到了明代，这一类目下的知识要素不断积累并迅速衍生、扩容，小说作为一套特定的知识统序，产生了重构类例、区分层级的要求。胡应麟尊重小说实体衍生、变化的实际情势，他试图在小说统序迅速扩充的情况下，辨核小说的典型范例，厘清小说的源流升降，区分小说的层级类型，确认小说这一类目的深层结构和内在秩序。

胡应麟认定，《燕丹子》《世说新语》等是小说的典型范例，他用《燕丹子》等替换、覆盖了《汉书·艺文志》著录的《虞初周说》《鬻子说》《青史子》等文本。胡应麟的这种做法实是接续了《隋书·经籍志》《元史·艺文志》中小说类例的建构方式。

隋唐时期，小说这个概念指称的知识要素完成了整体性的更新和置换。《燕丹子》于“《汉志》所无”①，这部书的“著录始自隋《经籍

① （明）胡应麟：《少室山房笔丛》，第415页。

志》”①。《隋书·经籍志》将《燕丹子》等纳入小说的范畴，这重新构建了小说的基质。元人修《宋史·艺文志》，子部小说类下首列“《燕丹子》三卷”②。之后，胡应麟承续《隋书·经籍志》《宋史·艺文志》对《燕丹子》的归类方式。他论及《燕丹子》的基本情况时说，《燕丹子》系“汉末文士……掇拾前人遗轶”而成，“《汉志》有《荆轲论》五篇，《燕丹》必据此增损成书者”。③ 胡应麟在确认小说的典型范例时，用《燕丹子》代替了《汉书·艺文志》著录的《虞初周说》等诸家作品。从这里我们可以看到，成为小说的典型范例与具备小说的要素是相关但并不等同的两个问题。对于胡应麟等明代人来说，《虞初周说》只是具备了小说的某些要素，《燕丹子》等才是小说这一统序中的典范作品。

胡应麟将《燕丹子》归于小说类，是对《隋书·经籍志》《宋史·艺文志》中小说观念的再次确认。这种确认看似重复了前人提出的相关命题，但事实上，它们之间并不是完全等值的。《隋书·经籍志》《宋史·艺文志》都将《燕丹子》置于小说这一类目的起首之处，但这些史志书目只是罗列相关书籍。《燕丹子》《世说新语》等零散地置放在子部之内，各部书籍之间尚未建构起明晰的、紧密的、有序的逻辑关联。到了明代，胡应麟则清楚地标明了《燕丹子》在小说这一知识统序中所具有的源头性意义。胡应麟指出，小说的源头可以追溯到《燕丹子》：

> 《燕丹子》三卷，当是古今小说杂传之祖。④

胡应麟的判定彰显了《燕丹子》在小说这套知识架构下的位置，同时也申明了小说这一知识序列内在诸要素之间的连续性和延续性。胡应麟在确认《燕丹子》系小说源头的基础上，进而勾勒了这部作品与其他文本

① (清)姚振宗:《隋书经籍志考证》，开明书局铅印师石山房丛书本。

② (元)脱脱等:《宋史》，中华书局1977年版，第5219页。

③ (明)胡应麟:《少室山房笔丛》，第415页。

④ (明)胡应麟:《少室山房笔丛》，第415页。

共同构成的稳定的知识场域，厘定了小说的源流变迁情况。胡应麟说：

> 小说昉自《燕丹》，东方朔、郭宪浸盛，至洪迈《夷坚志》四百二十卷而极矣。①

《燕丹子》是小说生发的源头和基点，这一命题不仅在隋唐时期确立的知识框架中具有特定的有效性，即令在宋元时期小说的数量急速扩充，小说的文本形态多次衍化转型之后，《燕丹子》仍然是小说这一序列的起始与本源，并且与郭宪的《洞冥记》、洪迈的《夷坚志》等作品一道成为后世小说观念建构的基础和基石。

胡应麟认可《隋书·经籍志》《宋史·艺文志》建构小说统序的原则和理念，但并不亦步亦趋地固守前代确认的小说的典型范例。他从知识的留存、变动以及被重新发现、重新认定的实际情况出发，归置既有的知识要素，将原本归属于其他类目下的知识要素移植到小说这一界域范畴之内。

小说是一套具有历史性和历时性，处于持续的调整、变化之中的知识序列。这套知识类目的起始和渊源并不是固化的、恒定不变的。胡应麟提出，小说的源头还可以由《燕丹子》进而追溯至更为古远的《山海经》，后世的许多小说作品都是以《山海经》为基本的范型：

> 《山海经》，古今语怪之祖。②
>
> 《古岳渎经》……出唐小说，盖即六朝人踵《山海经》体而赝作者。③

《山海经》在《汉书·艺文志》中入数术略形法家，在《隋书·经籍志》中

① (明)胡应麟:《少室山房笔丛》，第28页。
② (明)胡应麟:《少室山房笔丛》，第412页。
③ (明)胡应麟:《少室山房笔丛》，第414~415页。

入史部地理类。刘知几著《史通》，将《山海经》与《搜神记》《世说新语》归拢于一体，称为“偏记小说”。之后，官私书目如《旧唐书·艺文志》《新唐书·艺文志》、晁公武的《郡斋读书志》以及明代高儒的《百川书志》、焦竑的《国史经籍志》等都承继《隋书·经籍志》的做法，将《山海经》置于史部地理类。胡应麟在爬梳中国知识体系的演化，清理小说的源流变迁时，并不否认《隋书·经籍志》对《山海经》的定位具有特定时代的合理性。胡应麟谈道，“地志昉自《山海》”①，“《山海经》……实周末都邑簿”②。同时，他也接续刘知几的小说观念，将《山海经》从史部地理类中提取出来，作为小说的源头与起点。胡应麟还认为，《穆天子传》也可以视为小说之滥觞。《穆天子传》记载周穆王巡游之事，“至晋始出”③。《隋书·经籍志》史部起居注类首列“《穆天子传》六卷”④。胡应麟认同“《穆天子》，起居注也”的看法⑤，他同时也认定，《穆天子传》中的内容具有小说的特质。他说：

>（《穆天子》）六卷载淑人盛姬葬哭事……三代前叙事之详，无若此者。然颇为小说滥觞矣。⑥

《隋书·经籍志》认定，《穆天子传》与《山海经》一样，归属于史部。胡应麟在建构小说的统序时，则将这些作品移植到子部的小说类之下。之后，《山海经》《穆天子传》是小说最初始的形态，这一命题逐渐成为人们的共识。

胡应麟不仅在历时性的维度中梳理了小说的源流变迁，还试图将这

① （明）胡应麟：《少室山房笔丛》，第28页。
② （明）胡应麟：《少室山房笔丛》，第169页。
③ （明）胡应麟：《少室山房笔丛》，第412页。
④ （唐）魏征等：《隋书》，中华书局1973年版，第964页。
⑤ （明）胡应麟：《少室山房笔丛》，第169页。
⑥ （明）胡应麟：《少室山房笔丛》，第456页。

些小说范型、小说观念并置、整合在共时性的框架之内，将小说这套统序建构成为有着内在秩序规则、特定结构原则的知识统一体。

小说这一类目下的知识要素在产出的时间上有先后之分，它们之间形成了历时态的接续关系。当这些文本归拢于小说这个概念范畴之内以后，它们之间又形成了共存、并置的态势，生成了共时性，建构起重叠交错、相互映照的共生关系。在中国小说史上，胡应麟首次对大量的小说文本进行明晰的分类，在共时态的构架下细化小说这一知识序列的内在层级结构。他说：

> 小说家一类，又自分数种。①

胡应麟对子部小说这个二级类目再次进行层级区划，进而建构起第三个层级。他把小说区分、细化为志怪、传奇、杂录、丛谈、辨订、箴规六种类型。胡应麟融会唐宋元以来的观念，对小说文本进行再分类，这实际上是将原生性的、历时性的知识要素安置于衍生性的、共时性的体系框架之内，重新发现、建构小说这一知识类目的内在结构。如，胡应麟拎出志怪一类，将《搜神记》等归于其中，这是对《新唐书·艺文志》的延续与延伸。魏晋南北朝时期，《搜神记》等作品涌现出来，但它们还是零散的知识要素。《隋书·经籍志》《旧唐书·经籍志》将《搜神记》等归于史部杂传类。到了宋代，《新唐书·艺文志》将这个知识模块整体移植到子部小说类。再如，传奇这种类型的确认。唐宋两代，《莺莺传》《霍小玉传》等单篇的作品尚未正式进入主流知识统序建构之中，它们也没有与小说形成直接的关联关系。到了明代，高儒的《百川书志》收录《霍小玉传》，将之归入史部传记类。胡应麟则从知识要素的实存情况、发展状况入手，果断地将之归于小说家下，并确认了《莺莺传》《霍小玉传》等文本与“传奇”这个概念之间的对应关系。又如，胡应麟

① (明)胡应麟：《少室山房笔丛》，第374页。

晋、梁隐怪之谭，好事之所掇拾。①

《广记》……灵怪充斥简编。②

志怪之书甚夥，至番阳《夷坚志》出，则尽超之。③

胡应麟在辑录小说作品时，也把“怪”“怪诞”作为基本的标尺。他“尝戏辑诸小说，为《百家异苑》”④。胡应麟还打算搜集由宋至明“凡小说涉怪者……续成《广记》之书”⑤。胡应麟以“怪”为标准，编定有小说集《甲乙剩言》，辑录有《百家异苑》《虞初统集》等。考虑到明代后期人们常以“奇”为标准衡定文言小说以及白话小说，胡应麟把“怪”“诡怪”作为小说的核心属性，并不是偶然的现象。

要理解和把握胡应麟等明代学者确认小说“怪”“奇”“诡怪”等属性的内在逻辑脉络，我们必须要明确的问题主要有三个。

其一，小说是在历时性的过程中生成的知识类目，它的性质特征并不是唯一的，而是具有多样性的特点。

小说不同的质性之间可能会形成断裂。胡应麟等明代学者认定小说的特质是“怪”“奇”“诡怪”，这与《汉书·艺文志》建构的小说观念之间存在着巨大的差异。这种差异形成的动因主要有两层：第一层动因在于，从汉代到明代的千余年间，小说作为知识实体，它的数量、规模持续增长，类型不断演化，人们观察知识要素质性特征的视阈不断推移。《汉书·艺文志》是官方史志，班固等主要从素材来源、功能效用等层面上着眼，认定这些知识要素源自“街谈巷语”。到了明代，胡应麟是

① （明）胡应麟：《少室山房笔丛》，第 54 页。

② （明）胡应麟：《读夷坚志五则》，见《少室山房集》，《景印文渊阁四库全书》第 1290 册，台湾“商务印书馆”1983 年版，第 899 页。

③ （明）胡应麟：《少室山房笔丛》，第 378 页。

④ （明）胡应麟：《少室山房笔丛》，第 476 页。

⑤ （明）胡应麟：《少室山房笔丛》，第 476 页。

从阅读者、传播者的视角来观察小说。他谈道，小说的情况是“好者弥多，传者弥众；传者日众，则作者日繁”①。小说的这些“好者”“传者”显然并不关心知识要素的素材来源，而是着眼于文本内容的趣味性、题材的丰富性。胡应麟指出，小说“怪”“怪诞”的特质与这类文本的传播、流行之间形成了直接的因果关联。他说，一些小说文本由于“颇诡异，故后世或喜道之”②。他还进一步将这种因果关联普泛化。胡应麟谈道，自魏晋以后，“小说家独传。何以故哉？怪力乱神，俗流喜道”③。这样，在确认小说的属性时，胡应麟的立场与《汉书·艺文志》《隋书·经籍志》形成了根本的区别，《汉书·艺文志》等是从主流知识体系架构的视角出发，而胡应麟等明代人则是从“俗流”，即读者的日常阅读趣味出发思考小说的特质。胡应麟对小说质性特征的判定与《汉书·艺文志》等呈现的小说观念之间形成了差异，第二层动因在于，他们各自将小说置于不同的关系系统之中。在《汉书·艺文志》中，小说是而且只是被置于诸子略的构架下。在诸子中儒、道等家的参照下，小说呈现的特点是，来自“街谈巷语”，以传“小道”④。隋唐时期，四部分类法定型，史部成为知识统序中一个重要的部类。到了明代，胡应麟等人在论及小说时，往往将这一类目与史部的正史、杂史等相互参较。在子部小说与史部正史、杂史建构而成的全新的关系系统中，小说在内容、题材等层面上的特点得到凸显，小说呈现出“怪”“奇”“怪诞”的特质。

其二，胡应麟等人确认小说的特质是“怪”“奇”“怪诞”，这一命题具有衍生性的特点，同时，也生成了规范性，用以重新划定小说实体所在的界域。

小说的属性并不具有先验性。胡应麟等人确认的小说“怪”“奇”“怪诞”的质性特征不是臆造的，而是在赓续“街谈巷语”这一属性的

① （明）胡应麟：《少室山房笔丛》，第374页。
② （明）胡应麟：《少室山房笔丛》，第415页。
③ （明）胡应麟：《少室山房笔丛》，第374页。
④ （汉）班固：《汉书》，第1745页。

基础上延伸、生长出来的次生属性，是唐代以来小说观念合逻辑的演化和嬗变。小说“怪”“怪诞”这一新的质性浮现之后，成为这类知识要素的显性特征，在一定程度上遮蔽了它自身既有的特征，或者使既有的特性转化为隐性的存在。但是，从根本上看，小说“怪”“奇”“怪诞”这种新生的质性与旧有的质性特征“街谈巷语”之间是共存的、兼容的，新的特质并不会完全覆盖、替代，更没有驱逐、剔除既有的质性特征。

小说的属性是作为概念的小说与作为实体的知识要素在建构映射关系的过程中呈现的。据《隋书·经籍志》，“小说者，街说巷语之说也”①，史部的杂史、杂传等也系“委巷之说”②。从素材来源的质性特征上看，小说这一类目与史部的杂史、杂传具有一致性。它们之间形成了毗邻关系，甚至进而建构了紧密的亲缘关系。《隋书·经籍志》还谈道，杂史、杂传在内容、题材上呈现的特性是“体制不经”③，“杂以虚诞怪妄之说”④。随后，“不经”“虚诞”这样的评价指标也逐渐移植到小说这一类目之中。《隋书·经籍志》子部小说类下收录“《小说》十卷，梁武帝敕安右长史殷芸撰”⑤，殷芸的《小说》收录的大多是“不经”之事。刘知几说：“刘敬叔《异苑》称晋武库失火，汉高祖斩蛇剑穿屋而飞。其言不经，故梁武帝令殷芸编诸《小说》。”⑥胡应麟承续刘知几对《小说》等文本的性质的认定，他不否认小说“街谈巷语”的特点，同时，他更多地以“不经”“不根”“不可尽信”等为基本标尺考察小说这一类目。如，胡应麟谈道：

① (唐)魏征等:《隋书》，第1012页。

② (唐)魏征等:《隋书》，第962页。

③ (唐)魏征等:《隋书》，第962页。

④ (唐)魏征等:《隋书》，第982页。

⑤ (唐)魏征等:《隋书》，第1011页。

⑥ (唐)刘知几撰、(清)浦起龙释:《史通通释》，上海古籍出版社1978年版，第480页。

(《琐语》)诡诞不根。①

唐人小说，如《柳毅传》书洞庭事，极鄙诞不根。②

《小说》《琐语》以及唐代的小说文本在内容上“不根”“鄙诞”，超出了日常生活的逻辑，呈现出“怪”“奇”等特点。到了胡应麟生活的时代，“不经”“诡诞”这种从“街谈巷语”演化而来的衍生属性、次生属性，逐渐成为小说这类知识要素的主导属性。

“怪”“不经”这一次生属性在历时性的过程中被反复确认之后，还进而生成了特定的规范性，成为某些知识实体集拢于一体的根本的内聚力，将原本从属于其他类目的文本吸纳进入小说这一范畴之内。

小说作为一套知识类目，它涵括的知识要素并不具备必然的同质性，也不是天然的同一体。从《山海经》到魏晋时期的志怪、唐代的传奇，再到宋明两朝的《夷坚志》《剪灯新话》等，这些知识要素形态多样、内容各异、体例不一，它们之间的同一性和统一性是逐渐被建构、被发现、被确认的。在明代，“怪”“怪诞”这种属性特征就是小说这一概念吸纳无数的知识实体进入自身范畴，将无数的知识要素封装于一体的重要内驱力。胡应麟确认《山海经》为小说的源头，认定志怪、传奇是小说这一构架下特定的知识类型，正是基于这些文本“怪诞”的美学风貌，以及小说这一概念与“怪”“奇”“怪诞”之间稳定的对应关系。自《山海经》问世起，就有人谈到它所具有的“怪”“奇”的特点。司马迁说，《山海经》主要“言怪物”③。晋代，郭璞说，《山海经》“闳诞迂夸，多奇怪俶傥之言”④。宋代，薛季宣谈道，《山海经》多“神怪荒唐之说”⑤。魏

① (明)胡应麟:《少室山房笔丛》，第474页。

② (明)胡应麟:《少室山房笔丛》，第485页。

③ (汉)司马迁:《史记》，中华书局1959年版，第3179页。

④ (晋)郭璞:《山海经序》，见丁锡根编著:《中国历代小说序跋集》，人民文学出版社1996年版，第5页。

⑤ (宋)薛季宣:《叙山海经》，见《浪语集》，《景印文渊阁四库全书》第1159册，第475页。

晋南北朝时期，很多书籍直接命名为“志怪”，如祖台之的《志怪》、曹毗的《志怪》、孔约的《孔氏志怪》等。唐宋以后，“怪”“异”这种内容层面上展现出的特征逐渐与小说这一概念建构起关联关系。到了明代，胡应麟等人结合前代相关的评论以及阅读体验，正式确认了小说这一概念与“怪”“奇”“怪诞”等质性特征之间稳定的关联。他认定，《山海经》是“语怪之祖”，志怪、传奇是小说这一类目之下的重要文本类型。这样，“怪”“奇”“怪诞”等原本是在知识要素聚合的过程中逐渐衍生而成的属性，反过来又对知识实体的聚合产生了能动作用。在明代，小说“怪”“奇”“怪诞”的属性不仅可以保持既有知识实体作为一个系统所具有的通用性，而且能够有效地吸摄相关的知识要素，推动小说最终完成名、例、类的并置和封装。

其三，小说的“怪”“异”内容属性，与它曾经显露出的“街谈巷语”的功能属性一样，既处于持续增值的状态之中，又处于不断隐慝的过程之中。胡应麟等人在判定小说的特质时，从“怪”“诞”“不根”出发提出全新的判断和命题，进而确认了小说的“幻”“玄虚”等质性特征。

小说这一概念指称的具体的类例处于持续的变动之中，这些类例的质性特征也呈现出动态性的特点。我们永远无法穷尽、无法确指小说这套知识类目全部的质性特征。在明代，“怪”“怪诞”是小说显性的性质特征。但是，它并没有就此成为小说这一类目恒定的、唯一的质态。小说的边界在以“怪”“怪诞”为标准被划定、被确认的同时，也蕴藏着突破这种界限、属性的可能性。胡应麟谈道，小说在内容上“诡诞错陈”，因此，“其言淫诡而失实”①。汉代，“郭宪、王嘉，全构虚词，亡征实学”②；之后，“变异之谈盛于六朝”，“传录舛讹”③；唐代，小说文本

① （明）胡应麟：《少室山房笔丛》，第346页。

② （明）胡应麟：《少室山房笔丛》，第502页。

③ （明）胡应麟：《少室山房笔丛》，第486页。

“尽幻设语”，“作意好奇”①；明代，“《新》《余》等话……皆幻设”②。他还说：“余谷居孔暇，稍稍据《广记》校定之……其为说至诡诞不可尽信。”③

使用“失实”或者“虚”“幻”等词语标识某些文本的特点，这种做法并不始于胡应麟。自唐代起，刘知几就谈道，“郭子横之《洞冥记》、王子年之《拾遗》全构虚辞”④。但是，胡应麟与刘知几的立场不同。刘知几是以史部正史类诸要素为参照，论及《洞冥记》等文本“构虚辞”的特点，“构虚辞”只是《洞冥记》等个别文本呈现的特点，尚未定型成为小说这类知识要素整体的质性特征。到了明代，胡应麟立足于小说自身的界域之内，以小说的“奇”“奇诞”为基本依据，推导出从《山海经》到魏晋南北朝的志怪，再到唐传奇，最终到明代的《剪灯新话》这套知识序列的同一性，那就是，它们都具有“虚”“幻”的特质。胡应麟还将“虚”与“实”整合成为异质同构的概念系统，作为判定小说质性的标准。这样，在胡应麟谈到小说的质性特征时，“街谈巷语”与“怪”“奇”“诡诞”，再与“虚”“幻”等，就以小说这套知识实体为中心，形成了一个垂直的，也是衍生的、从属的关系序列。

从胡应麟有关小说的论述中，我们可以看到，小说的属性处于不断演化、变迁之中，旧有的属性不断沉积，新生的属性渐渐凸显。小说这一概念笼括的要素并没有超越旧有的属性设定的范围，但是，在新生的属性定型后，旧有的属性就不再作为规范小说这一序列的显性标尺，而是转化成为隐性的规则。从某种意义上，到了20世纪初，在四部分类法向近现代学术体系转型的过程中，人们认定小说作为一种特定的文体具有“虚构”的性质，其实质是胡应麟等明代学者认定的小说“怪”“诞”“奇”等属性的隐性化，“虚”“幻”等质性特征的显性化。

---

① （明）胡应麟：《少室山房笔丛》，第486页。

② （明）胡应麟：《少室山房笔丛》，第486页。

③ （明）胡应麟：《增校酉阳杂俎序》，见《少室山房集》，第732页。

④ （唐）刘知几撰、（清）浦起龙释：《史通通释》，第275页。

结　语

小说的实质是，小说这个“名”、无数的知识要素这套“例”，以及“例”构成的“类”的属性之间建构起的对应关系。在中国知识体系建构的过程中，稳定不变的不是小说的层级归属，不是知识要素的数量、形态，也不是这些知识要素呈现的质性特征，而是小说的名、例、类之间的对应关系。胡应麟尊重小说名、例、类之间历时性的、动态的关联关系，立足于明代中后期这一特定的时间点，确认小说的层级定位，将无数的知识要素结构化、秩序化、抽象化，把散为万殊的知识实体浑凝成为一个稳定且具有开放性的整体。通过剖析胡应麟的小说观念，我们可以看到，小说作为诸子略/子部之下的二级类目，在中国古代知识体系的架构下不断延伸、生长，小说的统序归属、结构类型以及属性特征等形成了特定的、本土化的建构方式和发展逻辑。

《四库全书》中的小说观念论略

《四库全书》是乾隆年间官方纂修的大型丛书。其中，子部小说类著录书籍123部1359卷，小说类存目著录书籍196部1027卷。四库馆臣以汉唐时期的小说观念为原点，参会宋元明以来小说统序建构的内在逻辑，把多元化的、历时性的小说观念整合、封装于一体，确认了“小说稗官未尝不记言、记事”的特点①。《四库全书》认定，小说这类知识要素的构型方式是纪事、纪言，小说所纪之事、所录之言可以分为杂事、异闻、琐语三种类型，小说所叙之事的质态是琐杂、奇幻、虚诞。

一

汉唐时期确认的小说类例是《四库全书》建构小说统序的原点。《汉书·艺文志》诸子略之下载列“小说十五家，千三百八十篇”②。《四库全书》子部小说类及存目共收书籍319部，其中没有与《汉书·艺文志》诸子略小说家重合的。《四库全书》中的小说类例与《汉书·艺文志》之间有着巨大的断裂，形成了非连续性。但是，当我们深入到《四库全书》及其总目提要的内在逻辑建构之中，可以看到，四库馆臣以《汉书·艺文志》中的小说观念为原点，重新构画了中国小说早期的发展演

① （清）纪昀等：《四库全书总目提要》，河北人民出版社2000年版，第1009页。

② （汉）班固：《汉书》，中华书局1962年版，第1744页。

变以及基本的构型方式。

《汉书·艺文志》子部小说家下罗列了“十五家”书目，这些作品全部亡佚。四库馆臣采取了无书则立论的方式，在子部小说类的叙录中对这“十五家”进行取舍，留存了《青史子》《虞初周说》等。这种取舍并不是随机的，而是有着明确的目的性。《四库全书》把《青史子》《虞初周说》视为中国小说的起始和原点，重新设定了小说的构型形态：《汉书·艺文志》认定，小说的特质是传“小道”；《四库全书》在这一原初质性特征的基础上，转而有意识地凸显小说纪言、纪事等衍生性的特点。

在《汉书·艺文》中，小说是诸子略之下的二级类目。诸子的原初功能是明理传道。小说家与儒、道等家“各引一端……取合诸侯……可以通万方之略”不同①，它们系“街谈巷语、道听途说者之所造”②，传扬的是“小道”。知识类型的质态、功能并不是恒定的，更不是唯一的，而是动态的、多元的，被不断发现、不断建构的。魏晋南北朝之时，中国的知识体系经历了从七略向四部的转型，子部被置于全新的知识体系架构之下。这一部类在葆有传道功能的同时，进而衍生出纪事、纪言的特点。人们认定，“博明万事为子”③。具体到小说这一特定的知识次系统，它的特质就演变为纪“街谈巷语”之言，载“道听途说”之事，以传“小道”。到了唐代，小说明理的功能日渐散失，这一类目纪细言、载琐事的构型方式却保留了下来，并发展成为显性的特质。四库馆臣在处理《汉书·艺文》载录的小说类例时，并不是依循汉代的设定，而是参照魏晋、隋唐以来的小说观念，有意强化了小说纪言、纪事的构型方式。《四库全书》详细地论及《青史子》《虞初周说》与小说之间的关联。《青史子》系“古史官记事也”④，它的特点是“曲缀以街谈”⑤。《虞初周

① (汉)班固：《汉书》，第1745页。

② (汉)班固：《汉书》，第1745页。

③ (南朝梁)刘勰著、詹锳义证：《文心雕龙义证》，上海古籍出版社1989年版，第656页。

④ (汉)班固：《汉书》，第1744页。

⑤ (南朝梁)刘勰著、詹锳义证：《文心雕龙义证》，第627页。

说》“其说以《周书》为本”①，是纪言之作。这样，在《四库全书》小说类叙录中，《青史子》《虞初周说》作为一个整体，形成了全新的意义结构。这个新的系统既承续了《汉书·艺文志》确认的小说类例，展现了中国小说早期萌生、发展的情况，又遮蔽了子部小说家明理的功能，勾勒并凸显出小说纪言、纪事的构型形态。

四库馆臣在统理唐前的小说类例时，对《隋志》著录的小说家也进行了改造和重构，有意识地强化了小说纪事的特点。小说纪言的功能被弱化，并趋于隐没。

《隋书·经籍志》认定，小说是“街说巷语之说”②。如，《琐语》《笑林》《笑苑》《解颐》等就是“辞浅会俗”的谐谈俳说③。自魏晋一直到清代，《笑林》《解颐》等纪言类文本持续增多。但是，这一类型的知识要素在数量上的累积与其在知识体系中的位序并不是正向的对应关联。宋代以后，《笑林》等类型的文本不再是小说的核心构成。特别是到了清代，《笑林》《解颐》等在内容上过于琐碎、浅俗，它们逐渐从知识体系的建制中清退、撤离出去。四库馆臣尊重小说这套知识统序在时间流程中发展、演化的实际情况，他们从小说这一知识统序历时性的演化、嬗变入手，客观地呈现了纪言类作品逐渐由小说的主流向边缘移转的事实。《四库全书》将《隋志》载录的《笑林》《解颐》等纯粹纪言类的书籍剥离、清除出去，纪言与纪事类不再构成平行、并生的关系。

四库馆臣用《西京杂记》《汉武故事》等纪事之作替换、遮覆了《隋书·经籍志》著录的纪言之作，仅仅保留了《隋书·经籍志》著录的《燕丹子》和《世说新语》等纪事或兼具纪事、纪言的作品。小说这一概念指称的对象在构型形态上完成了偏转，小说由兼具纪言、纪事转而变为以纪事为主要的形态。《西京杂记》《汉武故事》《燕丹子》等的核心特点是

① （南朝梁）萧统：《六臣注文选》，中华书局1987年版，第55页。

② （唐）魏征等：《隋书》，中华书局1973年版，第1012页。

③ （南朝梁）刘勰著、詹锳义证：《文心雕龙义证》，第529页。

叙事。如，《燕丹子》系“割裂诸书燕丹、荆轲事杂缀而成”①。《四库全书》留存了《隋书·经籍志》载录的《世说新语》，这部“采撷汉晋以来佳事、佳话”②，“轶事琐语”③，兼具纪言、纪事的双重特性。《世说新语》问世后，在千余年传播的过程中，涌现了大量仿《世说》的文本。如，《续世说》“惟取李延寿南北二史所载碎事，依《世说》门目编之”④。这些文本有着共同的构型方式——纪事，小说这一类目与纪事之间的关系得以固化。

《四库全书》在统理唐前的小说类例时，把汉唐时期确认的小说观念作为初始的原点和基本的内核，重新厘定小说这一知识统序的质态。《四库全书》确认的小说类例与《汉书·艺文志》《隋书·经籍志》申明的小说范本形成了同体异构的关系。小说这个概念指称的知识实体完成了替换和更新，它的质态也经历了转换和变异，小说由纪言、纪事以明理传道，转而变为将纪事作为基本的、核心的构型方式。

二

四库馆臣从小说与事、与言的对应关系出发，将小说指称的知识要素区划为“三派。其一叙述杂事，其一记录异闻，其一缀辑琐语”⑤。《四库全书》通过划定小说的类型、排列这些类型的位序，阐明了小说这个类目与纪事这种构型方式之间的映射关系。

小说文本可以区分为哪些类型，这些类型的位序如何排列，并不是天然生成、必定如此的，而是在时间与实践的维度中，随着知识要素的不断累积、知识体系的持续演化，逐步建构的结果。《四库全书》从类

① （清）纪昀等：《四库全书总目提要》，第3653页。
② （宋）高似孙：《纬略》，中华书局1985年版，第133页。
③ （清）纪昀等：《四库全书总目提要》，第3562页。
④ （清）纪昀等：《四库全书总目提要》，第3766页。
⑤ （清）纪昀等：《四库全书总目提要》，第3760页。

型上统理小说文本，这在中国小说史上并不是唯一的，也不是首创。明代，胡应麟曾将小说划分为志怪、传奇、杂录、丛谈、辨订、箴规六类。从文本的构型方式上看，志怪、传奇、杂录系纪事，丛谈、辨订、箴规系纪言。这说明，一直到明代后期，人们依然认定，纪言与纪事是小说这个界域内平行的，也是平衡的组成部分。到了《四库全书》，纪言和纪事则不再构成平衡的、对等的关系。《四库全书》的三分法“校以胡应麟之所分，实止两类。前一即杂录，后二即志怪”①。《四库全书》中的杂事大致相当于胡应麟所说的杂录；《四库全书》(不含存目)中的异闻、琐语可以合并成一类，大体等同于胡应麟所说的志怪。这样，《四库全书》子部小说类(不含存目)只收录纪事类的杂事/杂录、异闻/志怪，而不收丛谈、箴规等纪言类的作品。

四库馆臣还对胡应麟摆列的小说类型的位序进行了调整。在胡应麟的排序中，志怪是小说这一知识统序中的首要类型，传奇次之，杂录位居第三。四库馆臣则将杂事/杂录视为主流的小说类型。从位序上看，在《四库全书》中，杂事/杂录置于首位，异闻/志怪居于次位。从数量上看，《四库全书》收录杂事类的书籍最多。《四库全书》(不含存目)共收录小说123部，其中“杂事之属，八十六部”②，占69.92%；“异闻之属，三十二部”③，占26.02%；“琐语之属，五部”④，占4.06%；“传奇不著录”⑤。《四库全书》有意凸显了杂事/杂录的重要性，这强化了小说与纪事之间的对应关系。四库馆臣反复强调，杂事/杂录载录的是“佚事”“遗事”“故事”“旧事”。相比之下，异闻/志怪的核心特征并不是纪事，而是纪言。它绝不可能是纪所见之事，而只是录所“闻”之“语”⑥。《四

① 鲁迅：《中国小说史略》，人民文学出版社1981年版，第9页。

② (清)纪昀等：《四库全书总目提要》，第3622页。

③ (清)纪昀等：《四库全书总目提要》，第3544页。

④ (清)纪昀等：《四库全书总目提要》，第3652页。

⑤ 鲁迅：《中国小说史略》，第9页。

⑥ 近现代以来，学界认定，志怪的特点是叙事。叙事与纪事这两个概念密切相关但并不是完全等同的，不能任意置换。我们不能否认志怪具有叙事的性质，但是，从文本的构型方式来看，异闻/志怪是纪言，而不是纪事。

库全书》子部小说家没有收录传奇，这也恰恰是强化而不是弱化了小说纪事的特质。《莺莺传》等唐传奇的文体特征是，“传、记的辞章化”，“辞章的宗旨……是抒发个体的感情、感受和意绪”①。传奇与杂事/杂录相参较，它并不是纪事的正宗，而是纪事类的别体，或者是变体。《四库全书》把杂事/杂录而不是志怪或传奇作为小说的主流类型，这正强化了小说纪事的类属特征。

四库馆臣将杂事/杂录视为小说的首要类型，这并不是事先设定了小说与纪事的对应关系之后，生硬地、强制性地排序，而是从历史的、实践的双重维度出发进行的安置。

四库馆臣在统理杂事这一类型时，他们面对的是在文本产出过程中生成、定型的稳固的知识单元和特定的知识模块。“杂事之属”收录了张鷟的《朝野佥载》、李肇的《唐国史补》等，这些文本是唐人认定的小说范式。它们在唐代甫一产出，就被有意识地组构成为知识模块，并与小说这个概念建构起对应关系。如，《大唐传载》的作者谈到自己的创作说：

> 传其所闻而载之，故曰《传载》。虽小说，或有可观。②

李肇也有意识地将自己写作的《国史补》以及刘餗的《传记》(即《隋唐嘉话》)归入小说的范畴之中。他说：

> 昔刘餗集小说，涉南北朝至开元，著为《传记》。予自开元至长庆，撰《国史补》……续《传记》而有不为。③

---

① 陈文新、王炜：《传、记辞章化：从中国叙事传统看唐人传奇的文体特征》，《武汉大学学报》2005年第2期。

② 佚名：《大唐传载序》，见《大唐传载》，中华书局1991年版，第1页。

③ (唐)李肇：《唐国史补序》，见(唐)李肇、(唐)赵璘：《唐国史补　因话录》，上海古籍出版社1957年版，第3页。

在唐代，《大唐传载》《国史补》等知识要素一经产生，就构成了稳定的知识统一体。这些文本被生产出来与它们被模块化，并进而纳入小说的范畴之内，是完全同步的。四库馆臣认同唐人确认的这个知识模块，并将之定名为“杂事之属”，归于小说这套知识统序之下。他们还认定，“杂事之属”是小说主流的，也是核心的类型。

知识模块的成型各有其特定的过程性、规律性，不同的知识模块与小说这个概念关联关系的建构过程也各有其特点。《搜神记》等作品的产出，以及这些知识要素与小说这一概念之间关联关系的建构就不是同步的，而是经历了历时性的调整和迁移。

魏晋南北朝时期，《搜神记》《异苑》等文本大量涌现出来。这些知识要素在数量上达到了一定的规模，但它们是零散的，尚未整合于一体。到了唐代，《隋书·经籍志》将干宝的《搜神记》、刘义庆的《宣验记》等关涉鬼怪奇物的文本封装于一体，正式确认了这些文本之间的统一性和同一性，建构了特定的知识模块。但是，《隋书·经籍志》把这个知识模块拼接在史部杂传类之中，而不是置于子部小说类之下。直到宋人修撰《新唐书·艺文志》，《搜神记》《甄异传》《述异记》等作为特定的知识模块，才从史部中拆解出来，完成了整体移植，归并到子部小说类，与小说这个概念之间建构起关联关系。明代，胡应麟将这些作品归于“志怪”这一概念之下，并将之视为小说这个知识类目之下的首要类型。到了清代，四库馆臣在统理小说类的书目时，整合了唐宋元明时期不同的小说观念：一方面，他们依循唐人的小说观念，坚持认定杂事/杂录才是主流的、首要的小说形态；另一方面，延续了宋元明以来的观念，把志怪/异闻纳入小说这一知识统序中，将之列为杂事之后次要的小说类型。

四库馆臣还从志怪在各个时代的生产情况出发确定收入作品的数量。从小说生产史来看，异闻/志怪类增长的幅度和规模远远地低于杂事/杂录类的作品，异闻/志怪由特定的、自足的文本类型逐渐演化成为小说基本的构型要素。志怪这种文本类型在唐前完成了定型的过程，并达到繁盛。唐代的作家在魏晋时期志怪的基础上“施之藻绘，扩其波澜”①。《古镜记》《玄怪录》等与魏晋时期志怪“传鬼神明因果而外无他意者，甚异其趣”②。它们最终衍化成为全新的文本类型——传奇。到了宋元时期，异闻/志怪虽然没有消失，但却逐渐丧失了作为特定文本类型的独立性。明清两代，“奇”“异”“怪”进一步发展成为小说，包括文言小说以及白话小说共有的、基本的审美品格。异闻/志怪由某种知识类型、某一特定的题材转化成为小说的构型成分。《四库全书》(不含存目)依据志怪这一类型的生产史，共收录志怪 32 部，其中，唐前的作品最多，有 13 部，占 40.63%；唐代的作品次多，有 10 部，占 31.25%；宋代的作品 8 部，占 25%；没有明代的文本；清代仅收吴任臣的《山海经广注》。

传奇类作品在历时性维度上的产出、传播也自有其特点。《莺莺传》等传奇类作品与小说这一范畴之间关联关系的形成，也有它不同于杂事类、志怪类的特定轨迹。《古镜记》《玄怪集》等“源盖出于志怪”③，这种类型的作品在唐代大量涌现。但是，在唐人的观念中，如《大唐传载》《国史补》等文本类型才是典型的小说范例。相较之下，《莺莺传》等在唐代创生之际，并没有与小说这个概念建构起任何形态的关联关系。“传奇”一词在唐代也只是某一部书籍的命名方式，它并没有成为指称某种特定知识类型的专有名词。到了宋代，《新唐书·艺文志》将《传奇》《补江总白猿传》等纳入子部小说家的范畴之内。陈振孙的《直斋书录解题》也在子部小说家下收录了“《补江总白猿传》一卷”④，以及“《传奇》六卷”⑤。这些作品被归拢到小说的范畴之内，但是，它们只是这套知识统序下零散的、各自独立的、互不相干的知识要素。元明时

① 鲁迅：《中国小说史略》，第 70 页。
② 鲁迅：《中国小说史略》，第 70 页。
③ 鲁迅：《中国小说史略》，第 70 页。
④ (宋)陈振孙：《直斋书录解题》，上海古籍出版社 1987 年版，第 317 页。
⑤ (宋)陈振孙：《直斋书录解题》，第 322 页。

期,《莺莺传》等传奇作品能够完成经典化的过程,主要的、直接的动力来源是"元明人多本其事作杂剧或传奇"①。唐传奇的情节由小说迁徙、移植到戏曲这种文本类型之中,随着戏剧的出演和传播,《莺莺传》等的影响日渐强化。这些知识要素完成了融会、整合的过程。胡应麟将《莺莺传》等作品归为一类,拼合、组装成为知识统一体,称为"传奇",并将之作为重要的小说类型。到了清代,四库馆臣不否认传奇作为小说范型的存在。纪昀等修撰《四库全书》时,多次使用"传奇"这一概念,并明确地标明了传奇与小说之间的关联关系。如:

> 观小说传奇,而谓圣人必不作史也。②
>
> (《西征记》)颇近传奇小说之流。③

另外,纪昀也曾说,"塞外无鬻书之肆,间有传奇小说,皆西商杂他货偶贩至"④。但是,《四库全书》的目的是,通过统理书籍厘定知识类型的源流。书籍是《四库全书》建构知识体系的基本单位。唐传奇的典范作品《莺莺传》等主要是单篇作品,四库馆臣无法将这些单篇文本作为基本的构型要素直接纳入知识体系的层级建构之中。另外,一些与传奇相关的书籍,如《集异记》等在题材内容上与异闻/志怪有着极高的相似度,甚至是重合度。因此,《四库全书》在厘定书籍的统序时,将《集异记》《前定录》《宣室志》等置于异闻类。基于传奇这种文本类型的产出、传播情况,四库馆臣在统理子部小说家下的第三级类目时,不列传奇类。

---

① 鲁迅:《中国小说史略》,第70页。

② (清)纪昀等:《四库全书总目提要》,第284页。

③ (清)纪昀等:《四库全书总目提要》,第1739页。

④ (清)纪昀:《乌鲁木齐杂诗》,见《纪文达公遗集》,嘉庆十七年(1812)纪树馨刻本。

通过《四库全书》对小说类型的划分以及位序的排列，我们可以看到，小说的发展史并不是所有类型不断完善、持续强化的历史，杂事/杂录、异闻/志怪、传奇等各有其特定的嬗变轨迹和建构逻辑。四库馆臣的小说观念既是对魏晋至明清千余年间小说生产、传播情况的总结、梳理，也是立足于清代这一特定的时间点，对前代关于小说认知的重构与改造。

三

《四库全书》认定，小说所叙之事的质态是琐杂、怪异、虚妄。小说的这些性质既是杂事、异闻/志怪、琐语以及传奇等文本类型组构而成的知识统一体呈现的共性，同时，又是这个统一体在其他部类的知识要素，如史部杂史、子部杂家的映衬下显露的独特性。

叙述琐杂之事，是子部小说类延续、生长到清代呈现的首要的质态特征。它是《四库全书》将小说类“杂事之属”与史部杂史、子部杂家切割开来的过程中呈现出来的，是“杂事之属”原生的、根本的属性，并进而发展成为异闻/志怪、传奇等类型衍生的核心的特质。

在《四库全书》中，小说这一类目的建构不仅仅是杂事与异闻、琐语等的整合与拼接，同时，也是杂事与杂史、杂家的分割和拆解。《四库全书》中的“杂事之属”作为特定的知识类型，是从宋人所说的笔记、明人认定的说部演化而来的，是笔记/说部在清代完成裂变之后留存在小说这套统序内的某个支系。宋代，人们参仿《隋唐嘉话》《国史补》等进行写作，“笔记作焉”，“作者至伙”①。宋人把这类作品统称为“笔记”，并试图把《隋唐嘉话》等与小说这个概念剥离开来，另行归并在史部之中。如，欧阳修等修《新唐书·艺文志》，将李肇的《国史补》置于史部杂史类，将张鷟的《朝野佥载》列入史部杂传记类。到了明代，笔

① （清）纪昀等：《四库全书总目提要》，第3163页。

记进而发展成为“中国小说之一大体式”①。王世贞创制了“说部”这一概念，用以统纳唐宋元明以来的笔记作品。他把说部/笔记从史部中切割出来，重新恢复了说部/笔记与小说这一范畴之间的关联关系。稍后，胡应麟立足于小说的界域之内，将说部/笔记中的知识要素区分为杂录、丛谈、辨订三种类型，划定了它们各自的畛域，标明了这些知识类型之间的亲缘关系和邻接关系。清代，四库馆臣在处理笔记/说部这一类型时，坚持“无庸以变古为嫌”的理念②，对笔记/说部中包含的知识要素再次进行了拆解和重新归类，将之分割成为三种类型——杂事、杂史、杂家。胡应麟所说的杂录类包含的知识要素被切割开来，分别归入子部小说类下的“杂事之属”和史部的杂史类，丛谈、辩订则“多半送到杂家里面去了”③。子部小说类“杂事之属”与史部杂史类、子部杂家类区分开来，各自归于不同的知识统序和层级建构之内。笔记/说部这一知识统序完成了裂变，“小说范围，至是乃稍整洁矣”④。

杂事终止了它与杂家、杂史之间的亲缘关系，它们仍保留着彼此之间的毗邻关系。在杂家、杂史类的映照下，子部小说类“杂事之属”的独特性得到凸显。杂事与杂家剥裂开来后，小说立说、明理、论道的特征被弱化，与纪事、叙事形成了稳定的、直接的对应关系。在杂家的参较下，“杂事之属”纪事的特征得到凸显和强化。四库馆臣谈到，《朝野佥载》“皆纪唐代故事”⑤，《大唐传载》“间及于……朝野琐事”⑥。在杂史的参照下，“杂事之属”呈现的特征是琐杂、细碎。据《四库全书总目提要》：

① 谭帆：《术语的解读：中国小说史研究的特殊理路》，《文艺研究》2011年第11期。

② （清）纪昀等：《四库全书总目提要》，第3163页。

③ 浦江清：《论小说》，见《浦江清文选》，北京大学出版社2010年版。

④ 鲁迅：《中国小说史略》，第9页。

⑤ （清）纪昀等：《四库全书总目提要》，第3562页。

⑥ （清）纪昀等：《四库全书总目提要》，第3565页。

> 杂事……与杂史最易相淆。诸家著录，亦往往牵混。今以述朝政军国者入杂史，其参以里巷闲谈、词章细故者则均隶此门。①

杂事与杂史看似可以混同，实则存在着根本的差异。杂事作为小说的主流形态，它囊括的是“朝政军国”以外的“里巷闲谈、词章细故”。与史部杂事类重军国大事之“大”相比，子部小说家杂事之属呈现的特征是“小”，是碎杂、琐杂。如，《朝野佥载》中所叙之事“纤碎。故洪迈《容斋随笔》讥其记事琐屑擿裂”②。

杂事的特点是“小”，是细碎、琐屑，这是事实层面的判断，而不是纯粹的价值衡定。在《四库全书》厘定小说统序的过程中，“杂事之属”这种原生的质性特征——琐屑、细碎生成了积极的、正向的作用和功能，产生了极强的向心力。它作为关键的对接点，将杂事与异闻/志怪、传奇等拼接、组装成为完整的知识统一体。传奇与杂事、志怪建立毗邻关系后，它们与史部杂史“事系庙堂，语关军国”的特质相比③，凸显出自身“‘无关大体’(无关‘天下存亡’的大体)”这一质性特征④，进一步确认了彼此之间的亲缘关系。“杂事之属”“小”、补史之阙的质性特征传递、转让到了异闻/志怪、传奇等小说类型之中，并在这些小说类型中得到了进一步的确认和强化。

当杂事与异闻/志怪、传奇建构起亲缘关系之后，它们作为知识统一体，在史部杂史、子部杂家等的照映下，逐渐衍生出更多的属性特征——怪诞、奇诡、虚妄。《四库全书总目提要》反复谈道，小说的核心特质是“杂陈神怪”⑤，“怪诞不经”⑥，“侈神怪，肆诙嘲”⑦。怪、

① (清)纪昀等:《四库全书总目提要》，第3622页。
② (清)纪昀等:《四库全书总目提要》，第3562页。
③ (清)纪昀等:《四库全书总目提要》，第1403页。
④ 陈文新:《文言小说审美发展史》，武汉大学出版社2002年版，第176页。
⑤ (清)纪昀等:《四库全书总目提要》，第3560页。
⑥ (清)纪昀等:《四库全书总目提要》，第2391页。
⑦ (清)纪昀等:《四库全书总目提要》，第3602页。

诡既是小说这一类目到了明清时期衍生出的全新的、显性的特点，同时也是小说这套统序包含的知识要素原生的、隐性的特点。小说从属于子部，诸子略/子部在原初阶段就含有奇、诡的特点。据《论衡·书虚》：

> 诸子之语，多欲立奇造异。作惊目之论，以骇世俗之人；为谲诡之书，以著殊异之名。①

小说作为子部之下的二级类目，它自然也具有“使用眩人的故事或言辞以引起他人注意”的特点②。到了清代，荒怪、奇诡成为衡定小说的标尺。四库馆臣谈道，《燕丹子》中的一些情节具有怪诞的特点：

> 处女试剑，老人化猿，公孙圣三呼三应之类，尤近小说家言。然自是汉、晋间稗官杂记之体。③

《朝野佥载》“于诙噱荒怪，纤悉胪载”④；《集异记》“集隋唐间谈诡之事”⑤。另如，“琐语之属”著录了《博物志》《述异记》《酉阳杂俎》《清异志》《续博物志》等，这五部书籍均收录了“诡怪不经之谈，荒渺无稽之物”⑥。

荒怪是子部在汉代葆有的隐性特点，到了《四库全书》中，它转化成为小说显性的、根本的质性特征，并进一步生发出双向作用的动力机制。一方面，它是小说这一知识类目吸纳、聚拢更多知识要素的重要向

① （汉）王充著、黄晖校释：《论衡校释》，中华书局1990年版，第167页。

② 孙少华：《诸子“短书”与汉代小说观念的形成》，《吉林大学社会科学学报》2013年第3期。

③ （清）纪昀等：《四库全书总目提要》，第3066页。

④ （清）纪昀等：《四库全书总目提要》，第3562页。

⑤ （宋）晁公武著、孙猛整理：《郡斋读书志校证》，上海古籍2011年版，第284页。

⑥ （清）纪昀等：《四库全书总目提要》，第3596页。

心力。如，《山海经》在《汉书·艺文志》归入数术略形法家，在《隋书·经籍志》居于史部地理类。但是，这部书在汉代就被认定具有“怪”的特点。司马迁说：“《山海经》《禹本纪》所言怪物，余不敢言之也。”①四库馆臣认为：

> 诸家并以为地理书之冠，亦为未允。核实定名，实则小说之最古者尔。②

他们根据《山海经》“多参以神怪”的特点③，重新确认这部书的统序归属，将之从史部地理类移置到子部小说类。再如，《西京杂记》是“好奇之士”补国史之遗逸而成④，四库馆臣将之从《隋书·经籍志》史部中旧事类提取出来，置于小说家杂事类之首。另一方面，荒怪、诡诞的特征也正式成为小说这一知识次系统从子部中剥裂开来的离心力。自魏晋隋唐开始，小说逐渐开启了与子部其他诸家完全不同的发展路向。在子部诸家明理论道的性质日渐凸显之时，小说家纪言、纪事的质性特征进一步强化。到了清代，小说家与子部其他诸家形成了绝对的背反关系：子部其他各家，尤其是儒家注重的是阐明平实之理，小说家关注的是讲述奇诡之事。“立奇造异”这种子部原有的总体特征演化成为小说这一知识次系统独有的特质，并作为重要的离心力，推促着小说与子部其他诸家割裂开来。奇、诡由诸子略/子部共性的特征收缩为子部小说独有的特性，并由小说隐性的、可有可无的特征转变为显性的、根本的质态，小说酝酿着从子部剥离出来的力量。

杂事、异闻/志怪、传奇整合成为知识统一体之后，这套知识统序

① （汉）司马迁：《史记》，中华书局1959年版，第3179页。

② （清）纪昀等：《四库全书总目提要》，第3583页。

③ （清）纪昀等：《四库全书总目提要》，第3583页。

④ （唐）刘知几著、（清）浦起龙释、王煦华整理：《史通通释》，上海古籍出版社2009年版，第254页。

还进而生发出虚、幻、不信等特性。唐代，刘知几就曾谈到“郭子横之《洞冥》、王子年之《拾遗》全构虚辞”的特点①。到了清代，四库馆臣进而把“不可征信”“虚辞”作为划定小说界域的重要标尺。他们谈到小说因奇、诡、异而产生的“无征”“构虚”的特点。如，“小说妄谈，于古无征”②。又如，《穆天子传》“体近乎起居注耳。实则恍惚无征……道里山川，率难考据。案以耳目所及，百不一真。今退置于小说家，义求其当”③。四库馆臣认定，与史部正史及杂史“征实”“传信”相比，小说可能源于虚构，也可能“不全出虚构”④。小说的特点是可虚可实，虚实参半，虚实无定。虚、实建构起的异质同构的概念体系发展成为清代，特别是近现代以来人们观照小说这一类目的重要向度。

结　语

《四库全书》的小说观念是多元的、动态的，是各种混杂而不混乱的认知与命题的组合与整合。另外，小说构型方式以及质性特征的演化变迁并不是线性的，不可能按照某种设定的轨迹发展。我们梳理出来的这种线性轨迹只是从某个角度厘定小说观念的嬗变时，不得不进行化约的结果。事实上，四库馆臣认定的小说的质性特征还包括“词尤鄙俚”⑤，“小说稗官，知无关于著述；街谈巷议，或有益于劝惩”⑥。只是，到了20世纪，人们重新界定小说的质态时，小说“鄙俚”“有益于劝惩”等在清代及近代呈现的特征都与小说剥离开来，没有发展成为小说根本的、独有的质性特征。相较之下，小说纪事的构型方式，以及与

① (唐)刘知几著、(清)浦起龙释、王煦华整理:《史通通释》，第255页。
② (清)纪昀等:《四库全书总目提要》，第3580页。
③ (清)纪昀等:《四库全书总目提要》，第3583页。
④ (清)纪昀:《阅微草堂笔记》，中华书局2014年版，第256页。
⑤ (清)纪昀等:《四库全书总目提要》，第3652页。
⑥ (清)纪昀:《阅微草堂笔记》，第284页。

委巷之说，与小、与奇相关的“构虚辞”这一特质，成为近现代文学学科衡定小说的稳定指标。从小说与纪事之间的关联关系，以及事的小、奇、虚等视角出发，厘清《四库全书》中小说的建构逻辑之后，我们可以确定的是：小说的演化是无止境的，小说观念也始终处于不断地累积、变异、重生的过程中，无论哪一层属性特质、哪一种类例构成，都不可能成为小说这套知识统序唯一正当的起源处和恒久不变的终结处。

20世纪《金瓶梅》作者研究述论

20世纪是近现代文学学科生成、建构、定型的时期，《金瓶梅》等白话作品被正式归于小说这一概念之下。百年之间，在文学学科的框架下，《金瓶梅》的作者问题成为研究的热点。学界围绕《金瓶梅》的作者展开的论争大体聚焦于两点：(1)《金瓶梅》的作者是不是王世贞；(2)《金瓶梅》是集体编著，还是个人独创。这些论争看似简单，甚至是重复，但是，深入到中国近现代文学学科的发展进程之中，我们可以看到，学界关于《金瓶梅》作者问题的讨论与其他的研究成果一道，推促着《金瓶梅》成为中国古代长篇小说的典型范例，推动了《金瓶梅》的研究方法，乃至小说研究范式的更新，有效地参与了中国本土小说研究框架和小说理论的建构过程。

一

20世纪前期，正值中国学术体系由传统向近现代转型之际，《金瓶梅》与《三国演义》《水浒传》等作为同一类型的知识要素被正式纳入全新的文学学科的界域之内，纳入学术研究的体系之内。学者们在探讨《金瓶梅》的作者时，关注的核心问题是：《金瓶梅》是不是王世贞所作。围绕这一问题，蒋瑞藻等学者坚持"王世贞说"，鲁迅、吴晗等学者则否定"王世贞"说。在梳理世纪初学者研究《金瓶梅》的基本情况时，我们不仅要关注他们提出了什么样的观点，同时也要考察他们的治学思路。

从治学路径上看，20 世纪前期，面对着清人常用的考证法，一些学者延续着传统，另一些学者试图对传统的方法进行改造，还有些学者则对传统的治学范式提出了批评，试图完全跳出传统的拘囿。

蒋瑞藻等学人沿着传统的治学路径前行，他们从“知人论世”的方法入手，试图确证《金瓶梅》的作者情况。1910 年《小说月报》第一卷第 1 期有笔记数则，其中“《金瓶梅》”条谈到，《金瓶梅》的作者可能是王世贞，也可能是唐顺之①。1911 年，蒋瑞藻谈到《金瓶梅》说：

> 《金瓶梅》小说，相传以为出明弇州世贞手。沈德符距世贞时代不远，当知其详。乃以名士二字了之，岂以其诲淫故。②

后，蒋瑞藻又发表《小说考证》。他辑录了《寒花庵随笔》《阙名笔记》《秋水轩笔记》《顾曲杂言》《茶香室丛钞》中涉及《金瓶梅》的内容，并加按语说：

> 《金瓶梅》之出王弇州手，不疑也。③

蒋瑞藻试图确证《金瓶梅》的作者就是王世贞。“王世贞说”也获得了一定的认同度。1915 年，《小说谈》一文说“元美为有明一代作家”④，他创作了《金瓶梅》。1921 年，胡惠生在《金瓶梅考略》中也说：“相传此书为王凤洲先生所作。（或谓凤洲之门人）”⑤1934 年，也有人谈道，“《金瓶梅》是明儒王凤洲所作”⑥。此外，1916 年，上海存宝斋排印

---

① 参见《小说月报》1910 年第一卷第 1 期。
② 蒋瑞藻：《杂纂 · 金瓶梅第六》，《东方杂志》1911 年第 8 卷第 1 期。
③ 蒋瑞藻：《小说考证 · 金瓶梅》，《东方杂志》1917 年第 14 卷第 3 期。
④ 废物：《小说谈 · 金瓶梅》，《香艳杂志》1915 年第 9 期。
⑤ 胡惠生：《金瓶梅考略》，《俭德储蓄会月刊》1921 年第 3 卷第 2 期。
⑥ 佚名：《胡适之考证金瓶梅》，《每周评论》1934 年第 137 期。

《绘图真本金瓶梅》，署名王元美。1926年，上海卿云图书公司出版《古本金瓶梅》，版权页注明“原著明儒王凤洲先生”①。

蒋瑞藻等人提出王世贞说，从他们的观点来看，这似乎是对清人的重复。但是，从中国文学学科的演化发展入手，我们可以看到，20世纪初期，蒋瑞藻等学人在试图认定《金瓶梅》的作者，这实际上顺应了知识体系自身建构的内在逻辑。这表明，近现代学人沿着清人的路径前行，进而试图在近现代学术体系中，重构《金瓶梅》等小说文本在中国知识统序中的位置。我们可以将《古诗十九首》的作者问题作为参照系，把握学界就《金瓶梅》作者的问题，由明至清再到近代不断变化的内在根由。在五言诗文人化之初，无论是作者还是读者，都着意于知识的生产，着意于书写或者阅读文本本身，他们不大关注作品的归属问题，《古诗十九首》作者姓名没有随这些文本留存下来。魏晋时期，五言诗完全定型，这种诗体在数量、规模、质量上都有了进一步发展，人们开始追问《古诗十九首》的作者。《金瓶梅》等明代四大奇书的情况也是如此。明代是中国长篇白话小说的生成、定型期，《三国演义》《水浒传》《西游记》以及《金瓶梅》等的作者虽然有着明确的写作意识，但他们尚未形成作品归属权的意识。《金瓶梅》署名兰陵笑笑生，但笑笑生究竟是谁，实是一个谜题。明人提到《金瓶梅》的作者，也多将之虚化，并不执着于探究具体的归属权。如，袁中道说《金瓶梅》的作者是“绍兴老儒”②，沈德符说《金瓶梅》的作者是“嘉靖间大名士”③。“绍兴老儒”“嘉靖间大名士”均为虚指。到了清代，随着小说的繁盛，《金瓶梅》等作品的影响也越来越广泛，人们开始追问这些作品的作者。如，谢颐等人提出，《金瓶梅》的作者是王世贞。也有人谈道：“《金瓶梅》相传为薛方山先生笔，盖为楚学政时，以此维风俗、正人心。又云赵侪鹤公所

---

① 《古本金瓶梅》，上海卿云图书公司1926年版。

② （明）袁中道：《游居柿录》，见（明）袁中道著、钱伯城点校：《珂雪斋集》，上海古籍出版社1989年版，第1455页。

③ （明）沈德符：《万历野获编》，中华书局1959年版，第652页。

为，陆锦衣炳住京师西华门，豪奢素著，故以西门为姓。"①到了19世纪末20世纪初，当《金瓶梅》等作品逐渐进入严肃的学术领域，即将成为主流的知识体系建构的一部分时，辨明这些作品的作者，确定《金瓶梅》等作品的归属权，成为学界的研究重心之一。从这个角度来看，蒋瑞藻等人试图确认《金瓶梅》的作者是王世贞，这并不是无意义的。学界对《金瓶梅》作者的关注，正是这类作品逐渐进入学术研究视野以及知识统序建构的主要推动力和重要的表征。

20世纪20、30年代，学界谈到《金瓶梅》的作者，普遍否定了王世贞说。鲁迅说，《金瓶梅》的"作者不知何人，沈德符云是嘉靖间大名士(亦见《野获编》)，世因以拟太仓王世贞，或云其门人(康熙乙亥谢颐序云)"②。稍后，鲁迅又进一步补充说：

> 《金瓶梅词话》被发见于北平，为通行至今的同书的祖本，文章虽比现行本粗率，对话却全用山东的方言所写，确切的证明了这绝非江苏人王世贞所作的书。③

郑振铎也说："关于《金瓶梅词话》的作者及其产生的时代问题，至今尚未有定论。"④从治学路向上看，鲁迅、郑振铎摒弃了传统的考证法，并对清代以来的索隐法给予了批评。鲁迅说："中国人看小说，不能用赏鉴的态度去欣赏它，却自己钻入书中，硬去充一个其中的角色。"⑤他还说："若云孝子衔酷，用此复仇，虽奇谋至行，足为此书生色，而证佐盖阙，不能信也。"郑振铎也说：

---

① (明)宫伟镠：《续庭闻州世说》，见《春雨草堂别集》，道光年间抄本。

② 鲁迅：《中国小说史略》，人民文学出版社1981年版，第179页。

③ 鲁迅：《〈中国小说史略〉日本译本序》，见《且介亭杂文二集》，人民文学出版社1981年版，第108页。

④ 郑振铎：《谈〈金瓶梅词话〉》，《文学》1933年第1卷第1期。

⑤ 鲁迅：《中国小说的历史的变迁》，见《中国小说史略》，人民文学出版社1981年版，第321页。

> 论者谓《金瓶梅》中人物亦有所指，如沈德符所谓“蔡京父子则指分宜(严嵩)，林灵素则指陶仲文，朱勔则指陆炳，其他亦各有所属”。但我们对于这种捕风捉影的索隐，尽可以完全打翻，不必去注意他们。①

吴晗也发表了一系列论文，批驳“王世贞说”。1931年，吴晗发表《清明上河图与金瓶梅的故事及其衍变》，后又有《〈清明上河图与金瓶梅的故事及其衍变〉补记》。1934年，吴晗发表《〈金瓶梅〉的著作时代及其社会背景》。《〈金瓶梅〉的著作时代及其社会背景》共五个部分，约2万字，吴晗用了三个部分，约1万字，考证《金瓶梅》的作者问题。吴晗引用了刘廷玑《在园杂志》、清人的《缺名笔记》、顾公燮《销夏闲记摘抄》《明史·王忬传》《明史·王世贞传》、沈德符《万历野获编》等诸多史料，详尽地论证了“《金瓶梅》非王世贞所作”②。

鲁迅、吴晗等学者关于《金瓶梅》作者的辨析，并不仅仅在于否定清人认定的“王世贞说”，更重要的是，他们通过对批驳清人的观点及治学方法，建构近现代特有的小说研究方式。

20世纪初期的学人在探讨《金瓶梅》的作者问题时，采用了集部之学研治方法。在中国学术传统中，集部之学与经史之学的研究方法有着重要的差异。研治经史主要用考证法，学者在处理集部的诗骚时，则有考证之外的另一条路径——索隐法。如，屈原的《离骚》以香草美人自喻，以菉葹盈室拟小人当道；李商隐的《无题》被解读为政治上的失意之作。又如，古人论诗，多热衷于寻找诗中的“本事”，将作品与历史上的真实人物、真实事件联系起来。这些阐释方式中都包含了索隐的成分。可以说，索隐法是集部诗骚特有的研究范型。到了清代，人们在研

---

① 郑振铎：《文学大纲》，吉林人民出版社2013年版，第201页。

② 吴晗：《〈金瓶梅〉的著作时代及其社会背景》，《文学季刊》1934年第1卷第1期。

究《金瓶梅》等小说时，借鉴了诗歌研究特有的方法。但是，"索隐"这种方法只能说明集部或者近现代新兴的文学学科具有独立的特性，并不能就此保证文学的主流地位。因此，鲁迅、郑振铎、吴晗等学者借否定"王世贞说"，对传统的索隐法提出了批评。

鲁迅、吴晗等学者在推翻"王世贞说"、驳倒索隐法的基础上，还力图建构全新的小说研究范式，高扬小说作为文学学科核心要素的地位。如，吴晗的《〈金瓶梅〉的著作时代及其社会背景》一文有意识地借鉴了经史研究中的考证法。吴晗考证《金瓶梅》作者的终极目的并非为考证而考证,① 而是致力于提升小说的地位，发现小说作为特定的知识类型的价值与意义。明清两代，《金瓶梅》等长篇白话小说从数量、规模、类型上看已经非常繁盛，但是，作为新兴的文体，这些作品尚未正式进入主流知识统系的建构之中。到了 20 世纪初期，《金瓶梅》等小说进入主流的知识统序、研究体系之内，这些作品归于小说之下，与诗文建构成共同的统系。吴晗仿效胡适的《〈红楼梦〉考证》《〈水浒传〉考证》完成了系列论文。胡适的《〈红楼梦〉考证》是要"采取更有效的方式"，"给予古典小说在中国文学上应有的地位"②。胡适说，他要"用现代的历史考证法，来处理这一部伟大的小说"，"给予小说名著现代荣誉"，使学界承认白话小说"也是一项学术研究的主题，与传统的经学、史学平起平坐"③。胡适、吴晗等以考证法来处理《金瓶梅》《红楼梦》等小说，这正是他们在了解传统治学路向之后采取的有效措施。余英时谈到胡适的治学路向时说，当时，学界的精神凭依和价值系统仍是传统的，学者的研究大多建立在乾嘉以来考据、辨订的基础上。④ 胡适、吴晗以

---

① 王采石：《王世贞未作〈金瓶梅〉的确证》，《民治月刊》1938 年第 20 期。

② 胡适口述、唐德刚整理：《胡适口述自传》，见《胡适文集》第 1 册，北京大学出版社 1998 年版，第 396 页。

③ 胡适口述、唐德刚整理：《胡适口述自传》，见《胡适文集》第 1 册，第 397 页。

④ 参见余英时：《重寻胡适——胡适生平与思想再认识》，广西师范大学出版社 2004 年版，第 231 页。

主流学界推崇的乾嘉考据学为方法，对《红楼梦》《金瓶梅》进行研究，这种做法高扬了长篇白话小说的地位，也推动着中国古代长篇白话小说跻身学术研究的"正统"序列之中。

20世纪30年代，这些学者还提出，要搁置《金瓶梅》作者的问题。他们力图在近现代文学学科的框架下，探寻《金瓶梅》研究，乃至小说研究全新的、特有的路向。如，吴晗在对《金瓶梅》的作者进行研究时，他采取的是辨"伪"，而不是辨"正"的方法。吴晗的辨"伪"，从观点表达上看，是对王世贞说的否定；从治学理路上看，是对考证法的超越，也是对传统治学中"辨伪"方法的改造。传统的"辨伪"方法限定于"辨"，证明某书系伪造或伪托于某人即止，吴晗则将辨"伪"作为学术活动的起点。面对《金瓶梅》这部具体作品，吴晗的态度是：探寻作者不过是《金瓶梅》研究中的学术问题之一，《金瓶梅》即使非王世贞所作，仍自有其意义与价值。在推断出"《金瓶梅》非王世贞所作"后，吴晗采取了"搁置"作者的方法，转换角度去探测《金瓶梅》的成书时代、《金瓶梅》与特定时代风会之间的关联，发现文学与社会之间的对应关系，重构小说在社会生活中的功能与作用。再如，鲁迅从流派入手，将明清以来的长篇小说分为讲史、神魔、世情等类型，将《金瓶梅》归入"人情"小说一类。又如，郑振铎、吴晗、张天畴等从小说与现实社会的对应关系出发，分析作品中的人物形象、探寻《金瓶梅》所反映的时代特征；茅盾从中外情色小说入手，考察了《金瓶梅》中的性欲描写；涩斋、赵景深、冯沅君则着手梳理《金瓶梅》中的戏曲史料。这些学者在传统的考证法、索隐法、评点法之后，在近现代学术体系的架构下，确认了《金瓶梅》等作为长篇小说特有的研究方法和批评范式。

二

1949年至1979年的三十年间，围绕着《金瓶梅》的作者问题，学界论争的焦点是：《金瓶梅》是不是集体创作。1954年，潘开沛发表《〈金瓶梅〉的产生和作者》。潘开沛说，《金瓶梅》“是在同一时间或不同时间里的许多艺人集体创造出来的，是一部集体的创作，只不过最后经过了文人的润色和加工”①。1955年，徐梦湘对潘开沛的“《金瓶梅》集体创作说”提出质疑。徐梦湘认为，《金瓶梅》完全是“有计划的个人创作”②。1958年，张鸿勋撰文支持徐梦湘的“个人独创说”③。20世纪60年代，日本汉学家鸟居久晴撰文指出，潘开沛提出的集体创作说“不失为一个卓见”④。夏志清在美国也呼应潘开沛的观点说：“潘开沛严肃地提出了这样一种假设，即这部小说是从许多代说书人的演唱脚本演化而来的……我认为这一假设是具有说服力的。”⑤20世纪中期，《金瓶梅》研究与文学研究其他领域一样，成果数量非常有限，仅有潘开沛、徐梦湘等人的寥寥数篇论文。尽管如此，当我们把这些论文放置于中国近现代学术发展的流程之中，依然可以清晰地觇见潘开沛等学者的治学理路：他们围绕《金瓶梅》的作者问题不仅提出了个人的观点，更重要的是，也经由这些论文深度地参与了近现代学术体系的定型过程，从多重层面上推动着《金瓶梅》研究的转型。

首先，潘开沛等学者在探讨《金瓶梅》的作者问题时，由传统考证法从文本外部的史料中寻找证据，转而立足于文学学科的内部从文本中确认依据。

20世纪初期，近现代的知识统序完成了自身的建构过程，文学成为其中一个独立的、自足的学科，《金瓶梅》等特定类型的知识要素完

---

① 潘开沛：《〈金瓶梅〉的产生和作者》，《光明日报》1954年8月29日。

② 徐梦湘：《关于〈金瓶梅〉的作者——潘开沛〈金瓶梅的产生和作者〉读后感》，《光明日报》1955年4月17日。

③ 参见张鸿勋：《试谈〈金瓶梅〉的作者、时代、取材》，《文学遗产·增刊》1958年第6期。

④ ［日］鸟居久晴：《〈金瓶梅〉作者试探》，见黄霖、王安国编：《日本研究〈金瓶梅〉论文集》，齐鲁书社1989年版，第177页。

⑤ 夏志清：《中国古典小说》，胡益民等译，凤凰传媒出版集团2008年版，第159页。

全融入了近现代文学学科的架构之内。潘开沛等人在探讨《金瓶梅》的作者时，有意识地反思世纪初学者的治学路向。20世纪前期，学者们在考察《金瓶梅》的作者问题时，往往采用考证法。潘开沛对这种方法提出批评。他说，吴晗等人对相关的“记载和材料”“锐意穷蒐”①，但是，“其结果，除了推翻了从‘嘉靖间大名士’到王世贞作的传说之外，到底它是谁作的，是怎样产生的，却一直得不到要领”②。为此，潘开沛深入到新生的文学学科内部，深入到小说文本的内部，寻找《金瓶梅》研究，乃至小说研究的新范式、新方法。他提出，应该由“依靠以往的记载”，依靠外在于文本的材料，转而“依靠作品本身”③。他说：“现在唯一能做得到，而且比较靠得住的，就是利用这部书的本身。我所想要做的，也就是想从书里来发现书的作者，及其产生的过程。”④

潘开沛从《金瓶梅》这部书的内部入手，发现证据，论证《金瓶梅》是集体创作。进入文本内部，并不仅仅是引证文本中的材料，更重要的是，接纳《金瓶梅》这部书包纳的一切。潘开沛坦率地承认，《金瓶梅》这部书“存在着许多漏洞和毛病”⑤。如，“内容重复，穿插着无头无脑的事，与原作旨意矛盾”⑥。再如，《金瓶梅》在情节结构上“前后不一致，不连贯，不合理”⑦。另如，“词话本的回目不讲对仗、平仄，字数多少不一”⑧，等等。潘开沛认为，这些不够精细、不够连贯、不够合理之处，恰恰证明《金瓶梅》的来源驳杂，是“许多说书人在不同的时间和相同的时间内个人编撰和互相传抄，不断地修改、补充、扩大、演

---

① 潘开沛：《〈金瓶梅〉的产生和作者》。
② 潘开沛：《〈金瓶梅〉的产生和作者》。
③ 潘开沛：《〈金瓶梅〉的产生和作者》。
④ 潘开沛：《〈金瓶梅〉的产生和作者》。
⑤ 潘开沛：《〈金瓶梅〉的产生和作者》。
⑥ 潘开沛：《〈金瓶梅〉的产生和作者》。
⑦ 潘开沛：《〈金瓶梅〉的产生和作者》。
⑧ 潘开沛：《〈金瓶梅〉的产生和作者》。

绎的结果"①。自《金瓶梅》问世起，人们对这部作品的评价就褒贬不一。20 世纪前期，学者们在对《金瓶梅》等小说进行研究、推动这些作品进入主流的知识统序时，大多致力于寻找小说的优长，以确证文本的典范地位。到了 20 世纪中期，近现代的文学学科已经定型，《金瓶梅》等的典范地位已经确立。潘开沛等人坦然地认同、接纳了这些经典作品不尽如人意之处。这意味着，小说在文学学科内部的地位稳固后，学界认识到，对一部文本来说，它的"漏洞和毛病"与优长一样，自有其特定的研究意义与价值。②

潘开沛还从小说这套特定的知识统序的内部层级入手，考察《金瓶梅》的特点，进而推绎《金瓶梅》的作者情况。潘开沛说：

> 《金瓶梅》是一部平话……而不是像我们现在的小说家所写的小说。③

平话与小说，特别是与明代以后逐渐定型的小说是相关但并不完全等同的概念。潘开沛有意识地在体例上把《金瓶梅》归入平话类，将《金瓶梅》与"小说家所写的小说区别开来"，他的本意是为了证明《金瓶梅》并非个人独创。当我们立足于小说概念史、观念史的发展历程中，可以看到，潘开沛的这种研究思路和做法，与 20 世纪前期吴晗等学人的研究形成了重要的差异。20 世纪前期，学界在划定近现代文学学科下小说的界域时，着眼于对相关的文献进行类比、聚合，尽可能把明代的《三国演义》《水浒传》《金瓶梅》以及清代的《儒林外史》《红楼梦》等相关的

① 潘开沛：《〈金瓶梅〉的产生和作者》。

② 潘开沛理性地接纳了《金瓶梅》在文本结构等层面上的缺陷，这种做法影响了 20 世纪 60、70 年代夏志清、孙述宇等人的治学思路。他们在讨论《金瓶梅》的结构、分析《金瓶梅》的写实性时，均从这部小说的不足入手，进而转入对文本的深层剖析。

③ 潘开沛：《〈金瓶梅〉的产生和作者》。

要素都统合在小说这个概念之下。到了20世纪50年代，小说这个特定的概念与它所指称的知识要素之间已经形成了稳固的关联。这时，学界开始在小说的界域之内，对相关的要素重新进行整理和划分，建构更复杂、更细密的知识统系。潘开沛把平话与定型后的小说明晰地切分开来，就是学者所做的努力之一。

潘开沛总结平话的属性特征说："平话(以讲演为主)原来就是说书人自己编的，并不是某一个文学家写给普通人看的。这在《金瓶梅》里，几乎处处都可以看到说书人自己的语调。"①潘开沛谈道，《金瓶梅》"每一回都穿插着词曲、快板、说明"，这些"显然地都是说书人为了说书时的演唱而引用或编撰的"②。考察《金瓶梅》这部小说中包含的词曲、小令等文学史料，潘开沛并非首个。自20世纪30年代起，研究《金瓶梅》中的词曲、小令就是学界的一个热点。但是，20世纪前期，学者在搜寻《金瓶梅》中包含的史料时，他们研究的落脚点是词曲，而不是小说。潘开沛则深入到《金瓶梅》的内部，考察词曲、快板等材料在文本情节演进过程中的作用和功能，阐明其他类型的文体如何融入《金瓶梅》这部小说之内。潘开沛指出，在《金瓶梅》中，这些词曲的功能和表达主体可以分为几类：一是再现现实生活中真实的表演场景，即"书中的妓女来弹唱的"③；二是书中的人物进行自我表达，这可能是与他人的对话，也可能是对自我的描述；三是说书人作为事件的旁观者描述人物、气候、景色或者讲述事件。潘开沛认为，这些词曲在当时非常流行，"为说书人所熟悉，以致他们可以随手拈来，恰合其时地引用"④，这些小曲能够在书中特定的场景中、特定主体的讲述下发挥相应的功能。潘开沛着意于分析小说的"叙述者"、话语的发出者，这正与20世纪60年代西方叙事学的理论建构暗暗契合。更为重要的是，在20世纪

① 潘开沛：《〈金瓶梅〉的产生和作者》。
② 潘开沛：《〈金瓶梅〉的产生和作者》。
③ 潘开沛：《〈金瓶梅〉的产生和作者》。
④ 潘开沛：《〈金瓶梅〉的产生和作者》。

中期，潘开沛考察词曲在《金瓶梅》中这部小说中的功能，这种做法更进一步强化了不同文体之间的亲缘关系。20 世纪 50 年代，文学学科已经完全定型，学界普遍认定，文学学科的研究本体是，以小说、诗歌、散文、戏曲为核心构成的作品。潘开沛从《金瓶梅》中包含的词曲史料入手探讨这部小说的作者，寻找这部小说与其他的文学体类之间的多层次的关联关系，进而推索《金瓶梅》的作者，这正是试图深入到文学——这一全新的、独立的知识统序内部展开系统的研究。透过潘开沛的分析，我们可以看到，在文学学科之内，不同的文体之间既存在相互参照、彼此对立的关系，又形成了相互融会、相互渗透的内在亲缘关系。

其次，潘开沛、张鸿勋的论文延续了近现代鲁迅、郑振铎、吴晗等的表述、论证方式。这表明，到了 20 世纪中期，近现代的研究由传统的小说评点法随书批点，全面转向以个人观点为中心展开论述。

明代，长篇白话小说兴起之后，这种知识类型主要的研究范式是评点法。20 世纪前期，中国知识体系面临着一次转型。一部分学者在研究《金瓶梅》以及其他小说作品时，借鉴传统经、史、集等部类研究中的表述方法，采用考辨、条辨等方式对明清以来的长篇白话小说进行观照。如蒋瑞藻的《小说考证》、废物的《小说谈》等。明清时期的点评法，以及近现代的条辨体、考辨体的特点是随书批点。其实质是，以书籍，而不是评论者个人的观点为中心进行述论。立足于小说文本来看，评点法、条辨体等批评方式尊重了小说既有的结构和形态。但是，立足于批评主体的立场看，在评点法、条辨体这样的模式下，批评主体的观点缺乏延续性，有时，甚至难免有只见树木、不见森林之弊。评点法、条辨体等以小说文本为中心，而不是以批评主体的观念为中心，这种批评范式显然不适于近现代学术体系的建构。因此，鲁迅、郑振铎、吴晗等人在研究《金瓶梅》时，对传统治学的表述方式进行了调整，采用现代论文体的方式。到了 20 世纪中期，这种以批评者个人观点为中心的论文体成为学术研究的核心体例。潘开沛、张鸿勋等讨论《金瓶梅》的作者，李长之、李希凡等讨论《金瓶梅》是不是现实主义的代表作，包括文学研究领域中其他的成果，都普遍采取了论文的体式。

对比潘开沛的《〈金瓶梅〉的产生和作者》与徐大风《金瓶梅作者是谁》两篇文章，我们可以看到中国学界的治学范式由传统向近现代的转型。1946年，徐大风发表《金瓶梅作者是谁》，他提出，《金瓶梅》是“集体做成功”的①。《金瓶梅的作者是谁》分为七个部分。这包括：盐谷温论《金瓶梅》、说王世贞所作的由来、原本俗本的新认识、《金瓶梅》作者的推断、平话的特别面目、狄平子梁启超的《金瓶梅》观、读《金瓶梅》的“玉娇李”。这七个部分彼此之间没有逻辑上的演进或衔接关系。潘开沛的《〈金瓶梅〉的产生和作者》在论证《金瓶梅》系集体创作时，从事实间的因果关系入手，通过严密的推理来整合材料。潘开沛先从《金瓶梅》的体式特征、《金瓶梅》作为小说与其他文学文体之间的交融入手，继而进入《金瓶梅》这部小说的内部，探讨《金瓶梅》的内容、结构、写作技巧，论证了《金瓶梅》是“经过许多人编撰续成的”②。潘开沛紧紧围绕着自己的观点，剖析《金瓶梅》这部小说与文学学科内其他知识要素之间的多重关联关系，发现《金瓶梅》在不同的关系结构中生成的多元化的形态特征。在潘开沛的论文中，各个部分就不再仅仅是静态的、相互之间没有关联的存在，而是生成了复杂的关联关系，生成了动态性、丰富性。这样，潘开沛等近现代学者在讨论《金瓶梅》的作者时，他们的论文与20世纪学术研究的其他成果一样，由点到为止的评点、索隐式的考证，转向系统的评论，完成了学术研究体式由传统向近现代的转型。

最后，潘开沛等人围绕《金瓶梅》是不是集体创作展开讨论，这与

① 徐大风：《金瓶梅作者是谁》，《茶话》1946年第3期。徐大风说，《金瓶梅》“并不是通过一个作家之手写成的，乃是一种社会上的集体写作，许多无名作家把他集体做成功，而最后成功的美名，乃落在一个幸福的文人身上——王世贞”。

② 潘开沛：《〈金瓶梅〉的产生和作者》。

文学学科内部诸要素特质的重新发现有关，同时也展现了文学与社会、文学与时代之间多重的互动关联。

20 世纪中期，学界除围绕《金瓶梅》是不是集体创作展开论争外，还讨论了《金瓶梅》是不是现实主义的代表作①，《金瓶梅》的作者是否站在“人民立场”上进行写作②。从表面上看，学界是在讨论《金瓶梅》的成书方式、创作倾向等，其实质是，围绕着“是”与“非”的问题而展开。这表明，学界试图对《金瓶梅》研究中的相关问题做出明确的、非此即彼的判定。《金瓶梅》研究界的这种治学态度与文学学科的发展、演进相关。从学术发展的内在理路上看，20 世纪初，文学学科之名虽已立，学科之实仍未备，学界围绕着文学的本质、范畴、核心要素等问题，进行了协商；经过半个多世纪的讨论，到了 20 世纪五六十年代，学界需要而且也应该形成一套明确而稳固的概念、范畴和价值评判标准，以明确地认证“文学是什么”。《金瓶梅》研究界通过论争，确证《金瓶梅》研究中是与非的问题，这正与文学学科在特定时段内自我确证的需要相关。《金瓶梅》研究中的这种状况，也与社会的意识形态和时代风会相关。从社会政治形态上看，20 世纪 50 年代，新的政治构架刚刚建立，政体也需要建构一套自身特有的思维体系、价值观念、政治意识形态乃至文化发展方向等，对相关问题展开对与错、是与非、好与坏的明确界定，无疑有助于迅速建构起“独有的”社会价值体系。学术作为社会意识建构的重要部分，自然会参与这一价值重建的进程。从时代风会上看，这一时期，整个社会强调、重视集体的力量，如农业领域进行合作化运动、工商业领域展开了各类改造活动。在《金瓶梅》研究中，

---

① 参见李长之《现实主义与中国现实主义的形成》(《文艺报》1957 年第 3 期)、李希凡《〈水浒〉和〈金瓶梅〉在我国现实主义文学发展中的地位》(《文艺报》1957 年第 38 期)。

② 参见任访秋《略论金瓶梅中的人物形象及其艺术成就》(《开封师院学报》1962 年第 2 期)、张德顺等《为什么要如此推崇〈金瓶梅〉》(《开封师院学报》1964 年第 2 期)。

潘开沛提出“集体创作说”，与20世纪50年代整个社会的思维模式以及政治、文化情势正相呼应。从这个角度来看，学界围绕《金瓶梅》而展开的论争，正反映了学术、政体，乃至整个社会重新建构、确立全新的价值体系的要求。

自1965年到1978年，中国内地的《金瓶梅》研究是一片空白，《金瓶梅》的作者问题也无人提及。这与学术自身的特性与发展逻辑不无关系。从学术发展上看，在特定阶段，学界需要确定一套明确的、稳定的概念和范畴。但是，人文社会学科与自然科学学科不同，特别涉及文学学科，文学本身是一个不断建构的、动态的存在，文学学科研究的对象——文学作品看似稳定，但随着研究者观察视角的变化，对作品的解读也是千变万化的。对文学的认知和理解无法像数学、物理学、化学等那样用确定的数字进行度量，给出标准化的答案。具体到《金瓶梅》，我们可以看到，这是一部充满了内在张力的小说，文本内部蕴含、混合着多元的要素。这些要素不仅不能协调统一，甚至可能是相互矛盾、相互牴牾的，要就这一文本的性质做出“是”与“非”的明确判断，无疑与文学的本质、与《金瓶梅》的特质是背道而驰的。学术研究对稳定性的需要与文学自身的动态性之间存在矛盾，学界无法弥缝、协调这一矛盾，只有搁置对《金瓶梅》的研究，集体保持沉默。此外，政治意识形态也是造成《金瓶梅》研究处于空白期的重要原因之一。从政治意识构架来看，自1966年至1978年，建构稳定的价值体系的要求与价值观念自身的多元化之间也产生了巨大的矛盾，整个社会的自我需要和自我认知无法达成统一，处于躁动、焦虑之中。在这种情况下，学界无法有序地展开学术研究。再加上《金瓶梅》这部小说缺乏“光辉的正面形象”①，包含着大量的情色描写，这与20世纪60、70年代的社会价值观念形成了尖锐的冲突。学者认识到，任何对《金瓶梅》的正面的、肯定性的评

① 张德顺等：《为什么要如此推崇〈金瓶梅〉》，《开封师院学报》1964年第2期。

价都会遭到驳斥、反击，而对这部小说给予完全否定性的评价又与事实不符，学者大多放弃了对《金瓶梅》的研究。20 世纪中期，学界面对《金瓶梅》的“失语”，正反映了中国近现代学术体系，乃至政治体制进行自我确定、自我认证过程中的焦虑、困惑以及艰辛。

三

20 世纪后期，中国近现代的学术体系生成、定型已近百年之久，中国的学术研究进入迅速发展期。这一时期，《金瓶梅》作者的研究，与文学研究界其他的成果一样，呈现出系统化、立体化的趋势。

1979 年，朱星在《社会科学战线》上连续发表《金瓶梅的版本问题》《金瓶梅的作者究竟是谁》《金瓶梅被窜伪的经过》三篇文章，论证《金瓶梅》的作者是王世贞。朱星延续了前代学者的考证方法，论证了王世贞写作《金瓶梅》的可能性。朱星说：“过去所提过的作者名字都摆出来了。如果只凭猜想，不靠大量材料和充足理由，还可以提出一些姓名来。”另外，他还着意从《金瓶梅》作者研究的“解不开的结子，就是山东方言问题”入手，“确定《金瓶梅》的作者是王世贞”①。1980 年，戴不凡有《〈金瓶梅〉零札六题》，他从语言风格、文本的内容，以及《金瓶梅》中多次提到的金华酒等问题入手，判定《金瓶梅》的作者就是“金华、兰溪一带人”②。之后，学界围绕《金瓶梅》作者，提出的人选有 50 多个③。如，吴晓铃、徐朔方、卜键、王利器等提出李开先说，张远芬提出贾三近说，黄霖提出屠隆说，鲁歌、马征有王穉登说，吴红、胡邦伟有冯梦龙说，美国学者芮效卫有汤显祖说。此外，还有丁耀亢说、汤显祖说、冯梦龙说、罗汝芳说、臧晋叔说、卢楠说、田艺蘅说、金圣叹

① 朱星：《金瓶梅的作者究竟是谁》，《社会科学战线》1979 年。

② 戴不凡：《〈金瓶梅〉零札六题》，见《小说见闻录》，浙江人民出版社 1980 年版。

③ 参见吴敢：《20 世纪〈金瓶梅〉研究史长编》，文汇出版社 2003 年版。

说、陶望龄说、李贽说、徐渭说、唐寅说、李攀龙说、萧鸣凤说、冯唯敏说、李渔说等。20世纪的最后20年，文学学科的界域已经完全划定，这些学者在探讨《金瓶梅》的作者时，延续了20世纪前期的考证法、20世纪中期学者从文本内部寻找证据的方法，更融会了小说研究的新方法、新观念以及全新的理念。有些学者立足于文学学科内部，融会文学研究中的文体学、叙事学、类型学、发生学等方法，也有些学者从跨学科的角度，如语言学、社会学、宗教学等的视角对《金瓶梅》进行研究。

20世纪80年代一直到21世纪初期，一些学者还围绕《金瓶梅》是不是集体创作的问题，展开了论争。当我们深入到中国文学学科的发展进程之中，可以看到，在这次论争中，学者们的目光并不仅仅局限于《金瓶梅》这部小说。他们以《金瓶梅》研究为切入点，力图在文学学科的架构内，发现明代小说成书的规律性，推动中国本土化的小说理论的建构。

1980年，徐朔方发表《〈金瓶梅〉的写定者是李开先》一文，重倡"集体创作说"。他从"集体创作说"入手，以传统学界提出的学术命题为基础，推生出全新的文学命题和文学概念。他不再使用"作者"这个概念，而是使用了一个新的术语——"写定者"。徐朔方将《金瓶梅》的创作主体分为两个层级：一是生产小说素材的主体——说书人，二是将这些素材归拢于一体的主体——写定者。徐朔方认为，《金瓶梅》"写定者"的身份、写作态度与清代以后独立的小说"作者"有着根本的不同。《金瓶梅》的写定者在组织素材的过程中，借鉴、使用了说书人提供的材料，同时也对这些素材进行了改造。这种成书方式极大地影响了《金瓶梅》这部小说的内在形态和基本结构。此后的20余年间，学界围绕着《金瓶梅》是否是集体创作展开了持续性的、大规模的讨论。国内外多位学者参与了这次讨论。这些学者有刘辉、周明初、支冲、赵景深、蔡国梁、蔡敦勇、周中明、陈诏、陈辽、吴小如、傅憎享、徐永斌等人，以及石昌渝、李时人、鲁歌、马征、周钧韬、何满子、齐裕焜，还有美国学者浦安迪、日本学者日下翠等。有不少学者撰文否定“集体创作说”。如，魏子云有《学术研究与批评——请教大陆学人徐朔方先生》，孔伏有《〈金瓶梅〉是累积型作品说驳论》，孟昭连有《〈金瓶梅〉是“世代累积型”作品吗?》，罗德荣有《〈金瓶梅〉是我国第一部文人独创小说》，纪德君有《世代累积型集体创作说献疑》。这些学者提出，《金瓶梅》的抄本出现时，袁中郎、屠本畯、谢肇淛、冯梦龙都表示惊奇，如果民间早已传唱此书，袁宏道等人不会作出这种反应。也有学者认为，世代累积型作品的形成必须经历较长的过程。从《金瓶梅》成书过程看，《金瓶梅》以《水浒传》为蓝本，《水浒传》繁本成于嘉靖年间，《金瓶梅》抄本出现于万历二十年前后。这就意味着，《金瓶梅》成书只经过了六七十年的时间。这么短的时间，不能被称为世代累积。还有学者谈道，《金瓶梅》中存在粗疏、重复及颠倒错乱之处，这些疏漏在《红楼梦》那样精心结撰的小说中也照样存在，不能以此为据，判断《金瓶梅》是个人创作还是集体创作的。一些学者对徐朔方提出的“写定者”这个概念和“世代累积集体创作”说提出质疑，同时，也有许多学者，如徐永斌、傅承洲等人支持徐朔方的观点。在学界争鸣之风下，徐朔方也对自己提出的命题不断重新思考，加以深化、细化。他进而提出，“世代累积型集体创作”是《金瓶梅》与其他明代长篇白话小说共有的成书特点。徐朔方说：

> 相当多的作品在书会才人、说唱艺人和民间无名作家在世代流传统以后才加以编著写定。……本书把这一类作品称之为世代累积型集体创作。①

① 徐朔方：《论汤显祖及其他·前言》，上海古籍出版社 1983 年版，第 3 页。

20 世纪后期，他完成了系列文章，详细地论证了《金瓶梅》以及其他明代长篇白话小说的成书性质。①

20 世纪的最后 20 年间，学界关于《金瓶梅》作者以及成书问题的讨论，并不是对前代学者的观点、研究方法的简单、无意义的重复。学界围绕《金瓶梅》的作者问题形成的争论，形成了特定的时代特征。这些学者围绕“《金瓶梅》是不是集体创作”的问题，表达各自的立场、观点、取向、认知、理解。这构成了《金瓶梅》作者研究的体系。这是一个没有定形也没有定性的，复杂的、开放的统系，各种观点、声音在其中此起彼伏。20 世纪末《金瓶梅》研究界的这种争鸣现象，与 20 世纪前期的状况形成鲜明的参照。20 世纪前期，文学学科处于初建阶段，学界商讨的核心问题是如何划定文学的界域。因此，学者们不可能围绕某一个细微的问题在同一个层面上展开直接的甚至针锋相对的讨论。经过了 20 世纪中期文学学科的确认和定型，到了 20 世纪 80 年代，关于文学是什么，学界已经形成了稳定的共识。学者们得以在共同的知识平台上讨论相关的问题。他们开始围绕同一个具体的问题在共同的层级上展开深入、细致的讨论。这样，《金瓶梅》的作者问题、成书性质的问题，原本只是一个学术点，但是，在诸多学者持续的关注下，这个学术点发展成为中国小说研究体系这一复杂的统序中的重要支系。

学界关于《金瓶梅》是不是集体创作的论争持续了二十余年。这次论争促使学者更深入地思考《金瓶梅》的成书性质问题，促进学界对中国古代小说发展规律、中国古代长篇白话小说文体的形成过程等问

① 徐朔方发表的系列论文包括：《论〈金瓶梅〉》（《浙江学刊》1981 年第 1 期）、《〈金瓶梅〉成书补证》（《杭州大学学报》1981 年第 1 期）、《〈金瓶梅〉成书问题初探》（《中华文史论丛》1984 年刊）、《再论〈水浒〉和〈金瓶梅〉不是个人创作——兼及〈平妖传〉〈西游记〉〈封神演义〉成书的一个侧面》[《徐州师范学院学报（哲学社会科学版）》1986 年第 1 期]、《再论〈金瓶梅〉》（《明清小说研究》2002 年第 4 期）。

题进行探讨。20 世纪 80 年代与 20 世纪前期及中期相比，文学学科的内在形态发生了很大的变化。20 世纪前期及中期，文学学科处于确认期、定型期，这时，学界在近现代的学术框架下观察中国的文学时，往往以西学为参照，寻找彼此之间的相似性，以确证中国的文学学科建构的合理性。到了 20 世纪中后期，在中国的学术体系下，文学学科已经完全定型。这时，学界需要从各个层面上确认中国文学发展的本土化色彩，发现有别于西方的、中国小说自身形成和发展的理路，确证中国本土化的小说生产方式。学者探讨《金瓶梅》的作者及成书过程的问题，与小说研究界的其他成果一样，其终极目的在于确认中国古代白话小说的性质，发现中国古代长篇白话小说，乃至中国古代小说存在、发展的“规律性”。从徐朔方的论述中，我们可以看到 20 世纪 80 年代学人在探讨《金瓶梅》作者问题时的治学理念。徐朔方说：

> 中国的古代小说、戏曲和西方不同，有它独特的成长发展的历史。①

20 世纪后期，大多数学者都与徐朔方一样，在西方小说、戏曲的参照下，思考中国古代长篇白话小说生发的独特性。徐朔方还说：

> 承认《三国演义》《水浒》《西游记》等个别的具体作品为世代累积型集体创作是一回事，进而揭示这类创作是中国小说戏曲史上体现某种规律性的重要现象则是另一回事。②

他的治学理念是，“加深对《金瓶梅》的微观认识，必将加深对中国小

① 徐朔方：《论汤显祖及其他》，第 5 页。
② 徐朔方：《论汤显祖及其他》，第 12 页。

说史的宏观认识。反过来也一样”①。徐朔方等学者在讨论《金瓶梅》是否是集体创作时，并不是仅仅着眼于这一部小说，更不是执着地、简单地确认《金瓶梅》的生产者。徐朔方以及20世纪诸多学者的研究正有效地参与了“加深对中国小说史的宏观认识”这一进程。

20世纪后期，小说，特别是白话长篇小说成为文学研究中的重要内容，学界有意识地在小说的研究方法、小说的理论建构层面将学术推向深入。在讨论《金瓶梅》是不是集体创作时，学者们以这个问题为切入点，最终目的是发现中国小说、戏曲，乃至文学发展、演变过程中呈现的本土化的、内在的“规律性”，把握“小说史的真实轮廓”②，对中国古代的小说史乃至文学史展开更加深入、全面的研究。

《金瓶梅》是中国小说史上的一部典范之作，百年间，学界围绕这部小说的作者进行了深入的探讨。我们可以看到，20世纪，在文学学科生成、定型的过程中，学者从探讨作品的作者是谁，进而从探寻作者入手，考察小说生发、演化的规律，建构本土化的小说批评体系，发现中国长篇白话小说自身发展内在的规律性及规定性。从这个角度来看，20世纪，学界关于《金瓶梅》作者的反复讨论并不是无意义的。这些论争深度参与了中国小说研究的转型过程，参与了中国本土化的文学学科的建构过程。

① 徐朔方：《论张竹坡〈金瓶梅〉批评》，见《论金瓶梅的成书及其他》，齐鲁书社1988年版，第41页。

② 徐朔方：《论汤显祖及其他》，第120页。